BRENDA NOVAK
Vuelve a casa conmigo

Editado por Harlequin Ibérica.
Una división de HarperCollins Ibérica, S.A.
Núñez de Balboa, 56
28001 Madrid

© 2014 Brenda Novak, Inc.
© 2016 Harlequin Ibérica, una división de HarperCollins Ibérica, S.A.
Vuelve a casa conmigo, n.º 96 - 1.2.16
Título original: Come Home to Me
Publicada originalmente por Mira Books, Ontario, Canadá

Todos los derechos están reservados incluidos los de reproducción, total o parcial. Esta edición ha sido publicada con autorización de Harlequin Books S.A.
Esta es una obra de ficción. Nombres, caracteres, lugares, y situaciones son producto de la imaginación del autor o son utilizados ficticiamente, y cualquier parecido con personas, vivas o muertas, establecimientos de negocios (comerciales), hechos o situaciones son pura coincidencia.
® Harlequin, HQN y logotipo Harlequin son marcas registradas por Harlequin Enterprises Limited.
® y ™ son marcas registradas por Harlequin Enterprises Limited y sus filiales, utilizadas con licencia. Las marcas que lleven ® están registradas en la Oficina Española de Patentes y Marcas y en otros países.
Imagen de cubierta utilizada con permiso de Harlequin Enterprises Limited. Todos los derechos están reservados.

I.S.B.N.: 978-84-687-7795-5
Depósito legal: M-36102-2015

En Vuelve a casa conmigo, *Brenda Novak nos hace reflexionar sobre la responsabilidad, la lealtad y las consecuencias que puede tener ocultar la verdad.*

Una historia conmovedora, rebosante de pasión y esperanza, donde destacan los personajes.

Los protagonistas son seres marcados por la adversidad, vidas truncadas llenas de secretos y tragedias. Aunque Aaron Amos y Presley Christensen tuvieron problemas en el pasado, ambos han hecho un extraordinario esfuerzo para superar sus problemas y hacer algo de provecho con sus vidas. Sin embargo, todavía les queda un largo camino por recorrer antes de encontrar el amor y la felicidad.

Veremos si lo consiguen, disfutando de esta sorprendente novela que tenemos el placer de recomendar a nuestros lectores,

Feliz lectura

Los editores

A mi padre.
Aunque te perdí cuando apenas tenía veinte años, tu amor me ha ayudado a salir adelante.

Reparto de personajes de Whiskey Creek

Personajes principales

Aaron Amos: el segundo de los hermanos Amos (uno de los famosos Temidos Cinco); trabaja con Dylan y sus hermanos en un taller de chapa y pintura. Tuvo una relación sentimental con **Presley Christensen.**

Cheyenne Christensen: ayuda a Eve Harmon a dirigir el hostal Little Mary (anteriormente llamado Gold Nugget). Está casada con **Dylan Amos**, propietario de Amos Auto Body, un taller de chapa y pintura.

Sophia DeBussi: dejó plantado a **Ted Dixon** años atrás para casarse con Skip DeBussi, un gurú de las inversiones que con el tiempo se reveló como un fraude. Es la madre de **Alexa**. Recuperó su relación con Ted y ahora está comprometida con él.

Gail DeMarco: propietaria de una agencia de relaciones públicas en Los Ángeles. Casada con la estrella de cine **Simon O'Neal**.

Ted Dixon: escritor superventas de novelas de suspense.

Eve Harmon: Dirige el hostal Little Mary's, que es propiedad de su familia.

Kyle Houseman: propietario de un negocio de paneles solares. Estuvo casado con Noelle Arnold.

Baxter North: agente de bolsa en San Francisco.

Presley Christensen: antigua «chica mala». Dejó el pueblo dos años atrás y ahora ha regresado. Madre de **Wyatt**.

Noah Rackham: ciclista profesional. Propietario de la tienda de bicicletas It Up. Está casado con Adelaide Davies, chef y directora del restaurante Just Like Mom's, propiedad de su abuela.

Riley Stinson: contratista de obras.

Callie Canetta: fotógrafa. Casada con **Levi McCloud/Pendleton**, veterano de Afganistán.

Otros personajes habituales

Los hermanos Amos: Dylan, Aaron, Rodney, Grady y Mack.

Olivia Arnold: es el verdadero amor de Kyle Houseman, pero está casada con **Brandon Lucero**, el hermanastro de Kyle.

Joe DeMarco: hermano mayor de Gail De Marco. Propietario de la gasolinera de Whiskey Creek Gas-n-Go.

Phoenix Fuller: encarcelada. Madre de **Jacob Stinson**, que está siendo criado por Riley, su padre.

Capítulo 1

Aaron Amos también estaba en la librería. Presley lo supo por el cosquilleo que recorrió su columna vertebral. A lo mejor había reconocido inconscientemente su voz en medio de las conversaciones de los otros, o quizá existiera de verdad algo así como un sexto sentido, porque cuando se volvió y miró a través de la abarrotada librería, pudo confirmar lo que su cuerpo ya le había dicho. Aaron estaba de pie en uno de los laterales del establecimiento, ligeramente apartado y mirándola directamente a ella.

Habían pasado dos años desde la última vez que le había visto y prácticamente el mismo tiempo desde la última vez que había compartido su cama. Pero tenía la sensación de que había sido mucho más. El embarazo y los dieciocho primeros meses de vida de su hijo habían sido duros, más duros que todo lo que había vivido hasta entonces, que era mucho en el caso de una mujer que había pasado la infancia viviendo en moteles y coches.

Aunque cuando había decidido regresar a Whiskey Creek era consciente de que podría encontrarse con Aaron y había intentado prepararse para aquel momento, sus ojos se volvieron hacia él como si Aaron poseyera un potente imán y la atrajera en contra de su voluntad. Después, tuvo que hacer un gran esfuerzo para no caer de espaldas; la visión de Aaron la golpeó con la fuerza de un puñetazo en el pecho.

¡Maldita fuera! Su reacción, la respiración atragantada en la garganta, el nudo en el estómago... ¡era ridícula! ¿Por qué no podía superar su pasado con Aaron?

Apretó los dientes, apartó la mirada y se deslizó tras la gente que hacía cola para conseguir que Ted Dixon le firmara un libro. Ella era una gran admiradora del trabajo de Ted. Cuando se había mudado a Fresno para comenzar una nueva vida, sus novelas de misterio, entre otras, la habían ayudado a mantener la mente ocupada para no recaer en su antigua vida. Y después, cuando había encontrado un trabajo en la tienda de segunda mano Helping Hands, el mejor trabajo al que podía aspirar con su escasa formación, los libros, mayoritariamente de segunda mano, le habían proporcionado la única diversión que podía permitirse. Y habían sido una auténtica bendición tras el nacimiento de Wyatt, cuando, con mucha frecuencia, pasaba la noche levantada, intentando aliviar los cólicos del bebé.

Aun así, Ted vivía en el pueblo. Tendría más oportunidades de verle. Le apetecía ir a aquel acto, pero probablemente no habría acudido si no hubiera sido por la presión de su hermana. Cheyenne había insistido en quedarse con Wyatt para que ella saliera un rato. Le había dicho que era importante que se diera un descanso. Y Presley se lo agradecía. Después del esfuerzo que había hecho para limpiar la casa que había alquilado, instalarse y encontrar un local comercial en alquiler para montar un estudio de yoga, estaba encantada de tener la oportunidad de sentirse como algo más que una madre.

Pero ella creía, al igual que Cheyenne y Dylan, el marido de su hermana, que Aaron estaba a doscientos veinticinco kilómetros al noroeste. Aaron quería montar su propia franquicia del taller Amos Auto Body, el taller de chapa y pintura del que Dylan y sus hermanos eran propietarios.

Según Cheyenne, Aaron había pasado mucho tiempo en Reno, buscando un solar en el que pudiera instalar el taller.

–Perdón –Presley se pegó contra la estantería más cercana, intentando pasar por detrás de dos hombres que estaban enfrascados en una conversación.

–¡Presley!

Eran tantas las ganas que tenía de escapar, que Presley ni siquiera había alzado la mirada, pero aquella voz le llamó la atención. Los que estaban allí de pie eran Kyle y Riley, dos de los mejores amigos de su hermana. Ted Dixon, el autor, formaba parte de aquella camarilla, de modo que no era sorprendente verle allí. De hecho, si se fijara un poco, probablemente encontraría a un puñado de los que habían sido compañeros de Ted desde el jardín de infancia.

–¡Hola! –consiguió sonreír, aunque el corazón le palpitaba con fuerza.

¿Estaría Aaron en ese instante abriéndose paso entre la gente que se interponía entre ellos?

No había ninguna razón por la que debiera resultarle incómodo acercarse a ella. A lo mejor no habían estado en contacto desde que ella se había ido, pero no había expectativas en aquel sentido por parte de ninguno de ellos. La relación que habían mantenido no implicaba ni compromisos ni obligaciones. Les gustaba salir de fiesta y con Aaron, había disfrutado del sexo más placentero que jamás había experimentado, pero, por lo que a él concernía, todo era pura diversión. Ni siquiera habían tenido una discusión cuando Presley se había marchado. La muerte de su madre y la noticia del embarazo la habían empujado a una odisea de autodestrucción que había terminado en una clínica abortiva de Arizona. Estaba convencida de que, de haberlo sabido, Aaron habría querido interrumpir el embarazo. Esa era la razón por la que, cuando había decidido tener a su hijo, Presley había sentido que no le debía nada, ni siquiera el comunicarle que Wyatt era hijo suyo.

–Cheyenne me comentó que ibas a volver –dijo Kyle–. ¿Cuánto tiempo llevas en el pueblo?

Presley miró tras ella, pero, como apenas medía un metro sesenta, no podía ver por encima de la gente que la rodeaba.

–Solo un par de semanas.

Se detuvo a hablar por educación, pero no pensaba prolongar aquella conversación durante más de unos segundos, sabiendo que Aaron estaba a solo unos metros y, probablemente, acortando la distancia que les separaba. Desgraciadamente, no podía marcharse. Ted ya le había dedicado el libro y había una cola larguísima hasta la caja registradora.

Antes de que hubiera podido pronunciar la despedida que tenía ya en la punta de la lengua, intervino Riley.

–Me alegro de que hayas vuelto a casa. Por cierto, estás increíble –silbó suavemente–. Debe de ser cosa del yoga.

Presley estaba demasiado nerviosa como para disfrutar del cumplido, o como para explicar que el yoga había hecho por ella mucho más que ayudarla a mantenerse en forma. Aquello supondría alargar en exceso la conversación.

–¿Habéis recibido alguna vez una clase de yoga? –preguntó en cambio.

Kyle y Riley intercambiaron una mirada.

–Pues no puedo decir que haya recibido ninguna –Riley sonrió de una manera que indicaba que, probablemente, tampoco iba a recibirla nunca.

–En cuanto abra el estudio, tenéis que ir a probar.

–Si vas a estar tú allí, claro que iré –se ofreció Kyle.

Presley no esperaba que ninguno de ellos coqueteara con ella. Cuando vivía en Whiskey Creek, siempre había tenido la sensación de que se consideraban demasiado buenos para ella. Siempre habían sido unos chicos populares y emocionalmente equilibrados. Ella había sido una joven perdida y marginal que había tomado muchas decisiones equivocadas. Podría haberse sentido halagada por aquel cambio de percepción, pero estaba demasiado preocupada por la posibilidad de tener que enfrentarse a Aaron. No quería hablar con él. Por muchas veces que se dijera que no era el hombre indicado para ella y que su relación había sido enfermiza y descompensada, no le servía de nada. No podía dejar de añorar su sonrisa, su risa, sus caricias.

No podía decir que el hecho de que le estuviera costando tanto superar aquel enamoramiento fuera una sorpresa. Toda su vida había sido una lucha constante.

–Genial. Me gustaría poder abrir el negocio la semana que viene –tenía que abrirlo necesariamente. No podía seguir durante más tiempo sin recibir ingresos–. Allí os veré.

Podía sentir sus ojos tras ella mientras se alejaba. Estaba segura de que les había sorprendido que les prestara tan poca atención. Pero, estando Aaron en la librería, lo único que quería era fundirse con el fondo. La mera visión de aquel rostro tan perfectamente esculpido, un rostro que resultaba casi bello en exceso a pesar de la cicatriz que le había dejado una pelea, bastaba para arrastrarla a un espacio de añoranza y debilidad.

Aaron era como la cocaína que había llegado a controlar su vida. Tenía que evitarlo con la misma avidez que evitaba otras sustancias que habían estado a punto de destrozarla.

No se relajó hasta que cruzó la cortina y entró en el almacén en el que Angelica Hansen, propietaria de Turn the Page, recibía su inventario. Por fin había encontrado un lugar en el que sentirse segura, un rincón en el que era poco probable que pudiera encontrarla. Cuando Aaron se fuera, pagaría el libro y saldría de la librería.

Pero se volvió con intención de mirar hacia la parte pública de la librería y su mirada chocó contra el duro y firme pecho de Aaron, que también estaba cruzando la cortina.

Aaron la agarró antes de que tropezara con una pila de libros que tenía a sus pies y la arrastró hacia él.

–¿Qué estás haciendo aquí?

Presley rompió aquel contacto antes de que su olor o el tacto de su piel pudieran minar su resolución. Se apartó tambaleante, tirando los libros. Tuvo suerte de no ser ella la que terminara en el suelo, como había estado a punto de ocurrirle antes.

–Necesitaba espacio para respirar. Hay demasiada gente en la librería. Se me ha ocurrido esperar un rato aquí, hasta que se acorte la cola.

Aaron entrecerró ligeramente los ojos al verla alejarse tan precipitadamente de su alcance. O quizá fueran sus sospechas sobre las razones por las que estaba en el almacén las que provocaron su silencio. ¿Pensaría que estaba intentando robar el libro de Ted?

¿O habría adivinado la verdad? Aaron siempre había sido muy perspicaz. Demasiado inteligente incluso. Era el más sensible de los hermanos Amos, el que peor se había tomado la pérdida de su madre y todo lo ocurrido después de su suicidio. Pero no hizo ningún comentario sobre el hecho de que se estuviera alejando de él.

–He oído decir que te has mudado a la casa de los Mullins hace un par de semanas.

Presley tenía que inclinar la cabeza para poder mirarle a la cara.

–Es cierto.

–Y hasta ahora… ¿dónde has estado?

¿Le estaba preguntando que por qué no se había puesto en contacto con él desde su llegada?

–He estado ocupada.

–¿Eso significa que no has estado en tu casa?

Presley volvió a sentir que se le tensaban los músculos del estómago.

–¿Tú te has pasado por allí?

–No me molesté en llamar. No vi ningún coche en el garaje.

–Ya no tengo coche.

Había vendido su nuevo Hyundai varios meses atrás para así poder librarse de las cuotas mensuales y ahorrar lo suficiente para alquilar un estudio. Si se hubiera quedado en Fresno y hubiera continuado ahorrando para tener un mayor colchón económico, podría haber abierto allí el estudio, pero al descubrir unas marcas extrañas en la piel de Wyatt, había tenido miedo de que la persona que lo cuidaba estuviera maltratándole y había decidido regresar a Whiskey Creek. Su hermana se había ofrecido a ayudarla con el cuidado del niño y, sabiendo que Aaron les había dicho a Cheyenne y a Dylan que se iba a vivir a otro lugar, regresar a su pueblo se había convertido por fin en una posibilidad.

Aaron vaciló.

–¿Cómo te las arreglas sin coche?

–Voy andando a casi todas partes.

La casa de Cheyenne estaba al final de la calle y muy cerca de la suya. El estudio de yoga a dos manzanas en la otra dirección, en la misma que el centro del pueblo, haciendo que le resultara fácil ir siempre que lo necesitaba.

–Es evidente que te está sentando bien el ejercicio.

Presley deseó que aquel cumplido no le produjera tanto placer. Pero durante los últimos dos años, había juzgado su vida pensando en lo mucho que le gustaría a Aaron todo lo que estaba haciendo, lo mucho que había cambiado. Suponía que el placer de ser por fin admirada por él era demasiado potente como para vencerlo.

–El propietario de la tienda de segunda mano en la que trabajé me introdujo en el mundo del yoga. Sobre todo es eso lo que ha marcado la diferencia.

–Un cuerpo flexible y tonificado –sonrió con admiración–. Estás mejor que nunca.

–Gracias.

Había otras cosas que explicaban aquella mejora física, como sus estrictos hábitos alimenticios, pero no quería prolongar la conversación. A Aaron le importaría muy poco lo que estaba haciendo con su vida en cuanto se diera cuenta de que no pensaba retomar la relación donde la habían dejado. No tenía ninguna intención de volver a acostarse con él.

–¿Qué tal te ha ido? –le preguntó–. Hace mucho tiempo que no nos vemos.

Y ella había sido plenamente consciente de cada minuto. No podía contar la cantidad de veces que había estado a punto de quebrarse y llamarle. Pero el riesgo de que pudiera averiguar que él era el padre de Wyatt la había detenido.

–Muy bien –se secó el sudor de las palmas de las manos en los pantalones–. ¿Y a ti?

–Voy tirando.

Parecía estar bien. Había ganado algunos kilos, que se repartían equilibradamente por su alta anatomía, algo que necesitaba. Era un hombre musculoso, pero demasiado delgado cuando se habían visto por última vez. Según Cheyenne y Dylan, también él había dejado las drogas. Y, después de haberle visto, Presley lo creía.

–Estupendo, me alegro de oírlo.

Deseó que Aaron lo dejara allí, pero él no se apartó de la puerta y ella no podía ir a ninguna parte mientras le estuviera bloqueando el paso.

–Me sorprendió enterarme de que habías alquilado la casa de los Mullins. Esa casa era una cloaca cuando ellos vivían allí –esbozó una mueca–. Eran gente muy tirada.

–Ha hecho falta mucho trabajo para dejar la casa en condiciones.

Había alquilado aquella casa de dos habitaciones porque era barata y estaba muy céntrica. Afortunadamente, dedicándole una buena cantidad de trabajo había conseguido hacer milagros.

–Ahora está limpia. Me quedan muy pocas cosas por hacer.

–¿Como cuáles?

–Pintar el porche, arreglar la cerca y plantar algunas flores.

Aaron hundió los pulgares en los bolsillos.

–¿Flores?

–¿Tienen algo de malo las flores?

–Parece que estás pensando en quedarte durante una buena temporada.

–Y es así.

–No eras tan hogareña cuando te fuiste.

Entonces no tenía un hijo, pero no quería hacer ningún comentario al respecto, puesto que Aaron no sabía que había sido él el que la había convertido en madre.

–Es difícil estar pendiente de las preocupaciones de cada día cuando lo único que te importa es estar colocado.

–Sí, supongo que tienes razón –se frotó la barbilla–. Asumo que has cambiado.

–Completamente.

–Sí, ya lo veo.

No, no lo veía. Todavía no. Él pensaba que los cambios eran superficiales, que a la larga caería rendida a sus pies, como había hecho en el pasado.

–Podría haberte ayudado a limpiar la casa. Deberías haberme llamado.

Presley se aclaró la garganta.

–No hacía falta. Me las he arreglado bien.

La mirada de Aaron se tornó vigilante e inescrutable. Estaba comenzando a darse cuenta de que los cambios incluían la decisión de no tener nada que ver con él.

–No creo que haya sido fácil hacer todo eso sola y con un niño.

Los tentáculos del miedo rodearon el corazón de Presley. Era la primera vez que mencionaba a Wyatt. Debía tener cuidado. Tenía que manejar las percepciones de Aaron con mucha precaución desde el principio. Cualquier sospecha por su parte podría dinamitar su felicidad.

–No, pero, si hubiera necesitado ayuda, podría habérsela pedido al padre de Wyatt.

–¿No vive en Arizona?

Cheyenne le había dado a todo el mundo esa información, incluso a Dylan.

–Sí, pero podría haber venido. Tiene dinero y se preocupa por Wyatt.

–¿Entonces tienes contacto con él? ¿Es un tipo formal?

El tono era esperanzado, como si fuera eso lo que deseara para ella. No había ningún motivo para que no fuera así. Por lo que Presley sabía, Aaron nunca le había deseado ningún mal, jamás había hecho nada intencionadamente para herirla. Estaba demasiado pendiente de sí mismo. Pero eso era, sencillamente, porque nunca la había querido, por lo menos, no tanto como ella le había querido a él.

–No tenemos ninguna relación más allá de Wyatt –contestó–, pero es un buen padre.

–Eso ya es mucho.

Si el padre de Wyatt realmente les hubiera proporcionado alguna ayuda, no habría tenido que limpiar la peor casa del pueblo para tener un lugar en el que vivir, pero, afortunadamente, Aaron no pareció asociar ambas cosas.

–Sí, lo es. Y muy pronto estaré ganando mi propio dinero.

–Como profesora de yoga, ¿verdad?

–Y como masajista –añadió.

Así nadie se sorprendería cuando ofreciera sus servicios. Quería que todo el mundo comprendiera desde el primer momento que estaba haciendo ambas cosas. Necesitaba toda la legitimidad que pudiera conseguir.

–¿Cómo te has metido en ese mundo?

–Conocí en yoga a un chico con el que terminé compartiendo piso. Era masajista.

–Un chico...

–No estuvimos nunca juntos, si es eso lo que estás preguntando. Roger es gay. Pagaba la mitad del alquiler y me enseñó a hacer masajes.

–Ya entiendo. ¿Y tienes una licencia, o lo que quiera que se necesite para ser masajista?

–Hice un curso de instructora de yoga. Y tengo un título de masajista.

Afortunadamente para ella, la beca del gobierno le había cubierto los gastos de la matrícula y los del cuidado de Wyatt mientras ella estaba en clase.

–Veo que tienes grandes planes. ¿Cuándo piensas abrir el negocio?

–Si todo va bien, dentro de una semana.

En cuanto terminara de pintar el interior del estudio e hiciera algunas mejoras que corrían a su cargo, como el mostrador de recepción. No sabía mucho sobre bricolaje, pero con el precio que tenían los materiales, no podía permitirse el lujo de contratar a nadie, así que tendría que aprender. Dylan ayudaría en todo lo que pudiera, y también Cheyenne cuando no estuviera en Little Mary, pero su hermana y su cuñado tenían sus propias vidas y ella tenía prisa por terminar.

–Genial –Aaron le guiñó el ojo–. Seré tu primer cliente.

Presley sabía que Aaron pensaba que estaba siendo encantador, pero se tensó de todas formas.

–¿Perdón?

Aaron se la quedó mirando fijamente.

–He dicho que seré tu primer cliente.

–Pero... no es eso lo que piensas hacer.

La sonrisa de Aaron desapareció al advertir su tono de agravio.

–¿Y qué es lo que pienso hacer?

–Voy a dirigir dos negocios legales, Aaron. Yo ya no... no quiero estar todo el día de fiesta. Ni hacer nada de lo que a ti podría interesarte.

Aaron frunció el ceño.

—Porque, por supuesto, a pesar de haber pasado dos años fuera, tienes muy claro que es lo único que me interesa.

—Sé lo único que te interesa de mí. Siempre lo he sabido. Y no estoy dispuesta a... a ser una más de tus muchas compañeras de cama. No es esa la vida que he elegido para mí.

—¿Mis muchas compañeras de cama? ¿Quieres que las contemos?

Presley negó con la cabeza.

—No te estoy juzgando.

—¡Qué generosa!

Aquello no estaba saliendo bien. Ella no era quién para criticar a nadie y lo sabía.

—No soy la misma persona que era, eso es todo.

Se tensó un músculo en la mejilla de Aaron.

—¿Estás insinuando que antes me aproveché de ti?

Aaron había tenido algunos enfrentamientos con la ley, de modo que su reputación no era más brillante que la suya. A los Temidos Cinco, que era como se llamaba a los hermanos Amos, se les culpaba de todo, incluso de muchas cosas que no habían hecho ellos. Aunque, seguramente, la situación había cambiado. El último jefe de policía había sido destituido por mala conducta y el nuevo no parecía tan ebrio de poder como el anterior.

—No —negó con la cabeza para dar más énfasis a sus palabras—. Lo que ocurrió entonces fue culpa mía. Tú nunca me pediste que te siguiera como un cachorro, ni que me arrastrara a tu cama cada vez que tenía oportunidad —se echó a reír y elevó los ojos al cielo—. Supongo que acabaste harto de tenerme todo el día pendiente de cada una de tus palabras, de cada uno de tus movimientos. Siento haber sido tan pesada.

Pero Aaron no rio con ella.

—Sí, era bastante lamentable.

Presley percibió el sarcasmo que había tras sus palabras. Probablemente ya había olvidado lo mucho que le irritaba, pero ella sí lo recordaba. El día de la muerte de su madre, había ido a buscarle en busca de consuelo, pero él la había rechazado con unas duras palabras por haberle despertado en medio de la noche.

Y, aun así, Presley no tenía nada contra él. Nada, de verdad. Lo único que quería era que el siguiente hombre que hubiera en su vida la quisiera un poco más.

–Estoy segura –respondió, tomándose sus palabras como si fuera eso lo que había pretendido decir–. Pero esta vez no te molestaré. Ahora busco… otras cosas.

–Sí, ya me lo has dicho.

Con la mandíbula en tensión y los labios apretados, apoyó el hombro contra el marco de la puerta. Evidentemente, no estaba satisfecho con el curso que estaba tomando la situación. Presley lo sabía por la actitud chulesca que había adoptado. Podría haberle incomodado aquella mirada cortante que ponía a casi todo el mundo nervioso, pero no podía entender que se hubiera enfadado por el hecho de que prefiriera guardar las distancias. Para empezar, él nunca la había querido. De modo que, ¿por qué iba a importarle que se negara a seguir en contacto con él? Podía tener a todas las mujeres que quisiera. Incluso muchas que pretendían ser demasiado buenas para él, a veces le miraban con evidente anhelo.

–¿Y qué otras cosas estás buscando exactamente?

–Un marido para mí y un buen… padrastro para mi hijo. Un compromiso –algo que le dejaba a él al margen–. Así que, si me perdonas…

Aaron no reaccionó. Estaba demasiado ocupado escrutando el rostro de Presley con aquellos ojos castaños. A lo mejor estaba buscando a la antigua Presley, pero ella no había mentido al decir que había desaparecido.

Cuando se acercó un paso, mostrando así que esperaba que se apartara de su camino, Aaron se apartó de la pared e hizo un gesto exageradamente teatral para invitarla a pasar.

Había desaparecido ya el brillo de excitación que Presley había visto en sus ojos cuando se había dirigido por primera vez a ella. Su expresión se había vuelto implacable, pétrea. Pero Presley no tenía ningún motivo para arrepentirse de sus palabras. Había hecho lo que tenía que hacer. Y había asumido la responsabilidad sobre su pasado, no le había reprochado nada a Aaron.

–Gracias –dijo suavemente.

Salió a la parte delantera de la tienda, aunque se sentía como si estuviera arrastrando su corazón por el suelo tras ella.

Ya no tendría que preocuparse por rehuirle en el futuro, se dijo a sí misma. Podrían intentar evitarse el uno al otro, cruzar a la otra acera, si fuera necesario. Aquello haría más fáciles las próximas semanas, o meses, o el tiempo que le llevara a Aaron trasladarse a Reno.

Pero entonces, ¿por qué tenía los ojos anegado en lágrimas y sentía la garganta como si acabara de tragar un pomelo?

Estaba de pie, haciendo cola con el rostro ardiendo y el pulso acelerado, cuando Kyle y Riley detuvieron a Aaron en el momento en el que este avanzaba hacia la parte pública de la librería. Le saludaron y él respondió. Parecía estar perfectamente. Su rechazo no le había afectado en absoluto, lo cual demostraba que, en realidad, nunca le había importado. La había utilizado. En cualquier caso, ella era igualmente culpable por haberse entregado sin reservas a él.

–¡Eh, Aaron! Presley está aquí –dijo Kyle–, ¿la has visto?

Presley se clavó las uñas en la palma de la mano, rezando para no tener que oír la respuesta de Aaron. Pero no pudo perdérsela. No hubiera dejado de oírla aunque hubiera tenido la posibilidad de hacerlo.

–De lejos –contestó él.

Habían estado muy cerca cuando Aaron había evitado que se cayera encima de los libros, pero no iba a reprocharle una mentira como aquella. Lo único que quería era que la cola avanzara más rápido para poder salir cuanto antes de la librería.

–Va a abrir un estudio de yoga en el local que hay al final de la calle en la que Callie tiene el estudio de fotografía –informó Riley–. Y también dará masajes.

Había un evidente doble sentido en aquella frase, como si todos lo consideraran muy divertido. Sin duda alguna, se preguntaban si ofrecería un servicio adicional que no podía anunciar. Pero la culpa también era suya. Le llevaría tiempo superar la imagen que se tenía de ella en Whiskey Creek.

–Un negocio con múltiples servicios.

Presley se encogió por dentro, asumiendo que Aaron estaba participando de aquellas sospechas.

–Teniendo en cuenta lo guapa que está, no creo que tenga problemas para conseguir clientes.

–A mí me parece que está igual que siempre –replicó Aaron, y se alejó.

Se estaba yendo. El radar interno de Presley supo que se dirigía hacia la puerta. Después, y a pesar de sus esfuerzos por fijar la mirada en la persona que tenía delante de ella, miró hacia él por última vez, y descubrió que también Aaron la estaba mirando. Aquella vez, su expresión, más que inescrutable, era de desconcierto.

Pero aquella expresión de niño herido desapareció tras una máscara de indiferencia en cuanto se dio cuenta de que le estaba observando. Y salió del establecimiento.

Capítulo 2

Aaron permanecía en el umbral de la casa de Cheyenne y Dylan, junto a la sillita que había en el porche. Mientras esperaba una respuesta a su llamada a la puerta, oyó a Cheyenne en el interior de la casa.

–¡Mamá ya está aquí, Wyatt! –canturreó Cheyenne.

Unos cuantos segundos después, abrió la puerta y le miró como si no acabara de creerse lo que estaba viendo.

Aaron había imaginado que abriría con el bebé de Presley en brazos, pero no fue así. Debía de haber dejado después al niño en la otra habitación.

–Aaron, no te esperaba.

Tampoco él esperaba pasarse por allí hasta que se había encontrado a Presley en la firma de libros de Ted Dixon. Desde el mismo momento en el que se había enterado de su regreso, e incluso antes, había estado esperando una oportunidad para disculparse por cómo se había comportado el día de la muerte de la madre de Presley. No había sido capaz de enfrentarse con el grado de intensidad emocional que aquella muerte implicaba. Aquella clase de tragedia le hacía revivir la muerte de su propia madre, algo que evitaba a toda costa. Pero se sentía mal por haber sido tan canalla con ella. Jamás olvidaría el miedo que había pasado cuando Presley había desaparecido. Se culpaba a sí mismo por todo lo que había pasado durante aquellos días. Sabía lo mucho que había sufrido Presley. Fuera lo que fuera lo que había experimentado, era tan terrible que ni Cheyenne ni Dylan hablaban sobre ello. Durante mucho tiempo, había querido decirle a Presley que lo sentía, pero no había tenido oportunidad de hacerlo. Cada vez que pedía su número, Cheyenne le decía que no tenía teléfono. Y Presley nunca le había llamado. Durante las dos semanas que llevaba en el pueblo, no había intentado ponerse en contacto con él. Si no hubiera sido porque los clientes del taller le habían avisado, ni siquiera se habría enterado de que estaba en el pueblo. Por lo menos, hasta que se la hubiera encontrado en la firma de libros. Dylan no lo había mencionado. De hecho, Dylan rara vez hablaba de Presley.

–¿Está mi hermano en casa? –preguntó.

Cheyenne continuaba bloqueando la puerta y Aaron no sabía cómo inspirar una bienvenida más calurosa. Había imaginado que Presley pasaría por allí para buscar a su hijo. Si no estaba con su madre, Wyatt tenía que estar en alguna parte, y aquel era el lugar más lógico. La sillita le había confirmado sus suposiciones.

Su cuñada comenzó a moverse nerviosa.

–¿Dylan?

–Sí, tu marido y mi hermano, ¿te acuerdas de él?

Presley no podría pensar que solo quería acostarse con ella si la veía en presencia de su hermana y su cuñado. Aquello podría legitimar el contacto. Quizá así pudieran recuperar parte de su antigua camaradería y él podría acercarse a su casa para pedirle una disculpa. En la librería las cosas habían ido muy mal y no había sabido encontrar la manera de expresar lo que realmente sentía.

Cheyenne ignoró su sarcasmo.

–Claro que está aquí. Está viendo la televisión.

Cuando Cheyenne miró por encima de él hacia el camino de la entrada, Aaron comprendió por qué se mostraba reacia a invitarle a entrar. No quería que estuviera allí cuando llegara Presley. Pero Cheyenne era demasiado educada para hacerlo excesivamente obvio. Retrocedió con una sonrisa.

–Pasa.

Aaron comprendía que pensara que no había tratado bien a su hermana. Él no había sido la mejor compañía para Presley. Pero nunca le había hecho daño de manera intencionada. Y ya no era el mismo de antes. ¿Por qué pensaban que Presley era la única que podía cambiar?

Cuando Cheyenne agarró una sudadera del perchero de la entrada en vez de seguirle hacia el cuarto de estar, Aaron le preguntó:

–¿Adónde vas?

–A ningún sitio –hizo un gesto vago con la mano–. Solo quiero llevar a Wyatt a dar un paseo.

–Es de noche y hace frío.

Había estado lloviendo una hora antes y podía volver a llover. En el País del Oro, la primavera solía llegar pronto, pero aquella primera semana de marzo estaba siendo auténticamente infernal.

–No iremos muy lejos.

Un niño de pelo negro salió caminando torpemente del cuarto de estar. Llevaba un bloque de plástico en la mano, con la esquina mordisqueada.

–Este debe de ser Wyatt.

Se produjo otro silencio por parte de Cheyenne, pero Aaron comprendió el por qué. Ella no quería que nada ni nadie se interpusiera en el proceso de recuperación de Presley, y eso le incluía a él.

–Sí, este es Wyatt, el orgullo y la alegría de mi hermana.

Era la maternidad lo que había cambiado a Presley. Aaron tuvo la completa certeza.

Wyatt alzó la mirada hacia él con unos ojos redondos

del color del chocolate fundido. Iguales a los de su madre.

—Qué mocoso tan guapo —dijo—. Parece muy grande para su edad. Es sorprendente, teniendo una madre tan pequeña como Presley.

—Presley dice que su padre es alto —Cheyenne se movió como si pensara levantar al bebé en brazos y salir, pero Aaron estaba más cerca del niño y se agachó para levantarlo antes de que pudiera hacerlo ella.

—¡Eh, tú! —le dijo—. ¡Qué gordito estás! Me parece que tú no te pierdes una comida.

El niño se sacó el bloque de la boca y le dirigió una sonrisa pegajosa con la que reveló la presencia de unos dientes minúsculos.

—¡*Ma–ma–ma*! —balbuceó mientras golpeaba el bloque con la mano libre.

Aaron desvió la mirada hacia Cheyenne.

—No parece tener miedo de los desconocidos.

—No, es un tipo feliz y confiado.

Cuando Aaron tomó la mano del bebé y le dio un golpecito con ella en la nariz, Wyatt soltó una carcajada e intentó meterle el bloque de plástico en la boca.

—Está bien, pequeñajo —dijo Aaron, volviendo la cabeza—. Ese bloque ya tiene suficiente saliva.

—¿Aaron? ¿Eres tú? —preguntó Dylan desde el cuarto de estar, y Aaron le tendió el niño a Cheyenne.

—Sí, soy yo.

—¿Cómo te ha ido en Reno? ¿Ya has encontrado el terreno para el taller?

Aaron entró en el cuarto de estar y vio a Dylan con el pelo mojado y repantigado en el sofá. Había trabajado hasta tarde y acababa de salir de la ducha. Estaban saturados de trabajo, aquella era otra de las razones por las que Aaron pensaba que había llegado el momento de abrir una sucursal del taller.

—Nada que termine de gustarme. Estoy considerando la posibilidad de irme a Placerville.

—Yo no iría allí.

—Está más cerca, a solo sesenta kilómetros.

—Pero el mercado es más pequeño. ¿Cuándo has vuelto?

Aaron se dejó caer en una de las butacas de cuero del cuarto de estar y apoyó los pies en la mesita del café. Los Ángeles Lakers estaban jugando el Miami Heat y parecía un partido muy reñido.

—Hace un par de horas. Le prometí al señor Nunes que si nos daba otro día para terminar el Land Rover le conseguiría el último libro de Ted dedicado.

Dylan se irguió en el sillón.

—¿Has ido a la firma?

—Solo he estado unos minutos.

No había conseguido el libro. La cola era demasiado larga. Después, había hablado con Presley y había terminado marchándose. Pero pasaría más tarde por casa de Ted y le pediría un ejemplar.

—¿Qué tal ha ido? –le preguntó su hermano.

¿Por qué tenía Aaron la sensación de que era una pregunta cargada de intenciones? ¿Le preocupaba que hubiera asistido a la firma de libros?

—Bien, ¿por qué iba a ir mal?

Su hermano pasó los anuncios del descanso del partido.

—Por ninguna razón en especial.

—¿Y no será porque Presley estaba allí?

—Cheyenne estaba nerviosa, tenía miedo de que os encontrarais –le explicó.

—¿Por qué? –preguntó Aaron–. ¿Qué podía pasar? Todo el mundo se comporta como si tuviéramos que ser enemigos. Como si fuera capaz de hacer algo terrible si tuviera oportunidad. Pero yo jamás maltraté a Presley. Lo que quiero decir es… No fui todo lo amable que podía haber sido, pero jamás me pasé de la raya. Éramos amigos –añadió, encogiéndose de hombros–. Lo pasábamos bien juntos. Eso era todo.

Dylan no se dejó convencer por aquel discurso.

–Tú sabes que Presley ha tenido un pasado complicado. No queremos que vuelva a tener relación con el tipo de cosas con las que se relacionaba en el pasado.

–¿Y yo soy una de esas cosas? ¿Me estás echando a mí la culpa de que se drogara?

Dylan subió una pierna y apoyó la mano en la que tenía el mando a distancia en la rodilla.

–Tú salías mucho con ella.

–Pero no fui yo el que la introdujo en el mundo de las drogas. Ni siquiera la animaba a consumirlas. Estaba enganchada a la coca. Si no hubiera salido conmigo, lo habría hecho con cualquiera.

–Quizá, pero en aquella época tampoco tú eras la compañía más recomendable. No creo que la desanimaras. Los dos jugasteis fuerte y perdisteis. Pero, sea como sea, todo eso pertenece al pasado. Y esperamos que siga allí. La vida ya es suficientemente difícil para una mujer que está intentando criar sola a su hijo.

Aaron frunció el ceño al recordar la conversación que había mantenido con Presley en la librería.

–No está sola. El padre de Wyatt la está ayudando, ¿verdad?

Dylan emitió un sonido de incredulidad.

–¿Bromeas? Presley estuvo con el padre de Wyatt durante ¿cuánto tiempo? ¿Una hora? ¿Dos? Solo era un canalla que se aprovechó de ella cuando estaba colocada y huyendo de todo aquello que no quería sentir. Si hubiera alguna esperanza de encontrarle, le haría una cara nueva. Pero Presley no está en contacto con él y tampoco sabe cómo localizarle. Cuando le pregunté por él, ni siquiera me dijo su nombre.

—A mí me ha dicho que el padre la ayuda económicamente —repuso Aaron tenso.

—Supongo que te lo ha dicho por orgullo. No quiere que sepas lo desesperada que ha estado, ni que apenas está empezando a superar su situación.

—¿Y por qué iba a sentir que tiene algo que demostrarme? Yo nunca la he mirado con desprecio.

—Está intentando poner buena cara ante la adversidad. La gente hace eso.

—Pero no cuando se conoce tan bien como nos conocemos nosotros.

—Las cosas han cambiado, Aaron.

Aquella era la segunda vez que oía aquella frase.

—¡Al infierno con el cambio! ¿Por qué todo tiene que cambiar?

—Intenta olvidar el pasado. No sois buenos el uno para el otro, y menos ahora que Presley tiene un hijo.

La antigua rabia volvió a inflamarse.

—Espera un momento, ¿quién eres tú para tomar esa decisión?

Dylan le dirigió una mirada asesina.

—Cheyenne y yo estuvimos cerca de vosotros cuando estabais juntos. Sabemos cómo estabais.

—¿Y qué? Eso no te da derecho a decirme a quién puedo y a quién no puedo ver. Después de todos estos años, ¿todavía sigues intentando hacer de padre?

Dylan paró el partido de los Lakers.

—No empieces ahora con esos argumentos tan gastados.

—Empezaré si quiero. ¡Ya estoy harto, Dylan! Solamente nos llevamos tres años. Ya es hora de que lo vayas recordando.

Afortunadamente para la paz mental de Aaron, Dylan no negó que tenía tendencia a ser excesivamente controlador.

–Supongo que es difícil romper con los viejos hábitos –gruñó–. En cualquier caso, ¿cuándo piensas superar lo que quiera que tengas en contra de mí? Puedes seguir restregándome mis errores hasta que nos hartemos, pero eso no los va a solucionar. La cuestión de fondo es que Cheyenne y yo estamos preocupados por Presley y por ti. Queremos asegurarnos de que los dos continuéis...

–¿Qué? –le interrumpió Aaron, alzando las manos–. ¿Viviendo nuestras vidas tal y como vosotros las dispongáis?

–¡Que continuéis viviendo al margen de las drogas, si quieres saber la verdad! ¡Maldita sea!

Aaron se levantó.

–No debería haber venido.

Dylan arrojó el mando a distancia sobre la mesita del café y se levantó para seguirle hasta la puerta.

–A lo mejor no quieres admitirlo, pero estás endemoniadamente resentido. Ya es hora de que crezcas. Yo hice las cosas lo mejor que pude. Tenía dieciocho años cuando encarcelaron a papá. ¿Crees que quería ocupar su lugar? ¡Claro que no! Pero no vi a nadie dispuesto a hacer ese trabajo. ¿Lo habrías hecho tú? ¿A los quince años?

–Vete a la mierda –musitó Aaron, y aquello bastó para acabar con la paciencia de Dylan.

–¡Mierda! ¡Me sacas de mis casillas como nadie! –rugió mientras daba un puñetazo en la pared.

Aaron se quedó boquiabierto. Habían tenido sus buenas peleas en el pasado, pero nunca había visto a Dylan perder el control con tan poca provocación. Aquella discusión había sido una nadería comparada con las que habían mantenido a lo largo de su relación.

–¿No crees que estás exagerando un poco?

–¡Y a mí que me importa! –gritó Dylan–. ¿Crees que estás harto de muchas cosas? ¡Pues yo también y, además, estoy cansado de tu maldito resentimiento!

Aaron no respondió. Se limitó a marcharse dando un portazo.

Y hasta que no estuvo en el sendero que transcurría junto al lecho del río, el lugar en el que había crecido y todavía vivía con sus hermanos pequeños, no se tranquilizó lo suficiente como para darse cuenta de que todos los objetos del bebé y la sillita que había visto al llegar a casa de Dylan habían desaparecido. Cheyenne no se había llevado al niño a dar un paseo. Le había llevado a casa de su madre.

Cuando Cheyenne regresó después de haber dejado a Wyatt con Presley y vio que la camioneta de Aaron ya no estaba aparcada en el garaje, respiró aliviada.

–Se ha ido –dijo por teléfono.

En cuanto había salido de casa de su hermana, había sacado el teléfono para llamar a Eve Harmon, cuya familia era propietaria del hostal en el que las dos trabajaban. Eve era la única persona del mundo con la que había compartido la verdad sobre el hijo de Presley. Ni siquiera el resto de sus amigos más íntimos la conocía.

–Me alegro de oírlo –dijo Eve.

Cheyenne se desató la cremallera del abrigo. Gracias a aquel enérgico paseo, ya no tenía tanto frío como para mantenerlo abrochado.

–Por lo menos ahora no tendré que entrar en casa y sonreír mientras hablamos sobre Presley y Wyatt como si no estuviera traicionando a mi cuñado y a mi marido.

Teniendo en cuenta el reciente regreso de su hermana, era obvio que su nombre habría surgido en la conversación si Aaron hubiera seguido allí.

–¿Estás segura de que Aaron no sabe que ese hijo es suyo? –preguntó Eve–. A lo mejor lo sospecha, pero prefiere dejar las cosas así.

–No tengo ni idea. Lo único que sé es lo difícil que me

resulta mantenerlo en secreto. A veces, la paternidad de Wyatt me parece tan evidente que me cuesta creer que Dylan no se lo haya imaginado.

–¿Por qué iba a imaginárselo? Le dijiste que el padre de Wyatt era un tipo de Arizona y él se lo ha creído.

Cheyenne se detuvo en el camino. No quería acercarse más a la casa. No quería que su marido oyera lo que estaban diciendo.

–¿Estás intentando tranquilizarme? Porque señalar lo mucho que confía en mí solo sirve para que me sienta peor.

–Ya hemos hablado de esto en otras ocasiones. ¿Qué otra cosa podrías hacer?

Dylan podía ser su marido, pero también era el hermano de Aaron y, a pesar de todas las diferencias que había entre ellos, se querían con una fiereza forjada en todas las dificultades que habían superado juntos. No tenía la menor duda de que, en el caso de saber la verdad, Dylan se lo contaría a Aaron a la larga, si es que no lo hacía inmediatamente. No podría evitar ver la situación desde la perspectiva de su hermano, de la misma forma que ella no podía evitar considerarla tal y como la veía su hermana. Podría suplicarle, por supuesto, decirle que Presley nunca había tenido una vida tan equilibrada, que no podía arriesgarse a que cayera de nuevo en picado, como le había pasado cuando había huido de Whiskey Creek y había terminado con un sádico. Pero eso solo sería efectivo durante un tiempo, a la larga, prevalecería la lealtad hacia su hermano.

–A lo mejor sería diferente si Presley no fuera tan buena madre –dijo Cheyenne–. Pero está completamente entregada a Wyatt. Me siento muy mal al admitirlo, pero lo está haciendo mucho mejor de lo que yo esperaba.

–Y también sería distinto si Aaron no fuera tan impredecible –añadió Eve–. Pero no tienes idea de cómo podría reaccionar. No sabes si se mostraría justo y razonable o se pondría furioso y llegaría a superarle la situación.

Cheyenne fijó la mirada en las luces que resplandecían en el interior de su propia casa.

–También puede ser muy responsable y tiene muchos más recursos que Presley. Si tuvieran que batallar por la custodia de Wyatt... –se estremeció al pensar en ello.

Nadie quería enfrentarse a Aaron. Pero su hermana lo haría. Jamás se rendiría si lo que estaba en juego era su hijo.

–¿Cómo voy a poner a mi hermana en una situación tan difícil?

–No puedes. Presley se merece ser feliz. Y últimamente lo es, ¿verdad?

–Más feliz de lo que lo ha sido nunca.

–Eso demuestra que estás haciendo las cosas bien.

–Pero aun así, si Aaron y Dylan lo averiguan en algún momento...

Se le rompía el corazón al pensar en ello, pero no podía abrir la boca. No podía arriesgarse a decir nada por miedo a lo que aquella verdad podría desencadenar.

–Al menos tienes la esperanza de que no lleguen a averiguarlo nunca –dijo Eve con sentido práctico.

–Qué desastre –sabía que aquello no iba a acabar bien. Y pensar en ello le aterraba–. En cualquier caso, ya he llegado a casa. Tengo que colgar.

–Muy bien, ¿vendrás mañana?

Desde hacía algún tiempo, Cheyenne había reducido las horas de trabajo para poder ocuparse de Wyatt. Ninguna de ellas se había acostumbrado todavía al nuevo horario.

–Sí.

–En ese caso, te veré mañana por la mañana.

Mientras colgaba, Cheyenne intentó relegar aquella preocupación hasta el fondo de su mente, como había conseguido hacer hasta entonces. Pero cuando entró y se volvió para colgar el abrigo, vio el agujero en la pared. Una prueba más de que no podía contarle a Aaron lo de Wyatt. Aaron tenía un problema de agresividad. Aquello le bastó para comprender que no debía replantearse la decisión que había tomado dos años atrás.

—¿Qué ha pasado? —le preguntó a Dylan—. No me digas que Aaron y tú habéis vuelto a discutir.

No hubo respuesta.

Disgustada por el daño que había sufrido su propia casa, Cheyenne corrió al cuarto de estar. Su marido estaba en el sofá con la cabeza entre las manos. Había parado el partido.

—Dylan, ¿qué te pasa? No te ha pegado, ¿verdad?

Su inquietud creció cuando Dylan alzó la mirada y vio la expresión vacía de sus ojos.

—No, no me ha pegado.

—¿Y por qué le ha dado un golpe a la pared?

Dylan se pasó la mano por el pelo.

—No ha sido Aaron. Eso lo he hecho yo.

—¿Qué?

Jamás habría imaginado a Dylan haciendo algo así. Al igual que Aaron, tenía su genio. ¡Que el cielo se compadeciera de cualquier contrincante que le presionara en exceso! Pero siempre había sido capaz de controlarse, por lo menos, desde que había llegado a su vida. Anteriormente, había tenido fama de ser un joven temerario, incluso peligroso, pero era comprensible. Dylan se había visto obligado a hacer cualquier cosa para sobrevivir, y también para conseguir que sus hermanos sobrevivieran.

—Lo arreglaré —dijo, intentando aplacarla.

—Me preocupa menos la pared que tú —se sentó a su lado y le acarició la espalda, intentando tranquilizarle—. ¿Por qué te has enfadado?

—Aaron me saca de mis casillas, ya lo sabes.

—Pero, normalmente, eres capaz de dominarte. ¿Qué ha dicho o ha hecho para que te hayas puesto tan furioso esta noche?

Dylan se frotó la mandíbula, acariciando la incipiente barba.

—Estaba intentando decirle que se mantuviera al margen de Presley y se ha enfrentado a mí, como siempre.

El sentimiento de culpa de Cheyenne se hizo todavía más profundo.

—No discutas con tu hermano por culpa de Presley. Me hace sentirme como si fuera yo la culpable por haberte transmitido mi preocupación por ella.

—No quiero que Aaron le destroce la vida. Si la quisiera y estuviera dispuesto a dar un paso y casarse con ella, no me sentiría así. Pero... Aaron no quiere nada de lo que Presley puede ofrecerle. Por lo menos ahora. Tu hermana tiene un hijo y es plenamente responsable de él.

Dylan adoraba a Wyatt y se sentía muy protector hacia él.

—¿Estás seguro? ¿Estás convencido de que Aaron no está preparado para...? —Dylan la miró de tal manera que Cheyenne no terminó la frase—. ¿No crees que podría estar interesado en una relación más seria?

—¡Qué va! Nunca ha sido capaz de mantener una relación seria. Y, en cualquier caso, no me gustaría que volviera con Presley. Es lo último que necesitamos. Sabes lo voluble que es y, también, hasta qué punto podría afectarnos esa relación a nosotros.

Pero Aaron no iba a pedir permiso. Nadie podía decirle lo que tenía que hacer. Nadie podría hacerle entrar en razón si quería volver con Presley. Y si Dylan intentaba interponerse o influir en él, haría exactamente lo contrario para demostrar que nadie podía darle órdenes.

—Es una pena que mi hermana haya tenido que volver antes de que Aaron se vaya.

—Prefiero tenerla aquí en Whiskey Creek que dependiendo de personas en las que no puede confiar para cuidar a Wyatt.

Dylan se había indignado tanto como ella cuando Presley había encontrado esas marcas en Wyatt. El propietario de la tienda de segunda mano le había permitido llevar a Wyatt al trabajo durante tres días a la semana, pero aun así, Presley se veía obligada a dejar el niño al cuidado de otros durante los fines de semana, que era cuando más trabajo había en la tienda y cuando iba por las noches al curso de masajes.

–Sé que Wyatt está mejor aquí, pero... –comenzó a decir Cheyenne.

–¿Pero? –la urgió Dylan.

El problema era que Dylan no disponía de tanta información como ella.

–Tenerlos a los dos en el pueblo, aunque solo sea durante un mes, ya me parece demasiado tiempo –le dirigió una sonrisa de pesar mientras le revisaba la mano. Tenía un moratón y los nudillos raspados–. ¿Necesitas que te lleve al hospital? ¿Quieres que te hagan una radiografía?

Dylan apartó la mano.

–No, no está rota.

–¿Estás seguro?

–Completamente. Me la he roto bastantes veces como para saber la diferencia.

Cheyenne le revolvió el pelo. Aunque era un hombre duro, había una inocencia casi infantil en su forma de cuidarla que constituía la base de su felicidad.

–Te quiero mucho, mucho. Aunque hagas agujeros en las paredes –se levantó–. Vamos a lavarte la mano antes de que manches el sofá de sangre.

–¿Chey? –la agarró de la muñeca y la atrajo hacia él.

–¿Sí?

–¿Alguna vez... sientes envidia al ver a Wyatt?

La seriedad de aquella pregunta fue un indicio de lo que podía haber provocado el estallido de Dylan. No tenía que ver con Aaron. Por lo menos, no del todo.

–¿Por qué iba a sentir envidia?

Podía imaginárselo, pero quería que fuera él el que lo dijera. Dylan rara vez daba voz a sus miedos y preocupaciones. En cambio, tendía a expresarlos con algún acto físico, haciendo el amor con ella, yendo al gimnasio que habían montado sus hermanos y él en el garaje o, como había hecho aquella noche, dando un puñetazo en la pared.

–Ya llevamos un tiempo casados y... no tenemos hijos –la miró con atención–. A pesar de lo mucho que deseabas tener uno.

Dylan sentía que tenía que ofrecer algo que ella deseaba con fuerza. Y no estaba siendo capaz de darle lo que más felicidad podía causarle. Desde que tenía dieciocho años, se había hecho cargo de todas las personas que formaban parte de su vida. Siempre había asumido esa responsabilidad. Sencillamente, formaba parte de su forma de ser.

–Quiero tener un hijo –admitió Cheyenne–. Quiero tener un hijo tuyo. Pero si no podemos, no podemos. Nada hará que me arrepienta nunca de haberme casado contigo.

–¿Y si... y si la culpa es mía? ¿No te resentirías algún día?

–Por supuesto que no.

–Porque tengo que ser yo –dijo–. Tú nunca has sufrido ningún daño físico.

–¿Y crees que dedicarte a la lucha podría haber dañado... tu aparato?

–Si hubiera ganado un dólar por cada vez que me han dado una patada en los genitales...

Se había iniciado en las artes marciales mixtas cuando su padre, abatido por la tristeza tras la muerte de su madre, había apuñalado a un hombre y había ido a prisión. Dylan se había visto obligado a hacer algo para aumentar los ingresos que conseguían en el taller, que, en aquella época, no era precisamente un negocio boyante. Si no hubiera sido por el dinero que había ganado en la lucha, sus hermanos pequeños habrían terminado separados en diferentes hogares de acogida.

–Si las cosas son así, las aceptaremos –le aseguró Cheyenne.

–Nos resignaremos, quieres decir.

–Quiero decir que las aceptaré de verdad.

La miró a los ojos con expresión preocupada.

–Debería hacerme una revisión médica.

Cheyenne también había querido que fuera al médico, hasta que había ido ella y había descubierto que la culpa no era suya, sino de su marido.

–No.

–¿Por qué no?

–Porque no importa –entrelazó los dedos con los suyos–. Lo seguiremos intentando. A ti, de todas formas, eso te gusta –bromeó.

Pero Dylan no dejó que aquella broma le distrajera. Ni siquiera sonrió. Estaba empeñado en mantener esa conversación.

–¿Y si no funciona?

–Adoptaremos.

–Pero, gracias a tu madre o, mejor dicho, a Anita, ya te has perdido demasiadas cosas en la vida. Quiero que tengas tu propio hijo. Quiero que experimentes lo que es un embarazo, que sepas lo que es dar a luz y veas crecer a tu propio hijo. Y quiero que tu verdadera madre, ahora que os habéis encontrado, pueda ver crecer su familia.

–No siempre tenemos lo que queremos –le advirtió ella.

–Sí, ya lo sé. Y tú has tenido que conformarte con lo poco que tenías durante la mayor parte de tu vida. No puedo soportar la idea de que ahora también tengas que resignarte por mi culpa.

–Dylan, puedo querer a un niño adoptado tanto como a uno propio. Y, de todas formas, aunque no llegáramos a tener nunca un hijo, estaría dispuesta a renunciar a cualquier cosa por ti.

Dylan se la quedó mirando fijamente, como si estuviera

intentando decidir si realmente pensaba lo que estaba diciendo. Después, la besó profundamente, con ternura, y la llevó al dormitorio, donde hicieron el amor como si todo marchara estupendamente y estuvieran muy por encima de cualquier problema. Pero cuando al terminar, Cheyenne comenzó a adormecerse en su pecho, advirtió que él tenía los ojos abiertos como platos y la mirada clavada en el techo.

Capítulo 3

Presley no podía dormir. Y sabía por qué. Pero se negaba a obsesionarse con el encuentro con Aaron. También se negaba a pasar toda la noche dando vueltas en la cama.

De modo que apartó las sábanas de una patada, se levantó, se puso un par de vaqueros llenos de agujeros y una sudadera y levantó al niño de la cuna. Wyatt se movió, pero no se despertó cuando le sentó en la sillita. Ella casi deseaba que se despertara. Si no lo hacía entonces, querría ponerse a jugar cuando ella necesitara dormir. Una madre soltera tenía que dormir cuando lo hacía su bebé o renunciar a hacerlo.

Pero Wyatt no dijo ni pío mientras su madre corría por la calle hacia el estudio. Presley tenía mucho trabajo pendiente, así que decidió aprovechar el tiempo.

Una vez entró y dejó a Wyatt en la que pensaba utilizar como habitación para los masajes, un cuarto oscuro y silencioso, recorrió el resto del local estudiándolo con mirada escéptica. ¿Cómo podría convertir aquel estudio en un lugar más atractivo con un presupuesto tan limitado?

Los pocos ahorros que tenía se habían reducido rápidamente y tenía miedo de no poder pagar el alquiler. Si no conseguía suficientes clientes, no tendría ninguna esperanza.

Aquellos miedos se revolvían como un ácido en su estómago, pero a lo largo de su vida, había pasado por situaciones mucho peores que la inseguridad económica. Se recordó de niña, rebuscando en los contenedores con la esperanza de encontrar un burrito o una hamburguesa comestible. Su madre se largaba cuando le apetecía, dejando a Presley y a Cheyenne solas, a menudo durante días, y sin ninguna fuente de calor ni comida cuando estaban viviendo en el coche.

Afortunadamente, aquellos años habían quedado atrás. Un cáncer de páncreas se había llevado a Anita, liberando a Cheyenne y a Presley de su cuidado. Presley estaba dando un salto mortal al abrir su propio negocio y, a veces, el miedo amenazaba con paralizarla. Pero lo conseguiría. Sería capaz de superar cualquier cosa siempre que Wyatt permaneciera sano y feliz.

Por lo menos en Whiskey Creek no tenía que preocuparse de que su cuidador le hiciera algún daño. Odiaba haber sido ella la que le había puesto en una situación de vulnerabilidad. Pero ella no había dejado a su hijo con un desconocido para intercambiar sexo por dinero, como tan a menudo hacía Anita. Ella había tenido un trabajo honrado y estaba con su hijo siempre que podía. Y haría lo mismo en Whiskey Creek. Cuando no pudiera cuidarle, Cheyenne o Alexa, una chica de catorce años que era la hija de la prometida de Ted Dixon, la ayudarían. No la conocía mucho, pero le había parecido una chica muy dulce. Cheyenne estaba segura de que sería muy buena con Wyatt.

Una llamada al cristal de la puerta la sobresaltó. Eran más de las doce, no esperaba compañía.

Sería Cheyenne, que habría ido a ver cómo se encontraba. Su hermana se estaba esforzando mucho en apoyarla. Pero cuando Presley se volvió, descubrió a Riley Stinson, el amigo de Cheyenne con el que había hablado en la librería, delante del local.

La saludó con la mano. Después, se sopló las manos para calentárselas mientras ella se acercaba a abrir.

–¡Riley! ¿Qué haces aquí a estas horas?

–Iba hacia mi casa, después de haber estado con Ted, y he visto luz. He pensado que te encontraría trabajando.

–Pues sí. Bueno, en realidad, todavía no he empezado, pero pretendía hacerlo –miró hacia la calle, donde Riley había dejado aparcada la camioneta–. ¿Dónde está Jacob?

Riley tenía un hijo de quince años al que estaba educando con la ayuda de sus padres. La madre de Jacob no aparecía en aquel escenario. Había sido condenada a veinte años de prisión por haber atropellado a la chica que estaba saliendo con Riley después de que la dejara a ella justo antes de que todos se graduaran en el instituto. Lo último que Presley había oído de Phoenix Fuller era que iba a salir de prisión al mismo tiempo que el padre de Aaron.

Presley se preguntó qué sentiría Riley ante el hecho de que pudiera regresar a Whiskey Creek, pero no le conocía lo suficiente como para hacerle una pregunta tan personal.

–Jacob está en casa de un amigo –miró a su alrededor y soltó un silbido–. Así que este es tu estudio nuevo, ¿eh?

Presley sintió que se sonrojaba. No había mucho que ver. Pero aquello era más de lo que nunca había tenido.

–Sí, de momento. Todavía queda mucho trabajo por hacer.

–¿Y qué tienes pensado?

–Para empezar, me gustaría arreglar las paredes y pintarlas –cruzó los brazos para protegerse del frío, deseando haberse llevado el abrigo.

Hasta que Wyatt no se levantaba y dejaba de estar protegido por la manta, dudaba a la hora de poner la calefacción, puesto que era ella, y no el propietario del local, quien tenía que pagar la factura.

–Después, quiero montar una zona de recepción en la

que pueda apuntar las citas y en la que puedan registrarse mis clientes.

Señaló la puerta que conducía a la habitación en la que Wyatt estaba durmiendo.

–Esa será la sala de masajes –le mostró una zona más amplia, situada justo al otro lado–. Y esa la sala de yoga.

–Muy bonito.

Parecía aprobarlo, y eso la hizo también a ella menos crítica.

–También hay una cocina pequeña en la parte de atrás –le explicó.

Volvía a sentir parte de la emoción que había experimentado en Fresno, donde había permanecido despierta muchas noches, soñando y planificando su futuro.

–Este espacio es todo lo que necesitas.

–No está en muy buenas condiciones –admitió.

El local había albergado una cooperativa de antigüedades. Los miembros de la cooperativa lo tenían dividido en espacios individuales en los que exhibían los objetos que conseguían para vender. Por lo que Presley recordaba, la mayor parte de ellos no valían nada y ninguno de los miembros se había esforzado mucho en el mantenimiento del local.

–No hay nada que no pueda arreglarse con un poco de trabajo –dijo Riley.

–Trabajo y dinero –añadió ella con una sonrisa de pesar.

–A mí me sobra algo de madera de cuando arreglé mi jardín. Estaría encantado de donarla a la causa y utilizarla para construir el mostrador de recepción que has mencionado.

Presley negó con la cabeza.

–¡Oh, no! No era una insinuación. Yo no tengo dinero para pagarte. Por lo menos ahora. Pero Cheyenne me dijo que trabajabas bien. Lo tendré en cuenta si las cosas me van bien.

Riley la miró con atención.

–¿Por qué no hacemos un trueque?

Presley arqueó las cejas.

–¿Arreglos a cambio de clases de yoga?

–No –esbozó una sonrisa ladeada–. A cambio de masajes.

Debería habérselo imaginado.

–Ni siquiera sabes si soy buena.

–Estoy dispuesto a creer en ti.

Presley podría haber pensado que aquella buena disposición solo tenía que ver con la esperanza de que realmente pudiera gustarle el masaje, pero no estaba acostumbrada a tanta generosidad. Estaba convencida de que tenía que haber algo detrás de aquello, algo más de lo que le estaba diciendo. Y tras haber oído la conversación de la biblioteca, sospechaba que sabía lo que era. Los amigos de Cheyenne no eran conscientes de lo que había tenido que hacer cuando se había fugado del pueblo dos años atrás, y esperaba que tampoco lo fuera Aaron. Pero no era ningún secreto que nunca había sido una mujer particularmente prudente. A veces se preguntaba dónde estaría si no hubiera sido porque su hermana había contrarrestado el ejemplo de su madre. Por lo menos, en aquel momento, sin consumir drogas, podía verse a sí misma tal y como quería ser, tal y como podía ser, y pensaba que, con el tiempo, lo conseguiría, si no se desviaba de su camino.

–No creo que estés interesado en la clase de masaje que estoy ofreciendo –le dijo.

Riley pareció sorprendido por la rotundidad de su tono.

–Porque...

Presley le dirigió una mirada con la que le estaba diciendo que dejara de fingir.

–Es solo un masaje, Riley, no es nada particularmente excitante.

Riley abrió los ojos como platos.

—No esperaba… Quiero decir, yo... no creo que estés ofreciendo nada más.

A lo mejor era cierto. A lo mejor era su propia inseguridad la que impedía que confiara en un hombre como Riley. Pero para estar segura, imaginó que era preferible que ella soportara su propia carga.

—Preferiría hacer el trabajo yo misma. Pero gracias.

—Muy bien —contestó Riley, alargando las palabras.

Como Presley no suavizó su negativa ni hacía ademán de querer prolongar la conversación, Riley comenzó a dirigirse hacia la puerta.

—En ese caso, me apartaré de tu camino.

Presley no pudo evitar el ir tras él.

—¡Espera! Si me he equivocado, lo siento. Pero eso no cambia el hecho de que soy una persona demasiado complicada para alguien como tú, así que no tiene ningún sentido que seamos amigos.

Riley bajó la voz, como si quisiera añadirle gravedad a sus palabras.

—¿Quién dice que eres demasiado complicada para alguien como yo?

—Lo digo yo.

—¡Pero si apenas me conoces!

—Aun así, sé que no soy lo que tú quieres. Nunca podré ser lo que tú quieres. Si… si eso es lo que estás considerando.

—Todavía no lo había decidido. Pero… ¿por qué no puedes ser lo que yo quiero?

Porque había cometido demasiados errores. Estaba demasiado cansada. Era demasiado recelosa, demasiado desconfiada. Estaba siempre a la defensiva. Tenía un pasado sórdido, había tenido una infancia desgraciada, demasiadas experiencias difíciles. Riley se merecía una mujer que hubiera sido la reina de su promoción, no una exadicta.

—Es posible que sea la hermana de Cheyenne, pero no soy como ella.

–Esa pantera que llevas tatuada en el brazo me hizo descartar esa posibilidad desde el primer momento –contestó Riley con ironía.

–Entonces... ¿por qué estás aquí? ¿Tienes ganas de darte una vuelta por el lado salvaje de la vida? Porque si es por eso, conmigo ya no es tan fácil. Si has oído lo contrario, es posible que haya sido verdad en el pasado. Pero ahora tengo un hijo.

–La gente cambia. Y yo también tengo un hijo. En parte, esa es una de las razones por las que tengo interés en conocerte. Sé lo que es criar solo a un hijo. ¿O es que lo has olvidado?

El silencio se alargó entre ellos mientras se miraban el uno al otro.

–Mañana vendré a hacerte el mostrador –le ofreció–. Después de dormir un poco. Y no tienes que pagarme nada.

Presley agarró la puerta para evitar que se cerrara.

–¿Por qué? –le preguntó–. ¿Qué vas a sacar tú a cambio?

–Se llama amistad, Presley. Y a lo mejor ya va siendo hora de que te familiarices con ella –contestó Riley antes de subirse a la camioneta.

Presley estuvo despierta toda la noche, poniendo escayola en las grietas y en los agujeros de las paredes. Aunque pretendía terminar antes de que Wyatt se despertara, no tuvo esa suerte. El monitor la alertó del momento en el que el niño comenzaba a moverse. Era temprano, todavía no eran las seis, y tenía por lo menos para otra hora de reparaciones. Así que le llevó a la sillita, le cambió y le dejó después en el parque que había comprado unos días atrás. Pero menos de media hora después, Wyatt ya se había cansado de sus juguetes y estaba comenzando a enfadarse. Acababa de levantarle en brazos cuando Riley apareció en la puerta con una sierra en la mano.

—¡Qué niño tan guapo! —dijo, y entró.

En su precipitación por comenzar a trabajar la noche anterior, Presley había olvidado cerrar la puerta con llave después de que Riley se fuera. Era una suerte que estuviera viviendo en Whiskey Creek y no en el deprimente barrio en el que había tenido que vivir en Fresno, porque en ese caso, podría haberle pasado de todo. En Whiskey Creek, era mucha la gente que no cerraba la puerta por las noches. Probablemente, por eso Riley no hizo ningún comentario al respecto.

—Gracias.

Presley observó el movimiento de sus músculos bajo la camiseta mientras Riley dejaba la sierra. Era un hombre atractivo y tenía un cuerpo bonito. Quizá no fuera tan impresionante como Aaron. Pocos hombres lo eran. Pero tampoco era tan problemático.

—De nada —Riley se sacudió el polvo de las manos y examinó su trabajo—. Has adelantado mucho.

Presley todavía no podía creer que hubiera vuelto, y menos, tan temprano.

—¿Qué estás haciendo aquí?

—Ya sabes lo que estoy haciendo. Anoche te dije que te montaría la zona de recepción.

Presley agarró a Wyatt con el otro brazo.

—O eres un tipo realmente bueno o te encanta que te machaquen.

—¿Me lo estás preguntando? Porque si es una pregunta, te diré que soy un tipo realmente bueno.

Wyatt, interesado en el recién llegado, había dejado de llorar. Presley le secó las lágrimas mientras decía:

—Pero aun así, te llevarás una desilusión cuando veas que no me acuesto contigo.

Se negaba a sentirse obligada a nada, sobre todo cuando ya se lo había advertido. No permitiría que nadie la presionara para que hiciera algo que pudiera perjudicarla, por muy agradecida que estuviera por su amistad. Eso habría sido cosa de la antigua Presley.

Riley se llevó la mano al pecho, como si le hubiera herido. Imaginó que iba a acusarla de ser demasiado atrevida. Cheyenne nunca le habría dicho una cosa así. Pero ella había preferido ser franca, dejar claro que no era su tipo.

Sorprendentemente, la respuesta de Riley no fue la que esperaba.

–¿Quién dice que no vas a acostarte conmigo?

Presley le miró boquiabierta.

–Ya te he dicho...

–Que no estás dispuesta a intercambiar sexo por dinero. Si me das un masaje, solo será un masaje.

–Exacto.

Riley asintió.

–En ese caso, estamos de acuerdo. Porque si nos acostamos, no pienso pagarte.

Lo había dicho muy serio, pero Presley advirtió un brillo travieso en su mirada.

–¿Si nos acostamos?

–No he dicho que vaya a suceder, así que no te enfades. Sencillamente, no lo descarto. En otras palabras, si alguna vez llegamos a ese punto, estoy abierto a esa posibilidad. Lo digo por si te lo estás preguntando.

Presley no supo qué responder. Había aceptado mucho tiempo atrás que jamás atraería a la clase de ciudadanos de bien que atraía su hermana. De modo que, ¿por qué un hombre tan apreciado, guapo y capaz como Riley Stinson podría querer darle siquiera la hora?

Riley se echó a reír ante su estupefacto silencio.

–No me digas que es tan fácil avergonzarte. Has empezado tú.

Pero ella pretendía asustarle. No esperaba que dijera algo igualmente impactante.

–Pero tú eres... el amigo de mi hermana pequeña.

—¿Y eso qué más da?
—Soy mayor que tú.
—Solo nos llevamos dos años. No creo que eso te convierta en una asaltacunas.

Presley movió a Wyatt, que comenzaba a impacientarse de nuevo.

—No es solo la diferencia de edad la que me preocupa. Hay otras diferencias.
—Que son...
—Muchas.

Riley inclinó la cabeza como si estuviera estudiando su rostro.

—¿Y no les pasa lo mismo a la mayoría de los hombres que conoces? No son muchas las personas que han tenido una infancia como la tuya.
—Y, aun así, Cheyenne consiguió que todo le saliera bien. Pero tienes que comprender que Cheyenne es especial. Podría haber sido criada en cualquier circunstancia y habría sobrevivido.

Su hermana había sido capaz de atravesar aquella locura de infancia sin arruinar su vida. Le había dejado todo lo malo a Presley, que había probado todo al menos una vez, y las cosas más peligrosas muchas más de una.

—Ella nunca cometió los errores que yo cometí.
—¿Y eso te convierte en qué? ¿En una mala persona?
—Alguna gente podría considerarlo así —la gente que él frecuentaba, normalmente lo hacía.
—Bueno, aprecio la advertencia, pero Cheyenne dice que ahora tienes tu vida bajo control —escrutó su rostro—. ¿Es eso cierto?

Wyatt se retorcía, intentando bajar al suelo, pero Presley no podía permitírselo porque estaba todo lleno de herramientas, clavos y yeso húmedo.

—Sí. No he vuelto a hacer nada malo desde hace dos años.

–¿Y lo malo incluye…?

–No me he acostado con nadie, no he consumido drogas y no he bebido alcohol, más allá de alguna copa ocasional de Chardonnay.

–En ese caso, tu historial es mejor que el mío –bromeó Riley.

¿En qué sentido? Seguramente se refería al sexo y al alcohol; nadie en el grupo de Cheyenne se arriesgaría a sufrir el daño provocado por las drogas.

–Pero dos años no es mucho tiempo –arguyó ella–. No es suficiente como para poder confiar en mí.

El cielo sabía que ni siquiera ella confiaba en sí misma. Aquella era la razón por la que tenía que mantenerse alejada de Aaron. Con una sola caricia, sería capaz de hacerla olvidarse de todo lo que estaba esforzándose en ser.

–Dime una cosa, ¿qué estás buscando para tu vida? –le preguntó Riley.

Ya no estaba bromeando, así que también ella se puso seria.

–A alguien que por fin me quiera.

No era algo que una chica admitiera delante de una persona que estaba interesada en salir con ella. Pero Presley ya no era un adolescente y estaban manteniendo una conversación sincera. ¿Por qué ocultar la verdad? Presley había intentado apartarle de ella desde el principio. Si con eso no le bastaba, se merecería cualquier decepción que pudiera causarle.

Para su sorpresa, sus palabras no parecieron incomodarle. Apretó los labios mientras las sopesaba y, después, asintió.

–Me gustaría ver si soy el hombre indicado para hacer ese trabajo –dijo, y salió para ir a buscar más herramientas.

Capítulo 4

Aaron localizó el que iba a ser el estudio de yoga de Presley por su proximidad con el estudio fotográfico de Callie. Había recordado la antigua tienda de antigüedades en cuanto Kyle y Riley la habían mencionado. Pero merecía la pena acercarse para ver si iba muy adelantado el proceso de apertura. Tenía curiosidad por todo lo que Presley estaba haciendo; no había sido capaz de dejar de pensar en ella desde que se la había encontrado el día anterior. De modo que se había dicho a sí mismo que se dejaría caer por allí de camino a Reno. Si estaba sola, a lo mejor incluso paraba para comentar algo, y para conseguir sacar de su pecho todo lo que estaba pensando y sintiendo. No le parecía justo que Presley pareciera tener de pronto tan mala opinión sobre él. No, cuando siempre había estado convencido de que ella era una de las únicas personas que verdaderamente le comprendía.

Pero en cuanto vio la camioneta de Riley Stinson allí aparcada, se desvió hacia el estudio, aunque era evidente que Presley no estaba sola. El negocio todavía no estaba abierto. De modo que, ¿qué estaba haciendo Riley allí?

Decidió averiguarlo.

El sonido agudo de una sierra eléctrica cortó el aire cuando cruzó la calle. A través de los enormes ventanales de la entrada vio una escalera de mano y unas lonas para pintar.

Habían dejado la puerta abierta para que pudiera ventilarse el local. Aaron permaneció un momento en el umbral, observando a Riley comprobar la medida de una tabla de madera que acababa de cortar. No se veía a Presley por allí. A lo mejor estaba en otra habitación. El saber que se alegraba de que Presley no pudiera oírle, de tener la oportunidad de enfrentarse a Riley a solas, le indicó que no debería estar allí. Desde que había coincidido con ella en la librería estaba de un pésimo humor. La pelea con Dylan no le había ayudado, ni tampoco la noche que había pasado sin dormir, intentando convencerse de que no le importaba si Presley quería o no que formara parte de su vida.

Al fin y al cabo, le había resultado fácil estar separado de ella durante dos años, ¿no?

En realidad, no le había resultado tan sencillo. Había pensado en ella constantemente, a las horas más extrañas, cuando ya era tarde y la casa estaba en silencio. La había echado de menos. Había echado de menos la diversión que compartían y la pasión que Presley había llevado a su cama. Pero el hecho de que la hubiera echado de menos no explicaba que estuviera tan furioso. Debería alegrarse de que hubiera sido capaz de continuar con su vida. Habían sido muchas las veces que había deseado que lo hiciera. Durante el tiempo que habían estado juntos, siempre había sabido que ella le quería más de lo que él la quería a ella, y ese tipo de relaciones nunca terminaba bien.

–¡Eh! –llamó.

Riley volvió bruscamente la cabeza. Después, desconectó la sierra y se quitó las gafas protectoras.

–¿Cómo va todo?

Seguía sin haber ninguna señal de Presley.

–¿Dónde está? –le preguntó Aaron.

Riley no preguntó quién. Era evidente.

–Ha ido a llevar al niño a casa. Ha pasado toda la noche levantada, arreglando las paredes, así que espero que también ella haya podido dormir. Pero, con lo cabezota que es, probablemente volverá.

Hablaba como si conociera bien a la nueva Presley, pero no la conocía. No la conocía de verdad. Nadie en Whiskey Creek, excepto Cheyenne, la conocía tan bien como él. Al igual que él, Presley siempre había sido una forastera, alguien a quien se miraba con desconfianza. A Aaron nunca le había importado mucho lo que pensaran los demás. No había permitido que su opinión le influyera. Pero Presley no tenía la piel tan gruesa.

–¿Entonces estás trabajando solo?

Utilizando una cinta métrica, Riley marcó la tabla en la que quería hacer el siguiente corte.

–De momento.

Aaron comenzó a dar pataditas a un clavo que había caído de una de las lonas para proteger el local de la pintura.

–No sabía que te había contratado para hacer las mejoras del local. No me dijiste nada en la librería.

–No sabía que lo iba a hacer.

Aaron se acercó a ver el trabajo de Riley.

–¿Es la recepción del local?

Riley se sopló el serrín de las manos y sacudió después la camiseta.

–Exacto.

–¿Y tiene dinero para pagar todo esto? –señaló el trabajo que había hecho Riley hasta entonces. Dylan le había dicho que Presley no estaba en una buena situación económica–. Es difícil ser una madre soltera.

–Dímelo a mí –musitó Riley.

Tanto él como Presley eran padres solteros, pero el parecido entre ellos terminaba allí.

–Tú siempre has contado con la ayuda de tus padres y has tenido la manera de ganarte la vida. Ella no ha tenido ninguna de las dos cosas.

Riley también había tenido muchas otras cosas de las

que Presley había carecido, pero pensó que ya había dicho suficiente.

–Siempre ha tenido a Cheyenne a su lado. Y espero que tenga éxito con los masajes y el yoga. Pero no te lo discuto, está en una situación complicada, sobre todo teniendo un niño tan pequeño.

Aaron señaló la sierra con la cabeza.

–A lo mejor deberías dejarme terminar eso.

Riley se enderezó, prestándole a Aaron toda su atención.

–¿Perdón?

–No quedará tan bien como si lo haces tú, pero sé manejar el martillo y los clavos, y no le costará ni un centavo.

A lo mejor, esa era la forma de enmendar lo mal que se había portado el día de la muerte de su madre. A lo mejor por fin podía aliviar su conciencia.

Riley colocó la madera que acababa de cortar sobre unas borriquetas.

–No hace falta que te ocupes tú. No voy a cobrarle nada.

–¿Por qué no? –preguntó Aaron antes de que Riley volviera a conectar la sierra–. Es posible que esto no sea una gran obra, pero te llevará la mayor parte del fin de semana.

¿No era aquel un excesivo favor para un mero conocido?

Riley se encogió de hombros y volvió a colocarse las gafas.

–No me importa ayudarla.

Volvió a sonar la sierra, obligando a Aaron a hablar por encima de aquel chirriante sonido.

–¿Desde cuándo sois tan amigos? Cuando Presley se fue, apenas la conocías.

La sierra de Riley atravesó el tablón y el pedazo final cayó sobre los restos de los otros tablones.

–Claro que la conocía –dijo mientras un repentino silencio parecía atronarles los oídos–. Soy amigo de Cheyenne desde hace años.

Pero eso no significaba que le hubiera dedicado una sola mirada, o un solo pensamiento, a Presley.

–¿Y qué? ¿Estás haciendo una buena acción? –le miró a los ojos–. ¿O estás buscando la manera de ganártela?

Riley se volvió para enfrentarse a él, y volvió a quitarse las gafas.

–Estás siendo un poco posesivo, Aaron. Algo que no me esperaba. Según Cheyenne, lo que había entre Presley y tú cuando ella vivía aquí ya ha terminado. ¿Acaso se equivoca? ¿Hay algo entre vosotros que daba saber?

Aaron no podía decir que lo hubiera. Presley le había dicho, y con toda claridad, que no tenía ningún interés en volver a salir con él. Pero no entendía por qué eso tenía que significar que no podían ser amigos. Ella había necesitado su amistad en otro tiempo.

–Estoy seguro de que no hay nada que Cheyenne desee más que ver a su hermana con un tipo respetable. A eso viene todo esto, ¿verdad? ¿Está Cheyenne detrás de todo esto?

Riley frunció el ceño.

–Aaron, nunca ha habido problemas entre nosotros. ¿Por qué estás intentando que los haya ahora? Cheyenne no me está presionando para que salga con Presley.

–¿Entonces es que te llamó la atención cuando la viste en la librería?

–¿Y eso qué más da? Yo pensaba que tú ya tenías esto superado. Si no recuerdo mal, he oído decir que tienes algo que ver con Noelle Arlond.

Aaron había coincidido con Noelle en el Sexy Sadie's en un par de ocasiones y la había llevado a su casa, pero solo porque ella le había hecho saber que quería acostarse con él y él no tenía nada mejor que hacer. En realidad, no le tenía mucho aprecio. Tampoco había estado nunca enamorado de

Presley, pero le gustaba mucho más que Noelle. Por lo menos ella era real, una mujer pegada a la tierra. Noelle era la criatura más vana y superficial que había conocido jamás.

–Noelle y yo somos amigos, eso es todo.

Riley tomó otra tabla de madera y comenzó a examinarla.

–Me alegro de oírlo, por tu bien.

Sin lugar a dudas, Noelle era la persona más odiada del pueblo. Aquello solo servía para despertar la compasión de Aaron. Pero ella no parecía entender el motivo por el que provocaba aquel sentimiento, de modo que Aaron no podía hacer nada para ayudarla.

Aun así, no le gustó que Riley adoptara aquella actitud de superioridad. Aunque a lo mejor tenía derecho a hacerlo. Desde luego, Riley jamás había metido la pata tanto como él.

–No necesito tus advertencias. Pienso seguir saliendo con quien me apetezca.

–Muy bien. Disfruta de Noelle todo lo que puedas porque ya no eres lo que Presley quiere.

–¿Y tú sí? –le espetó.

Riley no tuvo oportunidad de responder. Una voz femenina, sorprendida y ligeramente indignada, les interrumpió.

–Aaron, ¿qué estás haciendo aquí?

Riley y Aaron estaban tan enfrascados en la conversación que ni siquiera la habían visto entrar. Caminó hacia ellos, agarrando de la mano a Wyatt, que se esforzaba en seguirle el paso. No llevaba maquillaje, pero al natural estaba magnífica. Con aquella piel del color del café con leche, los ojos castaños y el pelo tan corto, a Aaron le recordó a Halle Berry.

No le hacía mucha gracia que hubiera oído la conversación. Pero lo único que podía hacer era encogerse de hombros y comportarse como si no le importara. La indiferencia podía salvar cualquier situación incómoda. Si a uno no le importaba, dejaba inmediatamente de serlo.

–Me he pasado por aquí para ver cómo van las obras.

Se miraron a los ojos. Aaron se preguntó si Presley podría adivinar que no estaba tan emocionalmente distanciado de ella como había fingido. Pero ella desvió la mirada antes de que él hubiera podido descifrar sus pensamientos.

–Van bien.

Aaron miró a su alrededor.

–Parece que necesitas ayuda.

–Ya la tiene –Riley le miró con el ceño fruncido.

Ya no sujetaba ningún tablón de madera ni ninguna otra herramienta. Tenía las manos libres. ¿Sería por si acaso surgía una pelea?

–Ya tienes la zona de recepción bajo control –dijo Aaron–. Pero todavía queda la pintura. Si yo te ayudara, todo iría mucho más rápido. Me pasaré por la tienda de pinturas. ¿Qué color quieres?

Presley entreabrió los labios sorprendida.

–Es sábado. ¿No tienes que abrir el taller?

–Hasta el lunes no.

En realidad, tenía tanto tiempo porque había concertado una cita con un agente inmobiliario en Reno, pero podía cancelarla. Ya había visto todo lo que tenía que ver. Lo único que le quedaba por hacer era decidirse.

–No creo que quieras pasar tu tiempo libre haciendo… esto.

¿De verdad le resultaba tan inconcebible que estuviera dispuesto a sacrificarse por ella?

Una parte de él sentía que tenía que largarse cuanto antes de allí. Sabía que él no era lo que Presley estaba buscando. Pero otra parte se negaba a permitir que se deshiciera de él tan fácilmente. Aaron no había pretendido hacerle ningún daño dos años atrás. ¿Quién se había portado mejor con ella? Desde luego, no había sido Riley. Los amigos de Cheyenne habían ignorado su existencia. Seguramente, podría perdonarle que no hubiera sido capaz de enfrentarse a su dolor porque aquello le habría obligado a enfrentarse a la inmensidad de su propio sufrimiento, ¿verdad?

–Claro, ¿por qué no? –dijo.

Si Presley quería deshacerse de él, iba a tener que decírselo. Pero no pensaba que fuera capaz. Tenía un corazón demasiado blando. Y si Riley intentaba forzar la situación, se arrepentiría de haber metido las narices en los asuntos de Presley.

Afortunadamente, Riley no reaccionó como Aaron esperaba.

–Sí, ¿por qué no? –dijo–. Con un par de manos más, todo irá más rápido.

Presley pareció sorprendida por aquella capitulación.

–Pero... ¡No tengo dinero para pagaros a ninguno de los dos! Y no quiero sentirme como si me estuviera aprovechando de vosotros. Puedo hacer esto yo sola. De verdad. Preferiría hacerlo sola, de hecho.

Se había convertido en una mujer recelosa desde que se había marchado de Whiskey Creek, y eso hizo que Aaron se sintiera todavía más culpable por haberle dado la espalda aquella lejana noche.

–No tienes por qué hacerlo sola –Riley ensanchó su sonrisa–. Estamos encantados de ayudarte, ¿verdad, Aaron?

Riley estaba dejando muy claro que no consideraba a Aaron una amenaza. «Tú ya no eres lo que quiere Presley», le había dicho. ¿Y era tan arrogante como para creer que podía demostrarlo?

Pero Aaron no era capaz de resistirse a un desafío.

–Desde luego. No pienso dejar que hagas esto sola.

Presley podría haber seguido discutiendo, pero Wyatt estaba intentando escapar para poder jugar con el serrín y los restos de madera.

–Wyatt, te vas a hacer daño –musitó Presley mientras se esforzaba en retenerlo.

Parecía cansada. Aaron sintió la tentación de agarrar al

niño por ella, pero Presley se estaba mostrando tan distante con él que no se atrevió, y menos delante de Riley.

–¿Por qué no te lo llevas a casa para que pueda jugar en un lugar seguro? –sugirió Aaron–. Nosotros nos ocuparemos de esto.

Presley miró alternativamente a Riley y a Aaron.

–Pero...

–¿Qué vas a poder hacer aquí con él? –preguntó Riley, apoyando la sugerencia de Aaron.

–Podría dejarle jugando en el parque –comenzó a decir.

–Pero allí solo durará un rato –replicó Aaron.

Riley hizo un gesto, invitándola a marcharse.

–Haré todo lo que pueda para compensaros –les prometió ella.

Después, a pesar de los llantos y los movimientos del niño, consiguió sacar una muestra de pintura y algo de dinero del bolso.

–Aquí dejo el color que he elegido. Si no hay suficiente dinero para pagarlo, luego te lo daré, Aaron.

Capítulo 5

Presley odiaba dejar a otras personas haciendo su trabajo. No quería sentirse en deuda ni con Riley ni con Aaron. Sobre todo con Aaron. Pero le aterraba que Aaron se relacionara con Wyatt y terminara sospechando la verdad. Si Aaron no hubiera tenido siempre tanto cuidado, o si hubieran tenido algún accidente, como la rotura de un preservativo, ya les habría hecho alguna pregunta a Cheyenne o a ella sobre las circunstancias de la concepción de Wyatt.

Afortunadamente, tenía esas dos cosas a su favor.

Había tomado la decisión correcta al no decirle nada, ¿verdad? Solo de vez en cuando, la asaltaba el pánico y se preguntaba si no habría sido una locura tomar aquella decisión. Pero no se había quedado embarazada a propósito; no había habido intenciones ocultas. Y no esperaba recibir apoyo para la manutención del niño ni ninguna otra cosa por parte de Aaron. De modo que, ¿qué daño iba a hacerle a Aaron el hecho de que le mantuviera al margen de su hijo?

Ninguno. Que ella supiera, Aaron nunca había manifestado ningún deseo de tener un hijo. De hecho, su diligencia en el apartado de métodos anticonceptivos indicaba que no quería tener ninguno. Algo que incluso había llegado a expresar cuando alguno de sus amigos se había casado o tenido un hijo. Eso significaba que le estaba haciendo un gran favor al ocultarle la verdad. De esa manera, le permitiría vivir la vida que él eligiera sin tener que luchar contra su conciencia.

Por supuesto, si lo averiguara, no había ninguna garantía de que se tomara la situación con tanta filosofía. Y eso era lo que la asustaba. Ni siquiera soportaba pensar en esa posibilidad.

Wyatt, feliz de poder moverse libremente por su casa, comenzó a vaciar su caja de juguetes.

–Eres un diablillo –bromeó Presley al ver el caos que estaba organizando.

Wyatt le sonrió, sin arrepentirse en absoluto, y ella se agachó para darle un beso en la frente. Después, se dejó caer en el tosco sofá que había comprado en la tienda de segunda mano en la que había trabajado en Fresno.

–Eres un seductor, ¿verdad? –le preguntó mientras el niño balbuceaba sin dejar de jugar–. Igual que tu padre. Y también un cabezota –añadió, pensando en lo tercos que podían llegar a ser los dos.

–¡Mamá!–exclamó Wyatt, y le fue entregando su colección de coches uno a uno.

A pesar de su larga lista de preocupaciones, Presley no pudo evitar sonreír cuando Wyatt comenzó a avanzar torpemente hacia ella, sin ningún coche ya, para plantarle un beso en la cara. Los besos de Wyatt eran húmedos y pegajosos, pero, para ella, representaban uno de los auténticos placeres de la vida. Adoraba a Wyatt y aquella era una de las razones por las que quería mantener en alto sus defensas en lo que a Aaron concernía, sin importarle lo decidido que parecía él a recuperar su amistad.

Sonó el teléfono móvil y se tensó, pensando que podrían ser Riley o Aaron para hacerle alguna pregunta, pero vio en la pantalla que era Cheyenne.

Con un bostezo, presionó el botón para hablar.

–¿Diga?

Wyatt la tiró del brazo.

–*Téfono*, mamá, *téfono*.

Presley sonrió ante su intento de decir «teléfono». Cada vez aprendía más palabras.

–Muy bien Wyatt, «teléfono».

–¿Presley? ¿Hola?

Advirtió cierta irritación en la voz de su hermana.

–Estoy aquí, ¿qué pasa?

–Acabo de pasarme por el estudio.

¡Dios santo! Cuando Cheyenne y Dylan habían aceptado ayudarla en el caso de que regresara al pueblo, habían dejado claro que la manera más rápida de perder su apoyo sería juntarse con quien no debía. Y ellos consideraban que Aaron y sus amigos estaban entre las personas con las que no debía relacionarse.

–No sé qué está haciendo allí, Cheyenne –dijo Presley, adelantándose a las quejas de su hermana.

–¡A mí me ha parecido que estaba pintando!

Presley se tapó los ojos con la mano, ahogando un gemido.

–Ha venido esta mañana y se ha ofrecido a ayudar. No he sido yo la que se lo ha pedido.

–¡Pero podrías haberle dicho que no! Me dijiste que te mantendrías apartada de él. Si averigua... No hace falta que te diga que yo también tengo mucho que perder.

Cheyenne odiaba mentir a Dylan. Y tener a Aaron y a Presley tan cerca era una amenaza para las dos hermanas.

¡Pero Presley no pretendía que las cosas dieran ese giro! Ella había intentado hacer las cosas más fáciles para todo el mundo al mudarse al pueblo. En un principio, había pensado en quedarse en Fresno de manera indefinida, y lo habría hecho si no hubiera sido por lo que había ocurrido con el cuidador de Wyatt. Presley había presentado una queja, sabía que el cuidador estaba siendo investigado, pero aquellos días de dudas y sospechas habían minado su confianza.

–Lo intenté.

–Me dijiste que le habías dicho que no querías verle.

–¡Y lo hice!

–A lo mejor no fuiste suficientemente clara.

La mirada que le había dirigido a Aaron cuando había pasado por delante de él lo había dejado muy claro.

–Lo comprendió perfectamente.

–¿Entonces por qué te está pintando el estudio?

Presley era incapaz de comprenderlo, a no ser que...

–Lo único que se me ocurre es que el encontrar a Riley en el estudio ha activado sus ganas de competir...

No estaba acostumbrado a ser rechazado o ignorado. La mayor parte de las chicas jamás se lo presentarían a sus madres, ni esperarían que sus madres estuvieran complacidas con esa relación, pero las mujeres se sentían inexplicablemente atraídas por aquella aura de provocación y peligro que le rodeaba. Aaron se atrevía a enfrentarse a cualquier desafío. Eso, aunado a su aspecto, le hacía prácticamente irresistible. Aunque él no se tomaba muy en serio su atractivo, Presley había sido testigo de la atención femenina que recibía y en muchas ocasiones le había sorprendido ser ella la que terminara con él la velada.

–A lo mejor quiere ser él el que me rechace.

Presley siempre había sentido que ella era menos atractiva que él. ¿Y en cuanto a su personalidad? Aaron era capaz de seducir a cualquiera, o de alejarlo con una sola mirada. Seguramente, no estaba dispuesto a perder la posición de poder que siempre había mantenido con ella.

–¿No fue eso lo que pasó cuando murió mamá?

–Más o menos –musitó Presley.

Pero en realidad, Aaron no había dicho ni hecho nada que cambiara el estado de su relación. Si ella no hubiera estado embarazada y se hubiera quedado en el pueblo, probablemente habrían continuado como hasta entonces. Acostándose y divirtiéndose juntos, por lo menos hasta que hubiera aparecido una tercera persona. Pero Presley no se había sentido satisfecha en aquella relación. No podía ser feliz sabiendo que Aaron era un hombre inquieto y a la larga, la dejaría.

Y, en medio del dilema sobre lo que debería hacer para protegerse antes de salir herida, se había encontrado de pronto sin tiempo para decidir. Al enterarse de su embarazo, había comprendido que tenía que tomar rápidamente una decisión: abortar, que era lo que él preferiría, o criar sola a su hijo.

Miró a Wyatt. Estaba sentado en el suelo, jugando con un juguete con personajes de Barrio Sésamo. El rostro se le iluminó al notar que le estaba mirando y metió al Monstruo de las Galletas en su cubículo para demostrar a su madre lo que era capaz de hacer.

Había tomado la decisión correcta, decidió Presley. Wyatt era capaz de recibir todo el amor que ella podía darle, y también de devolvérselo.

–¿Entonces por qué sigue interesado en ti? –preguntó Cheyenne–. Tú siempre dijiste que, en realidad, no te quería. ¿Será que de pronto te ve como un desafío y eso le excita? ¿O a lo mejor está intentando guardar las apariencias? A lo mejor quiere demostrar que puede hacerte volver con él... ¿O será la manera de demostrarnos a Dylan y a mí que piensa hacer lo que le apetezca?

–Yo pensaba que Aaron te caía bien.

–Y me cae bien. Pero sabes perfectamente lo difícil que puede llegar a ser.

–No creo que se haya puesto a trabajar tanto para conseguir que me acueste con él. Él es más de «tómame o déjame». Al menos, ese era el Aaron que yo conocía.

–Entonces, para no correr riesgos, ¿vas a volver a aclararle que no tienes ningún interés en él?

—Por supuesto —no le quedaba otra opción, teniendo en cuenta el secreto que guardaba.

—Espero que seas más eficaz que cuando le dijiste que no podía pintar el estudio —gruñó su hermana.

—Riley también estaba allí, ayudándome. No quería decirle a Aaron que él no podía. ¿Qué razón podía darle? ¿Por qué iba a aceptar la ayuda de Riley y no la de Aaron?

—Riley no es el padre de Aaron.

—Exactamente. Y no puedo permitir que lo imagine —le tiró una pelota a Wyatt—. Hablando de Riley, no parece haberte sorprendido encontrártelo en el estudio.

—Me sorprendió. Al principio.

Presley se reclinó en la silla.

—¿Y después?

—Me dijo que quería salir contigo y pensé que tenía sentido.

—¿Y estaba Aaron delante cuando te lo dijo?

—Estaba a unos tres metros de distancia. En realidad, tuve la impresión de que Riley estaba anunciando sus intenciones para que Aaron se enterara, para dejar claro lo que pretendía y ponerle sobre aviso.

—Pareces contenta.

—Lo estoy. Me encanta. ¿Tú no estás encantada, después de que Aaron haya dado siempre por sentado que siempre estarías disponible?

Suponía que le gustaba que otros hombres la quisieran y que Aaron fuera consciente de ello. Siempre había sufrido problemas de autoestima. No podía sentirse bien consigo misma cometiendo los errores que había cometido.

—¿Y cómo reaccionó Aaron?

—Se le cayó la brocha —contestó Cheyenne con una carcajada.

—¿Y ya está? ¿No dijo nada?

—Ni una palabra.

Por supuesto que no. ¿Por qué lo había preguntado siquiera? Aaron no se había sentido amenazado. Él solo se había hecho su amigo por compasión. Sabía lo que era sentirse solo y perdido; los dos lo sabían.

–Ahora entiendo por qué me está ayudando –dijo, cuando al final lo comprendió.

–¿Por qué?

–Se siente mal por cómo reaccionó la noche que murió mamá. Esta es su manera de disculparse.

–¿Tú crees?

–Eso es lo que me imagino. Aaron puede ser encantador. A veces.

También podía ser muy tierno, sobre todo a altas horas de la madrugada, después de hacer el amor. Esa era una de las razones por las que hacer el amor con él era más gratificante que hacerlo con la mayoría de los hombres. Solo pensar en la profunda satisfacción que podía proporcionarle, la hacía sentirse vacía sin él.

«No pienses en eso. Aaron es como el humo. No hay forma de atraparlo durante más de unos minutos. Es imposible mantenerle cerca...».

–¿Y cómo podrías hacer que se sintiera libre de culpa para que pueda continuar con su vida?

–Aceptando sus disculpas y asegurándole que no le guardo ningún rencor.

–Fabuloso. Hazlo inmediatamente.

Wyatt estaba comenzando a tener sueño. Presley lo sabía por cómo se frotaba los ojos. Gracias a Dios. Ella también necesitaba dormir.

–Si te quedas un rato con Wyatt esta tarde, me acercaré al estudio, le daré las gracias a Aaron por su ayuda y le aseguraré que no tengo nada contra él. Con eso debería bastar.

–¿Y si Riley todavía está allí?

–Le pediré a Aaron que salga.

–Perfecto. Por supuesto, me quedaré con el niño.

Cheyenne no preguntó por qué no quería llevar a Wyatt;

entendía que Presley tuviera miedo de que Aaron y el niño estuvieran cerca. Había visto fotografías de Aaron cuando era niño. Tanto ella como su hermana pensaban que Wyatt se parecía mucho a él.

–¿Cuánto le vas a pagar por pintar el local?
–Nada.
–¿Y a Riley?
–Él tampoco quiere cobrarme nada.
–Estás de broma.
–No. ¿No te parece increíble? Los dos están trabajando gratis para mí.
–Bueno, no del todo –respondió Cheyenne–. Riley quiere salir contigo. Y eso me lleva a preguntarme por las intenciones de Aaron. ¿De verdad crees que lo único que quiere es que le perdones? ¿O estará buscando algo que implica algo menos de ropa y un poco más de piel?

Presley no contestó a aquella pregunta. Ni siquiera podía pensar en ella sin que sus pensamientos vagaran hacia lugares que socavaban su resolución.

–¿Cuándo se irá del pueblo?
–Todavía no ha puesto una fecha.

Era una lástima. Le facilitaría mucho las cosas el poder fijar una fecha en el calendario, trazarse un objetivo. Estaba a punto de decirlo cuando Cheyenne cambió de tema.

–¿Sabes... sabes cuándo te quedaste embarazada de Wyatt?

Su hijo gritó al encontrar la tecla con la que aparecía Paco Pico.

–¿Qué? –preguntó Presley, prestando de nuevo atención a la conversación.
–La noche en la que te quedaste embarazada.
–¿Qué noche pudo ser? Aaron y yo siempre utilizábamos algún método de control, así que no sé cuándo pude quedarme embarazada exactamente.
–Fuera la noche que fuera, ¿te quedaste embarazada a pesar de estar utilizando un preservativo?

¿Adónde pretendía llegar su hermana con todo aquello?

–Sí. Los preservativos no son cien por cien efectivos, no sé por qué pareces tan sorprendida. No estarás sugiriendo que intenté quedarme embarazada...

–¡Por supuesto que no!

Presley siempre había temido que pudieran acusarla de intentar atrapar a Aaron, puesto que todo el mundo sabía que ella quería a Aaron más de lo que él la quería a ella. Pero había mantenido la relación entre Wyatt y Aaron en secreto, de modo que aquel argumento era irrelevante. Aun así, tampoco quería que nadie pensara que le había utilizado para tener un hijo.

–¿Entonces de qué estás hablando?

–Es evidente que Aaron es capaz de engendrar un hijo.

–¿Por qué iba a pensar nadie lo contrario?

–Nadie tiene por qué pensar nada, pero el caso es que te quedaste embarazada a pesar de que estabas intentando evitarlo. Eso implica que él tiene... digamos, unos nadadores muy competentes.

–¿Estás analizando la calidad de su esperma?

Presley se arrepintió de su tono de estupefacción cuando Cheyenne comenzó a retractarse.

–No, no importa. Olvídalo.

Presley se sentó.

–¿Por qué te interesa la calidad del semen de Aaron?

–¡Porque tiene los mismos genes que Dylan! –respondió su hermana exasperada–. ¿Por qué otro motivo podría importarme?

–El resto de los hermanos Amos también tiene esos genes.

–Pero, probablemente, Aaron sería el más dispuesto a colaborar en algo... poco ortodoxo. Y, seguramente, el que menos ganas tendría de contárselo a Dylan.

¿Algo poco ortodoxo? Presley no estaba segura de que le gustara cómo sonaba aquello. Se cambió el teléfono de mano y comenzó a caminar.

–¿Estás considerando la posibilidad de inseminarte de manera artificial?

–A lo mejor.

–¿Con Aaron como donante?

Se produjo un breve silencio, tras el cual, su hermana dijo:

–Estoy desesperada, Presley. Todo esto está afectando a nuestro matrimonio. No soporto que Dylan se sienta tan mal consigo mismo.

–¿Cómo sabes que Dylan es estéril? Podrías tener tú el problema, ¿no crees?

Se hizo un silencio todavía más largo.

–¿Cheyenne?

–No –contestó–. No soy yo. Ya me han hecho las pruebas.

Presley contuvo la respiración. A pesar de lo mucho que hablaban, y de que ella pensaba que lo compartían todo, Cheyenne no había mencionado ninguna visita al médico.

–¿Dylan fue contigo? –no podía evitar preguntarse cómo se habría tomado la noticia.

–No, no le he contado nada. Y creo que no lo haré.

Por eso había fijado la cita en secreto y había viajado sola hasta Sacramento. ¿Por qué no le había pedido a Presley que la acompañara? Cheyenne siempre había sido demasiado reservada cuando tenía que enfrentarse a alguna dificultad. Solo se abría cuando no le quedaba otra opción, lo que le indicó a Presley lo preocupada que estaba por aquella cuestión.

–¿Cuándo has ido al médico?

–Hace un mes.

–¿Y Dylan?

–Todavía no le han examinado, por lo menos de manera oficial.

–¿Es que hay una forma no oficial de hacerlo?

–Puedes comprar las pruebas por Internet.

–¿En serio?

–Ahora mismo, en Internet se puede comprar de todo.

–¡Vaya! ¿Y se ha hecho alguna prueba?

–Se la he hecho yo sin que él lo supiera. No quería que lo supiera... por si acaso. Pero ahora está hablando de ir al médico. Lo comentó ayer por la noche. Eso significa que averiguará que es infértil aunque no se lo diga yo. Yo preferiría quedarme embarazada, si tengo la manera de conseguirlo, y que él crea que el hijo es suyo. Como si él no tuviera ningún problema...

Cheyenne quería mucho a Dylan. Haría cualquier cosa para protegerlo, incluso tejer un plan como aquel. Pero no era una persona mentirosa. Mantener en secreto la paternidad de Wyatt ya era suficiente carga para ella. ¿Cómo iba a poder afrontar un secreto mucho más personal?

–Dylan ya ha pasado por mucho, Cheyenne. Y siempre ha sabido arreglárselas. Esto también sabrá cómo manejarlo. Creo que no le estás valorando lo suficiente.

–¡No es eso en absoluto! La cuestión es, ¿por qué va a tener que manejarlo? ¿Por qué no puedo ser su ángel de la guarda para variar? Él me ha dado mucha felicidad y quiero devolverle el favor. Si Aaron, pudiera ser mi donante de semen, Dylan jamás tendría que sentirse menos válido. No se sentirá en deuda con nadie, ni celoso o desilusionado. Él también se merece un descanso, ¿no? ¿Acaso conoces a alguien que se lo merezca más que él?

–¿Y la solución es utilizar a Aaron como padre biológico?

–¿Por qué no?

–Para empezar, Dylan y él se están peleando todo el día.

–Eso no importa. Aaron jamás dirá una sola palabra. Sé que no lo hará. Quiere a Dylan tanto como yo. Sería capaz de hacer cualquier cosa para asegurar la felicidad de su hermano, sobre todo si comprende lo que está pasando Dylan en este momento, lo castrante que es todo esto para él.

Presley no pudo menos que estar de acuerdo. Aaron tenía sus cosas, pero era leal hasta la médula y, tanto si quería admitirlo como si no, admiraba a Dylan más que ninguna otra persona sobre la tierra.

Pero había tantas razones para rechazar la idea de Cheyenne como para considerarla.

–¿Estás segura de que este es el momento para recurrir a un tratamiento de fertilidad? Solo han pasado un par de años. A lo mejor crece la proporción de espermatozoides.

–Es bastante improbable.

–¿Cómo lo sabes?

–He hablado con mi médica.

–¿Y?

–Dice que siempre hay alguna posibilidad de embarazo, pero, en nuestro caso, es bastante remota. Por eso ha sugerido que busquemos alternativas.

–¿Y hay algún remedio para que aumenten las probabilidades?

–Ya hemos hecho todo lo que hemos podido. Empezamos a intentarlo casi cuando nos casamos. Y durante estos últimos seis meses, he estado tomándome la temperatura y comprobando los días de la ovulación. Y nunca he tomado la píldora. Era virgen hasta que me acosté con él, ¿no te acuerdas? Así que no podemos culpar del retraso a los métodos anticonceptivos. Si pudiéramos concebir un hijo, a estas alturas, ya lo habríamos conseguido.

–A lo mejor no...

–Ya no tengo tiempo. Esto le está afectando mucho a Dylan. Yo también quiero tener un hijo, por supuesto. No sabes cuánto lo deseo. Pero él está empezando a pensar que ha sido un error el casarse conmigo.

Presley le acercó los juguetes a Wyatt con el pie.

–Lo siento, pero cuando se utiliza a un donante conocido, siempre se corren muchos riesgos –pensó a toda velocidad en todos ellos–. Me refiero a que, en cierto modo, me parece sensato utilizar a Aaron. El bebé estaría directamente emparentado con Dylan, se parecería a él y todo eso, de modo que las probabilidades de que se enterara serían menores.

–Y conozco el historial médico de Aaron. Sé que es un hombre saludable. A menos que pienses en las drogas que consumía en el pasado...

–No. Él fumaba marihuana de vez en cuando, pero nunca fue un adicto al crack como yo. Está perfectamente. ¿Pero qué crees que podría sentir Aaron al mirar a su hijo sabiendo que es tuyo? ¿Crees que sería capaz de manejar esa situación?

–¿Por el bien de Dylan? Claro que lo creo. Aaron es un hombre duro. En cuanto toma una decisión, nunca la cambia. Jamás incumpliría su palabra.

Pero también era un hombre sensible. Eso era algo que mucha gente no comprendía, que su dureza protegía un corazón extremadamente blando.

–Podría arrepentirse.

–¿Por qué iba a arrepentirse de hacer feliz a su hermano? Cuidaríamos maravillosamente a ese niño. Y él puede tener todos los hijos que quiera.

Presley había conseguido que mantener en secreto la paternidad de Aaron pareciera fácil. Ella ni siquiera pretendía quedarse embarazada y allí estaba con Wyatt. Comprendía muy bien lo que estaba pasando por la cabeza de su hermana.

–Sería el plan perfecto si hubiera alguna manera de conseguir el semen de Aaron sin que él lo supiera –reflexionó–. Que fuera algo como lo que me pasó a mí, algo accidental. ¿Pero cómo podríamos conseguir algo así?

–No podemos. Él tendría que ir a una clínica y a un banco de semen y yo tendría que ir después.

–¿Sin decírselo a Dylan?

–Sin decirle nada a Dylan.

–¿Y en la clínica lo consentirían?

–Afortunadamente, vivimos en el estado más liberal del país en lo que se refiere a ese tipo de cuestiones. Consulté a una doctora por Internet, en una de esas webs en las que los expertos dan consejos sobre diferentes temas. Según ella, no hay ninguna ley que obligue al marido a dar su consentimiento. También me dijo que algunas clínicas podrían pedirlo, pero yo puedo averiguar en cuáles no es necesario.

–¿Y si no encuentras ninguna?

–Aaron tiene el mismo apellido que Dylan.

–¿Le harías hacerse pasar por tu pareja?

–¿Por qué no? Lo único que necesito es ir a una clínica o a un médico que no tenga ninguna relación con el hospital en el que vaya a dar a luz. Si no, el proceso de fertilización artificial aparecería en mi historial y a cualquier enfermera podría escapársele algún comentario al respecto.

–Ya veo que has pensado mucho en ello. Pero eso me lleva a otra cuestión. ¿Y si Dylan lo averigua? Si no es ahora, más adelante. Dentro de cinco o diez años. ¿Cómo se sentiría entonces?

Cuando Cheyenne volvió a hablar, lo hizo con voz menos enérgica, como si se estuviera dando por vencida.

–¿Qué estoy haciendo? Tienes razón. ¡Sería terrible! No, esto no funcionará.

–Pero aun así, no puedes evitar pensar en esa posibilidad.

–Sería la solución perfecta –insistió–. Utilizar el semen de Aaron en vez del de Dylan parece algo... lógico. Para mí no supondría ninguna diferencia tener un hijo de Aaron. Los quiero a los dos. Se parece mucho a Dylan, y Dylan adoraría a ese niño. Ya has visto cómo se porta con Wyatt.

–Será un buen padre –de eso no había ninguna duda–. Pero, ¿por qué no adoptar?

–La adopción implica muchos riesgos.

–Es verdad, pero...

—En cualquier caso, no me opongo a esa opción. Podría planteármela en algún momento. Lo único que necesito es que Dylan crea que me ha dado un hijo.

—¿Para salvaguardar su orgullo viril?

—Él es así —replicó Cheyenne a la defensiva—. Y yo no lo cambiaría aunque pudiera. El orgullo es una de las cosas que le ha ayudado a superar los momentos difíciles y le ha dado la determinación que necesitaba para seguir adelante. Es...

—Así que quieres hacerlo —la interrumpió Presley, yendo directamente al fondo de la cuestión.

—Si de esa forma Dylan se va a sentir mejor, sí. Quiero hacerlo. Pero también estoy asustada.

Una vez superado el impacto inicial, Presley intentó considerar la cuestión con la mente más abierta. En realidad, sería solamente un mero tecnicismo el hecho de que no fuera el semen de Dylan. Ella también querría ahorrarle a su marido la humillación y la angustia si tuviera un marido como Dylan y ese marido tuviera un hermano como Aaron.

—Supongo que no serás la primera persona que utiliza como donante a un conocido.

—La gente lo hace continuamente.

¿Otra información que había sacado de Internet?

—¿Sin el consentimiento de su pareja? Sigo pensando que eso puede causarte problemas.

—No pretendo acostarme con Aaron. No voy a engañar a mi pareja. ¿De verdad es tan terrible utilizar, con el permiso de un donante, un ADN que es muy parecido al de mi marido? Si Dylan no se entera, no le hará ningún daño.

Presley se sentó en el borde del sofá y se frotó la frente. Ella había utilizado la misma lógica. Que la condujo a la misma conclusión.

—A no ser que lo averigüe.

—No lo hará —replicó Cheyenne—. ¿Quién se lo va a decir? ¿Tú? ¿Yo? ¿Aaron? ¡Ninguno de nosotros se lo dirá! No tiene por qué tener ninguna importancia, a no ser que nosotras se la demos.

–Si al final haces eso, las dos tendremos un hijo de Aaron –rio, aunque aquello no tenía ninguna gracia.

–A lo mejor ya es hora de decirle lo de Wyatt, puesto que eso podría influir en su decisión.

–¡No! ¡Absolutamente no!

Cheyenne quería acabar con la ansiedad que le generaba mantener aquel secreto. Pero Presley no estaba preparada, no quería liberarse de aquella ansiedad a cambio de lo que podría pasar en el caso de que Aaron lo averiguara.

–Todavía no.

–¿Estás segura?

–Completamente. Wyatt es demasiado pequeño. A lo mejor se lo digo cuando tenga unos años más, cuando sea capaz de tomar sus propias decisiones.

–De acuerdo, pero... si le hablo a Aaron de esto de la donación... ¿Crees que me exigirá que se lo diga a Dylan?

–¿Sabes lo que yo creo? Que preferirá que Dylan no lo sepa. De esa forma, la situación será más cómoda entre ellos.

El Aaron que ella conocía no quería ni necesitaba que le reconocieran ningún mérito. Él era así. Un hombre de gran corazón, magnánimo y sensible al delicado equilibro que le permitía continuar manteniendo una buena relación con Dylan. Había gente que acogía en su casa perros o gatos abandonados. Aaron recogía a personas abandonadas. Presley tenía la sensación de que había iniciado su amistad con ella porque sabía que vivía aislada del resto de Whiskey Creek. La noche que se había acercado a ella en el Sexy Sadie's, ella estaba sentada sola en una esquina. Él se había acercado y le había comentado que era su vecino antes de invitarla a su mesa.

–¿Entonces debería hablar con él? –preguntó Cheyenne.

—Sí, si de verdad estás convencida de que eso es lo mejor para Dylan.
—¿Y no te importaría que tuviera un hijo con Aaron?
—¿De verdad crees que tienes que preguntármelo?
—Por Wyatt, he pensado que debería hacerlo.
—No tengo nada que reclamar a Aaron —Wyatt y su hijo serían medio hermanos en vez de primos, ¿pero qué importaba?—. Nuestros hijos pueden crecer juntos en Whiskey Creek.
—Y disfrutarán de una infancia mucho más bonita que la nuestra.
—Desde luego —se mostró de acuerdo Presley con una risa.
Lo sentía especialmente por Cheyenne. Su vida podría haber sido muy diferente si Anita no la hubiera secuestrado. Por lo menos Anita era su verdadera madre.
—¿Entonces, cuándo piensas hablar con él?
—Tengo que hacerlo pronto, antes de que Dylan reúna valor para ir al médico. Si no, no tendrá sentido.
Presley intentó imaginar a su hermana pidiéndole a Aaron que le donara semen.
—Desde luego, va a ser una conversación interesante.

Capítulo 6

Riley no estaba en el local cuando Presley regresó. Y a Presley le pareció una suerte. Aunque había horneado dos tartas de manzana, una para cada uno de los trabajadores como señal de agradecimiento, le iba a resultar mucho más fácil hablar con Aaron si podían estar unos minutos a solas.

Y disponía de ellos. Como había dejado a Wyatt en casa de Cheyenne antes de cargar las tartas en su silla, no tendría que enfrentarse al desafío de controlar a su hijo mientras hablaba.

Era la oportunidad perfecta. Y Aaron era un hombre como cualquier otro...

Pero no era cierto. Aaron significaba un mundo para ella.

Recordándose a sí misma que eso había sido en el pasado, reunió valor, abrió la puerta y se apoyó contra ella para sujetarla y poder meter la silla con las tartas. Aaron tenía los cascos puestos, estaba oyendo música en su iPod mientras pintaba, pero el movimiento en la puerta debió de llamar su atención. Se volvió y se quitó los cascos.

–Has vuelto –dijo mientras se bajaba de la escalera.

¿Se alegraría de que le llevara la tarta? Era lo único que cocinaba para él en el pasado. Pero Milly, en Just Like Mom's, también servía una tarta excelente, así que, probablemente, no había echado de menos su tarta más de lo que la había echado de menos a ella.

–¿Dónde está Riley?

–Se ha ido a ocuparse de algo relacionado con su hijo.

La sonrisa que Aaron le dirigió le recordó que estaban solos un sábado por la noche por primera vez desde hacía veintiséis meses. También la hizo sentirse como si estuviera caminando al borde de una roca mientras el mar amenazaba con arrastrarla.

Tenía que aguantar.

–Siento haber estado fuera todo el día.

Eran casi las ocho. Se había quedado dormida cuando Wyatt se había echado la siesta y no se había despertado hasta tres horas después. Después, preparar las tartas le había costado más de lo que esperaba, puesto que el primer intento había fracasado. Apenas comía dulce últimamente y sus habilidades culinarias estaban un poco oxidadas. Y tras sacar las tartas del horno, se había retrasado mientras decidía lo que se iba a poner. Se había probado cuatro modelos diferentes y, por primera vez desde que se había ido de Whiskey Creek, había vacilado incluso a la hora de seleccionar la ropa interior, eligiendo al final un sujetador negro y un tanga que su amigo Roger le había regalado en su último cumpleaños, al tiempo que intentaba convencerla de que volviera a vivir.

Era una estupidez seleccionar la lencería, puesto que nadie iba a verla. ¿Pero qué sentido tenía dejar languidecer unas prendas tan bonitas en el fondo de un cajón? Aaron la hacía sentirse joven y sensual, aunque no pudiera actuar siguiendo los dictados del deseo que en ella despertaba.

–No te preocupes. De todas formas, he estado muy ocupado –señaló hacia el trabajo realizado–. ¿Qué te parece?

Presley había estado ensayando lo que pensaba decir. Había estado tan pendiente de ello que ni siquiera se había fijado en todo lo que habían conseguido en su ausencia.

Pero al mirar las paredes, se quedó tan impresionada que no podía siquiera empezar con el discurso que había preparado: «te perdono, no me debes nada». Al menos, no inmediatamente.

–¡Está precioso! –exclamó, y era cierto.

Había elegido un tono amarillo claro, color mantequilla, que le recordaba al sol. Quería que el estudio fuera un lugar que levantara el ánimo y ayudara a relajarse, puesto que las dos vertientes de su negocio intentaban matar el estrés. Pero Aaron había añadido un elemento nuevo. Las paredes eran del color que le había indicado, pero había pintado de negro los rodapiés, los marcos de las puertas y los marcos de las ventanas. Tenía un aspecto tan elegante que apenas podía creer que aquel fuera el mismo espacio triste y gris que había alquilado.

–Sabía que quedaría bien –dijo Aaron, apartándose de la pared para comprobar el efecto.

Presley dejó la sillita en medio de la habitación y se acercó a la pared, todavía húmeda.

–¿Alguien te dijo que no iba a quedar bien?

–Harvey, el de la ferretería, me estuvo presionando para que te llamara. Pensaba que debería rematar en blanco, hasta que le enseñé la fotografía.

–¿Qué fotografía?

–Una que encontré en una revista mientras estaba esperando a que me echara una mano.

–¿Qué revista? ¿*Martha Stewart Living*?

–Una revista de Ralph Lauren.

Presley se giró para mirarle de frente.

–¿Has comprado una revista de un diseñador? Pero... con el dinero que te di no tenías suficiente para eso.

–Casi –respondió, encogiéndose de hombros–. No te preocupes por la diferencia. Quería que fuera algo que destacara, y lo he conseguido.

–Me habría conformado con algo mucho más sencillo.

Ya me estás ofreciendo gratuitamente tu trabajo. ¿Por que añadir más gastos?

Aaron le sostuvo la mirada.

–Es mi manera de decirte que lo siento, Presley.

Así que había acertado. Le conocía tan bien como pensaba y, puesto que él mismo había sacado el tema, ya no tenía que buscar la manera de abordarlo.

–No te responsabilizo de nada, Aaron. ¿Cómo iba a hacerlo? Tú nunca me prometiste nada.

–Pero la última noche que te vi...

–No menciones esa noche –sacudió la cabeza–. No quiero pensar en ello.

La expresión de Aaron se tornó incluso más compasiva.

–¿Fue tan terrible?

Los días que había pasado en Arizona con aquel hombre que le suministraba drogas se habían convertido en un recuerdo borroso, y lo agradecía. Apenas podía creer que se hubiera degradado hasta el punto que recordaba.

–Eso ya terminó. No hay ningún motivo para pensar en ello.

–Siento que fue culpa mía.

–¿Porque no me querías? No te puedes obligar a querer a nadie.

Aparecieron arrugas en la frente de Aaron.

–No es que no te apreciara. Y tu madre acababa de morir...

–El problema era mío, no tuyo.

Pero tenía suerte de haber sobrevivido durante aquellos primeros días, tras haber abandonado Whiskey Creek. Y suerte también de que Wyatt no hubiera sufrido ningún daño. Solo tras haber decidido tenerlo había encontrado la fuerza de voluntad suficiente como para luchar por una vida mejor, para cuidarse por el bien de su hijo. Sin él, nunca habría cambiado.

–A lo mejor, si yo hubiera reaccionado de forma diferente, no te habrías marchado.

Pero habría tenido que hacer algo.

–Reaccionaste de forma sincera, eso es lo más importante. Y tenías razón. No tenía derecho a molestarte en medio de la noche.

Aaron esbozó una mueca.

–En un momento en el que tu mundo se derrumba, supongo que tienes derecho a despertar a alguien con el que has tenido… una relación tan cercana.

–No. Conocía las reglas.

–¿Las reglas? –repitió Aaron.

–Sabía lo que sentías por mí. Que un día u otro terminarías dejándome. ¿De qué otra forma podría haber terminado nuestra relación?

–Podría haber terminado más delicadamente.

Parecía sinceramente arrepentido, así que Presley le sonrió para aliviar su conciencia.

–Estoy bien –le aseguró–. Más fuerte que nunca.

Aaron señaló con un brusco movimiento de cabeza todas las herramientas que Riley había dejado tras él.

–Y con buenas perspectivas.

–Por fin lo he conseguido –bromeó.

–Así que... ¿vas a salir con él?

–Eso creo.

–Lo dices en serio.

–¿Hay algún motivo por el que no debiera?

Aaron alzó las manos.

–¡Por supuesto que no! Riley es lo mejor que Whiskey Creek te puede ofrecer.

Presley no se sumó a su sarcasmo; no le parecía justo hacia Riley, que tanto había hecho para ayudar aquel día. El mostrador de recepción todavía no estaba terminado, pero ya podía decir que iba a quedar mucho más bonito que cualquier cosa que ella pudiera construir.

–¿Te dijo cuándo piensa volver?

–Mañana. Traerá a Jacob para que le ayude a terminarlo.

–Tendré que meter la tarta en la nevera entonces. O a lo mejor me paso por su casa, si Cheyenne me presta su coche.

–Podría dejarte mi camioneta, pero me importa muy poco que se quede sin tarta.

–¿No te gusta Riley? ¿Desde cuándo?

–No, está bien –pero Presley no sabía si su indiferencia era real o fingida.

Acercó la sillita.

–A ti también te he hecho una tarta. No es mucho, pero quería darte las gracias por pintar.

Cuando intentó tendérsela, él no hizo ningún movimiento para aceptarla. Se la quedó mirando fijamente, como si quisiera desgarrar la máscara de educación que tanto esfuerzo le estaba costando mantener.

–Antes te gustaba mi tarta de manzana –añadió débilmente.

–Me gustaban muchas más cosas de ti que tus tartas, Presley.

De repente, Presley dejó de agradecer que estuvieran solos. La misma intimidad que les había permitido hablar sin que nadie los oyera, también hacía posibles otras cosas. Su pulso acelerado sugería varias alternativas, todas ellas físicas, y sabía que solo servirían para esclavizarla otra vez.

–Te agradezco que me lo digas.

–¡Deja de ser tan condenadamente educada! –le espetó Aaron–. ¡No estoy intentando alimentar tu ego!

Estaba comenzando a enfadarse y Presley lo entendía. Él no veía ninguna razón por la que no pudieran retomar la relación que habían mantenido en el pasado. Pero era imposible. Aunque no hubiera existido Wyatt, ¿por qué iba a salir con alguien que no la quería?

Prefería pasar sola el resto de su vida.

–Debería explicarte algo.

Aaron puso los brazos en jarras. Era la viva imagen de un hombre contrariado.

–¿Qué?

–Sé por qué te hiciste amigo mío en el primer momento. Lo vi reflejado en tu rostro cuando te acercaste a mí en el Sexy Sadie's. Por lo menos tengo que reconocerte ese mérito.

–¿Qué mérito?

–El de haberte acercado a una persona que no tenía a nadie. Mi madre tenía cáncer, Cheyenne estaba centrada en sus amigos. Fue una época muy difícil para mí, y creo que tú te diste cuenta.

–No me acerqué a ti por caridad, si es eso lo que estás intentando decir.

–No estoy sugiriendo que no fueras honesto en tu amistad, lo único que digo es que no puedes evitar cuidar a los desamparados. Pero el que nos rescates, no nos da derecho a aferrarnos a ti como lo hice yo –apretó los labios–. Ahora veo que podía resultarte agobiante, pero no te quejabas. Te tomaste mi afecto con calma y te esforzaste en aguantar toda esa atención extra. Así que, aunque tú creas que me fallaste, estoy aquí para decirte que no deberías sentirte culpable. Nadie me había invitado a formar parte de su vida como lo hiciste tú.

–Siempre odié que tuvieras una imagen tan pobre de ti misma.

–Querrás decir que odiabas que pudiera ver la verdad –le agarró la mano para obligarle a aceptar la tarta–. Ni tú ni yo hemos recibido una buena educación, Aaron, pero no somos estúpidos. Y, probablemente, yo te conozca mejor que nadie. ¿Qué otra persona ha estado nunca tan entregada a ti?

–No parece que lo estés ya tanto.

Si él supiera... Presley dejó que su mirada se posara en sus labios. Tenía unos labios tan suaves...

–Lo superarás. Mañana mismo.

Se echó a reír tras añadir la última frase, pero Aaron tensó la mandíbula.

–Ya estás otra vez.

–¡Estoy de broma! Llévate la tarta y disfrútala. Y, por favor, no te olvides de lo mucho que te agradezco el trabajo que has hecho hoy, aunque no me debieras nada. No tienes ninguna otra obligación hacia mí. Ya has hecho todo lo que esperaba de ti –se apartó de él–. Ahora, ve a buscar algún otro pajarillo con una patita rota para que puedas arreglársela.

–Ya no me necesitas.

–Ya no te necesito –no, ¡pero cómo le deseaba!

Aaron no se movió.

–No entiendo por qué no podemos ser amigos.

–Porque, en lo que a ti concierne, para mí no hay medias tintas. No puedo ser tu amiga, al menos, no sin que me entren ganas de desnudarte.

–¿Lo ves? En realidad, nada ha cambiado –deslizó la mirada sobre ella, haciéndola intensamente consciente de su ropa interior de encaje.

No era difícil adivinar por qué se la había puesto. Ni por qué sintió aquel calor al reconocer su mirada entrecerrada. Había visto antes aquella mirada y sabía lo que significaba.

–¿Tan difícil te resulta admitirlo? –preguntó Aaron.

–No, en realidad, me resulta demasiado fácil, ese es el problema. Después de haber pasado tantas noches juntos, estamos tan condicionados a estar el uno con el otro en ese sentido que es en lo primero que pensamos cuando nos vemos. Pero podría resultarme algo más difícil explicarle a Riley, o a cualquiera que esté interesado en salir conmigo, por qué sigo acostándome contigo.

–No es tu novio.

—¿Y?

—En ese caso, creo que eso solo debería ser asunto tuyo.

Una vez más, Presley pudo sentir la atracción de aquel potente y tenaz océano de deseo. Pero no podía permitir que la arrancaran de su espacio de seguridad.

—Mira, Aaron, puedes irte con la conciencia tranquila, ¿de acuerdo? Esta es tu oportunidad —le dijo.

Pero comprendió que no pensaba hacerlo cuando vio que dejaba la tarta a un lado, la rodeaba con los brazos y la estrechaba contra él.

Ella no se resistió, pero tampoco respondió cuando Aaron inclinó la cabeza y presionó los labios contra los suyos.

—Ha pasado mucho tiempo —susurró Aaron.

Todos los huesos de Presley parecieron disolverse ante aquel contacto. Pero se negaba a perder aquella batalla. Quería mostrarse dura, desafiante, imperturbable.

—No me interesa.

El calor de su aliento acarició su rostro mientras Aaron volvía a mover los labios sobre los suyos.

—Claro que te interesa.

Presley sintió un hormigueo en el cuerpo mientras regresaban los recuerdos: Aaron desnudo sobre ella, Aaron succionando su seno, los brazos de Aaron bajo sus rodillas mientras se hundía en ella...

—¿Cómo puedo decírtelo? —le preguntó.

Pero no debería haber hablado. El temblor de su voz confirmó las palabras de Aaron, que hundió la nariz en su cuello y respiró con fuerza. Después, posó los labios en aquella piel tan delicada, pero ella le detuvo antes de que pudiera dejarle una marca.

—Lo saboreo en ti, lo huelo —le dijo Aaron.

Presley tragó con fuerza.

—¿Y? Yo también sé que me deseas.

Era obvio, de hecho; podía sentir su excitación contra su vientre.

—Yo no estoy intentando negarlo.

Presley anhelaba un beso más profundo para poder obtener alguna satisfacción. Pero Aaron mantenía los labios a unos centímetros de distancia y no acercó las manos a ninguno de aquellos rincones que palpitaban ya de anticipación.

—Nos divertimos mucho —dijo Aaron—. No hay ningún motivo para que no podamos hacerlo otra vez.

Presley apretó los ojos con fuerza.

—No.

—Muy bien.

Un segundo después, la soltó y agarró la tarta.

—¿Te vas a ir así sin más? —le preguntó Presley perpleja.

Una sonrisa traviesa curvó los labios de Aaron.

—Has tenido tu oportunidad. Si cambias de opinión, ya sabes dónde encontrarme.

Presley permaneció donde estaba, aferrándose a la parte del mostrador que ya estaba construida, mientras los pasos de Aaron se alejaban. Hasta que no se marchó, no volvió a acordarse de la conversación que había mantenido con Cheyenne. Su hermana iba a pedirle que fuera donante de semen para poder tener un hijo. Presley había pensado en ir preparando el terreno, en hacerle a Aaron alguna advertencia para que pudiera ir pensando lo que iba a responder. No iba a ser una decisión fácil. Aunque ella quería que su hermana tuviera un hijo, también quería que Aaron estuviera seguro del papel que iba a jugar.

Había estado demasiado distraída pensando en otras cosas como para mencionarlo, pero no iba a salir tras él. Por lo menos en ese momento. Aunque había sobrevivido a aquel encuentro, su confianza se había visto seriamente dañada. Si Aaron no hubiera dejado de tocarla, si hubiera deslizado las manos bajo la blusa en vez de soltarla, ¿habría sido capaz de negarse?

Había muchas probabilidades de que le hubiera arrastrado a la habitación de atrás y hubiera terminado enseñándole la ropa interior que llevaba. Sabía lo mucho que le gustaban las prendas de encaje y, también, que nunca le habían quedado mejor que en aquel momento, algo que, desde luego, no ayudaba. Sentía que por fin tenía un cuerpo que Aaron podría admirar y su vanidad también estaba jugando en contra de ella. Aquel era uno de los inconvenientes de las mejoras que había hecho. Aunque fortalecían su autoestima, no favorecían en absoluto su capacidad de resistencia.

–No tienes fuerza de voluntad –se lamentó–. Por lo menos en lo que se refiere a Aaron.

Necesitaba alejarse de él en el futuro, y rezar para que se fuera cuanto antes a Reno.

¡Maldita fuera! ¿Qué demonios estaba haciendo? Había recibido el perdón de Presley, sabía que no tenía nada contra él. Llevaba una tarta de manzana en el asiento de pasajeros que lo demostraba. Entonces, ¿por qué tenía que remover aquellas brasas ya casi apagadas? ¿Por qué no podía dejar el pasado en paz?

Porque la echaba de menos. Y todavía la deseaba. Aunque se había acostado con otras mujeres después de que se fuera, ninguna de ellas le había proporcionado el mismo nivel de diversión, comodidad y satisfacción.

¿Pero por qué hacer algo que podría amenazar la oportunidad de Presley de salir con un gran tipo como Riley, un hombre que, si llegaba a casarse con ella, la trataría como a una reina?

Lo que había dicho Presley era cierto. La noche que se había acercado a ella en el Sexy Sadie's solo estaba intentando ayudar a una mujer sola, a alguien que llevaba varios años en el pueblo, pero no terminaba de encajar. Estaba tan marcada por culpa de su madre que mucha gente se sentía incómoda con ella. Pero a él no le importaba relacionarse con alguien que despertaba desconfianza e inseguridad. Él también tenía sus propios detractores y había habido una época de su vida en la que sus circunstancias no eran mucho mejores que las de Presley.

Pero Presley ya no le necesitaba. Lo había dicho varias veces. Debería alegrarse de que le fuera bien estando sola. En cambio, prefería fastidiarla porque ella le estaba fastidiando a él sin ni siquiera intentarlo. Le estaba dando lo que él siempre había creído que quería: que Presley fuera más fuerte, más feliz, menos dependiente, menos insegura. En algunas ocasiones había llegado a sentir que le asfixiaba con su adoración. Pero entonces, ¿por qué se sentía abandonado cuando Presley había decidido dar por terminada cualquier tipo de relación con él?

Porque había ido demasiado lejos. ¿De verdad tenía que cortar cualquier tipo de relación con él? Lo comprendería si hubiera alguien más en su vida. Pero no era el caso.

–Es todo muy confuso –se dijo a sí mismo.

Le habría resultado más fácil marcharse de Whiskey Creek cuando ella todavía no andaba por allí, más fácil hacerse creer a sí mismo que no iba a echar de menos nada. Pero al verla otra vez, y, sobre todo, al verla tan floreciente, se había acordado de los detalles que la convertían en una persona única, de todas aquellas pequeñas cosas que había relegado al fondo de su mente. Su risa. Su curioso sentido del humor. Su forma de enfrentarse a los altibajos de la vida sin caer en la amargura. Incluso algunas de sus inseguridades resultaban adorables por lo condenadamente sincera que era al hablar de ellas. Había pasado más tiempo con ella que con ninguna otra mujer...

Encendió la radio, esperando que el martilleo de la música aliviara su inquietud. O, por lo menos, que le distrajera. No le gustaba lo que estaba sintiendo. No estaba acostumbrado a los celos, pero estaba bastante seguro de que eran celos lo que sentía al imaginar a Riley con ella.

«¿Vas a salir con él? Eso creo».

¿Por qué no iba a salir con él? Riley era un hombre admirado por todos. Después de ir a la universidad, había montado su propia empresa, que, por supuesto, había tenido éxito. A él nunca le había detenido la policía. Nunca había participado en una pelea, jamás le habían echado de un bar. Su único error había sido dejar embarazada a una chica cuando estaba en el instituto. Desde luego, la vida había demostrado que no había elegido a la mejor chica para ponerla en una situación tan vulnerable, pero Riley se había redimido criando a su hijo solo y demostrando ser un padre entregado.

–Olvídate de Presley –gruñó para sí–. De todas formas, no vas a vivir durante mucho tiempo aquí.

Pero le resultaba imposible olvidarla mientras olía la tarta que le había preparado. Así que, en vez de volver a casa, condujo hasta Jackson y se acercó a un restaurante de carretera para conseguir un tenedor de plástico. Aparcó después y hundió el tenedor en la tarta. Estaba decidido a comer todo lo que pudiera antes de que sus hermanos dieran cuenta de ella. Al fin y al cabo, había sido él el que se había pasado el día pintando. Y, además, había hecho un trabajo condenadamente bueno. Se merecía disfrutar de la mejor tarta de manzana que había probado en su vida, puesto que no iba a poder conseguir lo que realmente quería de Presley.

Estaba llevándose otro pedazo a la boca cuando vibró el teléfono móvil contra su pierna. Pensó que podría ser alguno de sus hermanos, o a lo mejor algún amigo con ganas de salir a tomar una copa. Era sábado por la noche. No estaba de humor para disfrutar de sus habituales salidas de los sábados, ¿pero de qué le iba a servir quedarse solo en casa?

De modo que estiró la pierna para poder sacar el teléfono del bolsillo y miró la pantalla. El número no pertenecía a ninguno de sus contactos.

–¿Diga?
–¿Aaron?
Noelle. Al reconocer su voz, bajó la radio. La música atronaba en el lugar desde el que le llamaba. ¿Dónde estaría Noelle? ¿En el Sexy Sadie's?
–¿Sí?
–¿Qué estás haciendo?
Aaron tragó el pedazo de tarta que tenía en la boca.
–Comer.
–¿Podrías venir aquí conmigo? Tengo una ración de alitas y un asiento con tu nombre.
No le preguntó dónde estaba.
–¿Cómo has conseguido mi número de teléfono?
A veces, terminaban juntos la noche si coincidían en algún local, pero aquellas ocasiones eran pocas y distanciadas. Aaron había procurado que su relación no fuera demasiado lejos.
–Tus hermanos también están aquí, tomando una copa.
¡Maldita fuera! Ellos sabían que no tenían que dar su número de teléfono. Imaginó que quienquiera que se lo hubiera dado estaba bebido, o quería que le dejara en paz.
–Deberías venir con nosotros –le propuso Noelle.
Aaron se dio una palmadita en la pierna.
–¿No estás de humor para verme?
Lo que le apetecía era volver, hablar con Presley y convencerla de que le permitiera acariciarla. Eso era lo que le ponía tan nervioso, eso era lo que realmente quería. Pero se negaba a convertirse en un pesado estúpido, no iba a presionarla para que hiciera nada si en realidad ella no quería.
–Estoy ocupado.
–¿Comiendo?
No contestó.
–Tengo unas fotografías que enseñarte –añadió Noelle con una risa seductora.
La verdad era que no le había impresionado mucho la

última entrega. Noelle llevaba encima demasiado Botox y liposucciones. Y aunque invirtiera hasta su último centavo en mejorar su aspecto, para él, era más atractiva antes. En parte, eso era lo que le gustaba de Presley. Lo natural que era. Estaba guapa con maquillaje y sin él.

–Esta noche no, estoy cansado.

–¡Vamos, Aaron! No puedes estar tan cansado. Te aseguro que merecerá la pena.

Quería un hombre en su cama. Y como últimamente él había estado tan loco, bebido o estúpido como para acostarse unas cuantas veces con ella, quería más.

Aaron apartó la tarta y se echó hacia atrás.

–¿Has dicho que están por allí mis hermanos?

–Todos, menos tú, y al que no le gusto.

Se refería a Dylan. Pero no eran muchas las personas a las que les gustaba. Al quedarse embarazada del novio de su hermana y utilizar ese embarazo para forzar una propuesta de boda, había sellado su destino. Aaron se enorgullecía de tener más facilidad para perdonar que la mayoría. Se decía a sí mismo que lo que hubiera hecho Noelle en el pasado no era asunto suyo. Pero tenía que encontrar otra manera de redimirla.

–De todas formas, Dylan está pillado. A lo mejor a Grady le gustaría ver tus fotos.

Su tono agraviado le puso nervioso. La primera vez que Noelle le había pedido que la llevara a casa con él, le había advertido que no tenía ningún interés en mantener una relación estable con ella. Y se lo había recordado varias veces desde entonces. El hecho de que no le hubiera dado su número de teléfono debería haberlo dejado suficientemente claro. Pero Noelle no era capaz de controlarse cuando quería algo.

–Noelle, lo nuestro ha terminado.

–Mejor –le espetó, y dio por terminada la llamada.

Con un suspiro, Aaron dejó el teléfono en la guantera,

cerró el recipiente en el que Presley le había llevado la tarta y puso la camioneta en marcha. Llegado a aquel punto, ya estaba convencido de que no quería ir al Sexy Sadie's.

Cuando volvió a vibrarle el móvil, anunciando la entrada de un mensaje, estuvo a punto de ignorarlo. Sospechaba que era de Noelle, enviándole el equivalente a algún gesto grosero. Pero no resistió la tentación de mirar la pantalla.

No era Noelle la que le había escrito. Era Cheyenne.

Agarró el teléfono.

–*¿Habría alguna posibilidad de que pudiéramos vernos mañana en Sutter Creek? Necesito hablar contigo a solas. Por favor, no le comentes esto ni a Dylan ni a nadie.*

Probablemente, su cuñada estaba intentando hacer de mediadora. A pesar de que llevaba dos años tratando con él y con Dylan, Cheyenne no se daba cuenta de que sus enfados con su hermano nunca duraban mucho. Había vuelto a ver a Dylan en el taller el lunes y los dos se habían comportado como si no hubiera pasado nada. Pero Cheyenne quería mucho a su marido y cada vez que tenían alguna discusión, intentaba mediar para que se reconciliaran.

–*No tienes por qué meterte en esto*, le escribió, *Dylan y yo estamos bien.*

–*No es por lo del viernes.*

–*¿Entonces por qué es?*

–*Tengo que pedirte un favor.*

–*¿A mí?*

¿Qué podía ser? Dylan le proporcionaba todo lo que podía querer. Su hermano sería capaz de caminar sobre el fuego por ella.

–*Preferiría no ponerlo por escrito.*

–*No pienso disculparme con Dylan. Yo no hice nada.*

–*No voy a pedirte que te disculpes.*

¿Entonces qué demonios podía ser?

–*¿Puedes venir a verme ahora?*

–*No, Dylan está en casa. No puedo quedar hasta maña-*

na por la tarde. Le diré que tengo que ayudar a Presley y quedaré contigo en el asador JB's de Sutter Creek, si al final estás dispuesto a venir.

Aquello se estaba convirtiendo en un verdadero misterio. Su cuñada nunca se había acercado a él a escondidas. De pronto, se le ocurrió algo.

–¿Esto tiene que ver algo con Presley?
–Absolutamente nada.
–No pienso hablar contigo de ella.

En eso era inflexible, Dylan y Cheyenne tenían que ocuparse de sus propios asuntos.

–Te lo prometo.
–¿Por qué estás siendo tan misteriosa?
–Lo comprenderás en cuanto tenga la oportunidad de explicártelo. Estoy un poco nerviosa con todo esto. Solo voy a hacerlo porque confío en ti. Después de Dylan y Presley, eres la persona en la que más confío del mundo.

Aquello le puso definitivamente nervioso. ¿Qué podía ser? Se le ocurrieron varias alternativas, pero no le gustaba ninguna de ellas. Y menos todavía las que tenían que ver con enfermedades terribles. ¿Tendría cáncer? A lo mejor el médico le había dado una mala noticia y no podía decírsela a Dylan...

–¿A qué hora?, escribió.
–Dylan quiere ponerse a trabajar en la terraza que está construyendo en la parte de atrás. Supongo que a las tres estará concentrado en el trabajo muy avanzado. ¿Te parece bien a esa hora?
–De acuerdo. Nos vemos en el JB's.
–Si hay algún cambio, te escribiré.
–Me parece bien.
–Gracias, Aaron. Te lo agradezco de verdad.

Aaron intentó dejarlo claro por última vez.

–¿Y esto no tiene nada que ver con Presley? ¿No vas a advertirme que me mantenga alejado de ella?

–¿Eso no lo ha hecho Dylan ya?
–Lo ha intentado.
–Esto no tiene nada que ver con ella. Pero no quiero dejar de decirte que, en realidad, no quieres a mi hermana. Si no, no te habríamos dicho nada.

Aaron se quedó mirando aquella última línea durante por lo menos quince minutos. ¿Cómo podía saberlo Cheyenne cuando ni siquiera él estaba seguro?

Capítulo 7

El JB's era un asador tradicional, con utensilios de bronce colgados de paredes de madera y una barra a lo largo de la parte derecha del restaurante. El interior era más oscuro de lo habitual en un restaurante, sobre todo en contraste con el luminoso sol de la tarde; el resplandor de las velas que adornaban las mesas apenas compensaban la falta de luminosidad.

Aaron se quedó durante unos segundos en la entrada hasta que sus ojos se acostumbraron a la oscuridad. Después, vio a Cheyenne en una de las mesas. Tenía aspecto de estar a punto de enfrentarse a un pelotón de fusilamiento. Su nerviosismo aumentó la propia ansiedad de Aaron mientras la camarera corría a su encuentro desde el rincón en el que había estado enrollando las servilletas. Aquella era una hora entre comidas, no era uno de los momentos de más trajín del día, ni siquiera en domingo.

–¿Quiere una mesa? –le preguntó.

Aaron señaló a Cheyenne.

–Me están esperando.

La camarera le hizo un gesto para que la adelantara.

–Sí, me ha dicho que estaba esperando a alguien. He dejado la carta en la mesa.

Con un rápido «gracias», Aaron cruzó el restaurante y

se sentó enfrente de Cheyenne, que le dirigió una sonrisa fugaz.

–Gracias por venir.

–De nada.

Cheyenne le tendió la carta.

–¿Quieres pedir algo antes?

Aaron prefería averiguar qué demonios estaba pasando allí, pero para evitar que la camarera les interrumpiera, echó un vistazo a la carta, se decidió por un filete y la cerró.

–Todo esto es muy misterioso.

Las mejillas de Cheyenne se encendieron.

–Lo siento, pero es algo de lo que tenía que hablarte en persona.

–¿No podíamos haber quedado en Whiskey Creek?

–Tenía miedo de que alguien pudiera vernos juntos.

–¿Y pudiera decir o hacer qué?

–No quiero hacer nada que pueda provocar extrañeza.

Aaron se colocó la servilleta en el regazo y enderezó los cubiertos.

–Ahora somos parientes. No creo que a nadie le extrañe que comamos juntos.

No tuvo oportunidad de responder. La camarera llegó en ese momento para preguntarles lo que querían beber. Aunque Cheyenne parecía demasiado nerviosa como para ocuparse de detalles tan mundanos, pidió un té con hielo. En realidad, él no tenía ningún interés en comer o beber nada, por lo menos hasta que no hubiera satisfecho su curiosidad, así que se limitó a pedir agua.

–Les daré unos minutos para pensar lo que van a comer –les ofreció la camarera, pero ninguno de los dos necesitaba tiempo.

Aaron abrió la boca para decir que pedirían ya, pero la camarera ya se estaba alejando y como Cheyenne no dijo nada, imaginó que su cuñada no tenía ninguna prisa por revelar lo que quería decirle. A lo mejor necesitaba tiempo para reunir valor. Por su forma de juguetear con el bolso, era evidente que aquello no estaba siendo fácil para ella.

–Si crees que vas a decir o hacer algo que puede molestarme, no te preocupes –le aseguró Aaron–. Jamás te levantaría la voz.

Sus palabras le valieron una dulce sonrisa.

–En parte, esa es la razón por la que estás aquí.

Así que su nerviosismo no tenía nada que ver con el miedo.

–Puedes decirme cualquier cosa –le advirtió–, siempre y cuando eso no ponga en cuestión mi lealtad hacia mi hermano.

Cheyenne asintió.

–Te lo agradezco. Yo también adoro a Dylan, de modo que jamás te pondría en contra de él, a menos que pensara que podría ser bueno para Dylan.

Aquello sonó como un mal presagio. Aaron la miró atentamente mientras ella cruzaba los brazos y las piernas, volvía a colocar el bolso, bebía un sorbo de agua y miraba repetidas veces la pantalla de televisión que había en una esquina. Estaban jugando un partido de béisbol, así que no creía que pudiera interesarle mucho. A Cheyenne no le gustaban los deportes. Pero hasta que regresó la camarera, se comportó como si aquel partido fuera lo más interesante que había visto nunca.

En cuanto pidieron la comida, Aaron echó la silla hacia atrás para poder estirar las piernas.

–Muy bien –le dijo–. Adelante.

Cheyenne se mordió el labio como si estuviera buscando las palabras más apropiadas. Hasta que Aaron se inclinó hacia delante y volvió a urgirla otra vez.

–¿Qué te pasa, Cheyenne?

–Quiero tener un hijo.

Lo dijo en una voz tan baja que Aaron no estaba seguro

de haber oído correctamente. O a lo mejor no entendía qué relación podía tener eso con él.

Cheyenne infló el pecho, como si acabara de respirar hondo.

—Quiero tener un hijo —repitió en voz más alta.
—Muy bien.

¿Sería una broma? Miró a su alrededor para ver si le estaban tomando el pelo sus hermanos, pero no vio señales de ellos por ninguna parte.

—Entonces, ¿por qué Dylan y tú no tenéis uno?
—Lo hemos estado intentando.

Dylan no había dicho una sola palabra ni en un sentido ni en otro. Pero tampoco él había preguntado. Desde el primer momento, había dado por sentado que formarían una familia en cuanto estuvieran preparados para ello.

—¿Estás intentando decirme que estás embarazada?
—No, estoy intentando decirte que no estoy embarazada. Aunque hemos hecho todo lo posible para que me quedara.

¿Cómo se suponía que debía responder? Estaba convencido de que Cheyenne acababa de divulgar una información que su hermano preferiría no haber compartido. Al final, comentó:

—Esas cosas llevan su tiempo.
—Llevamos ya dos años.
—Tú no...
—Yo estoy bien. El problema no soy yo.

La forma en la que lo dijo le puso sobre aviso.

—Estás diciendo que Dylan...
—Podría necesitar ayuda.

Aaron levantó las manos como si le estuvieran apuntando con una pistola.

—No creo que pueda hacer mucho en ese terreno.

Cheyenne juntó las manos.

—En realidad, sí Me resulta difícil pedírtelo, pero, ¿a quién podría recurrir si no?

¿Aparte de a él?

–Continúa.

–Estoy considerando... –se aclaró la garganta mientras lo miraba a los ojos–. Estoy considerando la posibilidad de una inseminación artificial.

Por fin lo comprendía.

–¿Y quieres que yo sea el donante?

–Todo esto me resulta muy violento. Siento tener que pedírtelo, pero...

–¿Por qué Dylan no esta aquí contigo? –la interrumpió–. ¿No tendría que ser él el que manejara la situación?

–Él no puede.

–¿Por qué? ¿Porque tiene que construir esa maldita terraza?

Cheyenne bajó de nuevo la voz.

–Porque no sabe que te lo estoy pidiendo.

Aaron se tensó.

–¿Y no te has asegurado de que sea esto lo que él quiere?

Cheyenne le dirigió una mirada con la que le estaba suplicando que la comprendiera. Después le explicó:

–Quiero que crea que el hijo es suyo.

–¡Pero bueno! –Aaron se levantó y dio media vuelta, como si estuviera dispuesto a marcharse.

Inmediatamente, comprendió que no podía dejarla allí sola y volvió a sentarse otra vez.

–Esto le está matando, Aaron –le contó–. Yo tengo unas ganas inmensas de tener un hijo y él quiere darme uno. Un hijo suyo. Siente que necesita hacer eso por mí.

–Quiere que tengas todo lo que deseas.

–Porque se siente orgulloso de lo bien que cuida a las personas a las que quiere.

–Hay muchos médicos que pueden hacer ese tipo de cosas.

–Lo sé, pero según una prueba que he hecho en secreto,

es prácticamente estéril. Y si lo averigua, pensará que me está fallando.

–¿Una prueba que has hecho tú? ¿Cómo puedes fiarte de eso? Deberías buscar otras opiniones...

–¿Y destrozarle la autoestima y acabar con nuestro matrimonio en el proceso? ¿Por qué? Esa prueba está contrastada. Dylan tiene muy pocas posibilidades de engendrar un hijo.

–Pero si él sabe que no es...

–No lo sabe. Fui al médico sola y no le he dicho nada.

–¿Entonces, qué? ¿Quieres quedarte embarazada y dejar que crea que el hijo es suyo? –lo preguntaba con incredulidad, estupefacto.

Pero Cheyenne asintió.

–Sí, eso es exactamente lo que quiero.

La camarera se acercó con la comida. Aaron le advirtió a Cheyenne con una mirada de su llegada y permanecieron los dos en silencio hasta que se aseguraron de que nadie podía oírlos.

–¿Estoy pidiendo demasiado? –susurró Cheyenne cuando la camarera se marchó.

Aaron no pudo resistirse a la súplica que encerraban sus palabras. Cheyenne era la gran bendición de la vida de Dylan. Lo único que nunca había tenido que utilizar para beneficio de sus hermanos. Por conflictivos que fueran a veces sus sentimientos hacia Dylan, Aaron no soportaba pensar siquiera en lo mucho que sufriría su hermano si llegaba a surgir algún problema con la mujer a la que amaba.

Pero Aaron no estaba seguro de cuál era la mejor manera de apoyar a Dylan. ¿Qué diría su hermano si alguna vez lo averiguara? ¿Y qué se sentiría al tener un hijo que no sabía quién era su verdadero padre?

–Quieres que te ayude a tener un hijo, pero que jamás en mi vida diga una sola palabra sobre ello.

–A nadie. Sí –no intentó ocultar ningún aspecto de su

plan–. Renunciarías a los derechos de paternidad, serías el tío del niño, pero nada más.

Así que tendría contacto con el niño. Mucho contacto. ¿Pero eso hacía más difícil o más fácil la situación?

–No estoy seguro –dijo–. Me gustaría decirte que sí, pero... Me temo que esto solo serviría para darnos a Dylan y a mí otro motivo para competir.

–Y esa es una de las principales razones por las que creo que deberíamos hacerlo en secreto. De esa forma, habrá menos posibilidades de que pueda afectar a vuestra relación. Él no tendrá que sentirse en deuda contigo y tú no tendrás que sentir que está siendo ingrato contigo, porque sabrás que no tiene la menor idea del sacrificio que has hecho –le explicó–. Lo harías simplemente porque quieres a tu hermano, tendrías que renunciar a cualquier posible queja y olvidarte de que puedan reconocerte el mérito.

Aaron dejó escapar una bocanada de aire entre los dientes mientras se frotaba la mandíbula con la mano.

–¿Hay alguna clínica por los alrededores o...?

–Probablemente haya varias. Mi médica me sugirió una. Todavía no me he puesto en contacto con nadie porque antes de dar ningún paso, necesitaba saber si estabas dispuesto.

–¿Qué tendríamos que hacer?

Cheyenne señaló la comida que tenía en el plato.

–Deberías empezar comiéndote el filete. Se te está enfriando.

Aaron había perdido ya el poco apetito que tenía al llegar, pero hizo un esfuerzo por cortar unos cuantos pedazos de carne y masticarla, que era más de lo que podía decir de Cheyenne, que se limitó a mover la lechuga con el tenedor.

–Supongo que se te hace raro pensar en tener un hijo conmigo, pero creo que sería distinto si pudieras verlo desde mi punto de vista. Yo te quiero como cuñado, así que me haría muy feliz saber que tengo un hijo gracias a ti. De todos los hermanos, tú eres el que más se parece a mi marido. Sé que él sería capaz de superar esto, al igual que ha superado otras muchas dificultades con las que se ha encontrado a lo largo de su vida, ¿pero por qué hacerle pasar por algo así cuando podemos evitárselo? Quiero que Dylan sea feliz. Y, últimamente, es como si no fuera él mismo.

Aaron tuvo que hacer un gran esfuerzo para tragar el pedazo de carne que tenía en la boca.

–¿Y crees que esa es la razón de su descontento?

–No lo creo, lo sé.

Dylan había estado inusitadamente irritable y preocupado últimamente, pero...

–Necesito tiempo para pensar en ello –le dijo.

Cheyenne bebió un sorbo de té helado, pero, por su expresión, Aaron estaba seguro de que estaba haciendo tiempo mientras decidía cómo decirle algo más.

–¿Eso es un problema? –le preguntó cuando dejó el vaso en la mensa.

–Sí, ese es justo el problema.

–¿Cuál?

–El tiempo. No disponemos de mucho. Dylan está hablando de ir al médico. Y si va...

–Descubrirá la verdad.

Aaron consiguió tragar un pedazo de carne con un trozo de patata asada.

–Quizá sea lo mejor, Cheyenne. Lo que quiero decir es que... estaría abierto a esto si los dos quisierais reuniros conmigo más adelante. No es que envidie precisamente todo lo que... lo que tienes que hacer para quedarte embarazada –o... no lo creía al menos. Todavía no había pensado en aquella parte. Aun así, siguió adelante–. Lo que más me preocupa es lo de mantenerlo en secreto.

–¿No crees que sería mejor de esa forma? Ya sabes lo humillante que sería para él tener que pedírtelo. Y lo en deuda que se sentiría contigo después.

Era una preocupación legítima.

—¿Cuándo necesitas una respuesta?

—Sé que estáis muy ocupados en el taller, así que puedo darte unos días. Dylan no podrá citarse con el médico esta semana. Pero el proceso llevará varias semanas. Habrá que fijar una fecha con la clínica, llevar a cabo el procedimiento y esperar a ver si ha funcionado. Y si no funciona, habrá que comenzar de nuevo.

—¿Y tenemos que ir los dos al mismo tiempo a la clínica?

—No. Por lo que he leído en Internet, los dos procesos serán completamente separados.

—Pero debería ir alguien contigo.

—Presley me acompañará.

Se alegró. Ya se le hacía suficientemente raro convertirse en donante de esperma. No quería ocupar también el papel de su hermano al lado de Cheyenne.

—¿Presley y tú habéis hablado de esto?

—La llamé ayer.

Aaron cortó otro pedazo de carne antes de alzar la mirada.

—¿Y ella te animó a preguntarme?

—La verdad es que no.

—No cree que sea una buena idea.

—Está preocupada por cómo podría afectarte.

Incapaz de seguir comiendo, Aaron alargó la mano hasta el vaso de agua y limpió las gotas dejadas por la condensación.

—¿Aunque ya no quiera saber nada de mí?

Cheyenne le apretó cariñosamente la muñeca.

—Eso no es nada personal.

—Es algo muy personal y los dos lo sabemos.

Renunciando definitivamente a la ensalada, Cheyenne apartó su plato.

—Lo ha pasado muy mal intentando olvidarte.

–Por lo que yo he visto, le ha salido bastante bien. No volví a saber nada de ella desde que se fue.

–Estoy segura de que no le ha resultado fácil no ponerse en contacto contigo. Es muy difícil que encuentre a alguien que pueda igualarte.

–Pero tú crees que Riley está en condiciones de hacerlo.

Cheyenne juntó las manos.

–Riley está buscando una esposa. Tú no.

Él no se oponía a casarse. Tenía una edad en la que debería sentar cabeza. Sencillamente, todavía no había encontrado a la mujer adecuada. Un hombre necesitaba estar enamorado para asumir esa clase de compromiso, pero a veces se preguntaba si su corazón sería suficientemente grande como para ser capaz de entregarlo. A lo mejor Dylan era capaz de aquella entrega, pero él temía que parte de sus sentimientos habían sucumbido durante su turbulenta infancia.

O a lo mejor había sido defectuoso desde el principio.

Sacó la cartera, dejó varios billetes en la mesa y se levantó.

–Te llamaré cuando lo decida.

–¿Aaron?

Aaron se volvió hacia ella.

–Es una decisión difícil. Si me dices que no, lo comprenderé.

Tras asentir en silencio, Aaron abandonó el restaurante.

Capítulo 8

Era domingo por la noche. Sin saber muy bien cómo, Presley había conseguido salir indemne del fin de semana. Apenas se lo podía creer. Después de haberse encontrado a Aaron en la firma de libros de Ted, y de haberle tenido en el estudio, había pensado tanto en él que no sabía si iba a conseguir llegar al lunes sin rendirse. Jamás había imaginado que fuera posible ansiar hasta ese punto la compañía de otra persona. Cada minuto había sido una batalla, pero había conseguido mantenerse fuerte. Podía respirar aliviada y darse una palmadita en la espalda.

–Debería ser más fácil –musitó en voz alta, aunque estaba sola.

El día anterior, Cheyenne había llamado para contarle el encuentro que había tenido con Aaron en Sutter Creek, de modo que, estaba convencida, Aaron debía de estar preocupado pensando en todo aquello. Si la suerte estaba del lado de Presley, la cuestión de la inseminación artificial le mantendría ocupado hasta que se marchara.

Afortunadamente, ella tenía otras cosas en las que concentrarse. Había pasado la mañana, hasta la hora de dormir de Wyatt, con Riley y con su hijo, ayudando a arreglar la zona de recepción. Cuando habían terminado, Riley y Jacob se habían pasado por su casa. Y aunque agradecía la ayuda que le estaba prestando, estar con Riley no era... tan mágico como estar con Aaron.

Pero su amistad apenas estaba empezando. No podía esperar fuegos artificiales desde el principio, ni siquiera con un tipo tan atractivo y excepcional como Riley. Lo importante era que había disfrutado. Habían reído y hablado juntos mientras Jacob jugaba con Wyatt. Y Riley la había halagado alabando efusivamente la tarta de manzana que había horneado para él.

Presley era capaz de imaginarse a sí misma manteniendo una relación con Riley. ¿Por qué no? Aquella vez, estaba decidida a elegir a un padre responsable, en vez de a un hombre con una vida tan complicada como la suya. Riley le había pedido que saliera a cenar con él el viernes, y ella había aceptado. Quería darle una oportunidad.

Meció a Wyatt para que se durmiera. Le encantaba poder disfrutar de unos minutos de tranquilidad junto a su bebé por las noches. Después, se puso una camiseta y unos pantalones cortos y se acurrucó en el sofá con una manta y el último libro de Ted; *Intenso y apasionado*, prometía ser su mejor trabajo. Pero apenas había leído sesenta páginas cuando alguien aporreó la puerta.

Sorprendida, miró el reloj que Riley la había ayudado a colgar: las diez y media. ¿Quién podía ser a aquella hora de la noche?

Con mucho cuidado, dejó el libro, se acercó a la puerta y miró por la mirilla.

La vista de Aaron en el porche con un par de vaqueros desgastados y la camiseta del taller, la golpeó con la fuerza de un desfibrilador. ¡Aaron! ¿Qué estaría haciendo allí?

Esperó en silencio, con la esperanza de que se fuera si no contestaba. No iba adecuadamente vestida como para recibir a nadie. Pero él la había visto así muchas veces, y cuando volvió a llamar, comprendió que no podía continuar ignorándolo, sobre todo, después de que le dijera:

—Presley, sé que estás ahí.

Presley abrió la puerta unos centímetros, pero bloqueó la apertura.

—¿Qué pasa?

Aaron deslizó sus ojos castaños sobre ella, haciéndola más consciente de que no llevaba sujetador. No sonrió, pero hubo algo en su expresión que le indicó a Presley que lo había notado. Probablemente, aquello le había recordado la confianza que tenían el uno en el otro en el pasado.

—¿Podemos hablar? –le preguntó.

Sonrió de tal manera que le cortó la respiración. En otra época de su vida, había vivido para esa sonrisa.

—Es tarde y Wyatt está dormido.

—No haré ruido.

Como Presley no se movió, arqueó las cejas, y Presley sintió que su fuerza de voluntad se debilitaba todavía más. ¡Maldito fuera! Continuaba teniendo mucho poder sobre ella.

—De acuerdo, pasa –gruñó, y se apartó.

—¿Qué estás haciendo aquí? –le preguntó en cuanto cerró la puerta.

Aaron comenzó a pasear por la habitación, examinando sus cosas, mientras ella esperaba apoyada contra la pared.

—¿Aaron?

—Has trabajado mucho.

—Este lugar estaba asqueroso, como tú mismo dijiste.

Ni siquiera después de tanto esfuerzo podía considerarse un lugar bonito. La casa que había alquilado en Fresno era mejor, a pesar del barrio, pero allí tenía un compañero de piso con el que podía compartir los gastos. Su casa de Whiskey Creek era limpia y segura. Teniendo en cuenta todos los desafíos a los que tenía que enfrentarse, era todo lo que podía pedir hasta que empezara a ganar dinero.

—Ya encontraré algo mejor cuando pueda.

Aaron señaló los libros que había apilados en una esquina.

–¿Son tuyos?
–Sí.
–¿Desde cuándo te has aficionado a la lectura?
Desde que había renunciado a todo lo demás.
–Desde que empecé a vivir en Fresno.
–Es una actividad para solitarios, ¿verdad?

En la época en la que la había conocido, ella apenas agarraba un libro. Por aquel entonces, su vida consistía en disfrutar con sus amigos. Pero una vez había renunciado a aquella forma de vida, los libros le habían proporcionado consuelo, a veces, habían sido su única compañía, y, a veces también, su única esperanza.

–Es un buen entretenimiento, y gratis, si utilizas la biblioteca.
–¿Novelas de suspense?
–Casi siempre.

No era capaz de leer novelas de amor sin pensar en él. Cuando había asumido que no iba a volver a Whiskey Creek, se había permitido el placer de recordar e imaginar. Pero sabía que era preferible no ceder a la imaginación una vez habían cambiado sus circunstancias y el objeto de su obsesión estaba tan cerca, tan a mano.

–¿Quieres sentarte?
–Si me dejas...

Presley ignoró aquella pulla con la que estaba resaltando su falta de hospitalidad y señaló el sofá.

–¿Qué puedo hacer por ti?

Aaron le dirigió una mirada que dejaba claro que no le gustaba la brusquedad de su tono.

–¿No podemos ser... normales el uno con el otro? ¿Es demasiado pedir?

Presley se sentó en su butaca naranja. Era cómoda. Pero eso era lo único bueno que podía decir de ella.

–¿Qué es lo que consideras normal?
–Éramos amigos, ¿no?

–A lo mejor tú lo has olvidado, puesto que para ti era algo que no tenía mayor importancia, pero éramos más bien amigos con derecho a roce.

–¡Vaya!

–La verdad duele. Estaba siempre disponible cuando necesitabas un desahogo sexual.

–Tú también me llamabas cuando necesitabas desahogarte sexualmente –replicó él.

Era cierto. Se dejaba caer por su casa cada vez que pensaba que podría tener suerte y encontrarle de buen humor, algo que no siempre era fácil con Aaron.

–No lo he olvidado.

–¿Por qué sigues pensando solamente en el aspecto físico de nuestra relación? Yo no tengo el mismo recuerdo que tú sobre nuestra relación... No veo nuestra relación como algo tan malo. Pero aunque tuviera una naturaleza tan sexual como tú crees, no he vuelto a pedirte que te acuestes conmigo desde que regresaste, así que... ¿dónde está el problema?

–¿No es eso lo que quieres? –le preguntó a bocajarro–. ¿No es esa la razón por la que estás aquí?

Aaron cambió de postura en el sofá y se encogió de hombros.

–No voy a decirte que no me gustaría. Pero estoy dispuesto a aceptar un no por respuesta. Si esa es la forma de conservar nuestra amistad, estoy dispuesto a pasar del sexo.

–¿Por eso has venido a verme? ¿Por el bien de nuestra amistad?

–Te he echado de menos.

El hecho de que pronunciara aquellas palabras casi a su pesar, en vez de minimizarlo, incrementó su impacto. A lo mejor estaba manejando la situación de forma equivocada. Si no podía eliminarle de su vida hasta que no estuviera de acuerdo en ser su amiga, lo mejor sería aceptar su amistad. De esa forma, él no tendría nada por lo que luchar, por lo menos si estaba siendo sincero sobre su buena disposición a conformarse con menos de lo que tenían anteriormente.

–Muy bien, seremos amigos.

Aaron la miró con los ojos entrecerrados.

–Una respuesta demasiado fácil como para que sea sincera.

Presley comenzó a juguetear con un mechón de pelo.

–¿Y tú estás siendo sincero? Me has echado tanto de menos que ni siquiera intentaste ponerte en contacto conmigo.

–Perdona, pero le pedí tu número de teléfono a Cheyenne varias veces.

–Si de verdad hubieras querido verme, habrías averiguado la manera de hacerlo, Aaron. Fresno está solo a dos horas en coche.

–Debería haber hecho más esfuerzos –admitió–. Pero tú también podías haberte puesto en contacto conmigo. ¿Por qué no lo hiciste?

–Sabes perfectamente por qué no lo hice. Estaba empezando una nueva vida. Así que, ahora que ya lo he conseguido, no entiendo por qué estamos manteniendo esta conversación. ¿Es porque he adelgazado? ¿O porque de pronto te sientes rechazado?

Aaron esbozó una mueca.

–Teniendo en cuenta lo mucho que te gustaba, ahora no tienes una gran opinión sobre mí.

Presley era tan consciente de sus cosas buenas como de sus debilidades, pero no podía concentrarse en ellas.

–Eres un gran tipo en muchos sentidos, Aaron. No conozco a nadie que sea más amable y más generoso con los desafortunados. Pero...

–Ahora viene –musitó Aaron.

–Ahora tengo un hijo. Tengo que tomarme la vida en serio, tengo que protegerme de la clase de hombre que no sería buena para mi hijo.

–¿Y ahí entro yo?

Presley también había tenido algunos amigos en el casino en el que trabajaba como crupier, pero esos amigos vivían fuera de Whiskey Creek. Aaron había sido su única relación estable en el pueblo, de modo que comprendía su sorpresa.

–¿Tienes algún interés en casarte y formar una familia?
–¿Esa es la nueva condición?
–Sí.

Aaron parecía tener ganas de continuar discutiendo, pero decidió dejarlo pasar y cambió de tema.

–Hoy he quedado con Cheyenne.

Presley se preguntó si no habría estado demasiado a la defensiva. A lo mejor Aaron había ido a hablarle de la inseminación artificial. Por supuesto, no era un tema del que pudiera hablar con cualquiera. Se sintió un poco estúpida por haber pensado que podría querer otra cosa.

–Sí, me lo mencionó –respondió–. ¿Y qué piensas de su propuesta?

–No estoy seguro. Por una parte, no veo ningún motivo para no ayudarla.

–¿Pero por otra?

Aaron se rascó la cabeza.

–¿No te parece que es un gran problema el que Dylan no lo sepa?

Presley encogió las rodillas. De esa forma podía hacer algo con las manos y esconder su pecho a la mirada de Aaron al mismo tiempo.

–¿No preferirías que no lo supiera?

–Para serte sincero, sí. Pero odio sentirme como si... como si estuviera haciendo algo a su espalda. Es mi hermano. Mi lealtad hacia él hace que sea una decisión difícil.

Presley estudió su rostro.

–¿Aunque le estés dando exactamente lo que quiere?

–Yo odiaría enterarme al cabo de unos años de que el hijo que he estado criando, un hijo al que consideraba mío, en realidad, es hijo de mi hermano. No sé si eso puede considerarse una ayuda.

El hecho de que mantener su paternidad en secreto supusiera para Aaron un obstáculo, la hizo sentirse culpable por estar guardando también ella su propio secreto. Aquella noche había sido muy dura con Aaron, pero tampoco ella estaba libre de culpa.

–¿Y por qué iba a tener que averiguarlo? Mientras lo ignore, todo irá bien.

Esperaba que pudiera aplicarse el mismo razonamiento para la paternidad de Aaron. Ella había intentado convencerse de ello en múltiples ocasiones.

–Nunca se puede confiar en que un secreto permanezca oculto –replicó–. Cheyenne y él podrían divorciarse algún día. Si terminan librando una batalla por la custodia de ese niño, una batalla que Cheyenne podría temer perder, ¿qué iba a impedirle utilizar la verdadera paternidad del hijo de Dylan?

–Eso es muy retorcido, Aaron.

–Tengo que considerar todas las posibilidades y decidir si estoy preparado para enfrentarme a lo peor.

–Cheyenne jamás te pondría en una situación tan difícil. Además, se quieren tanto el uno al otro que no creo que vayan a divorciarse nunca.

–Eso nunca se sabe –insistió Aaron–. Y tú sabes mejor que nadie las vueltas que puede dar la vida. Aunque no se separen, ¿qué pasaría si el niño necesitara de pronto un transplante de médula? ¿Qué ocurriría si tuvieran que hacerle a Dylan las pruebas de compatibilidad y descubrieran la verdad? ¿O si Cheyenne necesitara que yo me involucrara en el proceso?

–Sería terrible.

–Exactamente –fijó la mirada en sus manos con expresión pensativa–. Y si Dylan descubriera la verdad, jamás me perdonaría, aun sabiendo que solo lo he hecho para ayudar. Hay demasiada rivalidad entre nosotros. Siempre la ha habido.

—Os parecéis mucho —se mostró de acuerdo Presley—, pero esa es la razón por la que Cheyenne pensó en ti. Quiere que el bebé sea lo más parecido posible al que habría tenido con Dylan.

—Grady, Rod y Mack tienen genes parecidos.

—Pero jamás se atreverían a hacer una cosa así sin decírselo a tu hermano.

—¿Entonces crees que debería hacerlo?

—Me encantaría que Cheyenne y Dylan consiguieran lo que quieren. Pero no puedo decirte que sí, sabiendo lo difícil que es tomar esa decisión.

La expresión de Aaron pareció iluminarse de pronto.

—¡Qué demonios! —exclamó—. ¿Qué puede tener de malo? Debería hacerlo sin más.

—Solo si estás seguro de que vas a estar de acuerdo con los resultados. ¿Crees que te molestará ver a su hijo y saber que, en realidad, es tuyo?

¿Y qué diría Aaron si se enterara de que el de Cheyenne no era su único hijo? Se sentía fatal al saber que había ido a verla para que le ayudara a tomar esa decisión. Ella era la última persona en la que debería confiar.

—¿Cómo puedo imaginármelo siquiera? —contestó—. Jamás me había imaginado un escenario parecido.

—Tienes que estar seguro. El material genético no es algo que puedas recuperar.

Aaron suspiró y miró nervioso alrededor de la habitación.

—Es difícil.

—Sí, es difícil.

Ella misma se estaba enfrentando a un dilema similar. Quería hablarle de Wyatt, pero no se atrevía. De modo que, cuando Aaron abordó el tema de su hijo, volvió a ponerse nerviosa.

–Tienes un hijo precioso. Lo vi en casa de Dylan el viernes.

–Gracias. Y, por cierto, la casa que tenía en Fresno era más bonita que esta –añadió, esperando desviar su atención antes de que pudiera pensar en el parecido que ella apreciaba cada vez que miraba a su hijo.

–Esta casa está bien.

–Teniendo en cuenta todo lo que necesito para comenzar en el estudio, pensé que debería ser prudente con los gastos.

Aaron señaló con la cabeza la camilla de masaje que estaba doblada en una esquina.

–Eso debe de ser caro.

–Lo es.

Había sido una camilla cara para una persona con su nivel de ingresos, pero la necesitaba, y Cheyenne y Dylan la habían ayudado con algo de dinero como parte de su regalo de Navidad.

–¿Eres buena?

–¿Dando masajes? –le miró a los ojos–. Creo que sí.

–¿Por qué no me lo demuestras?

Presley percibió el desafío que encerraban sus palabras.

–¿Ahora mismo?

–¿Por qué no? No tiene por qué ser nada especial. E incluso te pagaré por ello.

¿No se había felicitado a sí misma por guardar las distancias con Aaron?

–Esta noche, no.

No, ya no. Estaba demasiado asustada. ¿Pero qué daño podía hacerle? Aaron había pintado para ella, y negarse significaría dar importancia a algo que no debería tenerla. Al fin y al cabo, estaba comenzando a trabajar como masajista.

–Supongo que podría –se levantó de la butaca para preparar la mesa. Cuando Aaron fue a ayudarla, dejó que fuera él el que terminara de prepararla–. Ahora mismo vuelvo, necesito una sábana para cubrir la camilla, algo de crema y una cataplasma caliente.

En cuanto estuvo en el dormitorio, se apoyó contra la puerta, deseando poder volver al cuarto de estar y enviar a Aaron a su casa.

Pero la idea de quitarle la ropa y acariciar su cuerpo, aunque solo fuera una vez más, la espoleaba como una picana. A lo mejor aquella era la manera más segura de arreglar sus problemas con Aaron.

No les llevaría a ninguna parte, se prometió, y se puso el sujetador y una de las batas de trabajo para demostrar que sería algo estrictamente profesional.

–Te lo estás tomando en serio –comentó Aaron cuando regresó y vio que se había cambiado.

–Absolutamente. Es mi trabajo.

Pero nunca había empezado un masaje con el corazón latiéndole con tanta fuerza que pensó que iba a romperle las costillas. Encendió unas velas con esencia de lavanda, después, apagó la lámpara con la que había estado leyendo y puso música celta. Habría hecho lo mismo con cualquier otro cliente. Los masajes había que hacerlos en un ambiente tranquilo y relajado. Pero aquella noche, todo le parecía marcadamente sensual. Quizá porque había soñado en hacerle un masaje a Aaron miles de veces.

–Desnúdate y colócate debajo de la sábana boca arriba. Cuando estés preparado, avísame.

–¿Boca arriba? –repitió Aaron.

–Empezaré por el cuero cabelludo mientras la crema se va calentando.

Oyó el susurro de sus ropas mientras se las quitaba y las dejaba caer al suelo.

–Ya está –anunció Aaron un par de minutos después.

Presley se acercó a él, pero lo que transmitieron sus miradas en el momento en el que sus ojos volvieron a encontrarse debería habérselo desaconsejado. La tensión crepitaba en el ambiente, pero Presley estaba demasiado entregada, demasiado entusiasmada por poder posar sus manos sobre él como para cambiar el curso de lo que estaba pasando.

«En cuanto se coloque boca abajo, ya no habrá ningún riesgo».

Había dado masajes a mucha gente desde que había comenzado a estudiar. Aquel no tenía por qué ser diferente, se aseguró a sí misma.

Aaron cerró los ojos cuando Presley hundió los dedos en su pelo. Se sintió menos tensa al saber que no la estaba mirando, que ya no podía analizar hasta el último matiz de su expresión. Pero cuando comenzó a acariciarle el cuero cabelludo y él gimió, demostrando así lo mucho que estaba disfrutando, el sentimiento de incomodidad regresó. Prácticamente al primer contacto, se había excitado y había comenzado a ser extremadamente consciente de cada detalle: el olor a lavanda de las velas, la luz vacilante, el pecho desnudo de Aaron elevándose y descendiendo bajo la sábana... Y la reacción de Aaron parecía haber sido similar, porque pronto notó que la sábana se tensaba como una tienda de campaña.

Aaron ya no tenía los ojos cerrados: la estaba observando atentamente. Sabía hacia dónde estaba mirando y posiblemente, también lo que estaba sintiendo.

–La fuerza del hábito –dijo con una sonrisa traviesa.

–Ocurre a veces –Presley desvió la mirada hacia su pecho, que parecía un lugar mucho más seguro que otras zonas más bajas.

–¿Quieres decir que les pasa a otros hombres a los que has dado masajes?

–A veces. Ya puedes darte la vuelta.

Habían pasado ya los diez primeros minutos. Presley había conseguido convertir los masajes en una rutina, sabía exactamente cuánto debía concentrarse en cada zona. La crema tendría ya la temperatura perfecta. Pero, a pesar de la cantidad de veces que había hecho aquello mismo, jamás había dado un masaje durante el que le resultara tan difícil respirar.

–Te enseñaron bien en la escuela –la alabó Aaron mientras ella extendía la crema por la espalda y comenzaba a masajearle el hombro–. Pero siempre se te han dado bien este tipo de cosas.

Aquel recuerdo no ayudó. Habían intercambiado masajes anteriormente. Muchas veces. Pero nunca había disfrutado tanto como aquella noche. Había pasado demasiado tiempo desde que había estado con Aaron. Mucho tiempo desde la última vez que había estado con nadie. Aunque había salido con algunos hombres cuando estaba en Fresno, todas habían sido relaciones fugaces. Ninguno de los hombres con los que había estado le parecía suficiente buen padre para Wyatt, así que no se había acostado con ninguno de ellos.

Intentando canalizar los sentimientos hacia sus manos, puesto que no podía expresarlos de ninguna otra manera, se concentró en la música. Estaba haciendo el amor con Aaron sin necesidad de hacerlo de verdad, y aquello representó para ella un profundo alivio. De alguna manera, había conseguido cruzar el desierto de los últimos dos años y estaba llegando con éxito al otro lado.

Pero el alivio no duró mucho. La tensión comenzó a crecer en vez de disiparse. El contacto con Aaron le resultaba tan familiar que con un masaje no tenía suficiente. Mientras trabajaba los músculos que rodeaban la columna vertebral y descendían hasta las caderas, tenía que hacer un esfuerzo sobrehumano para no cerrar las manos alrededor de sus nalgas.

–Me gusta –musitó Aaron.

Presley intentó ignorar la ligera ronquera de su voz, pero no le resultó fácil. ¡Ojalá pudiera darle la vuelta y hacer un buen uso de aquella erección! Le había dicho que no quería tener nada que ver con él, pero apenas era capaz de resistir las ganas de colocarse sobre él y demostrar exactamente lo contrario.

Cuando aquella imagen pasó por su mente, por lo menos la décima vez y en cada ocasión con más urgencia, se apartó.

–No deberíamos haber empezado esto –dijo.

Aaron se tumbó entonces de lado.

–¿Por qué no? Es lo mismo que le haces a todo el mundo, ¿no?

–No, no es lo mismo.

–¿Por qué no?

–A lo mejor es porque nos hemos acostado juntos en el pasado.

–No creo que esto tenga nada que ver con el pasado –se burló Aaron–. Creo que esto tiene que ver con lo que queremos los dos ahora mismo.

Presley se secó las manos en una toalla.

–No, yo no te deseo –insistió.

Pero no fue una mentira muy convincente. Supo que no se la había creído cuando Aaron la agarró por la cintura y se sentó.

–Demuéstramelo –le pidió, posando sus manos en su pecho–. Tócame ahora que yo también puedo participar de esto. Ahora que puedo demostrarte lo que me haces sentir y devolverte las caricias.

La sábana quedó arrollada en su cintura, permitiéndole conservar cierto pudor, pero no era difícil recordar la forma y el tamaño de lo que ocultaba.

Aquel era el padre de su hijo, el hombre que veía su mente cada vez que miraba a Wyatt. Había echado tanto de menos a Aaron...

–No –susurró, pero no intentó apartarse.

Aaron le enmarcó la mejilla con la mano y le acarició el labio inferior con el pulgar.

—¿No qué?

«No me hagas temblar. No me destroces. No me recuerdes lo que era sentir que soy el centro de toda tu atención».

—Deja de fingir que me deseas —le pidió.

—Claro que te deseo.

Le rodeó la cintura con el brazo y la atrajo hacia él. Pero no la sujetó con excesiva fuerza. Ella sabía que no quería forzarla. Que prefería seducirla. Y tampoco iba a necesitar forzarla. Presley había perdido aquella batalla cuando había aceptado darle un masaje.

La precaución de Presley se desvaneció en parte en el momento en el que presionó los labios con los suyos y deslizó la lengua en el interior de su boca. Comprendió entonces que ya la tenía. Aaron la abrazó con fuerza, con la confianza con la que lo hacía en el pasado.

La sábana cayó al suelo en el instante en el que Aaron se levantó. Todavía se limitaba a besarla, pero era cada vez más agresivo. Cruzó por la cabeza de Presley una última advertencia. Tenía que detenerle. Pero el poder para actuar se esfumó antes de que tuviera oportunidad de atraparlo. La necesidad de poseerle, y de que él la poseyera, era demasiado fuerte. De modo que, cuando Aaron deslizó las manos por el interior de su camisa, a ambos les sorprendió que Presley retrocediera de un salto.

—¿Qué te pasa? —musitó Aaron—. ¿Estás bien?

Presley rio temblorosa y asintió.

—El problema es que estoy muy sensible. Hacía mucho tiempo que no me tocaban.

—¿Cuánto?

—Dos años.

—¿Llevas dos años de celibato?

Presley asintió. Lo había hecho pensando que aquella era una manera de reforzar su nuevo estilo de vida, que había sido una mejor persona durante esos meses de abstinencia. Pero no pudo menos que preguntarse si sus buenas intenciones no la habrían puesto en una posición de debilidad en el momento en el que tenía que enfrentarse a su mayor desafío.

–¿Por qué? –le preguntó Aaron.

–No he conocido al hombre indicado.

Tampoco él lo había sido. Su propia vida se lo había demostrado. Pero que el cielo la ayudara...

–En ese caso, tendremos que recuperar el tiempo perdido.

Sí, le dejaría borrar el tiempo perdido. Todos aquellos días, todas aquellas horas durante las que le había echado de menos. Si iba a caer, mejor hacerlo envuelta en llamas.

Cuando Aaron comenzó a acariciarle los pezones con los pulgares, echó la cabeza hacia atrás.

–Dios mío, sé que voy a arrepentirme de esto.

No fue consciente de que lo había dicho en voz alta hasta que Aaron se quedó paralizado. Abrió entonces los ojos y le descubrió mirándola fijamente. No podía decir lo que estaba pensando, pero ella comenzó a luchar contra las hormonas que estaban interfiriendo en su propia capacidad de pensamiento. Agarró a Aaron de las muñecas para poder apartarle las manos, pero la desilusión que vio en su rostro la hizo vacilar. Aaron la besó después, y ya fue demasiado tarde.

–No pretendías decir eso, ¿verdad? –susurró Aaron contra su boca–. ¿De qué te vas a arrepentir? Soy yo, Presley. Hemos estado juntos montones de veces.

A lo mejor tenía razón. Hacer el amor con él una vez más no supondría ninguna amenaza para Wyatt. Aaron era un hombre libre. Después, continuaría viviendo su propia vida. Quizá incluso podría ayudarla porque, en cuanto cumpliera su objetivo, no tendría ningún motivo para volver a pensar en ella.

Aaron le desató la bata y el resto de la ropa desapareció poco después. Pero Presley ya no estaba asustada, había dejado de resistirse. Aunque odiaba admitirlo, Aaron era para ella su puerto seguro más que su talón de Aquiles. Después de haber pasado la mayor parte de su vida sin un hogar, se había aferrado a él, figurativa y literalmente hablando, y no podía obligarse a renunciar.

–No hay nadie que me haga sentirme como tú –susurró mientras le rodeaba el cuello con los brazos.

–Esa es mi chica.

«Su chica». Aunque deseaba que no fuera cierto, no podía discutírselo. Pero, por lo menos, aquella vez, él parecía igualmente entregado. Aquello lo hacía todo más excitante que nunca. Presley quería hacer el amor inmediatamente. No podía esperar ni un segundo más después de haber esperado durante tanto tiempo.

Afortunadamente, no tuvo que hacerlo. Él sentía la misma urgencia. O quizá temía que pudiera echarse para atrás si tenía oportunidad. De modo que sacó un preservativo de la cartera, alzó después a Presley contra la pared y la tomó con fuerza y rapidez.

–Sí –gimió ella–, sí, así.

Aaron esbozó una sonrisa de satisfacción, mostrando el blanco resplandor de sus dientes.

–¿Te gusta? –le preguntó mientras embestía con más fuerza.

Presley se aferró a él mientras Aaron continuaba moviéndose dentro de ella.

–Sí.

–¿Cuánto?

–Mucho, demasiado –casi inmediatamente, comenzó a crecer la presión–. Hagas lo que hagas, no pares –oía la desesperación en su propia voz. Estaba ya muy cerca...

–No voy a dejarte colgada...

Le temblaban los músculos por la tensión, pero cumplió con su palabra. Cuando la oyó gritar, pareció aliviado. Después, comenzó a respirar con dificultad y él también se dejó llevar.

Capítulo 9

–Ha sido increíble –jadeó Aaron mientras la dejaba en el suelo.

Ya no le quedaban fuerzas para sostenerla. Sentía los brazos como si fueran de goma. Los últimos diez minutos habían sido tan intensos que se había quedado sin energía.

–Inmejorable –añadió.

Como Presley no decía nada, sintió una punzada de alarma. Le había oído decir que iba a terminar arrepintiéndose, pero no se lo había tomado en serio. ¿Se estaría arrepintiendo ya? Él pensaba que los dos tenían ganas de hacerlo.

Pero estaba prácticamente seguro de que estaba llorando. Aunque mantenía la cara oculta, había sentido una lágrima en el brazo.

–¿Te pasa algo? –le preguntó.

Presley negó con la cabeza, pero él no estaba seguro.

–Me lo dirías, ¿verdad?

–Por supuesto.

Aquella era la respuesta que había estado buscando, pero las palabras de Presley no transmitían convicción alguna, y menos cuando se apartó inmediatamente de su alcance. Estaba tan preocupado por su reacción que hasta que Presley no fue a lavarse, no se dio cuenta de que el preservativo que habían utilizado estaba roto. Se disparó el pánico y se preguntó si no habría confundido el miedo con la decepción o la tristeza. ¿Lo habría notado ella? ¿Sería eso lo que le pasaba?

Si era así, tenía motivos para estar asustada. Él también estaba asustado. Jamás le había ocurrido nada parecido.

—No he venido a tu casa para hacer... lo que acabamos de hacer —se justificó cuando Presley regresó para ponerse las bragas.

Estando de nuevo tan cerca de su cuerpo desnudo, pudo ver lo mucho que había ganado su silueta en aquellos dos años. Estaba magnífica, pero parecía tener mucha prisa por taparse, algo que añadió más inseguridad a la sensación que él ya tenía. Las cosas nunca habían sido tan tensas cuando estaban juntos.

Él no se molestó en ir a buscar su ropa. En cambio, apoyó el hombro contra la pared y la observó atentamente.

—Me crees, ¿verdad? Lo que quiero decir es que de verdad quería hablar contigo esta noche.

Era especialmente importante que lo supiera, teniendo en cuenta el estado de aquel maldito preservativo, que ya se había quitado y tirado. Tenía que decírselo, por supuesto, pero no sabía por donde empezar.

—No te preocupes por... por lo que acaba de pasar —musitó Presley—. Ha sido tan culpa mía como tuya.

Se le daba bien asumir su responsabilidad. Lo había hecho también en la librería. Pero aquella forma de reaccionar le hizo sentirse todavía peor. ¿Y si se quedaba embarazada porque no había sido capaz de dejarla en paz?

—¿Tú crees que esto tiene algo que ver con la culpa de nadie?

—No —contestó.

Pero lo dijo como si estuviera forzando la palabra, y no era capaz de mirarlo. Y lo más inquietante era que no paraba de moverse rápidamente y de forma errática, como si su vida dependiera de que se vistiera rápido y plegara cuanto antes la camilla de masajes.

–Tú también te has divertido. He sentido tu orgasmo. Parece que te ha gustado.

–Sí. Has sido tan servicial como siempre. Gracias.

Aaron no estaba buscando sus alabanzas, y «servicial» no era la palabra que habría querido oír aunque la hubiera estado buscando. Lo decía como si solo le hubiera prestado un servicio. Y había habido mucho más en aquel encuentro. Habían compartido demasiadas cosas como para poder hacer el amor sin que mediara ningún sentimiento. Él había sentido mucho más que pasión: placer, alivio, satisfacción... y un sentimiento de resolución. Pero entonces, ¿por qué estaba ella tan alterada?

–¿Te has dado cuenta de lo del preservativo?

Presley le miró por fin.

–¿Qué ha pasado con el preservativo?

Aaron comprendió entonces que no lo sabía. En algún momento tenía que decírselo.

O quizá no. A lo mejor bastaba con esperar para ver si tenía o no el siguiente período. A lo mejor no pasaba nada y no tenían ningún motivo para preocuparse.

Maldijo el riesgo que había corrido. Su hermano, su cuñada e incluso la propia Presley le habían pedido que no se acercara a ella. Él se había acercado a su casa a pesar de todas aquellas advertencias, y las cosas habían ido más lejos de lo que deberían, como todo el mundo temía que pudiera pasar.

–Por lo menos, todavía podemos seguir siendo amigos –dijo–. No quiero que te sientas mal, y menos por esto. Y, definitivamente, no quiero que te sientas como... ya sabes, como si te hubiera presionado a hacer algo que no te conviene.

–No me has presionado a hacer nada.

–¿Entonces no estás enfadada?

–No.

–Sí, sí estás enfadada –la conocía demasiado bien como para saber que no era cierto.

–Sí, pero no contigo –le aclaró–. Estoy enfadada conmigo misma. Ni siquiera he podido aguantar hasta el lunes. No era este el rumbo que quería que tomara mi vida.

–¿Qué quieres decir?

Presley suspiró.

–El viernes tengo una cita con Riley.

A Aaron no le gustó la idea de que Presley fuera a salir con otro hombre. No le sucedía a menudo que una mujer con la que acababa de hacer el amor mencionara a otro hombre. Supuso que esa fue la razón por la que experimentó un repentino sentimiento de posesión, un deseo de volver a acariciarla, de arrastrarla al dormitorio y estar con ella hasta encontrar a la Presley que él conocía en medio de toda aquella resistencia.

–¿Y esto cómo te hace sentirte? ¿Culpable? ¿Como si le hubieras engañado? No le debes nada a Riley. Apenas le conoces. Una cita es solo una cita. Además, la del viernes será la primera.

–Ya sé que no hay ningún compromiso entre Riley y yo. Pero estoy segura de que no se esperaba una cosa así. Y preferiría ser la clase de mujer a la que un hombre como Riley puede admirar, ¿de acuerdo? De hecho, prefiero ser yo misma el tipo de persona a la que puedo admirar.

Aaron se pasó nervioso la mano por el pelo.

–¿Un tipo como Riley? ¿Es que es distinto a los demás? ¿No es como yo?

–Ya sabes lo que quiero decir. Tú mismo me dijiste que es lo mejor que Whiskey Creek puede ofrecerme. Tiene la vida solucionada.

–No es para tanto –respondió Aaron–. Cuando te lo dije, estaba siendo sarcástico. Y el hecho de que hayas tenido relaciones con una persona con la que te has acostado cientos de veces después de haber pasado dos años de celibato, no te convierte en una... –no quería pronunciar la palabra «prostituta», ni siquiera quería introducirla en la conversación– en escoria –terminó.

—Acostarme con alguien que no me quiere para nada más que para pasárselo bien, no me convierte precisamente en un pilar de la comunidad.

Aaron no intentó defender su postura. Sus sentimientos eran demasiado complicados como para poder hacerlo. Definitivamente, no era capaz de explicar lo que aquella relación abarcaba. Presley no era solamente una amiga: tenía demasiadas ganas de acostarse con ella para que fuera solo eso. Y tampoco era su novia, no estaba enamorado de ella. Ocupaba un lugar intermedio. Pero a pesar de todas las cosas en las que le había fallado, él siempre había intentado ser bueno con ella.

—¿Un pilar de la comunidad? ¿A eso aspiras?

—¿Por qué no?

—Porque creo que sería demasiado aburrido para alguien como tú. Para alguien como nosotros.

—Por lo menos, de esa forma no perdería el respeto por mí misma. No quiero que Riley se entere de esto. Por fin tengo la oportunidad de disfrutar de una vida como la de mi hermana y... mírame —se tapó la cara, como si estuviera demasiado avergonzada de sí misma como para mostrarla—. Acabo de fastidiarlo todo.

Aaron no se esperaba una cosa así. Agarro sus bóxers y comenzó a ponérselos.

—Deja de castigarte. Y, de todas formas, Riley no es tu tipo.

Presley se giró bruscamente hacia él.

—¿Por qué no? ¿Qué se supone que significa eso?

Aaron se devanó los sesos buscando una razón por la que Riley y ella no fueran compatibles, pero no se le ocurrió ninguna.

—¿Crees que es demasiado bueno para mí? —le preguntó Presley.

—¡Claro que no! Es solo que... Por lo que se refiere a los hombres, puedes hacer lo que quieras. Riley no tiene ningún derecho sobre ti. A lo mejor, ahora mismo está con otra mujer.

–Los dos sabemos que eso no es cierto. Él no es así.

–Podría serlo –se abrochó los pantalones–. ¿Entonces qué? ¿Estás esperando a que Riley Stinson te ofrezca una alianza de matrimonio?

–Es un buen hombre.

–¿Y yo no? –Aaron la miró boquiabierto.

En los viejos tiempos, Presley le hacía sentirse como si valiera más que la luna y las estrellas. ¿Qué estaba pasando allí?

–Deja de tergiversar mis palabras. Yo solo... Necesito que te vayas para poder pensar con claridad.

–Ven aquí –alargó el brazo hacia ella.

Pero en aquel instante, Wyatt comenzó a llorar en la otra habitación, poniendo fin a cualquier posibilidad de reconciliación. Presley recogió la camisa y los zapatos de Aaron del suelo y se los tendió de un empellón mientras le empujaba hacia la puerta.

–Siento haber dejado que esto se me fuera de las manos –le dijo con repentina corrección–. Por favor, perdóname si he dicho o hecho algo que te haya ofendido. Pero... ahora tengo que atender a mi hijo.

–Esto es una locura, Presley. ¿No podemos esperar hasta que hayas terminado de hacer lo que tengas que hacer con el niño para despedirnos? ¿De verdad tiene que terminar así esto?

–¿De qué otra forma podría terminar? –preguntó Presley.

Y lo siguiente que supo Aaron fue que estaba en el porche semidesnudo.

Aaron permaneció sentado en su camioneta durante cerca de quince minutos antes de marcharse. Ni siquiera se molestó en ponerse la camisa y los zapatos antes de sentarse tras el volante. Se limitó a arrojarlos al asiento de pasajeros. Quería volver a casa de Presley. Su presencia la había afectado negativamente, pero él no pretendía que fuera así. Se había acercado a su casa esperando recuperar su amistad. Tal y como le había dicho, no pretendía acostarse con ella. Por lo menos, de manera consciente. Su única intención era reparar... cierta sensación de pérdida.

No debería haber sugerido que le diera un masaje, pero ella se estaba comportando de manera muy distante y no sabía de qué otra manera podía romper el hielo. Y después, en cuanto le había tocado, habían regresado los recuerdos y... no recordaba haber sentido nunca un deseo tan intenso. Y ella parecía sentir lo mismo.

¿Por qué se habría arrepentido Presley después? No sabía que se había roto el preservativo. Y él se había asegurado de que tuviera un orgasmo. Estaban tan excitados que tampoco le había costado mucho. Los dos habían alcanzado rápidamente el clímax.

Había sido un encuentro excepcional, excepto el momento en el que se había dado cuenta de que no estaban tan protegidos como ambos pensaban. Y quitando también la parte en la que le había empujado hasta la puerta. ¿Por qué habría hecho una cosa así? Normalmente, le gustaba acurrucarse a su lado y pasar con él el resto de la noche. A veces, se quedaba tanto tiempo con él que Aaron había llegado a desear que...

Si no la conociera, habría pensado que estaba intentando castigarlo. Pero Presley no era una persona vengativa y su reacción había sido muy sincera. El remordimiento era auténtico. A lo mejor, aquella era la razón por la que su manera de reaccionar le había afectado más que la rotura del preservativo, aunque la segunda fuera una preocupación más seria.

–Mierda –musitó, y golpeó el volante.

Había ido a casa de Presley para arreglar las cosas, pero lo único que había conseguido había sido empeorarlas.

Mientras acunaba a Wyatt para que volviera a dormirse, Presley no podía dejar de llorar. No sollozaba, pero estaba tan decepcionada consigo misma que las lágrimas no dejaban de fluir.

¿Qué demonios le pasaba? Se había contradicho en todo lo que pensaba que era, en todo lo que se había dicho a sí misma que haría.

Aaron era una tentación demasiado grande para ella.

Después de aquello, ¿qué iba a hacer?

Dejó a Wyatt en la cuna y se acercó al teléfono. No se merecía a un hombre como Riley. Intentaría decírselo desde el principio. Después de secarse las mejillas, le envió un mensaje de texto por teléfono.

–Me ha gustado mucho verte hoy. Gracias por todo. Pero me temo que no podré quedar contigo el viernes por la noche.

Presley oyó su teléfono a primera hora de la mañana siguiente y, por miedo a que despertara a Wyatt, se levantó de un salto y lo agarró. No quería que Wyatt se despertara tan pronto sabiendo que treinta minutos más de sueño podrían suponer una gran diferencia.

–¿Diga? –preguntó con la voz ronca y manteniéndola intencionadamente baja.

–No me digas que te he despertado.

Cheyenne.

–¿Qué hora es? –se pasó la mano por el pelo.

Después de haber pasado la mayor parte de la noche dando vueltas en la cama, tenía el pelo disparado en todos los sentidos. Y ni siquiera quería ver el efecto que las lágrimas habían tenido en sus ojos.

–Las ocho y media. ¿Wyatt todavía no se ha despertado?

–No es normal que duerma hasta tan tarde, pero ha pasado una mala noche –imaginaba que había sentido su propio nerviosismo.
–En ese caso, siento haberte molestado.
–No te preocupes.
Probablemente, Cheyenne la llamaba para hablarle de sus planes de inseminación artificial; era lunes, y Dylan no estaba en casa.
–¿Has sabido ya algo de Aaron?
Eran pocas las probabilidades de que Aaron se hubiera puesto en contacto con Cheyenne, puesto que habían estado juntos la noche anterior, pero Presley estaba intentando darle a su hermana la introducción al tema que, asumía, Cheyenne estaba buscando.
–Todavía no, aunque me encantaría que me enviara un mensaje esta misma mañana.
Presley podría haberle contado que lo estaba pensando muy en serio, que había hablado con él, pero no pensaba hacerlo. La mera mención de su nombre habría bastado para revivir con exquisito placer y amargo arrepentimiento hasta el último detalle de lo que había hecho. Era preferible mantenerlo en secreto.
–¿Te dijo cuándo pensaba darte una respuesta?
–No lo especificó, pero le dije que no tenía mucho tiempo, así que... espero que tome rápidamente una decisión.
Presley se deslizó bajo las sábanas, deseando disfrutar de unos minutos más de relajación y descanso.
–¿Te llevarás una gran decepción si la respuesta es negativa?
–Me gustaría decirte que no, pero me temo que será una gran desilusión.
Presley oyó ruido de fondo y comprendió que Cheyenne estaba en el trabajo.
–¿Es Eve?
–Sí.

–Dale recuerdos de mi parte.

Se produjo un corto silencio mientras Cheyenne hablaba con la que era su jefa y su mejor amiga.

–Dice que deberías venir a comer –le dijo Cheyenne cuando terminó de hablar con ella.

–¿Al hostal?

–¿Por qué no? Tenemos una chef maravillosa. Podemos organizar un pequeño festín con las sobras del desayuno. Y esta mañana tenemos cangrejos y tortilla de crema de queso.

Presley pensó en todo lo que tenía que hacer en el estudio. Una vez terminada la zona de recepción y acabada la pintura, podía terminar de limpiar, llevar la camilla para los masajes y comenzar a buscar unas sillas para la zona de recepción. No podía gastar mucho dinero, pero tenía un talento especial para encontrar objetos de calidad de segunda mano. No necesitaba muchos muebles, y menos para la zona del estudio de yoga. Y hasta que estuviera en condiciones de comprar los últimos detalles, pensaba pedirle a todo el mundo que llevara sus propias colchonetas, toallas y bebidas. Ella aportaría la música, la experiencia y el espacio.

Pero había estado tan pendiente del cuidado de Wyatt y de poner su negocio en marcha que no había visto ni a Eve ni a ningún otro amigo de Cheyenne, excepto a los que se había encontrado en la firma del libro. Y, por cierto, tampoco había visto a ninguno de los amigos que había hecho en el casino cuando trabajaba allí. Pero tampoco podía arriesgarse a enfrentarse a la tentación de volver a su vida de antaño. Aquella era una de las razones por las que se suponía que debía mantenerse lejos de Aaron.

–Podría arañar un par de horas. ¿A qué hora quedamos?

–¡Mamá!

Wyatt estaba despierto. La llamaba desde la otra habitación.

–¡Mamá!

Con un bostezo, Presley fue a ver a su hijo.

Una enorme sonrisa arrugó sus mejillas regordetas y rio de emoción al ver que su madre se acercaba.

–Me gustaría despertarme tan contenta como tú –le dijo, y sostuvo el teléfono contra su oreja, apoyándolo en el hombro para poder cambiar el pañal.

–¿A las once te parece bien? –preguntó Cheyenne.

–Sí, a las once.

–Nos vemos entonces.

–Adiós –pero Cheyenne la interrumpió antes de que hubiera podido colgar.

–¿Cómo te fue ayer con Riley?

Presley pensó en el mensaje que le había enviado la noche anterior. A Cheyenne no le iba a hacer ninguna gracia que hubiera anulado la cita. Esperaba que Riley no lo mencionara, y que hasta el hecho de que le hubiera pedido una cita terminara disolviéndose en el olvido.

–Genial. Ya ha terminado la zona de recepción.

–¿Y te gusta cómo ha quedado?

–Me encanta.

El trabajo que había hecho Aaron también era muy bueno, pero Cheyenne no querría oírlo. Y a Presley tampoco le apetecía decirlo. Pero le parecía injusto centrarse únicamente en lo mucho que había trabajado Riley

–Ha sido muy amable al ayudarme.

Aquel era el momento de decir que había decidido no salir con él. No podía permitir que le pagara una cena después de lo que había hecho con Aaron la noche anterior. Pero tampoco le apetecía contar nada al respecto. De pronto, tuvo la sensación de estar ocultando demasiada información, lo que la hizo sentirse falsa. Lo único que ella quería era poder seguir adelante con su negocio, cuidar de su hijo y evitar cualquier tormenta sentimental.

Y eso fue lo que decidió que iba a hacer.

—Es muy agradable –reconoció mientras llevaba a su hijo a la cocina.

—Estoy deseando ver su trabajo. Iremos al estudio después de comer y haremos una lista de ideas para la decoración.

Presley dejó a Wyatt en la trona y sacó la harina de avena.

—Un estudio de yoga no necesita mucha decoración. Estaba pensando en poner algunos pósters con alguna cita y nada más –su presupuesto solo era de unos veinte o treinta dólares.

—Pero deberías tener una de esas fuentes relajantes que tienen ahora en la mayoría de los *spas*.

Presley sacó una sartén de una de las estanterías que hacían las veces de armario.

—¿Tú crees?

—A ninguna masajista debería faltarle –bromeó Cheyenne–. Así que voy a comprarte una.

Presley se echó a reír.

—¿Estás segura?

—¿Qué otro objeto puede emitir sonidos relajantes por menos de cien dólares?

—Ninguno que yo sepa –respondió mientras cerraba el biberón de Wyatt–. Nos vemos a las once.

Terminó de darle a su hijo la papilla de cereales, limpió la cocina y puso a Wyatt a jugar mientras ella ordenaba el resto de la casa. Pero cuando estaba pasando la aspiradora en el cuarto de estar, estuvo a punto de tropezar con algo que previamente parecía fundirse con el color de la alfombra: una cartera de cuero marrón.

No necesitó mirar en su interior para saber que era de Aaron. Riley y Jacob no habían tenido ningún motivo para sacar la cartera estando en su casa. Pero Aaron había sacado un preservativo de la suya y la había dejado después a un lado.

—¡Oh, Dios mío!
—¿Mamá?
Wyatt, que adoraba la aspiradora, la agarró cuando Presley la apagó e intentó pasarla él.
—Mamá ha cometido un gran error, Wyatt —le dijo.
Y buscó en el interior de la cartera para confirmar que el propietario era el que ella había imaginado.
Por supuesto, la cartera era de Aaron, y eso significaba que estaría buscándola.

Capítulo 10

Eran las tres en punto de la tarde del lunes. Aunque Presley había estado nerviosa, pensando que Aaron podría llamar mientras estaba comiendo con Cheyenne, o después, cuando Cheyenne y Eve habían ido a ver el estudio, no había tenido noticias de él. Probablemente, pensaba que se había dejado la cartera en algún otro lugar. O tenía tanto trabajo que no pensaría en ella hasta que volviera a casa y quisiera salir a tomar algo por la noche.

Llevaba todo el día consumida por la curiosidad, pero no se había permitido ceder a ella. Se negaba a curiosear lo que llevaba en el interior. Cada uno tenía su propia vida. Pero una vez dejó a Wyatt en el parque para echarse la siesta, se concedió unos minutos de descanso y la curiosidad se hizo todavía mayor. Si ninguno iba a formar parte de la vida del otro ¿qué importaba que supiera lo que guardaba en la cartera?

Al final, la abrió.

Llevaba cerca de quinientos dólares, la mitad de lo que ella pagaba de alquiler al mes. Aunque sintió envidia, en ningún momento se le ocurrió quitárselos. Afortunadamente, robar era un vicio al que nunca le había costado resistirse: sentía demasiada empatía por las víctimas. Y la situación económica de Aaron no jugaba ningún papel en sus sentimientos. Sabía que le querría igual si no tuviera trabajo y estuviera sin un céntimo.

—Soy un caso perdido –suspiró.

Invadir la intimidad de Aaron resultó ser una pérdida de tiempo. Lo que encontró no le dijo gran cosa sobre él. Guardaba las tarjetas de crédito y el carnet de conducir, por supuesto, pero no había ni fotografías, ni notas, ni números de teléfono. La gente solía guardar ese tipo de cosas en los smarthpones, así que no fue ninguna sorpresa.

Estaba a punto de cerrar la cartera para guardársela en el bolso cuando se fijó en un compartimento que no había visto. Estaba plano, así que asumió que estaría vacío. Pero no era así. Guardaba una fotografía, una fotografía de la madre de Aaron. Presley reconoció a Wynona porque había visto fotografías suyas sobre la cómoda de Aaron.

La señora Amos era una mujer muy guapa y sus dos hijos mayores se parecían mucho a ella. Presley se preguntó si Aaron sería muy diferente de no haber perdido a su madre siendo tan joven. Si la madre de Aaron no se hubiera quitado la vida, quizá su padre no habría caído en una depresión, ni habría terminado alcohólico. Y si J.T. no hubiera sido un alcohólico, no habría apuñalado a un hombre en un bar y no habría ido a prisión. Y si no hubiera ido a prisión, Dylan no habría tenido que convertirse en el cabeza de familia con apenas dieciocho años...

No eran muchas las personas que habían tenido una infancia menos convencional que la de los hermanos Amos. Ellos comprendían lo que era perder a alguien, pero, por lo menos, habían tenido a Dylan. Cheyenne y ella no habían tenido ningún salvador. Habían tenido que arreglárselas completamente solas.

Vibró su teléfono móvil. Lo había enmudecido cuando había conseguido dormir a Wyatt, pero aquella interrupción sirvió para recordarle que lo que estaba haciendo no estaba bien.

Guardó la fotografía en su lugar antes de sacar el teléfono del bolsillo. Temía que el que llamara fuera Aaron para preguntar por la cartera en la que acababa de estar fisgando, pero era Riley. No había contestado a su mensaje de texto. Al parecer, prefería hablar sobre ello.

–¿Diga?

Salió para poder hablar en un tono normal sin despertar a Wyatt. Como no había podido dormir lo suficiente la noche anterior, había estado malhumorado y cansado y no había conseguido conciliar el sueño tan rápido como a ella le habría gustado. No quería que nada pudiera despertarle. Aquella era su oportunidad para dar un empujón a la limpieza del estudio.

–¿Presley?

Presley se sentó en un banco de madera que había a unos metros de la entrada del local.

–Hola, Riley, ¿cómo estás?

–Un poco desilusionado, si quieres saber la verdad. Yo pensaba que teníamos una cita.

Presley desvió la mirada hacia el final la calle, mirando en la dirección del taller en el que Aaron debía estar trabajando, en el caso de que no estuviera buscando un solar para montar su propio taller en Reno. No podía ver el taller desde allí. No estaba en la calle principal, pero había ido tantas veces cuando salían juntos que podía imaginarse perfectamente hasta el último detalle. Incluso habían hecho el amor en la oficina en una ocasión, estando los dos colocados.

–Lo siento.

Se produjo una ligera vacilación.

–¿He hecho algo que no te haya gustado?

–No, es solo que... tengo la sensación de que no soy el tipo de mujer más adecuado para ti.

–¿No te gustó que fuéramos Jacob y yo a verte ayer?

–¡Claro que me gustó! No tiene nada que ver con eso.

–Entonces, ¿qué te pasa? ¿Te estás agobiando? ¿Una cita te parece un compromiso excesivo? ¿No es suficientemente informal como para que te sientas cómoda? ¿Qué te parece entonces si quedamos también con Cheyenne y con Dylan?

De ninguna manera. Tendría a su hermana analizando su conducta toda la noche y diciéndole que necesitaba mostrarse menos distante, ser más cariñosa y amable. Ella era como era, nunca sería como Cheyenne. Había cosas que no cambiaban nunca.

–No necesito que vayan también Dylan y Cheyenne. Pero me gustaría que comprendieras algo.

–¿Y ese algo es…?

Una parte de ella sentía que debería hablarle de Aaron. Su conciencia le pedía que lo hiciera. Pero tenía miedo de que se lo contara a Cheyenne.

–He hecho algunas cosas en mi vida que tú no aprobarías. No estoy orgullosa de mí.

–Creía que esto ya lo habíamos superado.

–¡No lo comprendes! Yo pensaba que estaba preparada para salir con alguien como tú. Que me había convertido en… en una persona mejor. Pero no es verdad.

No pretendía hablar con tanta franqueza ni revelar sus dudas, pero allí estaba: a lo mejor no era capaz de cambiar su vida hasta el extremo que ella esperaba.

–Presley, a mí me parece que estás haciendo un gran esfuerzo para ser una buena persona.

–Sí, y es cierto –se mostró de acuerdo.

Lo había intentado con todas sus fuerzas. Había renunciado a las drogas y al alcohol y, hasta que había aparecido Aaron la noche anterior, incluso al sexo. Tras la muerte de su madre, había abandonado el pueblo, había comenzado de cero, había reconstruido su vida paso a paso, sin ningún apoyo, salvo el que Cheyenne podía ofrecerle en la distancia. Por fin había organizado su trabajo, cuidaba lo que comía y tenía una vida sana y ordenada. Y, lo más importante, hacía todo lo que estaba en su mano para cuidar de su hijo. Pero no era capaz de resistirse a Aaron, por mucho que hubiera esperado que no fuera así cuando había decidido regresar. Y aquel era un defecto fundamental que podía interferir a la hora de salir con otros hombres.

—Entonces, no entiendo el problema —insistió Riley.

—Será mejor que busques a otra persona con la que salir —pulsó una tecla para poner fin a la llamada, pero Riley volvió a llamar.

—Eso son tonterías —le dijo—. Pasaré a recogerte el viernes a las seis, así que asegúrate de estar preparada.

Presley parpadeó sorprendida cuando desconectó el teléfono antes de que hubiera podido responder.

—Es la segunda vez que he intentado advertirte —musitó con un suspiro.

Pero solo sería una cena.

Cuando Aaron vio a Presley caminando con la sillita hacia él y vestida con una camisa blanca y unos vaqueros cortados, sintió que se le tensaba el pecho. Tenía un aspecto muy saludable, parecía tener bajo control todos los demonios que la habían derrotado en el pasado. No pudo evitar sentirse orgulloso de ella. Aquella transformación no podía haber sido fácil, pero Presley lo había conseguido en solo dos años. Y lo había hecho por el amor que sentía por otra persona, su hijo, algo que decía mucho de ella.

Por supuesto, conservaba la pantera tatuada y aquel andar con el que parecía decir «he caminado sobre fuego y he vivido para contarlo», pero había tenido que ser dura para sobrevivir. Por lo que a él se refería, aquello la hacía todavía más sexy.

Aaron le había propuesto pasarse por su casa para ir a recoger la cartera, pero ella se había negado. A cambio, había sugerido que quedaran en el parque, al lado de la enorme estatua de un buscador de oro. Aaron tenía la impresión de que a Presley le daba miedo quedarse a solas con él.

Presley le dirigió una sonrisa tímida y se subió las gafas de sol mientras ponía el freno de la sillita y la rodeaba.

–Hola.

Aaron no pudo evitar mirarle las piernas. Presley no era muy alta, pero siempre había tenido unas piernas muy bien torneadas.

–Es agradable salir a estas horas, ¿verdad?

Aaron miró hacia el sol con los ojos entrecerrados.

–¡Por fin! Este año ha hecho un frío terrible.

–Ahora parece que fuera primavera, espero que dure. Creo que vendrá mucha más gente el día de la inauguración si hace buen tiempo.

Wyatt gritó y se retorció, intentando quitarse el cinturón que le ataba a la silla, pero Presley le dio uno de los juguetes de la bolsa que llevaba en la sillita para tranquilizarlo. Después, buscó en su bolso y sacó la cartera de Aaron.

–Te la he revisado –anunció mientras se la tendía.

Aaron se enderezó.

–¿Que tú qué?

El rubor tiñó las mejillas de Presley.

–Lo siento. No he podido evitarlo. Me ha podido la curiosidad.

–¿Sobre qué?

Se encogió de hombros.

–Quería saber lo que llevabas dentro.

A lo mejor debería haberse enfadado, pero Aaron se descubrió a sí mismo riéndose.

–¿Por qué lo has confesado tan rápidamente? Ni siquiera se me habría ocurrido pensar que podías haberla mirado.

–No quiero sentirme culpable por haberlo hecho. Lo siento –repitió.

Aquella falta de artificios era enternecedora, a pesar de aquella invasión a su intimidad.

—¿Y has encontrado algo interesante?

Presley vaciló un instante y después, negó con la cabeza.

—Solo lo habitual. Y no falta nada, por supuesto. Espero no haberte preocupado al decirte que te he mirado la cartera.

—No.

Aaron guardó la cartera en el bolsillo sin revisarla.

—Bueno, ya nos veremos —dijo Presley, con una sonrisa de despedida.

Comenzó a marcharse, pero él la llamó para que volviera.

—Acerca de lo de anoche...

Presley se detuvo en la acera y miró hacia derecha e izquierda para asegurarse de que no le oyeran.

—¿De verdad quieres hablar de lo que pasó anoche?

—Hay algo que no sabes. No quería decírtelo y... es posible que esté preocupado sin motivo. Pero creo que, por lo menos, deberías estar preparada.

—¿Para qué? ¿A qué viene todo esto?

—Al preservativo que utilizamos.

Presley se humedeció los labios, como si estuviera cohibida de pronto, o quizá nerviosa.

—¿Qué le pasaba?

—No estoy seguro de lo que pasó. En realidad, es algo que no me había pasado nunca, pero estaba...

—¿Cómo? —le urgió asustada y con los ojos abiertos como platos.

—Roto.

El color abandonó el rostro de Presley.

—Lo siento. Fuimos un poco más bruscos de lo habitual. A lo mejor fue por eso. O quizá estuviera defectuoso desde el principio.

Presley se tapó la boca con la mano, pero no dijo nada.

—¿Estás bien? —le preguntó Aaron.

–¡Dios mío!
–¿No lo notaste?
–No. No estaba pensando en nada, excepto en...

Se interrumpió, pero a Aaron le habría gustado oír el resto de la frase: «¿en ti?, ¿en lo que me hacías sentir?, ¿en el mejor orgasmo de mi vida?, ¿en echarte de mi casa?». ¿En qué habría estado pensando?

Apretó los dientes e intentó analizar la situación observando el lenguaje corporal de Presley.

–¿Debería estar preocupado?
–No estoy tomando la píldora, si es eso lo que te estás preguntando. No te mentí cuando te dije que no me había acostado con nadie desde hacía siglos.

Wyatt tiró su juguete al suelo y Aaron se lo devolvió.

–¿Así que tampoco llevas DIU o como sea que se llame eso?

Sabía que si no era una persona con una vida sexual activa, no lo llevaría, pero no pudo evitar preguntarlo.

Presley negó con la cabeza.

Aaron le dio una patada a un puñado de hierba antes de mirarla a los ojos.

–¿Estás preocupada?

Ella ya era madre. Aaron dudaba de que quisiera un segundo embarazo sorpresa. La posibilidad de que pudiera ser demasiado tarde le aterraba. Si Presley quería seguir adelante con el embarazo, él estaría al lado de cualquier niño que fuera de su responsabilidad, pero no era así como había planeado empezar a formar una familia, en el caso que quisiera hacerlo algún día.

–Por supuesto.

La ansiedad de Aaron se hizo mayor.

–Así que, ¿podrías estar en uno de los momentos fértiles del mes?

Presley bajó la voz todavía más.

–Para serte sincera, no tengo ni idea. Últimamente tengo

una regla muy irregular, pero como no ha interferido en mi inexistente vida sexual, no le he prestado mucha atención.

Aaron soltó el aire que estaba conteniendo. Esperaba noticias más concretas.

—Siento que todo esto te afecte.

—Hacen falta dos para hacer lo que hicimos.

Agradeciendo que no le estuviera culpando a él, Aaron hundió las manos en los bolsillos.

—Me avisarás cuando... cuando despejes la duda, ¿de acuerdo?

Presley asintió en silencio, tomó la silla de Wyatt y se alejó en la misma dirección en la que había llegado.

Sintiéndose tan decepcionado e insatisfecho como la noche anterior cuando estaba sentado en la camioneta después de que Presley le hubiera echado de casa, Aaron comenzó a caminar tras ella. No podía comprender por qué su relación tenía que ser tan condenadamente tensa. Él la quería tanto como siempre. ¿Por qué no podían salir a cenar, como habrían hecho dos años atrás? ¿No disfrutaría Presley saliendo a cenar y viendo después una película?

No había dado dos pasos cuando oyó a otro tipo llamándola desde el final del parque, donde había un aparcamiento cerca de una zona comercial. Tardó unos segundos, pero al final reconoció a Kyle Houseman. Mientras se acercaba a ella para saludarla, Kyle debió de gastarle alguna broma, porque Presley le dio un golpe en el brazo y los dos se echaron a reír.

Inexplicablemente irritado por la sencillez y la sinceridad de aquel intercambio, Aaron caminó a grandes zancadas hacia su camioneta y se marchó.

Horas después de su llegada a casa desde el parque, Aaron permanecía sentado en la butaca que años atrás, cuando vivía con ellos, solía ocupar Dylan. Estaba viendo el canal deportivo con el mando a distancia en la mano. Grady y Rod estaban repantigados en el sofá. Parecían cansados después de un largo día de trabajo en el taller. El hermano más pequeño, Mack, que tenía veintitrés años, había salido con su novia. Dos equipos juveniles de baloncesto se estaban disputando un partido y Mack se lo estaba perdiendo. Pero tampoco Aaron estaba prestando demasiada atención. Le debía a Cheyenne una respuesta y tenía que averiguar cuál iba a ser.

–Estás muy callado esta noche –comentó Grady cuando el partido dio paso a los anuncios–. ¿Has encontrado ya un terreno para tu franquicia?

Tampoco había tomado ninguna decisión al respecto. Desde que se había enterado de que Presley había vuelto al pueblo, no había sido capaz de concentrarse. Primero, porque tenía ganas de verla y no paraba de pasar por su casa. Después, se había encontrado por fin con ella y la situación se había complicado mucho más de lo que esperaba.

–Todavía no –contestó.

–¿Y por qué estás tardando tanto? ¿Las opciones que tienes no son buenas?

Parte del problema era que abrir una franquicia en Reno sonaba mejor en la teoría que en la práctica. Si se marchaba de Whiskey Creek, dejaría de trabajar con sus hermanos. Y tampoco podría vivir con ellos. No tenía sentido ir y volver a diario desde tan lejos. De modo que, aunque tenía la sensación de que dejar Whiskey Creek y el negocio que había ayudado a levantar desde que era un adolescente aliviaría la tensión que había entre Dylan y él, la perspectiva de comenzar un nuevo taller estaba comenzando a resultarle cada vez menos apetecible y más triste y solitaria. Ninguno de sus hermanos quería dejar la zona. Y, sin su familia, lo único que tendría sería su trabajo. Mucho, si tenía éxito, y si pasaba suficiente tiempo en el taller como para sacarlo adelante.

–Hay algunas opciones –farfulló, haciendo un gesto con

el mando a distancia–. Pero todavía no me he decidido por ninguna.

Su hermano bebió un sorbo de cerveza.

–¿Quieres enseñarme las últimas tres opciones esta semana? A lo mejor podemos decidir juntos.

Aaron agradeció el ofrecimiento, pero si llegaban hasta allí, quizá tuviera que elegir y dar el siguiente paso, que sería comprometerse económicamente. Una vez firmado el contrato y pagado el cheque, sería demasiado tarde para dar marcha atrás.

–A lo mejor, tendría más sentido limitarme a… ampliar el negocio.

–¿Aquí? –Rod y Grady se volvieron hacia él.

–¿Por qué no? –preguntó–. Tenemos más trabajo del que somos capaces de asumir. Podríamos añadir dos plataformas de pintura más y preparar a algunos mecánicos…

Grady le apoyó.

–A mí me parece bien. Nunca me ha gustado la idea de que te fueras.

–A mí tampoco –Rod le dirigió una sonrisa–. ¿Qué harías tú sin nosotros?

Aaron sabía que estaba a punto de tomarle el pelo.

–¿Perdón?

–¿Quién va a estar cerca de ti para ayudarte cuando te metas en líos?

–Me has metido en muchas más peleas de las que me has ayudado a salir.

Pero, teniendo en cuenta que él era la oveja negra de la familia, lo contrario también era cierto. Había sido una auténtica pesadilla. Todos sus hermanos deberían estar deseando deshacerse de él.

–No tantas –respondió Grady–. Pero tengo que reconocer que, si alguna vez me encuentro en una situación difícil, eres el único al que querría ver detrás de mí.

–Supongo que te referirás a Dylan, él es el profesional.

–Sí, es posible que Dylan haya sido un gran luchador, pero últimamente, está demasiado blando como para golpear a nadie.

Rod se echó a reír.

–¡Es verdad! Cheyenne le tiene tan amaestrado que antes tendría que pedir permiso.

Bromearon sin piedad sobre lo domesticado que estaba Dylan, pero, en el fondo, todos envidiaban la paz que había encontrado y, por supuesto, ninguno deseaba que la perdiera.

–Sí, pero que el cielo ayude al hombre al que se le ocurra amenazarla –añadió Aaron–. Le desgarraría miembro a miembro.

–Con nosotros también era así –señaló Rod con cierta nostalgia.

Grady aplastó la lata de cerveza vacía.

–Pero ya no necesitamos que libre nuestras batallas. Y estaría a nuestro lado si le necesitáramos.

–¿Y piensas mencionarle la idea de la ampliación a Dylan? –preguntó Rod–. ¿O quieres que se lo diga yo?

–Yo hablaré con él, si al final decido que es eso lo que quiero hacer.

No estaba seguro de que a Dylan fuera a gustarle que se quedara. A lo mejor, para él era un alivio pensar que no iban a tener que volver a trabajar juntos, al menos tan de cerca. Se pasarían clientes, aumentarían su capacidad de compra y compartirían contactos relacionados con el negocio. Era algo que ya habían acordado. Pero no sería lo mismo. Y quizá fuera mejor. Si al final él iba a ser el donante de semen de Cheyenne, quizá lo mejor para todos los involucrados en la situación fuera que se largara.

Rod iba a la cocina unos cuantos segundos después cuando la puerta se abrió de golpe. Aaron se volvió, esperando ver a Mack, pero era Dylan. Dylan había vivido con ellos durante tanto tiempo que ni siquiera se molestaba en llamar. Su nombre todavía aparecía en las escrituras de la casa.

–¡Hola Dylan! –le saludó Grady–. Estábamos hablando de ti.

–¿Y qué estabais diciendo? –preguntó mientras se acercaba al sofá.

Grady le dirigió una mirada desafiante.

–Que últimamente estás muy blando.

Dylan le dio una palmada en la cabeza.

–Sal conmigo, hermanito, y te demostraré lo mucho que me he ablandado.

Grady no era tan estúpido como para darle a su hermano esa oportunidad. Se echó a reír mientras Rod, que volvía en aquel momento con dos cervezas de la cocina, saludaba a su hermano. Ambos animaron a Dylan a sentarse a ver el partido.

Aaron permaneció en silencio durante la conversación, con los ojos fijos en la pantalla. Había estado en el taller aquel día, pero había conseguido evitar a Dylan. De hecho, no había vuelto a hablar directamente con él desde que Dylan había hecho un agujero de un puñetazo en la pared el viernes por la noche.

–No puedo quedarme –dijo Dylan–. Cheyenne está en casa. Está hablando por teléfono con Eve, pero cuando cuelgue, querrá verme allí.

Grady le dio un codazo a Rod.

–¿Ves lo que te he dicho?

–¿Qué le has dicho?

A los labios de Rodney asomó una sonrisa irónica, pero no volvió a aguijonear a Dylan.

–Tampoco es que la vayas a dejar sola para siempre. ¿A qué has venido?

–Quería hablar un momento con Aaron –enderezó el respaldo de la butaca en la que Aaron estaba sentado–. ¿Tienes un momento?

A Aaron le entraron ganas de decirle que se fuera al infierno. Pero ahogó un suspiro, le tendió a Grady el mando a distancia y siguió a Dylan hacia el patio trasero, que daba al río. No era que Aaron no quisiera arreglar las cosas. Él quería a Dylan incluso más que al resto de sus hermanos. En cierto modo, le quería como a un padre. Sencillamente, no siempre se llevaban bien. Y, para empeorar la situación, se sentía culpable por haber hecho exactamente lo que Dylan había temido que hiciera. Desde luego, Presley no estaba mejor después de su visita. Incluso era posible que estuviera embarazada.

Se rascó el cuello.

–Si esto es por lo de la otra noche...

–Lo del viernes estuvo completamente fuera de lugar, Aaron. Lo siento.

Dylan era un hombre orgulloso. Rara vez se disculpaba. Aaron apreció el esfuerzo que estaba haciendo al admitir que también él había reaccionado de forma exagerada, especialmente sabiendo que, en realidad, su hermano había hecho bien en preocuparse.

–No pasa nada. Entiendo que estés preocupado por Presley.

–No fue solo por eso.

Los pensamientos de Aaron giraron inmediatamente hacia la imposibilidad de Dylan para engendrar hijos. Pero debería haberse imaginado que Dylan jamás hablaría de algo tan íntimo. Para él, ser infértil debía de ser tan terrible como ser impotente.

–El miércoles recibí una carta de papá –anunció Dylan.

Aaron estudió el rostro de su hermano, pero, como era habitual, no expresaba gran cosa. En lo referente a J.T, los sentimientos de Dylan eran complejos. Y también los de Aaron. Solo sus hermanos más pequeños parecían capaces de mantener relación con él. Tampoco podía decirse que tuvieran mucha. Le escribían una carta de vez en cuando y en raras ocasiones iban a verle a Soledad.

–¿Qué quería? ¿Sigue pensando que saldrá este verano?

J.T. debería haber sido liberado el año anterior, pero unos meses antes, su compañero de celda le había delatado por guardar una navaja escondida bajo el colchón y le habían aumentado en doce meses la condena por posesión de arma mortal.

–Sí, y tiene intención de regresar aquí, quedarse en la casa y trabajar en el taller hasta que pueda mantenerse por sí mismo.

Se acercaron al río, que pronto crecería con el agua del deshielo procedente de las montañas de Sierra Nevada.

–Sabíamos que en algún momento tendríamos que enfrentarnos a ello. ¿A qué otro lugar va a ir? Y no solo eso, él cree que esta casa le pertenece. Fue él el que empezó a comprarla, y el que montó el negocio.

Dylan seleccionó una piedra plana y la hizo botar sobre el agua.

–Puso las dos cosas a mi nombre cuando le encerraron.

–Pero solo para que tuvieras oportunidad de conservar la casa y cuidar de nosotros.

–Cualquier padre habría intentado proporcionar un hogar a sus hijos, pero él habla como si nos hubiera hecho un gran favor. Siempre está diciendo que habría hecho mucho mejor vendiendo la casa a una agencia y sacando algo de dinero.

–¡Qué generoso! –Aaron también lanzó una piedra–. Pero se olvida de que cuando él fue a prisión, todavía no era propietario de la casa. Y después de la muerte de mamá, dejó que el negocio se hundiera.

–No creo que se merezca regresar aquí y hacerse cargo del negocio ahora que hemos convertido Amos Auto Body en un negocio de éxito.

Dylan estaba siendo muy amable al hablar en plural. Aaron no sentía que pudiera atribuirse ningún mérito por el taller, por lo menos en los años anteriores. Había sido Dylan el que había salvado el taller de la bancarrota al tiempo que intentaba mantener a todos sus hermanos en el colegio. Había conseguido sacarlo a flote aumentando las fuentes de ingresos, trabajando como luchador profesional durante los fines de semana.

Aaron miró el cobertizo. Allí guardaban las pesas y otros aparatos de gimnasia. Pero, años atrás, estaba pasando la noche allí con un amigo cuando su padre había apuñalado a Mel Hafer en un local por decir que había hecho un trabajo pésimo en su coche. Mel también le había dicho a J.T. que su pobre esposa se llevaría un gran disgusto si viera en lo que se había convertido.

–¿Papá cree que va a llegar y se va a hacer cargo de todo?

–No, el tono de la carta no es tan contundente. Es una carta humilde, conciliadora. Dice que espera que podamos encontrar la manera de incluirle. Cosas de ese tipo. Pero es un hombre que el año pasado escondió un arma mortal debajo de su colchón. ¿Cómo será dentro de unos meses, cuando haya recuperado la confianza en sí mismo? Ahora mismo es un hombre al que ni siquiera conocemos –Dylan maldijo para sí–. Y hay otro problema –añadió.

–¿Todavía puede empeorar la situación?

–Está casado, Aaron.

Aaron dejó caer la piedra que tenía en la mano.

–¿Qué? ¿Con quién?

–Con una mujer a la que conoció en una web para ponerse en contacto con reclusos.

–¿Estás de broma? ¿Qué clase de mujer se mete en una web de prisioneros para encontrar pareja?

–¿De verdad quieres que te responda?

–No –podía imaginárselo.

–Una mujer llamada Anya Sharp ha estado escribiéndole y visitándole desde hace meses. Se casaron hace tres semanas y, según papá, están deseando que le suelten para así poder empezar a vivir juntos.

–¿Aquí? –¿su padre no podía dejarles en paz? ¿Acaso no había hecho ya suficiente?–. ¿Y por qué no nos había dicho que se había casado?

Dylan lanzó otra piedra al río.

–La falta de comunicación no es solo culpa suya. Tampoco los demás hemos hecho nada para mantenernos en contacto con él.

–Grady, Rod y Mack se han estado escribiendo con él. Podría habérselo dicho a ellos.

–¿Conociendo a papá? Supongo que pensó que eso no le haría parecer tan indefenso y pisoteado por la vida como le gusta aparentar. Les está pidiendo constantemente que le ingresen dinero. Si supieran que hay una mujer que ha estado haciendo lo mismo y que ha estado disfrutando de sus visitas, dejarían de estar tan preocupados por su padre.

Aaron sacudió la cabeza. Su padre llevaba casi veinte años en prisión. Por supuesto, había sentido su pérdida cuando se había marchado, pero en aquel momento de su vida, ya no le necesitaba.

–Le van a soltar justo a tiempo de que nos hagamos cargo de él y, desde luego, eso es lo que pretende que hagamos.

–Él todavía es capaz de trabajar –repuso Dylan.

–¿Durante cuánto tiempo? De todas formas, ¿qué piensas decirle?

–Supongo que debería intentar sobornarle y pedirle que se fuera a alguna otra parte. No creo que tenerle viviendo en Whiskey Creek pueda ayudarnos en nada. Y ahora que tiene una esposa, a lo mejor se va tranquilamente si le damos algo de dinero.

–Me parece una buena idea.

–He pensado que podría serlo. Pero estoy preocupado por Mack. Siempre se pone a la defensiva cuando hablamos de papá.

–Porque cree que deberíamos perdonarle. Pero papá

hizo las cosas de la peor manera posible y en el momento en el que más le necesitábamos. Por lo que a mí concierne, no le debemos nada. El taller no valía nada cuando te hiciste cargo de él. Ahora lo vale, pero han hecho falta casi veinte años de trabajo duro para levantarlo, y el trabajo ha sido nuestro, no suyo.

–¿Y la casa?

–A lo mejor podría haberla vendido. Pero también es posible que el banco hubiera terminado quedándose con ella. ¿Quién sabe? Lo único que sabemos es que has sido tú el que la ha pagado. Estamos aquí gracias a ti, no a él. Así que no tenemos por qué darle gran cosa, solo lo suficiente como para que empiece una nueva vida. Pero no permitiré que se aproveche de nosotros.

Dylan parecía indeciso.

–No creo que podamos deshacernos de él, a no ser que considere que económicamente le merece la pena.

–Y deshacernos de él es importante –concurrió Aaron–. No tanto para ti y para mí, que sabemos que no podemos confiar en él. ¿Pero Mack y los otros? Cuando leo las cartas que les manda me entran ganas de vomitar. Siempre se está lamentando por algo y pidiendo más dinero.

Dylan fue palpando el suelo con la punta del pie, buscando otra piedra.

–¿Y si le damos el dinero y se lo gasta? ¿No volverá de todas formas a pedir ayuda?

–Lo que haga con ese dinero será cosa de él.

Aaron miró hacia la casa en la que Presley vivía dos años atrás y pensó en lo que había pasado en ella cuando su madre se estaba muriendo de cáncer. Era mucho lo que habían pasado Presley y él cuando eran vecinos. Se habían apoyado el uno al otro, habían forjado un vínculo. A lo mejor era esa la razón por la que no podía olvidarla.

–Supongo que tienes razón.

–¿Y qué piensa Cheyenne? –preguntó Aaron.

La expresión de Dylan se hizo más inescrutable todavía. Se estaba comportando como si hubiera revelado algo, pero se estuviera reservando parte de la información. Él siempre intentaba cargar con la parte más pesada de los problemas a los que se enfrentaba. Aaron odiaba aquella tendencia tanto como la admiraba. Le hacía sentirse en deuda con él.

–Todavía no hemos hablado de ello.

–¿Por qué no? –presionó Aaron–. Ahora es parte de la familia, ¿no debería tener algo que decir?

–No creo que tenga ningún sentido preocuparla. Ya tiene suficiente con su propia vida en este momento.

–Te refieres a la vuelta de Presley.

Dylan arrancó unas malas hierbas que habían quedado cuando habían estado trabajando en el jardín el fin de semana anterior.

–Eso entre otras cosas.

¿Como el querer un hijo y no poder quedarse embarazada? ¿Como tener que enfrentarse a su propia decepción y, al mismo tiempo, vivir preocupada porque no sabía cómo podría tomarse su marido la noticia de que él era la razón?

Aaron clavó la mirada en el río que saltaba sobre las piedras. Dylan ya había tenido que enfrentarse a demasiadas cosas en la vida. Por lo menos, una que podría tener una gran importancia para él debería resultarle fácil. Y eso podría ocurrir si él estuviera de acuerdo en ir a la clínica que Cheyenne había mencionado.

–Eso entre otras cosas –repitió–. Yo solo quiero que sea feliz.

«Y lo será», pensó Aaron.

Capítulo 11

En el instante en el que llegó el mensaje de Aaron, Cheyenne le dio un codazo a su hermana y le tendió el teléfono.
–¡Mira, ya ha tomado una decisión!
–*Lo haré*, leyó Presley.
–¡Oh, Dios mío! ¡Ha aceptado!
Wyatt dejó de llorar mientras alargaba la mano para agarrar los posavasos de la mesa de Cheyenne. Se dejó caer al suelo sobre su trasero y se quedó mirando fijamente a las dos hermanas mientras ellas gritaban y se abrazaban. Afortunadamente, Dylan estaba fuera, Cheyenne no había dicho dónde, así que no tenían que preocuparse porque pudiera oírlas.
–No me lo puedo creer –musitó Cheyenne–. ¡Estoy emocionada! Y también asustada.
–Todo saldrá bien.
Cheyenne se separó de Presley con expresión pensativa.
–¿De verdad lo crees?
No era habitual que Cheyenne necesitara que alguien la tranquilizara, y menos ella. Cheyenne siempre había tenido una vida más organizada, pero Presley imaginaba que contaba con la ventaja de los genes. Era hija de una pareja de

personas atractivas, inteligentes y saludables de Colorado. Debería haber disfrutado de la vida más cómoda del mundo. Y habría podido hacerlo si no hubiera sido víctima de Anita. Afortunadamente, dos años atrás habían conseguido descubrir la verdad que encerraban todos aquellos recuerdos de personas a las que ni siquiera conocía y, en aquel momento, mantenía una relación muy cercana con su familia biológica. Cada pocos meses iba a visitarla.

Presley, por su parte, tenía la desgracia de ser la verdadera hija de Anita, y ni siquiera sabía quién era su padre. No creía que fuera una persona especialmente admirable, puesto que había estado dispuesto a pagar para acostarse con Anita, que no era, precisamente, lo que la mayoría de los hombres considerarían una prostituta deseable. Sencillamente, era barata.

–Creo que lo vas a conseguir, y que deberías abordar todo esto con esperanza y fe e intentar disfrutar del proceso –la animó.

A Cheyenne debió de gustarle la respuesta, porque sonrió relajada.

–¡Voy a tener un hijo!

Llegó entonces otro mensaje de Aaron, que leyeron juntas.

–*Por si piensas ponerte con el ordenador para buscar una cita, te aviso de que Dylan va ahora hacia casa. Asegúrate de borrar el historial del ordenador y también estos mensajes del teléfono.*

–¿Cómo sabe que Dylan viene hacia aquí?

–Supongo que estaban juntos –respondió Presley.

Cuando ella había llegado, Cheyenne estaba hablando por teléfono con Eve y se había limitado a encogerse de hombros cuando le había preguntado por Dylan.

–No me había dicho que iba a su antigua casa. ¿Por qué no me habrá esperado para que fuera con él?

–¿*Ha estado allí?*, le preguntó a Aaron en un mensaje.

Presley esperó la respuesta junto a su hermana.

–*Solo un momento. Quería disculparse por lo del viernes, pero no le digas que te lo he dicho. Ya sabes lo reservado que es para ese tipo de cosas.*

–*Y tú sabes lo reservada que quiero ser yo*, escribió Cheyenne en respuesta. *Si tú no dices nada, tampoco lo haré yo.*

–*Trato hecho. Pero prométeme que no vas a cambiar nunca de opinión, por lo menos sin hablar antes conmigo.*

–*Te lo prometo*, respondió Cheyenne.

–¿Por qué le debía Dylan a Aaron una disculpa? –preguntó Presley–. ¿Se habían peleado?

–Discutieron el viernes por la noche. Lo suficiente como para que Dylan tuviera que arreglar el sábado el agujero que había en mi pared.

–¿Aaron golpeó la pared?

Presley agarró a su hermana del codo para reclamar su atención, porque Cheyenne continuaba mirando boquiabierta el teléfono.

–No, fue Dylan.

–¿Y qué hizo Aaron para que se enfadara tanto?

–¿Quién sabe? Ya sabes que a Dylan no le gusta entrar en detalles sobre ese tipo de cosas.

–¿Y después de eso le pediste a Aaron que fuera tu donante?

–Dylan y Aaron discuten de vez en cuando. No es ninguna novedad. Forma parte de la naturaleza de su relación.

–¿Y no te importa?

–A veces, pero en este momento estoy muy contenta, así que no me lo estropees –agarró el teléfono para ponerle otro mensaje a Aaron.

–*¿Por eso has aceptado? ¿Porque ya no estás enfadado con él?*

La respuesta de Aaron llegó casi al instante.

—*He aceptado porque se lo merece. Y tú también.*
Cheyenne sonrió con cierta melancolía.
—Aaron puede ser un encanto cuando se lo propone.
¡Como si Presley no lo supiera! Y también era condenadamente bueno en la cama. Pero no hizo ningún comentario. El hecho de que pudiera estar embarazada de Aaron por segunda vez la hacía sentirse la mujer más estúpida sobre la tierra. A duras penas había conseguido escapar de los errores del pasado y estaba comenzando a levantar una nueva vida junto a su hijo. ¿Por qué había tentado al destino, haciendo que sus desafíos fueran todavía más difíciles?
Miró a su hermana mientras esta le enviaba a Aaron un mensaje de agradecimiento.
—*¡Eres el mejor cuñado del mundo!*
—*Tú limítate a pasarme las instrucciones para la paja cuando las consigas*, contestó, y las dos hermanas soltaron una carcajada.
—No hay nadie como un hombre para resumir las cosas —Cheyenne esbozó una mueca mientras borraba el mensaje para que Dylan no pudiera verlo nunca.
—Creo que me llevaré tu Prius y me marcharé antes de que Dylan llegue a casa —le dijo Presley.
Había pasado por allí para pedir prestado alguno de los vehículos, lo necesitaba para poder llevar la camilla y algunos otros objetos al local, que ya estaba completamente limpio.
—Así podréis celebrarlo en la cama, aunque él no entenderá lo que pasa y pensará que es su día de suerte. Y no tendréis que soportar a esa hermana que no deja de entrometerse en vuestras vidas.
—¡No digas tonterías! Tú no te entrometes en nada. Espera y así podrás llevarte su jeep. Te resultará más fácil meter allí la camilla. Dylan también te aprecia. Seguro que te ayudará a cargar las cosas. Yo también puedo ayudarte.
—No hace falta. Y con el Prius me las arreglaré perfecta-

mente. Os lo traeré después, pero quizá sea tarde, así que dejaré las llaves debajo del felpudo e iré andando a casa.

–Muy bien –Cheyenne cambió de tema para hablar de lo que realmente tenía en aquel momento en la cabeza–. Piensa en… el bebé. Seré madre –dijo, pero frunció de pronto el ceño con preocupación–. Me pregunto cuánto tiempo puede llevar el proceso.

–Nada de lo que tiene que ver con los médicos se hace de un día para otro –comentó Presley–. Suelen ser procesos largos, así que procura estar preparada.

–Pero tengo que quedarme embarazada antes de que Dylan vaya al médico, sino, nada de esto tendrá sentido.

–Tendrás que intentar que retrase la visita al médico y acelerar el proceso de inseminación. Y hablando del tema, ¿cuánto tendrás que pagar? Porque no creo que el seguro cubra una cosa así.

–No, pero no es tan caro como podrías pensar. El procedimiento en sí mismo solo cuesta cuatrocientos dólares.

Presley impidió que Wyatt se acercara a una lámpara.

–¡Vaya! Eso sí que es una sorpresa.

–Pero también habrá que pagar las consultas al médico, el trabajo de laboratorio, las ecografías… En total, tendría que pagar entre dos mil y cuatro mil dólares.

–¿Y tienes tanto dinero?

En el mundo de Presley, mil dólares eran toda una fortuna.

–Tengo algunos ahorros en una cuenta aparte de la que comparto con Dylan. Puedo recurrir a ella. Si no tengo suficiente, Eve, Ted o cualquiera de mis amigos podría ayudarme, pero preferiría no meterlos en esto.

–Una decisión sensata –Presley agarró la bolsa de los pañales–. Cuanta menos gente lo sepa, mejor.

Presley agradecía a Aaron que hiciera posible el embarazo de su hermana, pero no le gustaba que el papel que iba jugar en el proceso fuera a mantenerlo para siempre en el centro de su vida. Ya era suficiente difícil para ella no pensar en él sin necesidad de todo aquello.

–Parece que estás completamente comprometida con tu decisión –le dijo a Cheyenne.

–Es la mayor locura que he hecho en mi vida. Además de empezar a salir con Dylan. Y mira lo bien que ha salido todo.

Presley sonrió a pesar de su preocupación. Dylan había sido lo mejor que le había pasado a Cheyenne. Pero aquel era uno de los motivos por los que estaba preocupada por aquel engaño. Sabía por experiencia propia que los secretos no eran fáciles de mantener.

Cuando Wyatt vio que estaba preparada para marcharse, caminó hacia ella. Le gustaba estar con Cheyenne, pero no quería que le dejaran allí.

Presley le besó, le levantó en brazos y se dirigió hacia la puerta.

Estaba ya fuera, sujetando a Wyatt mientras Cheyenne ataba su silla, cuando llegó Dylan.

–¿Adónde has ido? –le preguntó Cheyenne cuando terminó.

–Tenía que hacer unos recados.

–Llegas justo a tiempo –le dijo Presley, interrumpiendo la conversación antes de que Cheyenne pudiera mencionar accidentalmente que sabía que había ido a ver a su hermano–. Si hubieras llegado un poco más tarde, no nos habríamos visto. Otra vez –añadió, riendo.

Dylan se acercó, agarró a Wyatt, lo tiró al aire y lo agarró.

–¿Qué te pasa a ti esta noche, hombrecito?

Wyatt gritó y movió las piernas nervioso.

–¡*Má*! –exigió, y Dylan volvió a tirarle al aire.

Cheyenne terminó de colocar la silla del coche.

–Presley se lleva el Prius para poder llevar unas cuantas cosas al local –le explicó a Dylan–. No te importa, ¿verdad?

–En absoluto –devolvió a Wyatt a su madre para que pudiera sentarlo en el asiento–. ¿Necesitas que te eche una mano?

–No. Solo tengo que terminar de hacer unas cuantas cosas –tensó las manos sobre Wyatt cuando este dijo: «ti» para llamar a Dylan e intentó lanzarse hacia su ídolo–. Os devolveré el coche esta misma noche.

–No tienes por qué devolvérnoslo –le dio un pellizquito a Wyatt en la nariz–. Mañana puedo ir andando a buscarlo antes de ir al trabajo. Es lo más fácil.

En un impulso, Presley abrazó a su cuñado mientras continuaba sosteniendo al bebé.

–Eres muy especial, Dylan Amos. Me alegro de que mi hermana esté contigo y de que mi hijo tenga a un buen hombre en su vida.

Dylan pareció completamente desprevenido. Él siempre había sido un poco brusco, no estaba acostumbrado a recibir alabanzas tan efusivas. Y ella tampoco era muy dada a los cumplidos. Nunca le había dicho a Dylan lo bien que le caía, y, menos aún, lo mucho que le quería. Pero lo sentía. Él había sido un apoyo importante en su vida. Antes de que Dylan se casara con su hermana, Cheyenne era la única persona que tenía. Además de Anita, por supuesto...

–Puedes pedirnos el coche siempre que quieras –le aseguró.

Aunque Presley advirtió la sonrisa que acompañaba a sus palabras, estaba demasiado avergonzada como para mirar atrás.

–Riley también es un buen tipo –añadió Cheyenne.

Pero por muy bueno que fuera, Presley no le quería. El único hombre al que realmente quería era Aaron.

Conseguir trasladar el resto de sus cosas no le resultó tan fácil como esperaba. Wyatt normalmente se dormía con facilidad en la sillita o en el parque cuando no estaban en casa, pero aquella noche no fue así. Quería dormir en su cuna y se lo hizo saber. Así que Presley renunció antes de terminar y se lo llevó a casa. No había conseguido hacer todo lo que le habría gustado, y era una pena, disponiendo de un vehículo para transportar sus cosas. Pero como madre, tenía que ser flexible.

Además, también ella estaba cansada. Eran casi las once y todavía no era capaz de dormir. No dejaba de pensar en Aaron y en el hecho de que hubiera aceptado ayudar a Cheyenne. Quería decirle que apreciaba la felicidad que iba a llevar a la vida de su hermana y la generosidad que se escondía tras aquella decisión, pero vaciló antes de marcar su número porque no sabía si aquello solo era una excusa para oír su voz.

Agarró y dejó el teléfono cerca de tres veces antes de decidirse e, incluso entonces, estuvo a punto de colgar al oír su voz somnolienta, pero Aaron ya sabía que llamaba ella.

–¿Presley?

Presley esbozó una mueca al recordar cómo había reaccionado Aaron el día de la muerte de su madre. Maldito identificador de llamadas.

–Lo siento, no quería despertarte –se disculpó, y colgó–. Mierda –musitó, y enterró la cabeza bajo la almohada.

Pero Aaron volvió a llamar. Y llamó una segunda vez.

Al final, Presley descolgó el teléfono.

–Presley, ¿estás bien?

–Sí, por supuesto. Podemos hablar en otro momento. Pensé que estarías viendo la televisión –cuando estaba con ella, no solía acostarse pronto–. Podemos hablar mañana por la mañana, o en cualquier otro momento.

–No, no cuelgues, no pasa nada. Por favor, deja que me redima de... de lo que pasó hace dos años.

–No tienes ningún motivo, de verdad.

Sin aquel brusco despertar, a lo mejor nunca habría tenido el valor suficiente como para darle un nuevo rumbo a su vida. A lo mejor hubiera abortado a Wyatt y habría continuado agarrada a los faldones de Aaron mientras él se lo hubiera permitido. ¿Y qué habría sido de ella entonces?

Por supuesto, antes de mejorar, su vida también había empeorado considerablemente, pero, al final, había conseguido muchas cosas.

—¿Llamas porque tienes noticias? —preguntó Aaron.

—¿Sobre qué?

—¿Estás embarazada?

—Todavía no lo sé.

Podía comprar una prueba en la farmacia, pero no sabía si funcionaría veinticuatro horas después de una posible concepción. Y si no iba a servir de nada, ¿por qué malgastar ese dinero? Además, no quería que la vieran comprando una prueba de embarazo en un pueblo como aquel. No quería que comenzaran a correr rumores sobre ella cuando estaba intentando convencer a todo el mundo de que había cambiado. Podía imaginar lo que diría Cheyenne si aquella información llegara a sus oídos.

—¿Cuándo lo sabrás? —le preguntó Aaron.

—No puedo decirte el día exacto. Podría comprar una prueba de embarazo, y tengo el Prius de Cheyenne, pero Dylan piensa venir a buscarlo mañana por la mañana y ahora no hay nada abierto.

—Puedo comprarla yo mañana. Así no tendrás que asumir tú la responsabilidad.

—No te molestes. Yo me ocuparé de ello cuando pueda y te diré cuál es el resultado.

—De acuerdo.

Presley tragó saliva, intentando vencer la sequedad de la garganta.

—En cualquier caso, te llamaba para darte las gracias por estar dispuesto a ayudar a Cheyenne.

–¿Eso es todo? –parecía decepcionado.
–Ya te he dicho que para lo otro... todavía no tengo respuesta.
–No era una respuesta lo único que esperaba de esta llamada. Si quieres que vaya a verte, esta vez tendré más cuidado.

Presley cerró los ojos. Por supuesto, Aaron esperaba lo mismo que había conseguido la noche anterior. Sabía que era lo único que asociaba con ella. Pero si no podía conseguir nada más, verdadero amor en vez de una simple satisfacción sexual, tampoco tendría nunca una relación como la que tenían Cheyenne y Dylan. Y eso era lo que ella quería, quería elevar su vida a un nuevo nivel.

«¡No te conformes con menos!».

–Dejaré que vuelvas a dormir –respondió, y colgó el teléfono.

Tras aquella llamada de Presley, Aaron pensó que volvería a tener noticias de ella. No había superado aquella etapa de su vida, tal y como pretendía hacerle creer, en caso contrario, no se habría puesto en contacto con él el lunes por la noche, y menos tan tarde. Y lo que habían compartido el domingo no habría sido tan explosivo y satisfactorio.

Pero pasaron el martes, el miércoles y el jueves y no supo nada de ella. Pasó por su casa y por el estudio varias veces, esperando localizarla allí, pero lo único que vio en el local fue un cartel que anunciaba la inauguración del sábado. Si Presley había visto su camioneta en el barrio, no había dicho nada. Imaginaba que estaba demasiado ocupada para pensar en nada que no fuera su negocio.

El viernes, decidió que era un estúpido por estar tan pendiente de ella. Allí estaba, comprobando constantemente el teléfono, oyendo el buzón de voz, revisando los mensajes de texto y sufriendo al no encontrar ninguno. ¿Qué sentido tenía? ¿Por qué estaba jugando con ella, dejando que se interpusiera el orgullo en su relación? Si quería verla, debería llamarla e invitarla a salir con él esa misma noche.

Y eso hizo. Pero Presley le dijo que tenía una cita con Riley.

–¿Adónde te va a llevar? –le preguntó.

Se produjo un corto silencio.

–¿Es información reservada?

Se arrepintió de los celos que revelaba su tono, pero Presley ni siquiera lo mencionó. Evidentemente, estaba convencida de que no le importaría que estuviera con otro hombre.

–Me ha dicho que puedo elegir mi restaurante favorito.

–Muy generoso por su parte. ¿Así que vais a ir al Just Like Mom's?

–No es un restaurante elegante. Probablemente se echará a reír cuando se lo diga, pero es un sitio que tiene algo especial y hace mucho que no voy.

El distintivo de Just Like Mom's era la comida casera, una comida de la que ella no había podido disfrutar nunca de niña. Y Milly era la figura maternal que ella siempre había anhelado. Aaron lo comprendía porque le gustaba aquel restaurante por esa misma razón. Solían ir juntos allí y pedir sándwiches de pavo, espaguetis y albóndigas, pastel de carne y puré de patatas o chuletas de cerdo a la parrilla con una enorme patata rellena. Y, siempre, tarta de manzana de postre. Eran como un par de niños perdidos fingiendo que habían encontrado un hogar.

–Supongo que lo has olvidado, pero a mí también me gusta –le recordó.

–Lo sé.

–Podría haberte llevado yo. Podríamos haber pedido las

patatas fritas con chile y queso para recordar los viejos tiempos.

–Lo siento, Aaron. Es posible que tengas razón, a lo mejor no es un hombre como Riley lo que estoy buscando, pero voy a darle una oportunidad –le aclaró, y puso fin a la llamada.

Presley estaba nerviosa. Nunca había tenido una cita como aquella. Al menos, no con alguien tan... conveniente, alguien con quien podría sentar cabeza y que realmente podría ser un buen padre para Wyatt. Los hombres con los que había salido en Fresno normalmente tenían todo un historial y ningún interés en el matrimonio o los niños, y, menos aún, en la responsabilidad de criar a un hijo de otro. O si no, no tenían trabajo.

–¿Qué tal estoy? –le preguntó a Cheyenne cuando fue a su casa para dejar a Watt.

No sabía qué ponerse. Su guardarropa era bastante reducido; de hecho, nunca había tenido mucha ropa. Necesitaba todo su dinero para los gastos del día a día.

Su hermana dejó a Wyatt con Dylan y la llevó al dormitorio, donde le hizo quitarse los vaqueros, las botas y la cazadora de cuero y la animó a ponerse un bonito vestido, unas sandalias, unos pendientes más pequeños y unas pulseras.

–¿De dónde has sacado todas estas cosas? –preguntó Presley, sorprendida al descubrir que todo era de su talla y no de la de su hermana, que era más alta que ella.

–Las he comprado para ti.

–¿Sabías que no te iba a gustar lo que me iba a poner?

–Las compré para tu cumpleaños, que es en junio.

–¡Todavía faltan dos meses!

–Me gusta planear las cosas por adelantado.

Iba a parecer un poco ridícula yendo tan arreglada al Just Like Mom's, pero a Cheyenne no parecía importarle a dónde iban. Incluso la arrastró al cuarto de baño y le rizó ligeramente el pelo.

Presley apenas se reconocía a sí misma. Fijó la mirada en el espejo, pensando que jamás se había parecido tanto a su hermana, a la que no la unía ningún lazo de sangre, como en aquel momento, a pesar de la diferencia de altura, largura de pelo y color de ojos y pelo. Pero imaginaba que a Riley le gustaría la clase que emanaba aquella noche. Riley podía trabajar como contratista de obras, pero no era el típico tipo con barriga cervecera que había conocido en el pasado.

–¿Y bien? –Cheyenne esperaba la respuesta con los ojos brillantes.

–Parezco más blanca de lo que soy.

–¿Más blanca? ¿De qué estás hablando? ¿Quieres decir más pálida?

–No, lo que estoy diciendo es que parezco una mujer blanca de clase media, o quizá de clase alta.

–Eres una mujer blanca, Presley.

–En parte. Quizá. ¿Quién sabe?

–Ya basta. En cualquier caso, ¿qué tiene que ver el color de tu piel con nada de esto? Estás guapísima y eso es lo único que importa.

Presley no estaba segura de por qué se sentía incómoda, pero no quería desilusionar a Cheyenne después de que su hermana se hubiera tomado tantas molestias y se hubiera gastado tanto dinero, de modo que no intentó describir sus sentimientos.

–Me gusta lo que me has comprado. Muchas gracias.

–De nada –Cheyenne le dio un abrazo–. Espero que te lo pases muy bien.

–Estoy segura de que lo haré –contestó.

Pero teniendo en cuenta cómo estaban respondiendo sus nervios, temía que no iba a ser capaz de probar un solo bocado. Aquella iba a ser la primera cena a la que la invitaban desde hacía años, puesto que el último tipo con el que había quedado ni siquiera tenía dinero para pagar y, sin embargo, no estaba en condiciones de disfrutarla. Qué ironía.

Cheyenne le tocó el tatuaje.

–¿Has pensado en quitártelo alguna vez?

Presley miró la pantera que corría por su brazo derecho.

–No.

Tenía también varios caracteres chinos que representaban la verdad y el coraje. Pero esos solo se podían ver cuando estaba desnuda, de modo que no tenía sentido mencionarlos.

–Era solo una idea –dijo Cheyenne.

Más probablemente, un deseo. Cheyenne odiaba los tatuajes en las mujeres. Le parecían chabacanos.

Sonó el timbre de la puerta, anunciando la llegada de Riley. Presley le había puesto un mensaje para decirle que estaría en casa de su hermana.

Presley recordó entonces cómo había reaccionado Aaron al enterarse de la cita: «yo podría haberte llevado». Se imaginó sentada en una de las mesas del restaurante, comiendo unas patatas fritas con ración extra de queso y chile mientras reía con el hombre del que estaba enamorada. ¡Aquella sí que era una perspectiva divertida!

–¿Es demasiado tarde para echarme atrás? –preguntó.

Cheyenne la miró con el ceño fruncido.

–Ya basta. Estás preparada, estás maravillosa y te lo vas a pasar en grande.

Dylan dejó de jugar con Wyatt para silbarla cuando entró en el cuarto de estar.

–¡Vaya! Riley va a tener que vigilarte de cerca.

Presley elevó los ojos al cielo.

–Solo te parece que estoy guapa porque me parezco a tu esposa. Todo lo que puedo parecerme, por lo menos.

–Tú siempre estás guapa –replicó él.

—Sí, claro —infundió a sus palabras suficiente sarcasmo como para que no pudiera confundirlas—. Pero gracias por intentarlo.

Dylan le guiñó el ojo y se echó a reír mientras ella abría la puerta.

Capítulo 12

Presley se divirtió mucho más de lo que esperaba. Para empezar, le resultó sorprendentemente fácil hablar con Riley. Y el hecho de que ambos tuvieran un hijo, aunque el de Riley fuera mucho mayor, les daba un amplio terreno común.

Al final, no fueron al Just Like Mom's. Presley no se había atrevido a mencionar el que, en realidad, era su restaurante favorito cuando se había visto en el coche con aquel vestido tan elegante que le había comprado su hermana. Así que, cuando Riley había sugerido que fueran a San Francisco, había aceptado. Al día siguiente, inauguraba el estudio de masajes y yoga y no quería llegar a casa demasiado tarde. San Francisco estaba a una hora y media de distancia, pero Riley estaba tan atractivo sentado en el coche, tan arreglado para la ocasión, que no había podido negarse.

¿Por qué no ir a un restaurante elegante? Se había puesto tacones, ¿no? Solo eso ya convertía aquel encuentro en una situación especial.

Riley la llevó a una famosa marisquería situada en el muelle, pero no era un lugar en absoluto pretencioso. Se sintió muy cómoda allí. Aunque estuvo pensando en pedir salmón o algún plato que no fuera particularmente caro, Riley insistió en que comiera langosta, puesto que nunca la había probado. Entre lo salado de la carne, el dulzor de la mantequilla, el vino y la conversación, Presley terminó alegrándose de haber ido. No había hecho mucha vida social desde que se había mudado.

Después de cenar, dieron un paseo por el muelle, disfrutando de la resplandeciente luna que brillaba sobre la bahía y de las actuaciones callejeras. Cuando Riley le prestó el abrigo, diciéndole que hacía demasiado frío para ir sin él, Presley se sintió como una princesa de cuento de hadas. Llevaba ropa bonita mientras paseaba por una hermosa ciudad con un hombre atractivo que la llevaba de la mano para poder guiarla entre la multitud. Jamás se había sentido tan lejos de la imagen de basura que siempre había tenido de sí misma.

Hasta que no condujeron a casa de Cheyenne y Riley la acompañó a la puerta, no volvió a sentirse cohibida. ¿Pretendería besarla? ¿Y ella quería que lo hiciera? ¿Habría una segunda cita?

—Lo he pasado muy bien —le dijo cuando llegaron a la puerta—. Gracias por una noche tan divertida.

—Yo también me lo he pasado muy bien. Pareces tan agradecida por todo, eres capaz de emocionarte por el más pequeño detalle. Resulta... refrescante.

—Comer langosta por primera vez en San Francisco no es un detalle pequeño.

—La vista no era nada de particular y, sin embargo, a ti te ha entusiasmado.

Había disfrutado con todo. Estaba comenzando a creer, a creer de verdad, en un futuro muy distinto del pasado. Todas esas noches que había pasado acurrucada junto a Cheyenne en busca de calor en el coche de Anita, o en algún motel de mala muerte, solas y asustadas, o soportando la presencia de un hombre desconocido en la cama de su madre... nunca habían estado tan lejos. Incluso las noches que habían llegado después, las noches en las que utilizaba las drogas para escapar de los recuerdos, del miedo y del desprecio que sentía por sí misma, parecían pertenecer a otra vida Se sentía mucho más positiva sobre sí misma y relacionarse con personas como Riley le permitía confiar en que jamás retrocedería.

–A lo mejor es porque estoy viendo el mundo de una forma distinta. O porque soy capaz de descubrir las posibilidades que hay en él –especuló.

Se preguntó qué pensaría Riley de aquello. Esperaba que le hiciera alguna pregunta, pero no fue así. A lo mejor, la comprendía mejor de lo que ella pensaba.

–Me gusta mostrarte esas posibilidades –contestó.

Después, se inclinó y la besó suavemente en los labios.

–Buenas noches –musitó, y regresó a su coche.

Presley le observó marcharse antes de entrar en la casa.

–Vengo a por Wyatt –susurró en la entrada del dormitorio de su hermana.

Como no estaba del todo segura de lo que sentía por Riley, tenía la esperanza de poder agarrar a su hijo y marcharse. Y, como todo el mundo parecía dormido, pensó que podría conseguirlo. Pero Cheyenne se levantó, se puso la bata y la siguió al cuarto de invitados, que era donde había dejado a Wyatt, durmiendo en el parque que su madre le había llevado.

–¿Qué? ¿Cómo ha ido? –le preguntó Cheyenne.

Aunque Presley vio la bolsa de los pañales de Wyatt en la esquina, perfectamente preparada, no se acercó a su hijo. No quería molestarle hasta que no fuera a sentarle directamente en la sillita.

–¿Adónde te ha llevado?

–A San Francisco.

–Suena romántico.

Presley sonrió mientras revivía la velada en su cabeza, como si fuera la melodía de una cajita de música.

–Y lo ha sido.

–¿Crees que volverás a verle?

—Estoy segura, teniendo en cuenta el tamaño de este pueblo.

—Ya sabes lo que quiero decir.

—Si él me lo pide, supongo que sí.

—¿No te ha dado ninguna indicación de que te lo vaya a pedir?

—No, solo me ha dicho que se lo ha pasado muy bien –respondió, encogiéndose de hombros.

Su hermana bajó la voz.

—¿Te ha besado?

Presley sintió que se sonrojaba.

—Más o menos.

—¿Eso qué significa?

—Ha sido un beso muy casto.

—¿Y eso te ha decepcionado?

—En absoluto –Presley le dio un codazo–. Vete a la cama. Ya hablaremos de esto en otro momento.

—La verdad es que no estaba durmiendo muy bien –admitió Cheyenne.

—¿Estás preocupada por lo de la inseminación artificial?

—Entre otras cosas.

—Como...

Cheyenne suspiró.

—Dylan y yo hemos discutido esta noche.

Era algo que no ocurría a menudo.

—¿Por qué?

—He encontrado una carta de su padre en uno de sus bolsillos. J.T. ha vuelto a casarse. ¿No te parece increíble? Dylan tiene una madrastra y ni siquiera me lo había dicho.

—¿Por qué?

—Dice que no quería preocuparme.

—Pero supongo que era consciente de que, a la larga, terminarías enterándote.

—Dice que pensaba decírmelo, pero que todavía no había encontrado la manera de hacerlo.

Si Dylan tenía una madrastra, también la tenían Aaron y sus hermanos. Presley pensó en lo que podría significar la presencia de aquella mujer en la vida de los cinco hermanos.

–¿Y quién es? ¿Sabes algo de ella?

–No, solo que la conoció en una web para prisioneros que buscan pareja.

–Supongo que tienes que tener muy pocas opciones para terminar buscando pareja en una de esas webs.

–O ser adicta al suspense y al peligro.

–¿Aaron lo sabe? –preguntó Presley.

–Estoy segura de que lo sabe. ¿Te acuerdas de cuando envió el mensaje diciendo que…? –miró tras su hermana para asegurarse de que Dylan no estaba en el pasillo–, ¿que haría lo que le había propuesto?

–Por supuesto, eso fue solo hace unos días.

–Pues creo que Dylan y él estuvieron hablando sobre eso aquella noche.

–Seguro que tienes razón. Pero no vas a permitir que el hecho de que no te haya hablado de su padre cause un problema entre los dos…

–Ha sido él el que ha causado el problema al dejarme fuera. Dice que quiere protegerme de cualquier preocupación y que, a lo mejor, el matrimonio de su padre acaba antes de que salga de la cárcel. Pero si está preocupado por algo, yo quiero saberlo. Soy su esposa, la persona que le quiere, así que debería saberlo.

–¿Al igual que él sabe todo lo que está pasando en tu vida?

–No sigas por ahí. No tengo otra opción si quiero quedarme embarazada. Estoy haciendo todo esto por él.

–Y él esperaba que su padre pusiera fin a su matrimonio para no tener que contárselo ni a ti ni a nadie.

–Gracias por ponerte de su lado.

–No me estoy poniendo de su lado.

–No te gusta que le esté ocultando la verdad.
–Solo quiero que comprendas que es una opción, pero... Para serte sincera, probablemente yo haría lo mismo que tú si estuviera en tu lugar –admitió.
–Gracias, aunque solo sea por eso. En cualquier caso, me alegro de que te haya ido bien con Riley, y de que él haya seguido mi consejo.
–¿Sobre?
Cheyenne sonrió.
–Le he aconsejado que fuera despacio.
Presley la agarró del brazo.
–¡Eh! No me gusta que le asesores.
–Es un gran tipo, Presley. No quiero que le ignores.
–No lo haré. No sé si tiene sentido lo que te voy a decir, pero me gusta cómo soy cuando estoy con él.

Y quizá eso fuera más importante que el intenso deseo y el vértigo que sentía cuando estaba cerca de Aaron. Quizá una relación basada en el respeto mutuo en vez de en la atracción sexual, podría ayudarla a mantener el equilibrio, hacerla capaz de conseguir más de lo que podría conseguir de otra manera. Desde luego, le daría más poder en la relación, algo que consideraba importante después de la experiencia vivida con Aaron.

–¿No te ha pedido otra cita?
–No.
–Estoy segura de que lo hará.
–La verdad es que ahora no me preocupa. Ahora mismo solo soy capaz de pensar en la inauguración de mañana.
–Normal, es lógico que estés nerviosa. No sé si me he acordado de decírtelo, pero les he llevado algunos folletos a mis amigos cuando nos hemos juntado esta mañana en la cafetería.
–¿Todavía estaba puesto el que colgué al lado de la caja registradora?
–Sí, allí estaba.

–¿Y cómo han respondido tus amigos?

–Algunos me han dicho que ya habían pensado en ir.

Presley estaba ofreciendo para el día de la inauguración masajes gratuitos de diez minutos, además de galletas y ponche.

–Con un poco de suerte, les gustará lo suficiente como para convertirse en clientes fijos.

Su hermana le apretó el brazo.

–Apuesto a que Riley irá.

–A él se lo debo. Se ha gastado mucho dinero esta noche. Y, además, arregló toda la zona de recepción.

–Que está magnífica, por cierto. Desde luego, tienes que gustarle mucho.

Cuando Wyatt comenzó a moverse, Presley le hizo un gesto a Cheyenne para que guardara silencio. Tenía miedo de que se despertara del todo y no se volviera a dormir. Necesitaba descansar antes del gran día. Pero aquello no fue ningún problema, Cheyenne tiró de su hermana para que saliera del dormitorio.

–Déjale a dormir aquí esta noche –le dijo–. No tiene sentido que te lo lleves si vas a tener que traerlo mañana a primera hora.

–¿Estás segura?

–Completamente.

Presley sonrió agradecida. No había tenido la suerte de contar con una buena madre, un padre o una familia extensa. Pero, aunque por accidente, puesto que Cheyenne era solo una niña cuando Anita la había secuestrado, su madre le había proporcionado la mejor de las hermanas. Aunque Cheyenne jamás podría considerar que crecer con Anita había sido una suerte.

–Gracias. Te lo agradezco.

–¿Para qué están las hermanas? Te veré mañana. Wyatt y yo nos pasaremos por allí para ver cómo va la gran apertura, así que deja aquí la sillita.

–¿Dylan no quiere ir a que le dé un masaje gratis?
–Tiene mucho trabajo.
–En ese caso, dile que se lo daré en otro momento. Y durará más de diez minutos. Se lo ha ganado.

Se llevó sus ropas a casa con una sonrisa, pero cuando se estaba acercando a la casa, vio a Aaron sentado en su camioneta, en la acera de enfrente, y comprendió que la noche todavía no había terminado.

Presley jamás se había parecido menos a la que era dos años atrás que cuando Aaron la vio bajando la calle con un bonito vestido de cóctel y sandalias de tacón. Si no la hubiera conocido, habría pensado que era una elegante extranjera, con el pelo corto y desfilado y unos ojos oscuros tan grandes como dos platos de café.

En parte, era el vestido lo que la hacía parecer diferente. No llevaba nada parecido cuando estaba en Whiskey Creek. Aaron la había visto con vestidos de verano o, cuando salían, con ropa mucho más sexy. Pero aquel vestido tan elegante y sin mangas...

Le gustó. Mucho. Realzaba su mejorada silueta, algo que era bastante evidente, puesto que no llevaba ninguna clase de abrigo. Y hablando de abrigo, ¿qué hacía paseando por la acera como si no tuviera prisa alguna cuando estaban a siete grados de temperatura?

No era así como esperaba encontrarla. Todas las señales, incluida aquella sonrisa soñadora, indicaban que la cita con Riley había ido bien. ¿Y dónde demonios estaba su hijo? No había nadie en casa cuando había llamado y era evidente que volvía de casa de Cheyenne, pero no se había llevado a Wyatt con ella.

–¡Eh! –fue su saludo cuando salió de la camioneta.

La sonrisa de Presley desapareció en el instante en el que reparó en la camioneta. Se detuvo con expresión recelosa.

–Hola.

Su respuesta fue mucho menos entusiasta de lo que a Aaron le habría gustado. De alguna manera, se había convertido en el tipo malo. No estaba seguro de cómo. Durante años, él había sido su único amigo.

Aaron agarró la bolsa de la farmacia que había dejado en el asiento de pasajeros y cerró la puerta antes de cruzar la calle.

–Llevo años esperando a que volvieras.

No debería haberlo dicho. No tenía ningún derecho a controlar el tiempo que pasaba con Riley.

Presley se alisó el vestido.

–¿Cuánto tiempo llevas esperando?

–No mucho –contestó él.

Pero había pasado una hora, o quizá más. No había sido capaz de marcharse. Cuanto más tarde se hacía, más miedo tenía de que se hubiera ido a casa con Riley. De que Riley la estuviera tocando como la había tocado él. Y aquello le había irritado hasta tal punto que había terminado conduciendo hasta casa de Riley. Como no había visto su camioneta donde normalmente la dejaba aparcada, había vuelto a casa de Presley, pero la inquietud que se había aposentado en sus entrañas no había desaparecido.

Hasta que no la había visto, y sola, no había remitido la ansiedad. Pero aquel relámpago de alivio había tenido corta vida. La manera en la que estaba vestida y su manera de andar, como si estuviera paseando sobre nubes, indicaban que la cita la había convencido de que Riley tenía potencial.

Y Presley estaba buscando un marido.

–¿Qué tal te ha ido? –le preguntó.

Presley se abrazó a sí misma y se frotó los brazos para suavizar la carne de gallina. Al parecer, tras encontrarse cara a cara con él, podía sentir el frío.

–Bien.

—¿Has ido a San Francisco?

Estuvo a punto de quitarse la cazadora para echársela por los hombros, pero temió que pudiera interpretar aquel gesto como un intento de acercarse a ella. Y Presley ya había dejado muy claro que no quería que se acercara siquiera por su casa.

Por lo menos, aquella noche tenía una buena razón para estar allí.

—¿A cenar? Yo pensaba que queríais ir al Just Like Mom's.

Sabía desde hacía horas que no habían ido allí. Lo había comprobado cuando había ido con Grady a comprar comida a un restaurante que había al final de la calle. Pero ella no lo sabía.

—Hemos decidido hacer algo diferente, salir del pueblo. He probado la langosta por primera vez en mi vida –añadió con un punto de asombro–. Y ha sido precioso ver la luna sobre la bahía.

Aaron se negó a permitir que su sonrisa languideciera. Riley estaba esforzándose para conseguir a Presley, eso tenía que reconocerlo.

—Muy bonito. Entonces, ¿te gusta Riley?

—Por supuesto, ¿por qué no me va a gustar?

Aquella respuesta no le daba suficiente información.

—Porque no es de tu tipo.

—¿Entonces cuál es mi tipo?

Alguien que pudiera comprenderla. Alguien que pudiera verse reflejado en la vida que había llevado. Alguien que se pareciera más a él mismo. Pero sabía que no podía decirlo. No estaría bien, puesto que, en realidad, él no estaba interesado en la clase de relación que Presley estaba buscando.

—Nadie de por aquí.

Presley desvió la mirada hacia la bolsa que Aaron llevaba en la mano.

—¿Qué es eso?

Aaron la abrió para enseñarle la prueba de embarazo que había comprado.

—Por supuesto. Ahora lo comprendo.

—¿Qué? —preguntó Aaron—. ¿Qué es lo que comprendes?

—Lo que estás haciendo aquí. ¿Dónde la has comprado, por cierto?

—En Jackson. No te preocupes, no he sido tan estúpido como para comprarla aquí.

—Pasa. No tardaré mucho.

—¿Dónde está Wyatt? —preguntó Aaron mientras avanzaban hacia el porche y Presley sacaba las llaves.

—Cheyenne se ha quedado con él esta noche. Mañana por la mañana es la fiesta de inauguración.

—¿Estás nerviosa?

Presley empujó la puerta.

—Un poco. También estoy un poco preocupada.

—¿Y por qué vas a estar preocupada?

—Tengo miedo de que no vaya nadie —respondió mientras entraban—. Vivimos en un pueblo muy pequeño y yo no estaba muy bien vista cuando vivía aquí. No se me consideraba una persona respetable.

—Siempre has sido una buena persona. Solo estabas confundida.

—A nadie le importan las razones —cerró la puerta de golpe—. Pero Riley me ha dicho que traerá a algunos conocidos, y Cheyenne les ha pedido a Eve y a sus amigos que vengan, así que, al final, a lo mejor viene un número decente de gente.

Riley estaba haciendo todo lo que podía para ganársela. A Aaron nunca le había disgustado aquel tipo, pero su opinión estaba comenzando a cambiar.

—Solo espero conseguir clientes de verdad a partir de la inauguración —Presley señaló el sofá—. ¿Quieres sentarte?

Aaron negó con la cabeza.

–¿Tienes miedo de que en el pueblo no haya mercado para el yoga y los masajes?

–Es una posibilidad bastante real.

–Podrías haberte ido a una ciudad más grande. ¿Qué te hizo volver al pueblo?

–Quería estar cerca de mi hermana y de Dylan. Quería que Wyatt tuviera una familia a su alrededor. Pensé que, si me esforzaba lo suficiente, sería capaz levantar un negocio. Este pueblo es lo más parecido que tengo a un hogar.

–Saldrá bien.

Por lo menos, eso esperaba Aaron. Presley se lo merecía.

–Probablemente tengas razón –dijo ella–. Estoy un poco nerviosa porque he invertido todo lo que tenía en un negocio que implica mucho riesgo.

Aaron entendía los motivos de su nerviosismo. A Presley nunca le había salido nada bien. Él también quería apoyarla, pero no estaba seguro de si debía ofrecerle su ayuda. Dudaba de que quisiera siquiera su presencia. Además, Riley le había ganado a la hora de comprometerse con la inauguración, de modo que pensaría que estaba intentando competir con él.

–Eres muy buena. El masaje que me diste fue increíble.

Presley palideció.

–No voy a darle ese tipo de masaje a todo el mundo.

–No estaba sugiriendo eso. Solo pretendía tranquilizarte. Odio... –se interrumpió, incapaz de decidir cómo expresar lo que quería decirle.

–¿Qué?

Presley tiró las llaves en la mesa y alzó la mirada.

Odiaba que no quisiera estar con él. Pero estaba tan convencida de que no la quería, que sabía que no podría tomárselo en serio aunque se lo dijera.

–No importa.

Presley no quiso presionarle. De hecho, parecía incluso aliviada de que hubiera preferido dar marcha atrás.

−Muy bien. Ahora mismo vuelvo −dijo, y desapareció en el cuarto de baño.

A Presley le temblaban las manos mientras sacaba la prueba de la caja. Ya tenía un hijo de Aaron. ¿Qué haría si había vuelto a quedarse embarazada? ¿Y cómo reaccionaría él? Desde luego, no sería un secreto que pudiera mantener. Si estaba embarazada, Aaron iba a enterarse. Después de haber tenido a Wyatt, sabía que no sería capaz de abortar. Para ella, no era una opción. Y eso significaría criar sola a dos hijos.

−Esto es lo que pasa cuando se hacen las cosas mal −susurro para sí−. La culpa es solo mía. Debería haber sido más consciente de lo que hacía.

Tenía que regañarse a sí misma. De otra manera, las ganas de estar con Aaron volverían a dominarla. En el instante en el que le había visto sentado en la camioneta, se había olvidado completamente de su cita con Riley. Se había olvidado de todo, excepto de él. De ellos. De aquel placer que Aaron era capaz de proporcionarle y que iba más allá del placer físico. Y como Cheyenne se había quedado con Wyatt, la noche se extendía ante ella libre de las responsabilidades de la maternidad. Aquello la hacía incluso más vulnerable.

−¿Has dicho algo? −llegó la voz de Aaron desde el otro lado de la puerta.

−No.

−¿Y bien? ¿Cuál es el veredicto?

−Lo siento. Estoy histérica.

Se produjo un breve silencio tras el cual, Aaron dijo:

−No voy a dejar que te enfrentes sola a las consecuencias, en el caso de que las haya. A lo mejor así todo te resulta un poco más fácil.

Palabras muy amables, ¿pero qué significaban en realidad? ¿Que estaba dispuesto a pagarle el aborto? ¿Que la llevaría a la clínica? ¿Cómo respondería Aaron cuando le dijera que no pensaba abortar?

–Gracias –contestó con voz débil.

En realidad, no tenía ninguna esperanza de poder contar con su apoyo. Por lo menos, con la clase de apoyo que quería.

Reunió valor y leyó la información que incluía la prueba para saber exactamente lo que iba a hacer.

La tira detectaba la presencia de la hCG, la hormona del embarazo, en la orina. Podía detectar un aumento en esos niveles a los seis días de la fertilización. Presley había estado con Aaron el lunes anterior y eso significaba que todavía no había pasado tiempo suficiente.

Habría sido más lógico esperar unos días.

–¿La has hecho ya? –preguntó.

Él también estaba nervioso, por supuesto. E impaciente por aliviar su conciencia. Así que Presley decidió seguir adelante. El período podía llegarle cualquier día. Si no llegaba, compraría una prueba al cabo de una semana y, si salía positiva, se lo diría.

–Tarda tres minutos –anunció.

–¿Cuentas tú el tiempo o prefieres que lo haga yo?

–Lo haré yo.

–Puedo usar el cronómetro del teléfono. Pero... ¿puedo entrar?

–No –absolutamente no.

No pensaba ocultarle la verdad bajo ningún concepto, pero ya se sentía suficientemente vulnerable.

–¿Por qué? He visto hasta el último centímetro de tu cuerpo, te he tocado por todas partes. ¿A qué viene de pronto tanta timidez?

–No viene de pronto –replicó–. Han pasado dos años.

Además, quería ser la primera en ver el resultado. Si la

respuesta era afirmativa, iba a necesitar tiempo para recuperarse.

–En ese caso, date prisa.

Después de hacerse la prueba, dejó la bandeja de plástico sobre el lavabo y contuvo la respiración mientras esperaba. Si la tira se ponía rosa, el resultado era positivo, si el color era azul, negativo.

¿Era rosa el color que veía?

–Ya se ha cumplido el tiempo –anunció Aaron, sobresaltándola.

El teléfono de Presley indicaba lo mismo. Se inclinó sobre el lavabo para ver el resultado.

Azul. Gracias a Dios. Se sentó en el inodoro y soltó la respiración.

–No tienes nada de lo que preocuparte –gritó. Siempre y cuando se pudiera confiar en la prueba–. Según esto, no estoy embarazada.

Aaron no respondió inmediatamente, pero Presley imaginó que, al igual que ella, estaba dándole las gracias a Dios.

Tiró la tira, se lavó las manos y abrió la puerta. Encontró a Aaron esperando en el pasillo.

–Hemos estado muy cerca –dijo él.

–Sí, demasiado cerca.

–¿Estás aliviada?

–¿No lo estás tú?

Aaron parecía disgustado.

–Siento el susto que te has llevado. No sé lo que hice mal, si es que hice algo mal.

–Ese tipo de cosas ocurren.

Se hizo el silencio mientras se miraban el uno al otro. Aaron fue el primero en romperlo.

–Bueno, supongo que debería marcharme.

–Muy bien –respondió Presley–. Gracias por la prueba.

–De nada.

Aaron se dirigió hacia la puerta y Presley esperó a que la cruzara, pero no lo hizo.

–Vendían un maletín de maquillaje en la farmacia –dijo en cambio, volviéndose hacia ella–. He estado a punto de comprarlo.

–¿Ahora te ha dado por maquillarte?

Aaron estaba tan cerca que Presley podía percibir la fragancia de su colonia.

–Por supuesto que no. Pensé que a lo mejor te gustaba. Tenía un montón de pisos y de tonos. Y un espejo.

–Suena interesante. Tendré que ir a verlo.

O no. No tendría dinero para nada parecido durante una buena temporada.

–Lo compraré la próxima vez.

–No te preocupes. No me hace falta.

–A mí me ha parecido algo que le vendría bien a cualquier chica.

–Siempre puedes comprárselo a Cheyenne.

Aaron la miró con el ceño fruncido.

–A Cheyenne puede comprárselo Dylan. Yo solo estoy intentando ser amable contigo.

–No tienes por qué serlo –replicó ella–. No puedo devolverte el favor.

–¿Por qué no? Con Riley estás siendo mucho más amable.

Presley se abrazó a sí misma y se apoyó contra la pared.

–Riley es diferente.

–¿En qué sentido?

–Ese es un asunto del que no tenemos por qué hablar.

–Tienes razón. Buenas noches.

Presley pensó que también ella le había devuelto las buenas noches, de modo que no tenía la menor idea de por qué no se marchaba. O de, por qué se descubrió aplastada contra él, besándole con la boca abierta y húmeda, como si necesitara la lengua de Aaron más que el oxígeno. Un segundo después, Aaron se estaba alejando de ella. Al siguiente, una fuerza invisible volvió a unirlos. Y la culpa no fue de ninguno de los dos. El beso fue... mutuo.

–No podemos hacer esto –jadeó Presley mientras Aaron deslizaba los labios por su cuello.

–Estoy de acuerdo –respondió Aaron.

Pero ninguno de ellos se detenía. Si acaso, la intensidad crecía. Pronto, Aaron estuvo succionándole el pezón mientras con la mano obraba magia pura entre sus piernas.

Presley lo deseaba tan terriblemente que no fue capaz de detenerlo. Se aferró a sus anchos hombros, moviéndose instintivamente en respuesta a sus caricias.

¿Por qué Aaron era tan distinto a cualquier otro hombre? ¿Por qué no podía resistirse a él?

Presley no fue capaz de concentrarse durante el tiempo suficiente como para contestar a aquella pregunta. A esas alturas, ya estaba corriendo por la carretera que la llevaba exactamente a donde quería llegar. Pero se obligó a detener su respuesta, a poner freno a sus sentimientos, y tomó el rostro de Aaron entre las manos.

–¿No te ibas a casa? Tienes que irte a tu casa.

Aaron se apartó bruscamente, dejando el vestido de Presley desabrochado.

–¿De verdad es eso lo que quieres?

El enfado relampagueaba en sus ojos. No le gustaban las señales contradictorias que estaba recibiendo. La confusión, la frustración, la desilusión y, después, la sorpresa de su rendición. Pero tampoco Presley estaba contenta con la situación. Estaba librando una batalla muy complicada. A veces, ganaba terreno. Otras, lo perdía.

–Muy bien. Puedes quedarte. Pero solo esta noche –le advirtió–. ¿Has traído preservativos?

–Sí, muchos. Y completamente nuevos. No como la porquería que usé la última vez.

–Estupendo. En ese caso, tenemos esta noche. Nada más.

Y, a partir de ahora, no podrás volver a mostrarte tan posesivo conmigo. Y, por supuesto, no se te ocurra contárselo a nadie, y menos a Dylan.

Aaron vaciló un instante, parecía indeciso. No solía conformarse con menos de lo que realmente quería. No le gustaba que Presley le estuviera echando de su vida, que le estuviera retirando todos los derechos, accesos y privilegios que había disfrutado antes. No le gustaba que no le permitiera tomar a él la iniciativa.

Presley podía sentir su resistencia, sus ganas de marcharse.

Y parte de ella quería que lo hiciera. Necesitaba que la alejara de la tentación que él representaba. Pero Aaron parecía enredado en las mismas cuerdas del deseo que la ataban a ella, lo cual era una verdadera sorpresa. ¿Por qué no se iba al Sexy Sadie's y pasaba la noche con cualquier otra mujer?

—Si quieres que yo sea tu sucio secreto, procura que merezca la pena —gruñó por fin.

Lo siguiente que supo Presley fue que la estaba llevando al dormitorio.

Capítulo 13

A la mañana siguiente, Aaron estaba tan cansado que apenas podía moverse. Jamás había hecho el amor tantas veces, y con tanto rigor, en una sola noche. Tanto Presley como él querían hartarse el uno del otro para poder continuar con sus vidas.

Aaron esperaba que lo hubieran conseguido. No quería sentirse responsable si Presley se arrepentía de lo ocurrido, algo de lo que Dylan y Cheyenne podrían culparle. Tampoco quería que Presley volviera a enamorarse de él, porque no soportaba la idea de hacerle daño. Después de lo mal que se había portado con ella la noche de la muerte de su madre, había pasado dos años arrepintiéndose de lo que había hecho.

Pero a pesar de sus buenas intenciones, no le iba a resultar fácil dejarla. La forma que tenía Presley de entregarse en cuerpo y alma cuando hacían el amor, creaba una experiencia mucho más erótica, poderosa y memorable que aquellas que había disfrutado con otras mujeres.

–Por favor, dime que eso no es el sol –musitó Presley, incorporándose lo suficiente como para hablar, pero sin abrir los ojos.

Aaron le acarició los senos, admirando su pura belleza. Las mejoras que había experimentado el cuerpo de Presley eran impresionantes. Pero sus senos continuaban siendo los de siempre, algo de lo que se alegraba, porque siempre le habían encantado.

—Eso me temo.

Presley alzó bruscamente la cabeza.

—¿Qué hora es?

Su tono asustado hizo reír a Aaron.

—Relájate, apenas son las seis.

—Hoy inauguro el estudio.

—¿A qué hora tienes que estar allí?

—La inauguración empieza a las diez, pero antes tengo que hacer un montón de cosas.

Imaginar a Riley esperando entusiasmado la apertura del local amenazó con arruinar la que, de otro modo, habría sido una mañana maravillosa para Aaron.

—Espero que vaya mucha gente.

—Yo también —Presley se levantó de la cama sin tocarle siquiera.

—¿Adónde vas tan rápido? —preguntó Aaron.

—Tengo que ducharme.

—Ya te he dicho que son solo las seis.

—Y yo te he dicho que tengo muchas cosas que hacer.

—Pero has dormido media hora como mucho. Acuéstate y duerme por lo menos una hora más.

—No puedo. Tengo que preparar las galletas y el ponche. Y quiero imprimir folletos.

—Te ayudaré —se ofreció Aaron—. Tú búscame el archivo en el ordenador.

—No te preocupes.

—También podría empezar a hacer las galletas. Pero ponerme a hornear no me parece la opción más sensata, por lo menos si quieres que estén ricas.

—Ya me las arreglaré yo. Tú no tienes por qué hacer nada.

Por lo menos podría haberse detenido unos segundos a considerar su ofrecimiento.

—Quieres decir que yo ya he cumplido con mi trabajo.

—Por lo menos, eso lo has hecho bien —respondió Presley con una sonrisa.

Pero, a pesar de aquella sonrisa, Aaron no sabía si estaba bromeando y tuvo la incómoda sensación de que hablaba completamente en serio.

—¿Me estás echando sin desayunar siquiera?

Esperaba convencerla para que volviera a la cama, aunque solo fuera para despedirse adecuadamente. La noche había terminado demasiado pronto. No había tenido un verdadero desenlace, solo había consistido en una intensa sucesión de orgasmos.

Pero Presley no volvió con él. Se fue corriendo al cuarto de baño.

—Si quieres desayunar, tendrás que prepararte tú mismo el desayuno.

Aaron continuó en la cama, clavando la mirada en el techo. Había conseguido lo que quería aquella noche. Teóricamente, debería estar satisfecho. Y, un segundo antes, lo estaba. Pero el rechazo de Presley, que le había parecido casi condescendiente, lo cambiaba todo. Y también el imaginarse a Riley en el estudio de yoga, esperando a demostrar su admiración y su lealtad llevándole en rebaño a sus amigos.

—¿Por qué no te llevo a Nature's Way y compras una bandeja de galletas? —le propuso.

Con un poco de suerte, a Riley todavía no se le habría ocurrido.

La voz de Presley le llegó por encima del sonido de la ducha.

—No puedo permitírmelo.

—Lo pagaré yo.

—No hace falta.

—¿No quieres que te ayude? ¿Por qué no? Somos amigos. Por lo menos, antes lo éramos —añadió.

Desde que Presley había vuelto a Whiskey Creek, ya no estaba tan seguro.

–¿Los sábados sueles levantarte al amanecer y correr a hacer la compra para tus amigos?

–No, porque ninguno de mis amigos me ha pedido nunca que lo haga.

–Estoy bien, Aaron –insistió–. En cualquier caso, probablemente sea mejor que no te vea nadie comprando tan temprano, y, sobre todo, unas galletas que después aparecerán en mi fiesta de inauguración.

Aaron dio un puñetazo a la almohada.

–La que habla es una conciencia culpable.

Presley no lo desmintió.

–¿Entonces quieres que me vaya?

Al no oír nada, salvo el ruido del agua de la ducha corriendo, pensó que no iba a contestarle. Pero entonces, Presley gritó:

–Estoy segura de que tienes muchas cosas que hacer.

Aquello era, esencialmente, un sí.

Incómodo por la capacidad para enfriarse de Presley, Aaron se levantó y agarró su ropa.

–Gracias por esta última noche –musitó, y sacó las llaves del bolsillo.

Presley se encontró con él en la puerta, llevando únicamente la bata encima.

–Antes de que te vayas, solo quiero decirte que… espero que todo te vaya bien y que seas… muy feliz.

La alegría que había sentido cuando Presley le había detenido en la puerta se desvaneció. Presley le estaba diciendo en aquel momento que no había posibilidad de mantener con él ningún tipo de relación. No podían ser dos amigos que se acostaban juntos. ¿Pero qué les impedía ser amables el uno con el otro cuando se encontraran por la calle? ¿Poder decirse un «hola, ¿qué tal?», y ese tipo de cosas? Presley le gustaba. No quería perderla por completo.

—Hasta que me vaya a Reno, continuaremos viviendo en el mismo pueblo, Presley. ¿De verdad quieres que nos evitemos?

Presley vaciló, como si quisiera decirle que sí, pero no tuviera corazón para ser tan implacable.

—¿Cuánto tiempo piensas quedarte aquí?

—Todavía no lo sé. Pero no importa. No tenemos que estar en contacto si tú no quieres.

Para su sorpresa, Presley no dio marcha atrás. Asintió solemnemente.

—De acuerdo.

¿De acuerdo? ¿Después de la pasión que había demostrado unas horas atrás? ¡Si había estado a punto de desgarrarle la ropa!

Tuvo la tentación de estrecharla contra él, de recordarle cómo se sentía cuando la acariciaba. Pero advirtió la rigidez de su postura, la fuerza con la que se sujetaba la bata, y no lo hizo. Por equivocado que hubiera estado la noche anterior, aquello era, precisamente, lo que él había propuesto.

—Adiós, Aaron.

—No tienes ninguna garantía de que Riley vaya a casarse contigo —le espetó—. A lo mejor estás renunciando a unos meses de un sexo fabuloso y a una gran diversión, porque tú y yo siempre nos hemos divertido, ¿verdad?, a cambio de nada.

Presley alzó la barbilla con expresión desafiante.

—La mejor manera de garantizar que voy a terminar sin nada es acostarme contigo.

Aaron la miró boquiabierto.

—¿Pero Riley te gusta?

—Quizá sí o quizá no —respondió—. Pero sería una estúpida si perdiera una oportunidad tan buena por no ser capaz de quitarle las manos de encima a otro hombre.

—A mí.

–A ti.
–¡Dios mío! Me estás volviendo loco –dijo, y salió.

Presley dejó caer la cabeza contra el marco de la puerta. El sexo con Aaron había sido más espectacular de lo que jamás podría haber esperado. No había ningún sentimiento comparable al de estar locamente enamorada. Era un placer más intenso que el que podría proporcionar cualquier droga. Y, para completar aquella experiencia, la noche anterior había añadido un nuevo elemento: se había sentido poderosa. Quizá solo tuviera poder sobre Aaron en el dormitorio, pero incluso aquello era inusual y, en cierto modo, liberador. Ella siempre había estado ávida de su atención, de su contacto. Había habido algunas ocasiones aisladas en las que había tenido la impresión de que Aaron hacía el amor con ella porque también él deseaba hacerlo. Aquellas ocasiones habían ido siendo cada vez más frecuentes poco antes de que se marchara del pueblo. Y, al igual que el lunes anterior, el equilibrio entre los deseos de ambos no había sido tan desigual durante aquel último encuentro. Aaron la había deseado tanto como ella a él.

Sin embargo, sus días con Aaron habían terminado y se negaba a seguir profundizando en ello. Tenía un futuro por delante y no iba a permitir que su felicidad dependiera de que encontrara o no a un hombre con el que compartirlo. Tenía a Wyatt, a Cheyenne y a Dylan en su vida. Tenía esperanzas y sueños. Y sabía que tenía una manera de hacerlos realidad. No podía permitirse el lujo de ser esclavizada por el deseo hacia un hombre equivocado, especialmente cuando había hecho todo lo posible para saciar aquel deseo aquella noche y había descubierto que no estaba mejor que antes. Tenía que continuar adelante y dejar a Aaron en el pasado.

Entró el vapor del agua en el cuarto de estar. Estaba

desperdiciando el agua caliente. Apretó los ojos con fuerza durante un instante, tomó aire, se concentró en el día que tenía ante ella y corrió a prepararse. Necesitaba que la inauguración transcurriera sin incidentes.

Cheyenne la llamó cuando tenía las galletas en el horno y estaba empezando a maquillarse.

–¿Ya lo tienes todo preparado? –le preguntó su hermana.

–Casi –abrió los ojos de par en par para poder continuar poniéndose la máscara de ojos mientras hablaba–. ¿Cómo está Wyatt? ¿Está despierto? Habría querido llamarte en cuanto me he levantado, pero no quería despertarte antes de que lo hiciera Wyatt.

–Ha empezado a parlotear hace unos minutos. Me lo he llevado al cuarto de estar y ahora estamos batiendo huevos.

–No sabes cuánto te agradezco que te hayas quedado con él esta noche –se interrumpió y frunció el ceño al pensar en ello. «¡Y mira lo que he hecho con ese tiempo!».

–No nos ha molestado nada –la tranquilizó Cheyenne, encogiéndose de hombros.

No era del todo cierto. Presley sabía que Wyatt le había hecho levantarse antes de lo habitual, y ella había pasado la noche con Aaron. A su hermana no le haría ninguna gracia enterarse de que había sido su sacrificio el que lo había hecho posible. El hecho de haber permitido que Aaron minara de nuevo su resolución la hacía sentir que había abusado de la amabilidad de su hermana.

–Eres demasiado buena conmigo.

–Tú harías lo mismo por mí. ¿No estás emocionada con la inauguración?

–Estoy más nerviosa que emocionada.

–Voy a llevar una bandeja de sándwiches, y Eve lleva pasta de cangrejo para untar, así que no tienes que preocuparte de que no haya suficiente comida.

–Solo estaba preparando unas galletas.

–Así la gente tendrá algo que hacer mientras espera a que le den el masaje.

Presley comenzó a pintarse el otro ojo.

–Gracias. Ha sido todo un detalle por parte de las dos.

–¿Has podido imprimir ya los nuevos folletos?

–Es lo que voy a hacer ahora. En una cara anuncio los masajes y en la otra el horario de las clases de yoga. También quiero preparar una hoja de citas para que la gente se pueda apuntar.

–¿Cuándo piensas ir al local?

–Dentro de media hora más o menos.

–¿Quieres que vaya a ayudarte?

–A lo mejor después de que Dylan vaya al trabajo. No tengo ninguna prisa.

–De acuerdo, nos veremos allí.

Cuando colgó a su hermana, Presley recibió un mensaje de texto de Riley.

–*Ayer por la noche lo pasé muy bien. Gracias por la cita y buena suerte. Nos veremos pronto.*

El corazón se le cayó a los pies mientras lo leía. No podía continuar saliendo con él después de haberse acostado con Aaron. No le parecía justo para Riley que todavía estuviera tan obsesionada con su anterior pareja sexual.

¿Debería llamarle y decírselo?

No, en aquel momento, no. Ya tenía suficientes preocupaciones aquel día. Pero odiaba pensar que Riley estaba haciendo tanto esfuerzo para conseguirle clientes cuando las cosas no eran tan sinceras entre ellos como pensaba él.

Miró preocupada hacia el reloj y le contestó:

–*No tienes por qué ir si no te viene bien.*

–*¿Estás de broma? No pienso perderme un masaje gratis.*

Presley estuvo a punto de decir algo más, pero cambió de opinión. Tenía que mantener a Riley y a cualquier otro hombre a distancia hasta que Aaron se hubiera ido de Whiskey Creek y ella fuera capaz de pensar con claridad.

–De acuerdo. Nos veremos allí.

Cuando Dylan les dio a Grady, a Rod y a Mack tiempo libre para dejar de trabajar e ir a apoyar la fiesta de inauguración de Presley, lo hizo de tal manera que Aaron comprendió que no quería que él se enterara. Dylan bajó la voz, dijo lo que tenía que decir y continuó trabajando. Después, sus hermanos desaparecieron durante una hora o dos.

Aaron se dijo a sí mismo que no le importaba que se fueran sin él, aunque aparecer como parte del grupo era la forma más natural de presentarse en el local. Si se iba en aquel momento, tendría que hacerlo solo.

Pero no pudo evitar preguntarse cómo estarían yendo las cosas. ¿Estaría consiguiendo Presley los resultados por los que tanto había trabajado? ¿Habría montones de personas disfrutando de las galletas y los masajes, pidiendo cita para futuros masajes o apuntándose a las clases de yoga?

No le gustaba imaginarla en el local, prácticamente sola y preocupada. Había trabajado mucho para graduarse en la escuela de masajes, para mudarse y montar un negocio. Aquel debería ser un día triunfal, un día de esperanza.

Al final, sucumbiendo a la curiosidad y a la preocupación, le dijo a Dylan que salía a almorzar y hacia allí se dirigió.

Mientras aparcaba, vio una pequeña multitud reunida dentro del estudio y el alivio fue inmediato. Presley tenía que estar emocionada.

Como era evidente que no le necesitaba, estuvo a punto de marcharse. Pero entonces vio a Riley deteniéndose frente al local.

–Mierda –musitó.

Aun así, se habría marchado, si Riley no le hubiera sonreído y le hubiera saludado con la mano.

La falta de sueño de Presley comenzó a pasarle factura

antes de lo que esperaba. Se suponía que tenía que haber descansado la noche anterior. Y había hecho justamente lo contrario. Pero no iba a dejar que se notara su cansancio. Cheyenne había pasado por el estudio, pero se había llevado a Wyatt a descansar, así que ya no tenía que estar pendiente del niño. Y tenía muchos clientes potenciales. Probablemente, aquel fuera el grupo más numeroso desde que había abierto a las diez. Tenía que aprovechar la oportunidad al máximo para convertir al mayor número posible de visitantes en clientes. Así que, con una sonrisa, les explicaba a todos los que entraban los beneficios de los masajes y el yoga. Ellos mismos se servían la comida y el ponche mientras ella iba haciendo masajes.

Todo estaba saliendo bien. Apenas podía creer la suerte que tenía. Hasta que llegó Aaron. A pesar de lo concentrada que estaba en el trabajo, le vio en cuanto entró, pero Aaron no le dijo nada. Agarró un vaso de ponche y un puñado de galletas y se sentó a esperar en una silla. Era evidente que también él quería un masaje.

Pero Presley no tenía ganas de frotarle la espalda en una habitación llena de espectadores. Temía que cualquiera que estuviera prestando verdadera atención pudiera adivinar sus sentimientos. Aunque no le daba tanto miedo darle un masaje a Aaron como dárselo a Riley. Tocarle delante del ojo vigilante de Aaron le resultaría, como poco, violento.

A lo mejor Aaron se cansaba de esperar y se marchaba antes de que se hubiera puesto con Riley, pensó. Tal y como había prometido, Riley había llevado a algunos amigos, Kyle entre ellos. Estaban sentados delante de ambos, de Riley y Aaron. Pero la cola iba avanzando y Aaron no se marchaba. Presley podía sentir sus ojos taladrándola mientras Riley se quitaba la camisa y se tumbaba en la camilla.

Incapaz de evitarlo, Presley miró hacia Aaron, esperando verle sonreír o haciendo algo que evidenciara que estaba disfrutando de su incomodidad. Que era por eso por lo que había ido, para provocarla. Pero no sonrió. Estuvo en tensión durante todo el masaje, y más todavía cuando terminó y Riley se apuntó para otras veinte sesiones.

–¿Estás seguro de que quieres comprar tantas? –le preguntó Presley sorprendida.

Había elegido el paquete más caro.

Riley la acercó a él para contestar. Aunque Presley advirtió que la expresión de Aaron se oscurecía, no se movió ni dijo nada, algo que ella agradeció.

–Si compro un paquete, a lo mejor otros se animan a hacer lo mismo –susurró Riley.

Presley sonrió, a pesar de su preocupación por la hostilidad que parecía emanar de Aaron.

–Eres muy generoso –respondió en un susurro–, pero ya te debo mucho. Te los haré gratis.

–Este es el único pago que quiero –le rozó los labios antes de que ella tuviera la menor idea de lo que pretendía hacer.

La silla de Aaron golpeó contra la pared, haciéndole saber a todo el mundo que ya no estaba sentado.

–No creo que eso forme parte del paquete.

En cuanto Riley se dio cuenta de que Aaron no estaba bromeando, se volvió hacia él. A Presley se le subió el corazón a la garganta. ¿Estaba a punto de comenzar una pelea?

Desde luego, aquella era la sensación que daba.

–Aaron, siento que hayas tenido que esperar tanto tiempo –dijo Presley, interponiéndose entre ellos–. Pero si no te importa venir en algún momento en el que no esté tan ocupada, podré darte un masaje.

Contuvo la respiración mientras Aaron la interrumpía con la mirada antes de volverse de nuevo hacia Riley. Riley parecía tan fuerte y musculoso como Aaron, pero Presley no tenía la menor duda de que Aaron podría derrotarle rápidamente. Que ella supiera, Riley nunca había tenido que pelear por nada.

Sin embargo, eso no significaba que fuera a retirarse. Por lo que ella podía ver, por el gesto agresivo de su barbilla, su postura combativa e incluso aquel beso, que sugería que estaba marcando su territorio, parecía estar provocando deliberadamente a Aaron.

–¿Estás volviendo a dejarte llevar por el genio? –Riley hablaba con suavidad, pero aquellas palabras pretendían ser, inconfundiblemente, una burla.

–Ten cuidado con lo que dices –le advirtió Aaron con la voz baja y los músculos en tensión.

–¿O qué?

Aaron miró fugazmente los puños de Riley.

–Es difícil besar a una chica guapa con la barbilla inmovilizada.

–Si empiezas una pelea, no me voy a reprimir –replicó Riley.

–En ese caso, te voy a machacar.

Riley le miró con los ojos entrecerrados.

–No sé quién demonios te crees que eres. Pero no tienes ningún derecho a meterte en esto. Que te hayas acostado con una mujer no te da ningún derecho sobre su vida dos años después.

Ellos no se habían acostado dos años atrás, sino la noche anterior. Hacía tan poco tiempo, de hecho, que Presley entendía que Aaron estuviera molesto por el gesto de Riley. Pero Aaron no la traicionó.

–Tengo más derechos que alguien que nunca se ha acostado con ella.

–No me importa el pasado –le espetó Riley–. Lo único que me importa es el presente. Y no tienes ningún derecho sobre ella, eso es lo único que estoy diciendo.

Una vez más, Aaron no la desmintió para decirle lo que pertenecía al pasado y lo que no. Gracias a Dios. Presley ya estaba suficientemente avergonzada, o lo habría estado si no hubiera sido por su preocupación. Podía sentir a los amigos de Riley reuniéndose tras él. Sabía que las probabilidades jugaban a favor de Riley, pero Aaron no lo tendría en cuenta. No parecía dispuesto a marcharse, como a ella le habría gustado, lo que significaba que iba a enfrentarse a todos ellos en el caso de que fuera necesario.

Miró furiosa a Riley.

—No sigas presionando —le suplicó, y agarró a Aaron del brazo—. Ni tú ni yo necesitamos esta clase de problemas.

—Es un estúpido —dijo Aaron.

—¿Por qué? —preguntó ella—. No ha hecho nada que tenga por qué molestarte.

Aaron jamás había querido comprometerse, ni con ella ni con ninguna otra mujer. Habían sido sus hormonas y su ego lo que le había conducido a aquella situación y, probablemente, lo mismo podía decirse de Riley.

—Vamos, Aaron, vuelve al trabajo —le pidió—. Aquí no tienes ningún motivo para pelearte. ¿Por qué quieres terminar en la cárcel?

Riley la miró entonces con el ceño fruncido, dejándole claro que no le gustaba que estuviera tan cerca de Aaron. Aquel acercamiento implicaba un mayor nivel de intimidad del que había compartido con él. Pero Aaron y ella tenían una historia. Y Presley no podría soportar verle herido si los amigos de Riley decidían intervenir.

—Tú sabrás lo que haces —respondió Aaron, pero obligó a Riley y a sus amigos a retroceder y apartarse para poder marcharse.

—Ese tipo tiene agallas —musitó Riley mientras le veían alejarse.

Presley quería defenderle. Lo que había ocurrido no había sido culpa suya. Riley se había excedido al besarla delante de él. Casi parecía que hubiera intentado provocar los celos de Aaron.

Pero a lo mejor Riley podía sentir que entre Aaron y ella había algo más de lo que parecía y se había sentido amenazado. A lo mejor, de una forma instintiva, había querido reclamarla para que así no hubiera confusión, ni un posible desafío.

–Vamos, déjame limpiarte la espalda para que no te manches la camisa –le dijo a Riley y, tras una ligera vacilación, este se volvió para dejar que le limpiara.

–No se preocupen. En realidad, no le habría hecho nada – tranquilizó Presley a todo el mundo, y atendió a la siguiente persona de la cola.

Capítulo 14

Cuando Presley acabó por fin en el estudio y fue a buscar a Wyatt, ya eran más de las seis, pero Dylan todavía estaba trabajando. Encontrar a su hermana sola no era del todo bueno. Eso significaba que Cheyenne podría concentrarse en ella. Y eso fue precisamente lo que hizo.

–¿Qué tal te ha ido? –le preguntó mientras sostenía la puerta.

–Mucho mejor de lo que esperaba.

En cuanto Presley entró, Wyatt gritó y salió corriendo hacia ella.

Cheyenne esperó a que Presley le agarrara y le diera un beso en la mejilla regordeta.

–¿Cuánta gente ha ido?

–He perdido la cuenta –le levantó a su hijo la camiseta, le sopló en la barriguita y sonrió al oír aquella risa que adoraba.

–¿No puedes hacer un cálculo aproximado?

Era tan satisfactorio tener a su hijo en brazos... La solidez de su peso, la suavidad de su piel, incluso el olor a champú la hacía sentir como si el resto del mundo pudiera caerse en pedazos siempre y cuando pudiera tenerle cerca. Pero cuando Wyatt se levantó la camiseta para que le hiciera reír otra vez, Presley le abrazó con fuerza. Si seguían jugando, no podría hablar, y no le parecía bien tener a Cheyenne esperando.

–Por lo menos cuarenta, a juzgar por la cantidad de masajes que he hecho –le dijo–. Tengo las manos entumecidas.

–Y no todo el mundo se ha dado un masaje.

–Es cierto. Hay gente que se ha ido porque había demasiada cola.

Cheyenne aplaudió entusiasmada.

–¡Es muchísima gente! ¿Había suficiente comida?

–Casi. Tu amiga Callie ha venido después de que te fueras, y al ver que me había quedado sin ponche y que quedaba poco de todo lo demás, ha ido a comprar más. Y ni siquiera me ha dejado pagárselo.

–Callie es una mujer maravillosa. Así que ha merecido la pena el esfuerzo, ¿no? ¿Has concertado muchas citas?

–Sí, tengo toda una semana llena y algunas citas más. No es un mal comienzo.

–¿Y las clases de yoga?

–No han tenido tanto éxito, pero he repartido todos los folletos. Ya veremos cuánta gente aparece en la primera clase del lunes.

Cheyenne la abrazó, y también a Wyatt, puesto que Presley le tenía todavía en brazos.

–¡Es fantástico, Presley! Estoy emocionada.

–En gran parte os lo debo a Dylan y a ti. Os agradezco que me hayáis ayudado a correr la voz, y que hayáis conseguido que vengan todos vuestros amigos. Y gracias por cuidar a Wyatt. Habría sido muy difícil tenerle allí todo el día.

–No tienes nada que agradecerme. Quiero a este niño tanto como tú.

Ansiosa por volver a su casa, donde podría descansar y reflexionar sobre cómo había ido el día, Presley comenzó a recoger las cosas del niño. Por lo que a su negocio se refería, se sentía aliviada y emocionada, incluso. Pero se sentía menos cómoda respecto a su vida personal. Riley no se había quedado mucho tiempo después del masaje, pero la había invitado a cenar al día siguiente y ella no había sido capaz de negarse porque lo había hecho delante de sus amigos.

−¿Lo tienes todo?

Ante el cambio del tono de voz, Presley alzó la mirada. Por alguna razón, el entusiasmo de su hermana se había desvanecido.

−¿Qué te pasa?

−¿No vas a contármelo?

−¿Contarte qué?

−Que Aaron se ha presentado en la inauguración y ha montado una escena.

Presley reprimió un suspiro. Si Cheyenne la estaba poniendo a prueba, acababa de fallarle. Pero lo único que ella pretendía era evitar aquella conversación. Implicaba demasiada falsedad y cuando mentía, temía estar volviendo a ser la misma de antes, a pesar del esfuerzo que estaba haciendo para dejar el pasado detrás.

−¿Cómo te has enterado?

−Me ha llamado Riley.

−¿Estaba enfadado?

−Confundido. Dice que Aaron se comporta como si tuviera algún derecho sobre ti.

Y, en cierto modo, lo tenía. Habían pasado juntos la noche anterior, ¿no?

−Aaron no dijo nada, no fue para tanto.

−¿Que no fue para tanto? ¡Riley dice que han estado a punto de llegar a las manos!

A los pocos segundos de que Aaron se levantara, Presley había temido que le diera un puñetazo. Pero el incidente solo había quedado en un momento de tensión, así que podía minimizarlo. Y eso era precisamente lo que pretendía hacer.

–Ha sido Riley el que ha provocado todo.
–¿Cómo?
Presley deseó no haber contado tanto. Teniendo en cuenta la fama que tenía Aaron de conflictivo y la reputación de Riley como ciudadano ejemplar, dudaba de que nadie que hubiera visto lo sucedido tuviera la misma percepción que ella. Pero, definitivamente, Riley había intentado dejar constancia de su supremacía. ¿Por qué dejar entonces que Aaron asumiera toda la culpa?
–Es difícil de explicar.
Consciente de que su hermana pretendía evitar hablar sobre lo ocurrido, Cheyenne elevó los ojos al cielo.
–Inténtalo.
–Riley y yo solo hemos tenido una cita, pero... –se interrumpió mientras terminaba de recoger los juguetes de Wyatt y se sentaba al niño en la otra cadera–, pero se comporta como si estuviéramos juntos.
–¡Eso significa que le gustas!
–Riley ha exagerado nuestra relación.
–¿Y? ¿Qué tiene eso que ver con Aaron? ¿Por qué tiene que importarle que salgas con Riley o con cualquier otro?
–Estoy segura de que no le importa. En realidad no. Era solo una manera de señalar que Riley estaba intentando marcar su terreno delante de todo el mundo.
Cheyenne frunció el ceño.
–Así que tú crees que fue culpa de Riley.
–Fue culpa de los dos. Riley provocó a Aaron y Aaron estuvo a punto de darle una lección. Eso fue todo.
–Y fue más que suficiente –Cheyenne le ató a Wyatt el zapato que se había desatado.
–Tampoco hace falta exagerar lo ocurrido –dijo Presley.
Su hermana la miró con expresión dubitativa.
–Lo que no termino de entender es qué estaba haciendo Aaron en la inauguración.
–Apareció para ofrecerme su apoyo, como todo el mun-

do. No podemos actuar como si nunca hubiéramos sido amigos, Cheyenne.

–Eso es cierto, pero... podría salir con otras muchas mujeres. Preferiría que se olvidara de ti.

–Y se olvidó, durante dos años. Pero ahora que he vuelto y ve que Riley tiene interés en mí, supongo que quiere asegurarse de que no se está perdiendo nada. Con el tiempo, se dará cuenta de que sigo siendo la chica que él conocía y todo se tranquilizará.

Cheyenne torció los labios.

–¿Sabes lo que pienso? Que lo que no soporta es que no quieras saber nada de él. No está acostumbrado a que las mujeres se le resistan.

Tampoco había encontrado mucha resistencia con ella la noche anterior, razón por la cual Presley no era capaz de mirar a Cheyenne a la cara.

–Sí, probablemente eso también tenga algo que ver.

–Tenerlo merodeando me pone nerviosa. ¡Wyatt es la viva imagen de su padre!

Presley no debería haberse mudado hasta que Aaron se hubiera ido del pueblo, pero sentía tanta nostalgia, estaba tan sola y tenía tal desconfianza hacia aquellos que cuidaban a Wyatt, que no había aguantado más. Y por eso se encontraba en una situación tan complicada.

Tenía también otras preocupaciones, como el hecho de que la prueba de embarazo que se había hecho la noche anterior no fuera cien por cien segura. E, incluso en el caso de que lo fuera, Aaron y ella habían vuelto a hacer el amor. Habían utilizado preservativo, por supuesto, pero siempre había alguna posibilidad de que fallara, como había pasado el lunes anterior. Y también debía de haber habido algún tipo de fallo cuando se había quedado embarazada la primera vez. Estaba viviendo peligrosamente justo en un momento en el que estaba empezando a hacer algo con su vida, ¡era una estúpida!

–Como ya hemos dicho antes, pronto se irá.
–Afortunadamente.
Presley agarró la bolsa de los pañales y se dirigió hacia la puerta.
–¿Por qué tarda tanto Dylan en llegar del trabajo?
Cheyenne la ayudó a cargar la silla.
–Últimamente tienen mucho trabajo en el taller.
–Y, aun así, ha tenido el detalle de enviar a sus hermanos a la inauguración.
–No fue él el que envió a Aaron.
–Sí, él vino después.
–Lo sé. Sea como sea, Dylan te quiere tanto como yo.
–Tienes mucha suerte al contar con él.
–Tú también encontrarás a alguien –respondió Cheyenne–. Y, a lo mejor, ese alguien es Riley.

Fingiendo no haber oído la última parte, Presley se despidió de ella y llevó a Wyatt a casa. Después, en cuanto tuvo al niño acostado, llamó a Riley y canceló la cena. Aunque él se disculpó por el incidente del estudio, ella le explicó que no era aquella la razón. Le dijo que no iba a aceptar citas durante una temporada. Tenía que concentrarse en su hijo y en su negocio.

A pesar de lo mucho que había disfrutado de la velada del viernes, experimentó una extraña sensación de liberación tras colgar el teléfono, y el alivio fue mayor cuando, esa misma noche, comenzó a tener el período.

Aaron no oyó nada sobre Presley durante casi dos semanas. Tampoco la vio. Pero pensaba mucho en ella y, a menudo, sentía la tentación de llamarla. Quería saber cómo le iba el negocio. ¿Tendría bastantes alumnos en las clases de yoga? ¿Estaría dando suficientes masajes?

Tendría que comprobarlo. Sabía lo mucho que se estaba esforzando para salir adelante y estaba preocupado por ella.

Pero después de haberse dejado llevar por los celos en aquella ridícula competición con Riley Stinson el día de la inauguración, había decidido que le haría un favor a Presley manteniéndose al margen. Si ella no quería su amistad, tenía que dejarle espacio para que encontrara algo que la llenara, aunque le entraran ganas de darle un puñetazo a Riley en pleno rostro cada vez que se acordaba del beso que le había dado a Presley en el estudio.

Afortunadamente, estaba suficientemente ocupado con su propia vida. Todavía dudaba sobre si debería o no abrir una franquicia. Estaba preocupado por la carta que Dylan y él le habían enviado a su padre, temía que no fuera suficiente para convencer a J.T. de que se fuera a otra parte. Y cuando no estaba pensando en alguno de aquellos asuntos, estaba intentando averiguar cómo conseguir que Cheyenne se quedara embarazada sin hacer nada que pudiera hacerles sentirse incómodos en el proceso.

Hasta el momento, Cheyenne no había conseguido encontrar una clínica que le permitiera ser inseminada de manera artificial sin la autorización de su marido. Le había pedido que se hiciera pasar por su pareja, pero él no estaba dispuesto a llegar tan lejos. Temía que el médico, o alguna enfermera, le invitaran a ser testigo del proceso y terminara viendo partes del cuerpo de su cuñada que nunca había pretendido conocer. Estaba dispuesto a ayudarla, pero no quería que aquellas imágenes se le quedaran grabadas en el cerebro. Aunque estaba intentando abordar aquel tema de una manera práctica e impersonal, aquello le parecía excesivamente intrusivo e irrespetuoso hacia Dylan.

Como alternativa, habían considerado la posibilidad de que Cheyenne dijera ser una mujer soltera, pero ya había consultado con todas las clínicas de la zona y tenía miedo de que relacionaran la nueva consulta con la anterior. Todavía había mucha gente que recelaba de que una mujer soltera pudiera ser inseminada de manera artificial, razón por la cual Cheyenne había reconocido desde el primer momento que estaba casada.

La última vez que había hablado con Cheyenne, todavía estaban preguntándose por el camino a seguir. Ella había dicho que seguiría investigando. Por eso, cuando Dylan llamó a todos los hermanos para que se reunieran en la parte de delante del taller durante una tarde de primeros de abril y les recibió con una sonrisa ancha y una botella de champán, Aaron no tenía ni idea de por qué estaba tan contento.

–¿Qué pasa? –preguntó Grady.

Aaron esperó junto al resto de sus hermanos la respuesta, pero Dylan no dijo nada. En cambio, les tendió a cada uno de ellos un vaso y sirvió ceremoniosamente el champán.

Al parecer, los mejores recipientes que Rod había podido encontrar eran los vasos de cartón rojo del dispensador de agua fría.

–¿Vas a decirnos lo que estamos celebrando?

El último en reunirse con ellos, Mack, se quitó las gafas protectoras y se abrió paso entre sus hermanos.

–¡No me digas que papá va a salir pronto de prisión!

Aaron y Dylan intercambiaron una mirada que evidenciaba que no estarían brindando con champán si fuera ese el caso, pero Dylan contestó:

–No es tan emocionante.

Al advertir el sarcasmo en su voz, Marck saltó:

–No comprendo por qué no queréis verle ni hablar con él. Ya han pasado casi veinte años, ha pagado por sus errores. ¿Por qué no podemos darle otra oportunidad?

–El mejor indicador de la conducta del futuro es la conducta del pasado –respondió Dylan–. Pero podemos hablar de papá más tarde. Por favor, no me estropees este momento, hermanito.

–¿Te ha tocado la lotería? –preguntó Rod.

—Para que me tocara la lotería, tendría que jugar —respondió Dylan.
—¿Entonces qué es?

Aquella pregunta la hizo Mack, que estaba ya suficientemente intrigado como para dejar pasar el asunto de su padre.

—Cheyenne está embarazada —Dylan sonrió de nuevo, como si, sencillamente no fuera capaz de dominarse—. ¿No os parece increíble? ¡Vamos a tener un hijo!

Aaron cerró la boca antes de que la barbilla le golpeara el suelo. ¿De qué demonios estaban hablando? La última noticia que tenía era que Cheyenne todavía estaba buscando una clínica. ¿Qué habría cambiado? ¿Al final no le necesitaba?

Quería sentir alivio. Pero crepitaba en su interior una cierta inquietud. El hecho de que se hubiera quedado embarazada y no le hubiera puesto ni siquiera un mensaje era, como poco, extraño.

—Yo ya me estaba preguntando cuándo pensabais empezar —Rod alzó su vaso—. ¡Felicidades!

Dylan le miró con el pecho henchido de orgullo.

—Estoy tan contento que podría morir aquí mismo.

Eso, dicho por el estoico de su hermano, era mucho decir.

Como Aaron, demasiado asombrado como para reaccionar, no elevó su vaso, Grady le dio un codazo.

—¿Y a ti qué te pasa?

Se aclaró la garganta.

—Nada. No me pasa nada. Es solo... que, estoy emocionado por Dylan —alzó su vaso de cartón—. Salud.

—Vamos a ser tíos —dijo Mack.

Rod le palmeó la espalda a su hermano.

—¿Tú qué prefieres, un niño o una niña?

—Cualquiera de las dos cosas. Lo único que quiero es que sea un niño saludable —Dylan bajó su vaso—. Pero si me dieran a elegir, creo que ya hay suficientes hombres en la familia. Me gustaría más tener una hija.

–¿Cuándo nacerá? –preguntó Grady.

–Todavía no lo sé –respondió Dylan–. En realidad, la noticia no es oficial. Cheyenne tiene que ir al médico. Pero esta mañana se ha hecho la prueba y ha salido positiva.

«Todavía no es oficial», Aaron fijó la mirada en su bebida. ¿Habría algún motivo para ello?

–¿Y esas pruebas son fiables? –preguntó.

Dylan se encogió de hombros, pero era evidente que estaba más al tanto de lo que aquel gesto hacía parecer.

–Se supone que sí.

Desde luego, Aaron esperaba que lo fueran. Él confiaba en el resultado de la que se había hecho Presley. Y estaría encantado de poder abandonar su compromiso con Cheyenne.

¿Pero sería cierto?

–Por la chica que le robará el corazón a Dylan –Mack alzó su copa.

Aaron se unió al brindis y fingió disfrutar del momento. Pero en cuanto se acabó el champán y se pusieron todos a trabajar, se escapó para llamar a Cheyenne.

–¿Es verdad? ¿De verdad estás embarazada? –le preguntó en cuanto contestó.

Rezó para que dijera que sí, pero la vacilación de su respuesta tensó todavía más los nudos que tenía en el estómago.

–¿Cheyenne?

–No, pero tenía que decirle a Dylan que lo estaba. Pensaba ir al médico el lunes. Me lo comentó ayer por la noche, lo mencionó como de pasada. Me he pasado la noche dando vueltas en la cama, intentando imaginar qué podía hacer. Tenía que darle algún motivo para anular la visita al médico antes de que fuera demasiado tarde.

–¡Mierda! –Aaron se apretó el puente de la nariz.–. Vas a acabar conmigo.

Ya no había manera de dar marcha atrás. Tampoco es que pensara hacerlo, pero, hasta entonces, por lo menos era una opción. Y lo peor de todo era que cada vez estaban más presionados por la falta de tiempo. Tenía que ayudar a Cheyenne a quedarse embarazada, y tenía que hacerlo antes de que tuviera la siguiente regla para evitar que su hermano terminara devastado.

–Lo siento, Aaron –dijo Presley–. No quería mentirle, pero... Sentí que no tenía otro remedio.

Aaron dio una patada a una piedra que había sobre la grava de la zona que servía como área de estacionamiento.

–Cheyenne, creo que deberías contarle lo que estamos haciendo. Mira, todavía no has encontrado la clínica.

Y no había ninguna garantía de que lo hiciera. Sobre todo teniendo que hacerlo todo tan rápidamente.

–Eso es verdad. Es posible que haya una manera de superar ese obstáculo, pero...

Fue aquel «pero» el que le puso nervioso. Cuando Cheyenne se interrumpió, supuso que estaba intentando reunir valor para decir lo que pretendía.

–¿Qué te parecería si hiciéramos la inseminación nosotros mismos?

Aaron enderezó la espalda.

–¿Qué? ¿Cómo? ¿Dónde?

–No te asustes. Es, básicamente, lo mismo. No tiene por qué participar un médico. Podríamos hacerlo esta misma noche en casa de Presley.

–¿Estás considerando la posibilidad de recoger mi semen e inseminarte tú misma?

–Sí. Lo llaman auto inseminación con jeringuilla, por razones obvias.

Aaron intentó olvidar la imagen que aquellas palabras evocaban.

–Supongo que preferiría no oír los detalles.

–Entendido –respondió Cheyenne con una risa nerviosa–. Lo siento. Pero... tendría muchas ventajas. Para empezar, es gratis. Y si no funciona, no es difícil repetir el proceso. No tendríamos que esperar hasta que nos dieran otra cita. ¿Qué me dices?

Aaron se frotó las sienes. ¿Cómo habría podido meterse en ese lío?

–¿Qué alternativas tengo?

–Podemos seguir buscando una clínica con la esperanza de llegar a encontrarla. Pero si tardamos demasiado tiempo...

–Tendrías que decirle a Dylan que no estás embarazada.

–Sí.

Aaron recordó a su hermano caminando orgulloso por el taller y sirviendo champán y supo que, si eso ocurriera, no podría soportarlo. Mierda.

–¿Entonces qué me dices? –le urgió Cheyenne.

La primera vez que le había mencionado aquel último recurso, Aaron había pensado que se opondría. Pero, por incómodo que le hiciera sentirse aquella propuesta, en cierto sentido, también era un alivio. ¿Por qué no acabar con todo aquel asunto cuanto antes? Pasar unos minutos en una casa en vez de tener que meterse en una clínica, donde tendría que enfrentarse a un montón de papeleo y a toda suerte de preguntas incómodas le parecía estupendo. A lo mejor, tenían suerte y aquella auto inseminación casera funcionaba a la primera. Así podría zanjar todo aquel asunto. Y, lo mejor de todo, nadie lo sabría, excepto ellos tres. Lo que iban a hacer no figuraría en ningún informe médico, de modo que la posibilidad de descubrirlo sería mucho más remota. Era un método más seguro. Y menos caro para Cheyenne. Una casa particular resultaba mucho más fácil y conveniente para todos.

Maldita fuera, si de verdad fuera tan fácil como sonaba, sería él el que llevaría el champán al trabajo. Además, si aceptaba inseminarse en casa de Presley, podría volver a verla. Estaba tan cerca y, al mismo tiempo, tan ausente de su vida, que le estaba volviendo loco.

–Hecho. ¿A qué hora?

–Todavía no le he preguntado a Presley si podemos utilizar su casa, pero no creo que le importe.

Aaron tenía que volver al trabajo antes de que sus hermanos comenzaran a buscarle.

–Ponme un mensaje diciéndome si sí o si no y si quieres que vaya, dime a qué hora.

–Lo haré. Hoy la última clase de yoga empieza a las siete, así que supongo que Presley podrá estar en casa a las ocho y media.

Aaron estaba ya a punto de colgar, pero vaciló.

–Dylan también estará en casa a esa hora, ¿qué le dirás?

–Le diré que Presley necesita que vaya a cuidar a Wyatt durante una hora mientras ella da el último masaje.

–¿Y si te dice que lleves a Wyatt a vuestra casa?

–Le convenceré de que el niño está más contento en su propia casa.

–Es posible que quiera acompañarte.

–En ese caso, tendremos que suspender la cita e intentarlo otra vez mañana o pasado mañana.

Siempre podía enviarle un mensaje en el último momento. Eso no supondría ningún problema. Lo último que quería era que Dylan apareciera cuando estaban en medio de todo aquel lío.

–Muy bien.

–Gracias, Aaron. No sabes cuánto te lo agradezco.

Aaron miró hacia el sol con los ojos entrecerrados. El frente frío que había llegado en marzo parecía haber desaparecido para siempre. Aquel parecía que iba a ser un día muy cálido.

–Sabes que ha traído champán al trabajo, ¿verdad?

Se produjo un incómodo silencio. Al final, Cheyenne contestó:

–Sí, intenté convencerle de que esperara hasta que el médico confirmara el embarazo, pero estaba demasiado emocionado.

Aaron suspiró.

–Espero que pueda seguir estándolo.

Capítulo 15

Aquella tarde, Aaron acababa de terminar de pintar un coche y estaba limpiando la plataforma cuando se acercó Dylan. No solía pasarse por la zona de pintura muy a menudo. Normalmente, se encargaba de pedir las piezas, llevar los libros de contabilidad y atender la oficina. Todo ello le mantenía tan ocupado que rara vez tenía oportunidad de hacer algún trabajo de chapa y pintura. Le gustaba dirigir el negocio. Aaron prefería encargarse de las reparaciones. Le encantaba agarrar un coche que estaba destrozado y hacerlo parecer nuevo otra vez. Le gustaba trabajar con las manos. A no ser que tuviera alguna razón para ir a la zona de la oficina, como agarrar un refresco o refrescarse en verano, no solía ver mucho a Dylan durante el día. Así que sintió cierto recelo al quedarse a solas con su hermano, sobre todo, al ver a Dylan con aquella expresión sombría. ¿Dónde había quedado la alegría que había mostrado al llegar al trabajo con la noticia de que iba a ser padre?

Aaron apagó la manguera a presión.

–¿Qué te pasa?

Dylan miró a su alrededor, como si no quisiera que ningún otro hermano le oyera.

–He comido con Cheyenne.

La mención de Cheyenne no alivió en nada la preocupación de Aaron. ¿Su cuñada habría decidido contarle a Dylan lo que pensaban hacer? En el caso de que así fuera, esperaba que Cheyenne le hubiera dejado fuera de la historia. A Dylan no le haría ninguna gracia saber que todo aquello lo habían decidido con él.

–¿Está bien?

–Sí, está bien, pero ha traído una carta de papá.

Con cierto alivio, Aaron colgó la manguera.

–Así que has recibido la respuesta de papá.

–Nos da las gracias por nuestra generosa oferta, pero dice que no quiere dinero. Echa de menos Whiskey Creek y quiere volver.

–Maldita sea.

–También dice que quiere recuperar el tiempo perdido y poder conocer a sus hijos.

–Si sigue diciendo cosas de ese tipo, no me extraña que Mack esté emocionado –Aaron se quitó las gafas protectoras y se las dejó colgando del cuello–. Ese pobre chico cree que por fin va a tener un verdadero padre.

–No se da cuenta de lo difícil que será la situación, sobre todo ahora que papá ha vuelto a casarse.

Aaron se secó las manos húmedas en el mono de trabajo.

–¿Crees que papá está siendo sincero? ¿O piensa que ganará más si vuelve y se incorpora al negocio?

Dylan sacudió la cabeza.

–No tengo manera de saberlo y... hay algo más que debería saber.

–¿Qué es?

–No he querido decírselo a Cheyenne, pero su mujer me llamo hace tres días.

–¡No! ¿Y qué quería?

–Me preguntó si podía venir a conocernos el fin de semana que viene. Dice que a papá le encantaría que nos conociéramos. Y le gustaría hacernos algunas fotografías para llevárselas la próxima vez que vaya a verle.

–Tener que encontrarnos con una mujer a la que ni siquiera conocemos y que seguramente cree que deberíamos recibirla con los brazos abiertos no es precisamente una perspectiva muy halagüeña.

Dylan infló las mejillas y soltó después la respiración.

–Estoy de acuerdo.

–¿Entonces ahora qué? ¿Podemos decir que no?

–No veo cómo –respondió Dylan–, por lo menos, si queremos mantener una buena relación con ella. Y es importante que la tengamos, por lo menos hasta que sepamos en qué clase de persona se ha convertido nuestro padre.

–¡Pero yo preferiría no tener a una desconocida formando parte de mi vida! ¡Si ni siquiera me apetece que mi padre vuelva a mi vida!

En algunas ocasiones, Dylan había intentado defender a su padre. Pero, últimamente, había dejado de hacerlo. Aaron creía que después del incidente de la navaja, ambos habían llegado a la misma conclusión: no se podía confiar en él.

–Al igual que tú, yo también preferiría dejar el pasado en paz –admitió–. Por fin he conseguido liberarme por completo de esa parte de mi vida. ¿Por qué iba a querer mirar atrás? Pero a lo mejor estamos siendo demasiado intolerantes. A lo mejor es algo bueno para Mack y para los demás.

Probablemente no fuera justo decidir por sus hermanos.

–¿Quieres que lo sometamos a votación?

–Claro, somos adultos.

–En ese caso, seguro que nos ganan. Ellos querrán darle una oportunidad a papá, y a la mujer con la que se ha casado. Pero Amos Auto Body es nuestro medio de vida. No podemos permitir que nos destroce el futuro como hizo con nuestro pasado.

–Ellos no lo verán de esa manera.

–¿Entonces qué piensas hacer?

—Darle largas.
—Hasta...
—Durante todo el tiempo que pueda. Con un poco de suerte, la situación se resolverá por sí misma —con un suspiro, Dylan dio media vuelta para dirigirse a la oficina—. Pero, a veces, tengo miedo de no poder dejar detrás todo lo que nos ocurrió en el pasado —añadió, mirando a su hermano por encima del hombro.

El teléfono de Aaron vibró en su bolsillo antes de que hubiera podido ponerse de nuevo las gafas protectoras. Lo sacó para ver quién estaba intentando ponerse en contacto con él y vio que acababa de recibir un mensaje de Cheyenne.

—Esta noche no puede ser.

Miró bien para asegurarse de que Dylan se había ido antes de teclear la respuesta.

—¿Presley no puede?

—No, no es eso. Antes no lo he pensado, pero tengo que estar ovulando.

Aaron comprendía que, después de haberle dado a Dylan la noticia, se había precipitado.

—He estado revisando mi ciclo menstrual. Debería ovular la semana que viene. Me he comprado un test de ovulación para estar segura. Me indicará los dos días del mes durante los que soy más fértil. Seguiremos sus indicaciones. Eso aumentará las probabilidades.

Como quería terminar con aquel asunto cuanto antes, Aaron estaba dispuesto a esperar cualquier sugerencia que les ayudara a optimizar los tiempos.

—¿Le has contado a Presley lo que pensamos hacer?

—Sí, está encantada de poder ayudarnos, pero sabe que tenemos que retrasarlo una semana.

—Genial, ¿puedo hacer algo para aumentar mi fertilidad? ¿Tomar alguna clase de vitamina, o de hierba? ¿Ponerme boca abajo?

–¡Ja, ja! He leído poco sobre la parte masculina de todo esto. No lleves ropas muy apretadas. No permitas que cierto... aparato se caliente en exceso, lo que quiere decir que no deberías darte muchos baños calientes. Si puedes evitar mantener relaciones sexuales unos días antes del gran acontecimiento, eso también ayuda a aumentar el número de espermatozoides. Pero eso es todo. He oído decir que en las clínicas proporcionan revistas. Pero como no tengo ni idea de qué es lo que te excita, puedes llevarte tu propio material si lo necesitas.

Siempre podía pensar en Presley. Últimamente, cada vez que pensaba en ella, le subía la libido.

–Yo me ocuparé de que todo salga bien.

Pensaba que el intercambio había terminado, pero Cheyenne volvió a enviarle un mensaje.

–Por cierto, he encontrado una web en la que venden el equipo de inseminación. Es increíble todo lo que se puede llegar a comprar últimamente. Creo que vamos a conseguir todo lo que necesitamos. Y solo tardan dos días en enviarlo. Siempre y cuando esté en casa cuando llegue el paquete para que pueda esconderlo antes de que lo vea Dylan, todo saldrá bien.

–Teniendo en cuenta que siempre está trabajando, no creo que sea difícil. Pero también podrían enviarlo a casa de Presley.

–Buena idea.

–¿Me avisarás entonces cuando llegue el momento?

–Te escribiré dentro de una semana o dos.

–Tendré el teléfono a mano.

–¡Ey, Aaron!

Sobresaltado por aquella interrupción, Aaron giró sobre sus talones y vio a Mack acortando la distancia que los separaba.

–¿Qué pasa? –le preguntó mientras guardaba el teléfono en el bolsillo.

–¿Estás ya a punto de terminar?

Habían llegado algunas piezas que necesitaba para arreglar el Toyota Land Cruiser de Malcolm Field. Tenía que instalarlas ese mismo día o no podrían entregar el coche en el plazo al que Dylan se había comprometido.

–Tengo para un par de horas más, ¿por qué?

–Me estaba preguntando si te apetecería salir después.

–¿Adónde?

–¿Al Sexy Sadie's?

–Hay otros bares un poco más lejos.

–¿Para qué salir del pueblo? Mañana tenemos que madrugar.

Pero si iban a Amador City o a Jackson, tendría menos posibilidades de encontrarse con Noelle Arnold. No habían vuelto a hablar desde que le había colgado el teléfono y estaba disfrutando de aquella tranquilidad.

–Estaría bien cambiar de aires.

–Lo haremos la próxima vez. Lana también viene. Si la envío a un bar en el que nunca ha estado, podría perderse.

Lana era la novia de Mack. Aunque tenía un gran corazón, por lo que Aaron había visto hasta entonces, no era precisamente la chica más inteligente que había conocido.

–¿No vas a pasar a buscarla?

–No –sonrió–. Viene con una amiga que quiere conocerte.

El escepticismo eliminó todo posible entusiasmo por parte de Aaron.

–Así que es una cita a ciegas.

–¡Por supuesto que no! Odio ese tipo de cosas. Solo somos un grupo de gente que queda para tomar algo en el bar del pueblo.

–Dos parejas.

–Dos chicos quedan con dos chicas para tomar algo. Y llegan separados.

–Estás hilando demasiado fino.

Como Aaron continuaba mostrándose reacio, Mack le agarró del brazo.

–Ven aquí, hermanito. Hace años que no sales. Y Lana está segura de que esa chica te va a gustar.

Últimamente, estaba casi tan mal como Dylan antes de casarse con Cheyenne. No salía apenas. Para empezar, porque tenía mucho trabajo. Y, en segundo lugar, porque había perdido el interés. Pero no podía decirle que no a su hermano favorito.

Dos horas después, en cuanto terminó de trabajar y se duchó, consiguió reunir cierto grado de interés por salir con Mack y sus amigas. Pero cuando llegó al Sexy Sadie's y vio que Riley estaba allí con Presley, deseó no haber ido.

Presley no se lo podía creer. No había vuelto a aceptar ninguna de las invitaciones de Riley después de haber suspendido su última cita. Pero dos semanas sin ver a Aaron la habían hecho sentirse fuerte. Y no solo eso, sino que Riley la había pillado en un momento de debilidad en el que se sentía como si estuviera envejeciendo antes de tiempo, llevando una vida de completo encierro, y por eso le había resultado difícil decir que no. Riley había prometido que no se quedarían hasta muy tarde porque él también tenía que trabajar al día siguiente. Lo había organizado todo para que Jacob cuidara a Wyatt en casa de sus padres. Presley se había sentido cómoda porque sabía que Wyatt estaba en un lugar seguro sin tener que pedirle a su hermana otro favor.

Riley había vencido todas sus objeciones antes de que pudiera expresarlas, así que había aceptado, pensando que no le haría ningún daño salir a tomar una copa y a bailar durante un par de horas.

Lo último que esperaba era encontrarse con Aaron. Si hubiera sido un fin de semana, podría haber llegado a temer que sus caminos se cruzaran. Cuando ella vivía en Whiskey

Creek, iban mucho al Sexy Sadie's. Pero, por lo que decía Cheyenne, los hermanos Amos trabajaban tanto últimamente que rara vez salían entre semana.

–Probablemente has visto entrar a Aaron –musitó Riley–. ¿Estás bien? ¿O prefieres que nos vayamos?

Presley no miró hacia Aaron. No quería hacer contacto visual. Podría haber reconocido que prefería ir a otro sitio, pero acababan de llegar. Habían llegado justo antes que Aaron y su hermano pequeño. Sería ridículo levantarse y marcharse tan pronto.

–No pasa nada, claro que no.

–Genial –se levantó de la mesa–. Voy a por las bebidas. ¿Qué quieres tomar?

–Un zumo de arándanos.

–¿De verdad?

Al entrar, Presley había pensado en tomarse una copa de vino, pero ya no le apetecía. La gente, la música, incluso el olor de aquel lugar la trasladaron dos años atrás. Y también la vista de Aaron. Que tuvo un efecto muy potente.

Presley asintió y Riley se dirigió a la barra mientras ella miraba disimuladamente a Aaron y a Mack sentándose en una esquina. Sabía que Aaron era consciente de su presencia. Lo sentía, al igual que le había pasado en la librería, pero Aaron no se acercó a ella.

Presley sintió una aguda punzada de celos cuando dos mujeres, probablemente una década más jóvenes que ella, se reunieron con los hermanos Amos, pero se advirtió a sí misma que no debía demostrarlo.

Afortunadamente, Riley regresó unos segundos después. Por lo menos podría concentrarse en la bebida, pensó Presley, pero no le sirvió de mucho.

–¿Qué tal va el negocio de los masajes? –preguntó Riley.

–Bastante bien –sonrió mientras lo decía, pero no pudo evitar oír la voz de Aaron.

¿Quién era esa chica? Presley nunca la había visto. La rubia que iba del brazo de Mack trabajaba en Shearwood Forest. Presley la había visto cuando había ido una semana atrás a cortarse el pelo.

−¿Qué parte del negocio funciona mejor?

Presley se obligó a concentrarse en Riley.

−Sin lugar a dudas, los masajes. Pero las clases de yoga cada vez tienen más alumnos. El primer día se presentaron diez personas en la clase de la mañana y cinco en la de por la noche. La sesión de la tarde de los viernes todavía está costando llenarla. Es posible que la cancele, pero ya veremos lo que pasa.

−¿Y con lo de los masajes tendrías suficiente para salir adelante? −lo preguntaba con interés, lo cual era muy amable por su parte.

−Afortunadamente, sí.

Estaba ganando lo suficiente como para aliviar parte de la preocupación que la perseguía desde que había empezado a pensar en todo lo que necesitaba para abrir el negocio. Como cualquier negocio podía cambiar de un día para otro, así que no estaba segura de si aquella paz duraría, pero esperaba que lo hiciera.

−Deberías poner más anuncios de las clases de yoga e intentar atraer a gente de los pueblos de la zona −sugirió.

−Había pensado en poner anuncios en algunos periódicos locales. A lo mejor lo hago −cuando tuviera más dinero.

Comenzó a sonar una canción lenta, *In the Air Tonight*, de Phill Collins, y Riley señaló la pista de baile con la cabeza.

−¿Te apetece bailar?

Bobbie, la chica que Lana había llevado, era atractiva. Y parecía simpática. Pero Aaron acababa de conocerla y no se acordaba siquiera de su apellido. Le resultaba difícil escucharla estando Presley abrazada a Riley Stinson. El beso que le había dado en el estudio continuaba rondándole, enfureciéndole una y otra vez, y también avergonzándole, por no ser capaz de olvidarlo.

Intentaba ignorar a Presley, pero sus ojos parecían tener voluntad propia. No podía evitar mirarla para saber si estaba disfrutando. O si estaba tocando alguna parte del cuerpo de Riley que no tenía que tocar. O si Riley mantenía las manos donde debía.

–¿Hola? Aaron, ¿estás ahí? –Mack chasqueó los dedos delante de la cara de su hermano.

Aaron no era consciente de que se había perdido parte de la conversación. Parpadeó y se centró en su mesa.

–¿Qué has dicho?

Mack miró irritado hacia la pista de baile, pero si vio a Presley, no fue capaz de sumar dos y dos. El bar estaba a oscuras y prácticamente lleno.

–Bobbi es soldadora. Así es como pudo pagarse los estudios. No es un trabajo muy normal, ¿verdad? Nunca había conocido a una mujer soldadora.

–Me parece genial –dijo Aaron, pero su falta de entusiasmo le hizo ganarse una patada por debajo de la mesa. Se bebió el resto de la cerveza y se levantó–. Voy a por otra cerveza. ¿Alguien más quiere algo?

Señalaron todos sus vasos, indicando que todavía estaban llenos.

–Estamos bien –contestó Mack en un tono con el que le estaba preguntando que qué demonios le pasaba.

–Entendido, ahora mismo vuelvo.

En cuanto se alejó, Aaron experimentó una sensación de alivio. No le gustaba ver a Presley en los brazos de Riley, pero por lo menos no tenía que mirarla bajo el férreo escrutinio de su propio grupo.

Cuando estaba en la barra, esperando a que el camarero

le atendiera, terminó *In the Air Tonight* y comenzó a sonar *Have I Told You Lately*. Aaron esperaba que Riley y Presley se sentaran, preferiblemente, en algún lugar fuera de su vista, pero no lo hicieron. Continuaron bailando, girando lentamente en círculo, hasta que Presley quedó frente a él. En ese instante, sus ojos se encontraron.

Aaron sabía que debería desviar la mirada, actuar como si no tuviera ninguna importancia. Pero no era fácil.

Fue Presley la primera en apartar la mirada.

–¿Qué quieres tomar?

Era el camarero. Aaron estuvo a punto de pedir otra cerveza, pero cambió de opinión. Por primera vez desde hacía mucho tiempo, le apetecía emborracharse.

–Me tomaré un whiskey.

–¡Vaya! Es una suerte que esté yo aquí para llevarte a casa –bromeó Mack cuando Aaron regresó a la mesa y se terminó el whisky casi tan rápido como se había tomado la cerveza.

–Bobbi, será mejor que le lleves a la pista de baile mientras todavía pueda andar –bromeó Lana.

Salió a bailar ella con Mack y Bobbi le dirigió a Aaron una sonrisa vacilante.

–¿Estás bien?

–Sí, estoy bien, ¿por qué?

–Tengo la impresión de que, en realidad, no te apetece estar aquí.

–Claro que me apetece –no era cierto. Pero para ocultarlo, le tendió la mano –vamos a bailar.

Capítulo 16

La pista de baile no era muy grande, pero había espacio suficiente como para que Aaron y ella no tuvieran que bailar el uno al lado del otro. Presley solo podía pensar que Aaron la estaba atosigando a propósito.

Riley le ignoró por completo. Y Aaron y ella se dirigieron alguna mirada, pero no hablaron.

Al final, Presley cerró los ojos y posó la cabeza en el hombro de Riley. En respuesta, él tensó los brazos a su alrededor, pero la verdad era que Presley no le estaba enviando ninguna señal; solo estaba intentando evitar ver a Aaron con aquella morena voluptuosa que se aferraba a él como una boa constrictor. Recordaba con todo lujo de detalles lo que era estar en sus brazos, lo confiadamente que se movía Aaron con la música, recordaba su cuerpo contra el suyo como si estuvieran hechos el uno para el otro. Riley era muy buen bailarín. E incluso podía encontrarle atractivo. Pero no era lo mismo.

Durante un segundo, Presley incluso creyó estar aspirando la fragancia de Aaron, como si fuera él, y no Riley, el que la estaba abrazando. En ese momento, se separó de Riley y dijo que tenía que ir al cuarto de baño.

—No permitas que te obligue a marcharse.

Presley sonrió.

–No, ahora mismo vuelvo.

Riley no parecía muy convencido, pero aceptó la excusa sin protestar.

–Muy bien. Yo volveré a la mesa.

Con un asentimiento de cabeza, Presley corrió hacia el pasillo desierto que había detrás de la barra, donde tomó aire antes de correr a refugiarse en el cuarto de baño. Afortunadamente, estaba vacío; necesitaba tiempo para recomponerse.

Estaba apoyada en el lavabo, intentando tranquilizar su palpitante corazón, cuando se abrió la puerta. Alzó la mirada, esperando ver a una mujer dirigiéndose hacia alguno de los cubículos, pero vio a Aaron.

–¿Qué estás haciendo aquí? –preguntó–. ¡No puedes entrar aquí!

–No me quedaré mucho tiempo. Yo solo... quería tener una oportunidad para decirte –buscó con esfuerzo las palabras más adecuadas–. Siento cómo me comporté el día de la inauguración. No pretendía arruinártela.

Presley se clavó las uñas en las palmas de las manos, temiendo tenderle los brazos. Si lo hacía, sería demasiado fácil dejarse llevar y terminar haciendo el amor en el cuarto de baño. Cuando aquel pensamiento cruzó su mente, sus ojos volaron hacia el cerrojo de la puerta y Aaron pareció tener un impulso similar.

Pero Presley jamás le haría algo así a nadie en una cita. Por lo menos, en aquella nueva etapa de su vida, gracias a Dios.

Haciendo un enorme esfuerzo, alzó la mano con el clásico gesto de stop.

–No la arruinaste. Además, sé que la culpa no la tuviste solo tú.

Aaron pareció aliviado.

–Pero todavía sigues saliendo con Riley. Así que te gusta, ¿no?

–Más o menos.

–¿Más o menos?

–Ahora mismo no sé ni qué ni quién me gusta –forzó una sonrisa–. Pero parece que tú has encontrado a una chica guapa.

–¿Quién?

Presley arqueó las cejas.

–¿No estabas bailando con alguien?

–¡Ah, Bobbi! Es una amiga de Mack.

–Parece estar deseando ser tu amiga también –¿no lo estaban todas? Ella lo había visto muchas veces.

Aaron se encogió de hombros.

–Es demasiado joven para mí.

–Aquí hay muchas más mujeres atractivas.

–No lo he notado.

–Tendrás que fijarte.

–¿Por qué molestarme? No soy capaz de apartar la mirada de ti.

Lorna Mae, una mujer que trabajaba en la panadería, entró antes de que Presley pudiera responder y estuvo a punto de golpear a Aaron con la puerta.

–¡Ay! –a aquella entrada le siguió una risa cargada de alcohol–. ¿Interrumpo algo?

Un músculo se tensó en la barbilla de Aaron. Presley comprendió que estaba frustrado por haber perdido la intimidad que hasta entonces tenían.

–No, de todas formas ya me iba –respondió Aaron y salió.

Cuando Presley volvió a la pista de baile, Aaron ya se había ido de la barra. Pero Riley estaba donde había dicho que estaría, esperándola en la mesa.

Se levantó al verla.

–¿Estás bien?

Presley asintió.

–¿Qué quería decirte Aaron? He visto que salía detrás de ti.

–Nada en especial. ¿Qué ha hecho cuando ha vuelto?

–Susurrarle algo a su hermano. Después, se han levantado todos y se han ido.

–Riley, lo siento –le dijo–. Debería haber sido más sincera contigo respecto a Aaron. Pero, después de dos años, pensaba que para mí no sería ningún problema verle de vez en cuando. Que podría mantener la distancia y que no tendríamos mucho contacto. Pero desde que he vuelto, yo... Las cosas no han ido como me imaginaba.

Riley frunció el ceño.

–Porque no para de rondarte, haciendo ver que tiene algún interés en ti. Pero podría salir con otras muchas mujeres, mujeres que no tienen tanto que perder como tú. No dejes que te utilice, Presley.

–Aaron no es un hombre que utilice a la gente, Riley. Es demasiado sensible para hacer algo así, demasiado independiente.

Lo único que consiguió con aquella declaración fue que Riley la mirara con expresión escéptica.

–Es posible que no te lo creas –añadió–, pero cuando nos acostábamos, no era porque él me insistiera. Era yo la que le instigaba.

–¿Te estaba haciendo un favor?

Advirtió el deje de ironía en la voz de Riley. Él nunca lo comprendería porque no conocía a Aaron tan bien como ella. Pero le estaba diciendo la verdad. Ambos estaban desesperados cuando ella se había aferrado a Aaron. Su amistad había nacido de la bondad del corazón de Aaron, que después le había permitido presionar más de lo que habría debido para que aquella amistad siguiera adelante. Presley no era tan tonta como para pensar que él no disfrutaba del placer físico. Eso era incuestionable. Sobre todo porque ambos habían aprendido a satisfacer plenamente las necesidades del otro. Pero aquello no cambiaba el hecho de que había sido ella la que había provocado la relación sexual.

Había sido ella en el primer momento y también había sido ella la que la había continuado. Cuando se había presentado en su casa el día de la muerte de su madre, Aaron había perdido la paciencia y, por esa razón, ella había abandonado Whiskey Creek. Siempre había temido que algún día la abandonara.

–Él me aprecia –le explicó a Riley–. Pero no quiere lo mismo que yo.

Y, en esa clase de relación tan obsesiva, se terminaba perdiendo el respeto por uno mismo.

–No estoy intentando menospreciarle, Presley. ¿Pero qué más te da que te aprecie? Es obvio que con eso no basta, si no, tu situación sería diferente.

–Quieres decir que querría casarse conmigo.

–¿Por qué no? ¿Por qué no iba a querer pasar el resto de su vida contigo? ¿Ser el padre de tu hijo?

Él era el padre de su hijo, de hecho, razón por la cual le resultaba todavía más difícil distanciarse de él.

–Dylan también era así –arguyó Presley–. Huía de todo tipo de compromisos, hasta que conoció a Cheyenne. Pero eso no significa que fuera una mala persona.

–No, no lo era. Yo tampoco he querido casarme nunca con ninguna de las mujeres con las que he salido. Estoy seguro de que Aaron terminará enamorándose algún día, cuando encuentre a la mujer adecuada. Si es que la encuentra. Pero...

Se interrumpió un instante y Presley imaginó que era porque temía haber llevado su sinceridad demasiado lejos.

–Pero si esa mujer fuera yo, a estas alturas ya lo sabría –terminó Presley por él.

Riley suspiró.

–Eso es lo que creo. Y lo creen también Dylan y tu hermana.

–¿Cheyenne te advirtió de que... de que era posible que todavía sintiera algo por Aaron?

Los imaginó hablando de su situación por teléfono y aquello le dolió. Su hermana era su confidente. No quería tener la sensación de que Cheyenne le estaba pasando información a Riley.

–Sí –admitió Riley–. No me he metido en esto a ciegas, así que por eso no tienes que preocuparte. Si lo único que puedes ofrecerme es amistad, me conformo con eso. A lo mejor, nuestra relación progresa algún día, o a lo mejor no. No voy a presionarte. Pero, antes o después, tendrás que olvidar a Aaron –le guiñó el ojo–. Por lo que a mí concierne, preferiría que fuera antes.

–A veces tengo miedo de no llegar a superarlo nunca –confesó.

Riley le tomó la mano.

–Quizá no sea yo, pero seguro que encontrarás a alguien que pueda llenar ese vacío. Así que... –se levantó–, ¿quieres que volvamos a la pista de baile?

Presley deslizó los dedos entre los suyos y asintió.

–¡Vaya! Desde luego, esta noche has estado de lo más divertido –le reprochó Mack a Aaron al salir de casa de Lana, adonde habían ido después de estar en el Sexy Sadie's–. Y no has querido salir durante más de, ¿cuánto? ¿Una hora y cuarenta minutos?

Aaron miró malhumorado a su hermano.

–Estoy cansado, ¿vale?

Mack apoyó el brazo en el volante.

–¡Ni siquiera has hablado con Bobbi!

–¡Todavía está estudiando! ¿Qué se supone que tenía que preguntarle? ¿Qué quieres ser de mayor?

–A ella no le importa que seas mayor que ella. Dice que estás muy bueno.

–Diez años son muchos –respondió Aaron secamente.

–¿Desde cuándo eres tan exigente a la hora de salir de

fiesta? Bobbi no pretende casarse contigo. Solo quería pasar un buen rato.

Aaron se aflojó el cinturón de seguridad.

–Supongo que ya he pasado la etapa de las aventuras de una noche.

Mack se detuvo ante un semáforo.

–¿Eso quiere decir que estás pensando en una relación seria? ¿Tú? ¿El más juerguista de la familia?

Aaron evitó la primera pregunta, pero contestó a la segunda.

–Por si no lo has notado, ya no salgo tanto como lo hacía antes.

–Porque...

–Porque al cabo de un tiempo, todo comienza a parecer... repetitivo. Tienes la sensación de que estás en la misma fiesta una y otra vez.

–Genial. Muy esperanzador.

Mack ya estaría casado para cuando llegara a los veinticinco años. Siempre había tenido novia.

–A todos nos pasa –dijo Aaron.

Su hermano lo miró con el ceño fruncido.

–¿Pero tienes que haber elegido precisamente esta noche para madurar?

Aaron sabía que Mack estaba disgustado porque no había sido capaz de ser más agradable durante la velada, pero no pudo evitar una carcajada.

–Mejor tarde que nunca.

Cuando el semáforo se puso en verde, Mack pisó el acelerador y condujo en silencio durante el resto del trayecto. No volvió a decir nada hasta que llegaron al camino de entrada a la casa.

–¿Por eso todavía hablas de marcharte? –le preguntó–. ¿Estás aburrido y necesitas nuevas experiencias, nuevos desafíos?

–A lo mejor.

Tenía que admitir que estaba buscando... algo. Lo que quisiera que pudiera llegar a su vida.

—No sé qué puedes encontrar en Reno que mejore lo que tienes en Whiskey Creek, sobre todo cuando nosotros estamos aquí.

Mack se había opuesto a la idea de que Aaron se marchara desde el principio. Él se aferraba a todos aquellos a los que quería. Pero también era el hermano favorito de Dylan y, en otra época, eso había sido motivo de celos para Aaron. Aaron siempre había estado de más. Por supuesto, jamás había utilizado aquello en contra de Mack. No podía. Le quería demasiado. Pero no podía esperar que su hermano lo comprendiera.

—No es muy probable, no —admitió Aaron—. Pero he decidido cambiar. Tengo ganas de intentar vivir solo.

—¿Por qué?

—Ya es hora.

Por fin había tomado una decisión, comprendió. Se habían acabado las dudas. Sabiendo que su padre estaba a punto de volver y que había una madrastra dándole la lata a Dylan, pidiéndole una oportunidad de ser bienvenida a la familia, prefería retirarse y evitarse problemas.

Mack le miró con el ceño fruncido.

—No me hace ninguna gracia.

—No me iré muy lejos.

—Estar a tres horas de aquí tampoco es estar cerca. Todo va a cambiar.

Mack ni siquiera sabía que iba a tener una madrastra. Aquello sí que iba a representar un cambio. Pero Dylan y él todavía no habían contado nada a nadie. Esperaban poder retrasar el encuentro de Anya lo suficiente como para que J.T. estuviera fuera de prisión la primera vez que se reunieran con ella. En realidad, esperaban que J.T. se divorciara antes de que llegara ese momento, pero si no lo conseguían...

Por supuesto, había alguna ligera probabilidad de que Anya pudiera mejorar a J.T. Aquel sería el mejor de los escenarios posibles, pero, saber cómo se habían conocido, o, mejor dicho, el hecho de que, en realidad, no se hubieran conocido, no animaba a concebir demasiadas esperanzas.

Mack echó el freno de mano y apagó el motor.

–¿Cuánto tiempo piensas seguir aquí?

Aaron abrió la puerta.

–Alrededor de dos meses.

Capítulo 17

Presley estaba mucho más contenta para cuando Riley la llevó a casa. Siempre había vivido con tristeza el no poder estar con Aaron. Pero la conversación que había mantenido con Riley, admitiendo que todavía estaba enamorada de Aaron, la había ayudado a bajar la guardia. Después de aquello, Riley ya no podía esperar nada que ella no pudiera ofrecerle, incluyendo su corazón, lo que la hacía estar más abierta a su amistad. A lo mejor podían ser amigos, de la misma forma que era amigo de Cheyenne. Presley siempre había envidiado lo unida que estaba su hermana a su grupo de amigos.

Después de estar en el Sexy Sadie's, habían ido a cenar a Just Like Mom's antes de que lo cerraran. Al terminar, fueron a buscar a Jacob y a Wyatt y los llevaron a casa de Presley, donde estuvieron viendo una película. Todo fue bien hasta media noche.

Después, Aaron comenzó a llamar.

Aunque Presley tuvo que detener el teléfono para que dejara de vibrar en tres o cuatro ocasiones, Riley no hizo ningún comentario. A lo mejor ya había dicho todo lo que tenía que decir sobre Aaron cuando estaban en el bar. O fingía que no lo notaba porque Jacob estaba con ellos. Fuera cual fuera la razón, tampoco Presley le contó que Aaron estaba intentando ponerse en contacto con ella. No quería arruinarle la velada.

Sin embargo, en cuanto Riley y Jacob se fueron a casa, se sintió presa de la antigua necesidad de ver a Aaron, de tocarle, de acariciarle, de oír su voz. Pero no le devolvió la llamada. Recordó lo que le había dicho Riley sobre que, antes o después, tendría que superar aquella relación. Ella estaba de acuerdo. Había visto a demasiadas parejas rompiendo y reconciliándose en lo que parecía ser un ciclo interminable. Aaron y ella nunca habían sido pareja de manera oficial, ¿pero por qué iba a permitir que aquella resaca emocional la arrastrara al pasado? Ver a Aaron solo serviría para arriesgar su preciado secreto y hacer el ridículo delante de Cheyenne, de Dylan y de todo Whiskey Creek. Así que cerró la puerta del dormitorio como si estuviera sacando a Aaron definitivamente de su vida y se fue a la cama.

Pero justo antes de quedarse dormida, el teléfono comenzó a vibrar otra vez, y, en aquella ocasión, no fue capaz de reprimirse. Contestó, utilizando como excusa que necesitaba averiguar por qué estaba tan decidido a localizarla.

–Ya era hora –dijo Aaron, evidentemente exasperado.

Presley se colocó la almohada sobre la cara.

–¿Ya era hora de qué?

–De que Tim Riley se fuera a su casa. ¿Es que no trabaja por las mañanas como todos los demás?

–Pues sí, la verdad es que trabaja. Jacob y él tienen que estar construyendo un garaje a las siete de la mañana. Espero que puedan dormir lo suficiente –apartó la almohada–. ¿Cómo sabías que Riley estaba aquí?

–Porque si no hubiera estado, habrías contestado a mis llamadas.

Y acababa de demostrarle que no se había equivocado.

–¿Qué quieres, Aaron?

–Decirte que me iré a Reno a primeros de junio si consigo solucionarlo todo para entonces. Voy a quedarme con uno de los solares y firmar el contrato de alquiler.

Solo faltaban seis semanas para entonces.

–Estoy segura de que a tus hermanos no les hace ninguna gracia que te vayas.

–¿Y a ti? ¿Tú que sientes?

Presley odiaba pensar que se iba. Pero le resultaría más fácil olvidar su obsesión si no tenía que encontrarse con él cada dos por tres, así que imaginó que era lo mejor.

–Te echaré de menos –confesó.

–Quiero hacerte una sugerencia –dijo Aaron.

Repentinamente recelosa, Presley se levantó de la cama y se acercó a la ventana, que daba a su pequeño jardín.

–¿Qué?

–Me gustaría salir algún día contigo mientras esté aquí.

–¡No!

Contestó al instante, pero Aaron volvió a la carga.

–¡Solo serán unas cuantas semanas!

–No puedo.

Silencio. Después, Aaron preguntó:

–¿Estás dispuesto a salir con Riley pero no a salir conmigo? ¿Es que tienes una relación en exclusiva con él?

–Por supuesto que no es una relación en exclusiva.

–Así que puedes salir con otros hombres.

–Sí, yo...

–En ese caso, ¿por qué no puedo salir también yo de vez en cuando contigo?

¡Porque acababa de comprometerse consigo misma a olvidarle! Y Riley iba a ayudarla, convirtiéndose en alguien con quien podría hablar y hacer todo tipo de cosas. Estaba dispuesta a aceptar la mano que Riley le había tendido.

–No sería una buena idea.

–¿Lo dices en serio? ¿No quieres salir conmigo?

Estaba justificablemente sorprendido. Dos años atrás, Presley habría llorado de gratitud y alivio si Aaron hubiera intentado formalizar su relación con una propuesta de ese tipo.

–Vamos, Aaron. Nosotros no somos de citas. Nunca las hemos tenido.

–Pero hemos tenido algo parecido.

–A eso se le llama echar un polvo de vez en cuando.

–¡Vaya! Me sorprende que hayas dicho eso. Últimamente es raro oírte hablar mal.

–La verdad no siempre es bonita.

–Puedes llamarlo como quieras.

Pero no era cierto, había mucha diferencia entre tener una cita y la relación que habían tenido ellos, y la distinción era importante.

–Aaron, nuestra relación siempre fue muy asimétrica. ¿Por qué voy a querer volver a eso? ¿Y por qué ibas a querer volver tú? Ya te resultó suficientemente difícil soportarme la primera vez.

–No creo que esta vez sea igual.

–Claro que lo será. Volveríamos a recuperar inmediatamente la relación que teníamos.

Su cuerpo le deseaba incluso en aquel momento en el que estaba realmente convencida. ¿Hasta dónde podría llevarla aquel deseo cuando no lo estuviera?

–¿Y qué importancia tiene que volvamos a acostarnos? Tampoco sería el fin del mundo. En ese aspecto, nos complementamos muy bien. Pero antes quiero llevarte a cenar, a bailar, al cine... a donde tú quieras. ¿Eso sería una cita, no?

Presley se golpeó la cabeza suavemente contra el cristal, aunque le entraron ganas de hacerlo con mucha más fuerza.

–No exactamente.

–Muy bien. No te tocaré. Sencillamente, tendremos una cita y ya veremos adónde nos lleva de aquí a seis semanas.

–¿Y Riley?

–¿Qué pasa con Riley?

–No voy a dejar de verle.

–Entonces, sal también con él –respondió Aaron malhumorado.

–Pero no te gusta que esté con él.

–¡Solo te estoy pidiendo seis semanas, maldita sea!

Presley dio media vuelta y comenzó a caminar.

–¿Por qué? ¿Por qué estás tan convencido de que esta vez sería diferente?

–Somos diferentes, Presley. Los dos. ¿No te das cuenta? Es posible que los cambios sean sutiles. Cuando hurgas bajo la superficie, seguimos siendo básicamente los mismos que hemos sido siempre. Pero podría ser suficiente.

–¿Suficiente para qué? ¿Para que me quieras más de lo que me querías hace dos años?

–No te estoy haciendo ninguna promesa, pero te estoy pidiendo una última oportunidad.

¿Para qué? ¿Para romperle otra vez el corazón? ¿Y qué iba a ser de Wyatt?

–Lo siento, te deseo todo lo mejor, pero… tenemos que continuar con nuestras vidas.

–Podemos continuar dentro de seis semanas tan fácilmente como ahora.

No si Aaron comenzaba a tener una relación con Wyatt y a hacerse preguntas. Cuanto más tiempo pasara con Aaron, más difícil le resultaría controlar cada palabra, cada mirada.

La idea de que Aaron pudiera descubrir la verdad fue suficientemente aterradora como para que su respuesta fuera tajante.

–Eso no me va a hacer cambiar de opinión –dijo, y colgó el teléfono.

–¡Eh, tengo una pregunta para ti!

Aaron estaba colocando un nuevo panel delantero en un

Camaro preparado cuando Mack asomó la cabeza en la plataforma. No le apetecían las interrupciones. Había dormido muy poco y no había empezado el día de buen humor. Continuaba pensando en la conversación que había mantenido con Presley la noche anterior, y continuaba recordándola en brazos de Riley, bailando en el Sexy Sadie's.

–¿Qué pasa? –le espetó.

Mack arqueó las cejas.

–¿Te pillo en un mal momento?

Aaron tiró el destornillador en la caja de herramientas, donde la herramienta aterrizó con un fuerte sonido metálico.

–Estoy frustrado con esto –dijo, como si colocar aquella pieza en su lugar le hubiera supuesto un gran esfuerzo.

Pero el trabajo no era el problema.

–Presley estaba anoche en el bar con Riley Stinson.

Mack ya lo había notado.

–¿Y? ¿Es eso lo que te pasa? ¿Por eso estás tan preocupado?

Aaron comenzó a ordenar las herramientas.

–¿Eso era lo que querías preguntarme?

–No, eso es una percepción.

–En ese caso, haz la pregunta que querías hacerme.

–Lana acaba de llamarme.

Mack todavía no había formulado la pregunta, pero hubo algo en su actitud que absorbió toda la atención de Aaron.

–¿Y qué quería?

–Supongo que te acuerdas de que Lana trabaja en la peluquería Shearwood Forest.

–Nos arrastraste a todos hasta allí cuando sacó el título y nos hizo una carnicería en el pelo. ¿Cómo iba a olvidarlo? Ahora sigue.

–Ha mejorado mucho desde entonces –contestó, frunciendo el ceño a la defensiva–. El caso es que en la peluquería se oyen todo tipo de cotilleos.

¿Cotilleos?

–Olvídalo –Aaron alzó la mano–. Prefiero no oír lo que la gente dice de mí. Me importa un comino.

–Esto te va a importar.

Aaron le miró con atención y asintió.

–Adelante.

–La madre de Riley ha estado en la peluquería esta mañana.

–¿Todavía está quejándose por cómo traté a su hijo y a Presley el día de la inauguración?

Mack negó con la cabeza.

–Estuvo ayudando a Jacob a cuidar a Wyatt para que Presley y Riley pudieran salir ayer por la noche.

¿Otra vez metiendo el dedo en la llaga?

–¿Piensas llegar alguna vez al grano?

Mack agarró a Aaron del brazo con un gesto de auténtica preocupación.

–Aaron, la madre de Riley dice que Wyatt es idéntico a ti cuando tenías su edad. Que en cuanto le vio, pensó que te estaba viendo a ti. Y también dijo que apostaría hasta su último dólar a que ese niño es hijo tuyo.

Aaron se sumió en un estupefacto silencio. Wyatt no era hijo suyo. Presley lo había dejado muy claro. Dylan y Cheyenne la creían. Wyatt era hijo de un hombre que vivía en Arizona.

Un hombre para el que ni siquiera tenían un nombre.

Un hombre que, por lo que Cheyenne le había dicho a Dylan, era imposible de localizar.

Un hombre que no le había prestado a Cheyenne ninguna ayuda en absoluto.

Presley se había quedado embarazada después de marcharse de Whiskey Creek. No podía ser de otra manera. Ellos siempre habían tomado precauciones. Y la única vez que les había fallado un preservativo había sido un mes atrás.

–¿No tienes nada que decir? –le presionó Mack.

Aaron no estaba seguro de que pudiera hablar. El corazón le latía a tal velocidad que tenía miedo de que pudiera salírsele del pecho. Presley no mentiría en algo tan importante como eso. ¿O sí? Apenas consiguió pronunciar una frase.

–Esto es una locura.

–Teniendo en cuenta lo mucho que me has machacado siempre para que tuviera cuidado, yo he pensado que... que no podía ser verdad. Pero cualquier método de control puede fallar. Lo que quiero decir es que... tú has visto a su hijo. Yo no. No se parece a ti, ¿verdad?

Aaron no había reconocido el parecido. Pero tampoco lo había buscado. Y una vez planteada la duda, no le resultaba difícil ver la similitud en algunos rasgos. Wyatt tenía los ojos de su madre, pero...

Presley había dicho que el padre era alto...

Se suponía que era un estúpido que se había aprovechado de ella... Sin embargo, Presley no había vuelto a ponerse en contacto con él, no sabía cómo localizarle.

Volvieron a su cabeza aquellos retazos de conversación, juntó a otros detalles. Durante varios meses antes de que Presley se fuera, ella no se había acostado con nadie que no fuera él, al menos, que él supiera.

Mack bajó la cabeza para estudiar el rostro de su hermano. Aaron clavaba la mirada en el cemento que tenía bajo los pies mientras intentaba encajar todas las piezas.

–Lo siento, tío, espero que no te haya afectado mucho.

Cuando Aaron alzó la mirada, Mack agachó la cabeza y arrastró nervioso los pies.

–Parece que hayas visto un fantasma.

–Lo que has dicho hace unos segundos no es verdad –replicó él–. No puede ser verdad.

–Estoy seguro de que tienes razón. Yo solo... he pensado que deberías saberlo. Y no solo eso, sino también que la gente está especulando. He pensado que si no te lo decía yo, terminarías oyéndolo en cualquier parte.

—¿Dylan sabe lo que está diciendo la señora Stinson?

Mack se encogió de hombros.

—No se lo he comentado y él tampoco ha sacado el tema, así que supongo que no.

Olvidándose completamente del Cameron, Aaron pasó por delante de su hermano pequeño y fue a buscar a Dylan.

—¿Te pasa algo? —preguntó Dylan cuando la puerta golpeó la pared de la oficina.

Aaron pensaba preguntarle a su hermano por el hijo de Presley para saber si le estaba ocultando la verdad sobre la paternidad de Wyatt. Pero en el instante en el que abrió la boca, comprendió que podría estar dando alas a un rumor que quizá no se lo mereciera. ¿Por qué alimentar más dudas?

—¿Qué pasa? —le urgió Dylan.

—Tengo que marcharme —respondió.

Dylan salió de detrás del mostrador.

—¿Ahora? Jason Peel espera tener el coche arreglado para hoy.

Aaron conjuró la imagen de Wyatt y sintió tensarse todos los músculos de su estómago. ¿Podría ser su hijo?

—Jason tendrá que esperar.

Aaron se alegró de que Presley no estuviera en casa cuando llegó. Antes de enfrentarse a ella y exigirle que le asegurara que la señora Stinson no tenía razón sobre Wyatt, quería ver al niño, quería estudiarlo con una mirada más crítica.

Alexa, la hija de Sophia DeBussi, que, a su vez, estaba prometida con Ted Dixon, estaba a cargo del niño. Tenía solo catorce años y era una adolescente guapa y simpática. Aaron y ella se habían conocido dos meses atrás, en la fiesta de San Valentín que habían organizado Sophia y Ted, así que, afortunadamente, le reconoció y no pareció asustarse al verle en la puerta.

Antes de que le abriera, Aaron retrocedió para parecer menos amenazador.

—¡Hola!

—Hola —le saludó Alexa con una tímida sonrisa.

—Supongo que Presley todavía está en el trabajo.

—Sí —miró su teléfono—. No volverá hasta dentro de una hora. Me ha enviado un mensaje a las tres.

—¿Esta noche no tiene clases de yoga? —preguntó Aaron.

—No se apuntó suficiente gente, así que tuvo que anular la clase de los viernes.

—¿Y qué tal está Wyatt?

Alexa sonrió de oreja a oreja.

—¡Genial! Es tan mono, ¿verdad?

Sobre eso no había dudas. ¿Pero se parecía a la familia Amos?

—¿Está despierto o...? —hasta Aaron sabía que había muchas probabilidades de que estuviera echando una siesta.

—Se ha despertado hace media ahora. Estábamos jugando.

Abrió la puerta un poco más para mostrarle a Wyatt sentado en medio de todos sus juguetes.

Cuando el niño alzó la mirada y sonrió, Aaron se sintió como si de pronto hubieran caído sobre su pecho toneladas de arena. Antes de ir hasta allí, había pasado por su casa para ir a buscar una fotografía de cuando era niño. Quería compararla con Wyatt en cuanto tuviera oportunidad.

—He quedado aquí con Presley cuando saliera del trabajo —le mintió a Alexa—, así que puedo sustituirte.

—¿De verdad?

—¿Te parece bien?

—Supongo, pero... Presley no me ha dicho nada.

—Podríamos llamarla, pero no me gustaría interrumpirla en medio de un masaje.

–No, no estaría bien. ¿Entonces puedo llamar a mi madre?
–Si no te importa que te recojan un poco antes, estaría bien.

Alexa vaciló un instante, pero cuando Aaron sacó la cartera para pagarle, el gesto debió de parecerle suficientemente oficial, porque no formuló ninguna de las preguntas que probablemente le rondaban por la cabeza.

Cuando Aaron le tendió el dinero, alzó la mirada sorprendida.

–Es más de lo que me pagan normalmente. Solo he estado aquí unas horas.

Aaron había calculado lo que le parecía una cantidad adecuada, pero no le importaba darle algo más.

–Considéralo un extra.

Sonrojada, Alexa se guardó el dinero en el bolsillo.

–Gracias. Pasa. Llamaré a mi madre. Si la llamo ahora, a lo mejor la pillo antes de que vaya a hacerse las uñas.

Aaron no podía apartar la mirada de Wyatt mientras Alexa y él esperaban a Sophia. Apenas hablaron. Aaron fingía estar viendo la televisión con ella, pero, en realidad, no le estaba prestando ninguna atención. Cuando oyó el claxon para avisar a Alexa, respiró aliviado.

–Es ella –dijo Alexa.

Se agachó para dar un beso a Wyatt, se colgó la mochila al hombro y corrió hacia la puerta.

Aaron se quedó a solas con el hijo de Presley, que estaba arrastrando un bate de plástico y utilizándolo para machacar una pelota de goma.

–Voy a tener que enseñarte a jugar al béisbol –pero, incluso mientras lo decía, aquel pensamiento le asustaba.

¿Aquel era su hijo?

A Wyatt se le iluminó la mirada cuando Aaron habló.

–¡*Ota*! –dijo, señalando la pelota.

Aaron sintió un fuerte nudo en el estómago cuando sacó la fotografía y se acercó a Wyatt. Temía que al niño no le gustara que lo levantara en brazos. ¿Y si se ponía a llorar y no encontraba la manera de hacerle callar? Aaron no contaba con Cheyenne, ni con nadie que pudiera ocuparse del niño, y él nunca había cuidado a una criatura tan pequeña. Pero Wyatt no se había asustado la primera vez que habían coincidido en casa de Cheyenne. A lo mejor, también se comportaba como un valiente en su propia casa.

Y así fue, siempre y cuando Aaron no intentara tocarle el bate.

–¿De dónde vienes tú? –le preguntó Aaron.

–¡Pa! –le enseñó orgulloso su juguete.

Aaron examinó su fotografía, buscando similitudes y diferencias.

Presley era más morena que su hijo. Wyatt tenía los ojos de color oscuro, pero el pelo era rubio, como el de él. Definitivamente, su padre era un hombre blanco, concluyó Aaron. Eso encajaba. Y, desde luego, era alto, como Presley le había dicho a Cheyenne. Aaron, con su más de metro ochenta, no era un hombre bajo. Pero teniendo solamente el color de pelo y la altura como referencia, no podía concluirse que el niño fuera hijo suyo.

Y tampoco que no lo fuera.

Aaron llevó a Wyatt al sofá y se sentó. Al principio, el niño se mostró sorprendido y un poco intrigado por aquel desconocido que había aparecido de pronto en su casa. Pero la curiosidad no duró mucho. Al cabo de unos cuantos segundos, se aburrió de mirar a Aaron y quiso bajar. Después, sonó el teléfono móvil de Aaron y el sonido se ganó toda la atención del pequeño.

–¡*Téfono*!

Esperó a que Aaron se pusiera en acción, pero Aaron no movió el teléfono del bolsillo delantero. Probablemente era Dylan, queriendo saber cuándo pensaba volver para terminar con el trabajo del Camaro. Y Aaron no tenía respuesta para ello.

—¡*Téfono*!

Wyatt señaló con el dedo hacia el lugar del que procedía el ruido, pero eso no hizo cambiar a Aaron de opinión. En aquel momento, no importaba nada más. No podía dejar de mirar fijamente al niño. Esperaba descubrir algo, alguna expresión o algún rasgo que pudiera responder a su pregunta.

Wyatt estaba tan distraído por el ruido del teléfono que tiró el bate e intentó agarrar él mismo el teléfono.

—¡*Téfono*! —insistió.

Aaron tuvo que admitir que el niño tenía personalidad, y parecía inteligente. Su determinación y su insistencia podrían haber hecho reír a Aaron, si no hubiera estado tan asustado pensando lo que podía llegar a averiguar cuando llegara Presley a casa.

Capítulo 18

Presley estaba emocionada mientras corría hacia su casa desde el estudio. No había tenido demasiados masajes aquella semana. Las citas habían ido disminuyendo desde el día de la inauguración. Pero ya se lo esperaba, porque las personas que no eran verdaderos candidatos solían perder el interés. Los clientes que regresaban le dejaban buenas propinas, de modo que, en general, iba por buen camino. Bill Hunsacker, el propietario de la joyería, acababa de dejarle veinte dólares de más.

Mientras estaba intentando calcular mentalmente cuánto había ganado y decidiendo qué facturas pagaría con ese dinero, metió la llave en la cerradura y se dio cuenta de que la puerta no estaba cerrada.

Whiskey Creek era un lugar seguro, pero Alexa solo tenía catorce años. Presley no quería correr riesgos después de haber vivido en un barrio tan peligroso de Fresno.

–¡Eh! ¿Por qué está cerrada la puerta? –preguntó mientras entraba–. ¿Habéis salido a dar un paseo y os habéis olvidado de cerrar al volver?

La sillita estaba en el porche, donde normalmente la dejaba. Así que no habían salido. La televisión estaba encendida, pero Alexa y Wyatt no estaban en el cuarto de estar, y Alexa no contestó.

–¡Hola! ¡Lex, estoy en casa!

Se oyeron pasos en el pasillo. Presley dejó el bolso de lona sobre la mesita de la entrada, alzó la mirada... y se quedó helada. Aaron estaba en el pasillo, sosteniendo en brazos a su hijo.

–¿No deberías haber llegado hace diez minutos? –le preguntó secamente.

Wyatt tenía los pantalones bajados y el pañal torcido. Aunque Aaron estaba muy gracioso con aquella expresión de agobio tras su primer cambio de canal, Presley no se rio. No podía. El miedo se apoderó de ella, sellándole prácticamente la garganta.

¿Por qué estaba en su casa? ¿Y dónde estaba la cuidadora del niño?

–No he visto tu camioneta.

–Está ahí fuera, y es enorme.

–No estaba en el camino de la entrada.

–La he dejado en la calle de enfrente.

Asintió. Estaba tan concentrada haciendo cálculos que ni siquiera se había fijado.

–¿Dónde está Alexa?

–Su madre ha venido a buscarla hace una hora.

–Porque...

–Porque yo estaba aquí. He pensado que no nos necesitabas a los dos.

El hecho de que hubiera tomado aquella decisión por sí mismo indicaba que tenía buenas razones para preocuparse. Se le llenaron los ojos de lágrimas y pestañeó rápidamente, intentando reprimirlas, pero no pudo evitar que escaparan de sus ojos y cayeran rodando por sus mejillas.

–¿Por qué lloras? –le preguntó él.

A pesar del esfuerzo que estaba haciendo Presley por disimular la culpa y el miedo, aquellas lágrimas reforzaron las sospechas de Aaron. Y las sospechas le hicieron enfadarse todavía más. Y justificablemente.

Presley había descubierto una acusación velada en la voz de Aaron desde la primera vez que le había dirigido la palabra. Sabía por qué estaba allí. El miedo a aquel encuentro, y a sus posibles consecuencias, era sobrecogedor.

—Yo... no lo sé.
—¿De verdad?
—Aaron.
—¡Mamá!

Wyatt le echó los brazos a su madre e intentó ir con ella, pero Aaron no se lo permitió.

—¿Es verdad? —continuaba manteniendo a Wyatt fuera del alcance de su madre—. ¿Wyatt es hijo mío?

En muchas ocasiones, generalmente a última hora de la noche, Presley había imaginado aquel enfrentamiento. Pero jamás había imaginado un escenario que empezaba con ella tan llorosa y sin poder hablar.

Por un breve instante, estuvo a punto de continuar apoyándose en sus mentiras, de intentar mantenerlas, pero era inútil. Siempre había sabido que en cuanto Aaron comenzara a sospechar, el juego se acabaría. Lo único que tendría que hacer él sería pedir una prueba de paternidad. En cuestión de tres o cuatro semanas, el ADN resolvería las dudas.

—Estaba intentando hacerte un favor —su voz se había convertido en un susurro y tenía problemas hasta para respirar.

—¿Un favor? ¿Teniendo un hijo mío y fingiendo que era hijo de algún imbécil de Arizona que, supuestamente, te había utilizado durante un par de horas? ¿Eso era hacerme un favor?

Si Aaron hubiera sabido lo que había soportado Presley en Arizona, lo cerca que había estado de ser engullida por las arenas movedizas de la droga, quizá habría mostrado un mínimo de comprensión.

—No intenté quedarme embarazada a propósito, Aaron. No quería estar en esta situación.

—¿Entonces cómo ocurrió?

—¡No tengo ni idea! Cuando dejó de bajarme el periodo, me sorprendió tanto como a ti ahora. Siempre utilizábamos preservativos, así que, a lo mejor no eres el padre...

Si era capaz de crearle la duda, ¿se marcharía? ¿Por qué no? Él no tenía por qué abrir la caja de Pandora.

—¿Quién más podría ser?

Presley no tenía ningún candidato que ofrecer. Aaron conocía a todas las personas con las que Presley se había relacionado en la zona y si volvía a decir que era alguien de Arizona, no se lo creería. Además, era absurdo esperar que Aaron se conformara con que señalara a alguien sin exigir pruebas, y ella no podía ofrecerle ninguna. Cuando se había enterado de que estaba embarazada, habían pasado unos seis meses desde la última vez que había estado con otro hombre. Llena de pánico y desesperación, se había comportado terriblemente tras enterarse de su embarazo. Cuando analizaba el pasado, se daba cuenta que había sido para demostrar lo indeseable y despreciable que era. Pero eso no cambiaba en nada la paternidad de Wyatt.

—No sé su nombre.

Aaron dio un paso hacia ella.

—¿Y cuándo ocurrió?

—Eso tampoco puedo decírtelo.

Aaron soltó una maldición y se pasó la mano por el pelo.

—¿Entonces estabas embarazada antes de marcharte? ¿No es posible que te quedaras después? —al ver que Presley vacilaba, Aaron arqueó las cejas—. Estoy dispuesto a pedir una prueba de paternidad, así que será mejor que me digas la verdad.

Presley ya se lo había imaginado. Se secó las mejillas.

—En parte, esa es la razón por la que me fui. Pero si te ayuda en algo pensar que podría ser hijo de otro hombre, piénsalo.

—¿Ayudarme? —repitió Aaron—. ¿Cómo se supone que puede ayudarme si no es verdad?

–¡No importa que no sea verdad! Yo he asumido toda la responsabilidad. No te he pedido nunca nada ni pienso hacerlo. Así que, ¡márchate!

–¿Cómo me voy a ir? ¡La cuestión es que me has engañado!

–Sabía que no te haría ninguna gracia enterarte de la noticia –le espetó, suficientemente recuperada por fin como para replicar–. En todo momento, he intentado hacer lo que pensaba que era mejor para todos.

–¿Pensabas que lo mejor para mi hijo era crecer sin su padre? –parecía dolido y eso la sorprendió–. No soy perfecto, Presley, ¿pero de verdad soy tan malo?

–Podría haber abortado y, de hecho, estuve a punto de hacerlo. Si al final hubiera seguido adelante, no estaríamos teniendo esta conversación. Así que, ¿te parece peor el que lo haya mantenido en secreto? ¡Tú no habrías querido tener un hijo aunque te lo hubiera contado!

Wyatt ya había tenido más que suficiente. Comenzó a retorcerse y a protestar para escapar de Aaron.

Aaron le dejó en el suelo, pero cuando Presley se agachó para agarrarlo, Aaron la interceptó.

–No, de ningún modo. Déjale donde está.

–¿Por qué?

Aaron le tendió a Wyatt el bate.

–Porque no quiero que le abraces y me mires como si fuera una especie de ogro. ¡Tengo derecho a estar enfadado, maldita sea!

Wyatt se asomó a través de la pierna de Aaron como si, una vez liberado, no supiera si debería estar enfadado o no. No continuó llorando, pero le temblaba el labio mientras miraba alternativamente a los dos adultos.

–Tienes todo el derecho del mundo a estar enfadado –reconoció Presley–. ¿Pero qué opción tenía yo? ¿Debería habértelo dejado en la puerta? ¿Cuidarle yo misma pero pedirte que me pasaras una pensión para vestirle y darle de comer a pesar de que había sido yo la que había decidido tenerlo? ¿O debería haberle dado en adopción? Ya te he dicho que estuve a punto de abortar. Fui a una clínica de Arizona, ¿sabes? –se le quebró la voz cuando Wyatt consiguió rodear a Aaron.

Cuando llegó a ella, pareció muy complacido consigo mismo. Pero Presley no se atrevió a levantarle en brazos. Estaba demasiado ocupada luchando contra los intensos sentimientos que Wyatt y Aaron le evocaban.

Aaron la miró durante varios segundos.

–¿Qué te detuvo cuando ibas a abortar?

Aquel había sido el momento más difícil, pero también el punto de retorno, el momento en el que había decidido luchar por una vida mejor. Wyatt había sido su motivación. Y también había ayudado que fuera parte de Aaron, una parte que quería conservar. Pero no tenía motivo para profundizar en ello. Un hombre que nunca había estado enamorado no lo comprendería.

–No pude –respondió–. Y no sabes cuánto me alegro de no haberlo hecho.

Presley no supo si fue aquella declaración o el hecho de que estuviera de nuevo a punto de llorar, pero el caso fue que algo pareció quebrarse en la dura armadura de Aaron. Presley le sintió suavizarse. Tras suspirar, Aaron frunció el ceño y comenzó a andar.

–¡Podrías haberte puesto en contacto conmigo! Podrías habérmelo dicho. ¡Deberíamos haberlo decidido juntos! ¡Yo jamás te habría animado a abortar o a renunciar a él si tú no hubieras querido!

–¿Y qué me hubieras ofrecido? ¿Una paternidad compartida? ¿O me habrías enviado un cheque al mes?

–¡Habría hecho lo que hubiéramos acordado hacer!

Presley negó con la cabeza.

–Enfréntate a ello, Aaron. No estabas preparado para tener un hijo. Podrías haberme ayudado económicamente, pero no te habría hecho ninguna gracia verme llegar con una nueva responsabilidad. Entonces qué, ¿vas a enfadarte conmigo porque no quise cargarte con ese compromiso?

Aaron la miró disgustado.

–¡No tenías una bola de cristal! Deja de hablar como si supieras cómo habría reaccionado.

–No necesitaba una bola de cristal. Sabía lo que sentías por mí, lo cansado que estabas de tener una relación como la nuestra. Así que dejé que continuaras viviendo libremente. Yo quería tener a nuestro hijo aunque tú no quisieras. En ese momento, me pareció lo más justo.

–Ya estás diciendo otra vez que yo no lo habría querido. Pero no me diste oportunidad de decidirlo. ¡Por eso estoy enfadado! Por no hablar de que me has mentido descaradamente. ¡Preferiría no haber sabido la verdad!

Tenía razón, por supuesto. Había sido el miedo, más que ninguna otra cosa, el que la había llevado a hacer lo que había hecho. El miedo a que pudiera intentar asumir el control de la situación. ¿Qué pasaría si reclamaba la custodia del niño? Quizá no en aquel momento, pero sí más adelante. Teniendo en cuenta lo poco que le importaba ella, era una posibilidad muy real.

Se agachó para apartarle a Wyatt el pelo de la frente.

–¿Qué te ha hecho sospechar?

Aaron dio media vuelta en el extremo más alejado de la habitación y hundió las manos en los bolsillos, pero no protestó cuando Presley levantó al niño en brazos.

–La bocazas de la madre de Riley ha estado yéndose de la lengua por todo el pueblo.

–¿La señora Stinson? ¿Pero cómo...?

–Ha ido a la peluquería esta mañana y le ha dicho a todos los que estaban en Shearwood Forest que el niño era mi viva imagen.

¿Sería él capaz de ver el parecido? No había dado ninguna indicación ni en un sentido ni en otro. Demasiado cansada, tanto física como emocionalmente, como para continuar de pie con su hijo en brazos, Presley se sentó en su butaca favorita.

–¿Y con eso ha bastado?

–En cuanto he empezado a preguntarme... –se dejó caer en el sofá–. Sencillamente, lo he sabido.

El fatalismo que reflejaba su voz la hizo esbozar una mueca.

–Lo siento, Aaron.

Como no contestó, Presley comenzó a colocarle a Wyatt el pañal para que pudiera cumplir con su función. Intentar ajustar las tiras le dio algo en lo que pensar que no fuera el abrumador silencio de Aaron. Pero lo único que consiguió fue destrozar el pañal. Podría haber bromeado con Aaron sobre su incapacidad para cambiar adecuadamente a un bebé, pero dudaba de que pudiera sentarle bien en aquel momento. Por lo menos, lo había intentado.

–Y ahora que ya lo sabes, ¿qué piensas hacer?

Aaron alzó la mirada, que hasta entonces tenía clavada en la alfombra.

–¿Dylan estaba al tanto del secreto?

–No, él cree lo mismo que tú.

El recelo volvió a su mirada.

–¿Y Cheyenne?

Presley pensó en el favor que estaba a punto de hacerle Aaron a su hermana y rezó para que su respuesta fuera suficientemente creíble y no le hiciera cambiar de opinión.

–No se lo he dicho a nadie.

Aaron se levantó de un salto.

–¡Y una mierda!

Presley se sintió fatal al no ser capaz de defender mejor los intereses de Cheyenne, pero nada de lo que pudiera decir convencería a Aaron en aquel momento. Cheyenne y ella estaban demasiado unidas.

–Tienes razón. Pero... ella quería decírtelo. Me suplicó que te lo dijera.

–¿Antes o después de pedirme que fuera su donante de semen? ¿A ninguna de las dos le importaba que yo tuviera dos hijos? –se pasó la mano por la cara–. ¡Mierda! Para ser alguien que siempre ha tenido tanto cuidado con los métodos anticonceptivos, ahora resulta que voy dejando hijos por todas partes.

Wyatt comenzó a retorcerse en el regazo de Presley y fue a buscar el bate.

–No vas a tener dos hijos, Aaron –le corrigió–. Dylan y Cheyenne tendrán uno y yo tengo otro, que cuidaré con quienquiera que pueda llegar a casarme.

Aaron entrecerró los ojos y Presley decidió intentar convencerle y sacar la solución que había mantenido en la reserva, pensando que podría llegar aquel día.

–Podrías renunciar a los derechos de paternidad. De esa manera no tendrías ninguna responsabilidad sobre Wyatt. Ninguna.

–¡Oh, qué oferta tan tentadora!

Presley no esperaba aquel sarcasmo.

–Podrás mudarte, trasladarte y vivir la vida tal y como a ti te apetece. Podrás seguir siendo un hombre sin ninguna responsabilidad.

–He entendido lo que me estabas ofreciendo desde el primer momento.

–¿Entonces por qué estás tan enfadado?

–¿Crees que, ahora que sé que soy padre, podría hacer una cosa así?

El pulso de Presley, que se había acelerado en cuanto le había visto, volvió a dispararse. Aunque Aaron estaba un poco más tranquilo, aquello no estaba yendo como ella esperaba.

–¿Por qué no? –le preguntó–. Tú podrás tener tu propia familia más adelante, cuando estés preparado. Con solo una firma, ya no habrá nada que te ate al pasado, no tendrás nada de lo que preocuparte. Nadie podría reclamarte nada.

Se tensó un músculo en la mejilla de Aaron. Estaba luchando contra tantos sentimientos como ella.

–Mientras alguien como Riley críe a mi hijo.

–Quizá. O a lo mejor otro.

Presley tomó una profunda bocanada de aire y se levantó. Tenía que convencerle. Se sentía como si estuviera luchando por su vida y, en cierto modo, lo estaba haciendo. Estaba luchando por su vida tal y como la conocía, una vida en la que tenía la plena custodia y el control de su hijo.

–Tengo el formulario en el dormitorio. Iré a buscarlo.

Aaron no protestó, pero cuando regresó, la recibió con una sonrisa.

–¿Es casualidad que lo tengas en la mano?

Presley lo colocó delante de él y le tendió también un bolígrafo.

–He pensado muchas veces en decírtelo.

–Así que lo tenías todo preparado por si acaso.

–Wyatt lo significa todo para mí –dijo suavemente.

Como Aaron no respondió, ella presionó un poco más.

–Yo me ocuparé de él como es debido, Aaron. Te lo prometo. Tanto si me caso como si no, no tendrás que preocuparte de que vaya a pedirte ninguna clase de apoyo. Ya sabes cuánto estoy trabajando y todo lo que estoy haciendo para cambiar mi vida.

Aaron tiró el bolígrafo sobre el formulario, que dejó sin firmar.

–Sí, ya veo que quieres apartarme de mi hijo Y supongo que es algo que también tengo que agradecerte, ¿verdad?

–¡Era eso lo que tú querías!

Se iba. ¿Por qué? Presley no podía dejarle marchar. Tenía que tener alguna garantía, aunque fuera mínima, de que no iba a amenazar con arrebatarle a Wyatt.

—¿Aaron?

Mientras le seguía hasta la puerta, consiguió mantener las lágrimas a raya, pero le resultaba casi imposible no implorar que la comprendiera, que continuara tranquilamente con su vida como si Wyatt no existiera. Si hubiera sabido que serviría de algo, no habría dudado en recurrir a la súplica.

—¿Qué piensas hacer?

—¡Y yo qué sé!

Una vez en la puerta, se detuvo durante el tiempo suficiente como para mirar a Wyatt. Después, sacudió la cabeza y salió dando un portazo.

—¿Qué te pasa?

Cheyenne había advertido las lágrimas que empañaban su voz. Presley habría preferido hacer aquella llamada cuando se hubiera recuperado, pero no podía permitir que Aaron se presentara ante su hermana por sorpresa. Por lo que ella sabía, en ese mismo momento, debía estar dirigiéndose hacia su casa.

—¿Estás sola?

—No, pero espera un momento.

Presley oyó algo de movimiento y después el sonido de una puerta al cerrarse. Cuando su hermana volvió a hablar, había eco, como si se hubiera encerrado en el cuarto de baño.

—¿Qué ha pasado?

—Lo sabe.

—¿Quién? Desde luego, Dylan no. Parece que está perfectamente...

—¡Aaron!

—¡Lo de Wyatt! —hablaba entre susurros, pero aun así, elevó la voz.

Las lágrimas rodaban por las mejillas de Presley.

–Sí.

–¡No! ¿Y cómo se ha enterado? No se lo habrás dicho tú...

–Lo ha adivinado. Estaba esperándome en casa cuando he vuelto del trabajo.

Se produjo un silencio. Un silencio que se alargó durante varios segundos. Después, Cheyenne preguntó:

–¿Estás bien?

–Estoy destrozada.

–Y puedo comprender por qué. ¿Cómo se ha tomado la noticia?

–Más o menos como me esperaba –se sonó la nariz y se secó los ojos–. Está enfadado. Se siente engañado y traicionado por las dos.

Cheyenne dejó escapar un pequeño grito de alarma.

–¿Le has dicho que yo sabía lo de Wyatt?

–Le he dicho que no lo sabías, pero no se lo ha creído. Lo siento.

Cheyenne gimió.

–Sabía que esto no iba a salir bien. ¡Ahora Dylan se enterará de que he estado mintiéndole sobre Wyatt!

–Piensas mentirle sobre algo mucho más importante.

–Eso es por su propio bien. Esto no es igual. Es algo que he hecho por ti. Te he dado prioridad por encima de él.

Presley se derrumbó en el sofá. Wyatt estaba en el suelo jugando con sus bloques de construcción, pero también él notaba que pasaba algo. Se acercó a su madre para darle una palmadita en la pierna antes de volver a alejarse de ella.

–Ha sido un error volver a Whiskey Creek –se lamentó Presley–. Debería haber esperado. Pero no imaginé que pudiera suponer ninguna diferencia. Durante los dos años que estuve fuera, Aaron nunca intentó ponerse en contacto conmigo.

–En realidad... –Cheyenne se aclaró la garganta.

–¿Qué?

–Preguntó por ti… varias veces.

–¿Por qué no me lo dijiste?

–¿Por qué debería habértelo dicho? Lo estabas haciendo muy bien. No quería que minara tu resolución. Y podría haberlo intentado con más tesón. Si de verdad hubiera querido, te habría localizado.

Dolida por el hecho de que Cheyenne le hubiera ocultado aquella información, Presley se incorporó en el sofá. Aaron la había dejado escapar de su vida sin hacer nada para retenerla, y ese era un dolor al que había tenido que enfrentarse. Pero Presley habría apostado por continuar la relación si hubiera sabido que había mostrado algún interés en ella. A lo mejor, Cheyenne le había hecho un favor. Aaron la quería. Él mismo se lo había dicho. Pero nunca la había querido lo suficiente.

–En cualquier caso, pensé que se sentiría aliviado al haberse deshecho de mí, que jamás prestaría ninguna atención al hecho de que haya vuelto. Jamás se me habría ocurrido pensar que intentaría luchar por… por nuestra amistad.

–No pretendo ser brusca, Presley, pero creo que está aburrido de las mujeres con las que ha estado saliendo. Noelle no es precisamente una compañía agradable. Y tú has estado intentando alejarle de tu vida, así que te has convertido en un nuevo desafío para él.

Presley dejó caer la cabeza entre las manos. Ella misma se lo había dicho antes, pero…

–Eso no es muy halagador para ninguno de los dos. A él le hace parecer una persona superficial y a mí una loca enamorada.

Cheyenne no respondió inmediatamente.

–No debería haber dicho eso. Pero es que no quiero que vuelvan a hacerte daño.

Tampoco Presley quería que le hicieran daño. Apenas había sido capaz de salir del oscuro laberinto de los dos años anteriores y, definitivamente, no quería volver a emprender aquel viaje.

–Gracias, creo.

No creía que Cheyenne pudiera comprender realmente lo que sentía cuando estaba en los brazos de Aaron. Se sentía como si a Aaron le importara mucho más de lo que realmente lo hacía. ¿Pero qué sentido tenía insistir en que no era solamente un desafío para Aaron? Tenía que aceptar el hecho de que nunca iban a estar juntos.

Cheyenne desvió rápidamente la conversación hacia un territorio seguro.

–Todavía no entiendo cómo ha podido imaginarse lo de Wyatt.

–Lo único que ha hecho falta ha sido alguien que señalara el parecido –dijo–. Inmediatamente, ha saltado la liebre y, de repente, algo que jamás había pensado ni se había cuestionado le ha parecido obvio. He intentado convencerle de que estaba equivocado, pero le habría resultado muy fácil demostrar la verdad.

–¿Estaba dispuesto a pedir una prueba de paternidad?

–Eso es lo que ha dicho.

–No iría tan lejos a no ser que realmente quisiera saberlo.

–Aparentemente, está dispuesto a ello. Aaron puede tener muchos defectos, pero no tiene miedo a los desafíos.

–¿Eso significa que está dispuesto a formar parte de la vida de Wyatt?

–Supongo que sí. Le di la oportunidad de renunciar a los derechos de paternidad. Le dije que si firmaba, Wyatt y yo jamás volveríamos a molestarle.

–¿Y?

–No quiso firmar.

Presley esperó a que su hermana digiriera aquella información.

–¿Entonces cómo ha quedado la situación? –preguntó al cabo de unos segundos.

–Podemos decir que todo está en el aire.
–Espera un momento.

Por la inflexión que se produjo en la voz de su hermana, Presley comprendió que había ocurrido algo.

–¿Qué pasa?

–Está... Aaron está aquí –las siguientes palabras apenas fueron un susurro–. No le dirá nada a Dylan de la inseminación artificial, ¿verdad? ¿No intentará vengarse de esa manera?

–Aaron no es tan retorcido como para hacer algo así solo por venganza. Pero, incluso en el caso de que lo hiciera, todavía no te has inseminado, así que no creo que Dylan pudiera enfadarse mucho.

–Pero podría decirle a Dylan que no estoy embarazada.

Presley se levantó de un salto.

–¿Dylan cree que estás embarazada?

–Por eso he estado intentando hablar contigo –suspiró–. Pero ahora eso no importa. Tengo que colgar.

No hubo oportunidad de decir nada más. Su hermana ya había colgado el teléfono.

Capítulo 19

Mientras Aaron permanecía ante la puerta de Dylan, preguntándole a su hermano que si tenía un momento para hablar, pudo ver a Cheyenne asomándose tras él, cerca de la cocina. No era difícil darse cuenta de que estaba nerviosa. Pero él no podía decir ni hacer nada para aliviar su ansiedad. Aunque comprendía que la lealtad hacia su hermana era más fuerte que la que le debía a él, aquel no era un asunto menor. Estaban hablando de un hijo. Su hijo. Cheyenne le había ocultado la paternidad de Wyatt durante dos años. Y, para colmo, había tenido el valor de llamarle pidiéndole ayuda, de decirle que confiaba en él más que en ninguna otra persona. ¿Cómo esperaba que se sintiera?

¿Utilizado? Porque aquella palabra resumía muy bien sus sentimientos.

–Claro –dijo Dylan–, pasa.

Aaron sacudió la cabeza.

–Preferiría que fuéramos a dar una vuelta, si no te importa.

Dylan parpadeó con extrañeza. Aaron jamás le había pedido que saliera de casa para hablar. Normalmente, si tenían algún tema que comentar, lo resolvían en el trabajo o por teléfono. Pero no vaciló.

–Ahora mismo vuelvo –le dijo a Cheyenne.

En cuanto estuvieron los dos en la camioneta, le preguntó a su hermano:

—¿Qué te pasa?

Aaron puso el motor en marcha, condujo dos manzanas más allá y aparcó. No tenían por qué ir muy lejos. Lo único que necesitaban era unos minutos de privacidad.

—Acabo de salir de casa de Presley.

Dylan se esforzó en mantener una expresión neutral.

—Ya dejaste muy claro que pensabas hacer lo que quisieras en lo que a Presley se refería, así que no entiendo por qué me lo estás contando.

—Porque no he ido allí por el motivo que piensas.

—¿Entonces por qué has ido?

Aaron tomó aire.

—He ido allí para ver a mi hijo.

La máscara de tranquilidad del semblante de Dylan se quebró.

—¿Tu hijo? ¿Estás diciendo lo que creo que estás diciendo?

—Wyatt es hijo mío.

—¿Y no has hecho una maldita cosa para apoyarle, o para apoyar a Presley?

—Me he enterado hoy.

—Mierda —Dylan se frotó la frente—. ¿Estás seguro?

—Pediré una prueba de paternidad para asegurarme. Pero no es difícil de creer, ¿no te parece?

—Ahora que lo dices, no, pero ya habíamos hablado de esto antes, cuando supimos que estaba embarazada. Tú me dijiste que el niño no podía ser tuyo, que siempre que habías estado con ella habías utilizado preservativo.

—Y es cierto.

Hasta donde él sabía, siempre había funcionado, al menos hasta que habían vuelto a encontrarse.

—¿Entonces cómo...?

Aaron se encogió de hombros.

–Ningún método es completamente seguro. Tú también recibiste clases de educación sexual cuando estabas en el instituto. Y ni siquiera la píldora es cien por cien segura en todas las situaciones.

–Pero tú creías que ella...

–Completamente. Y teniendo en cuenta lo que pasó cuando se fue de aquí, lo que vosotros mismos habíais insinuado y lo que ella decía sobre el padre del niño, lo acepté sin cuestionarlo.

Dylan apagó la radio. Aaron ni siquiera se había dado cuenta de que estaba encendida.

–De acuerdo, pero Presley ha pasado por una situación muy difícil. Ha habido meses en los que solo comía pasta para que Wyatt pudiera tener todo lo que necesitaba. ¿Por qué iba a mentir si podría haber contado con tu ayuda? Tú siempre has tenido más dinero que ella.

Aaron negó con la cabeza.

–Eso es lo que no comprendo. Dice que me estaba haciendo un favor. Que, de todas maneras, yo no habría querido el niño. ¿Pero por qué no me dio la oportunidad de decidir eso a mí?

–En aquel momento, no estaba en una situación fácil.

Aunque era cierto, a Aaron le costaba reconocerlo. Estaba demasiado enfadado.

–A lo mejor pensó que ibas a ser una fuente de problemas –dijo Dylan–. Que tendría que ir a los tribunales para obligarte a hacerte cargo del niño.

Aaron se rascó la mejilla.

–Pero yo era tan responsable como ella del embarazo, ¿por qué no iba a estar dispuesto a hacer lo que me tocaba?

–¿Y ahora?

–Todavía estoy dispuesto. Pero ella no quiere aceptar mi ayuda. Lo único que quiere es que renuncie a mis derechos como padre.

Los ojos de Dylan reflejaron el momento en el que creyó comprender lo que había pasado. Pero no reaccionó tal y como Aaron habría esperado.

—¡Ah! Ahora lo entiendo.

—¿Qué es lo que entiendes?

—No es que tuviera miedo de que no quisieras a Wyatt, sino de que le quisieras.

—¿Qué?

—Sabía que la ayudarías, Aaron. A lo mejor, nadie más se dio cuenta, pero yo estaba viviendo contigo. Me acuerdo de cómo la cuidabas. Seguro que, en parte, esa es una de las razones por las que se enamoró de ti. Pero piensa en ello... un hombre dispuesto a participar económicamente en la crianza de un niño, es muy probable que insista en involucrarse también en la vida de ese niño.

—¿Y no es eso lo que se supone que tendría que hacer? —preguntó Aaron—. ¿No es eso lo mejor para el niño? ¿Por qué involucrarme en la vida del niño podría ser malo?

—Esa no es la cuestión. Tú siempre has tenido más recursos que ella. A lo mejor, dos años atrás, no estabas en la situación en la que te encuentras ahora, pero aun así, tenías una vida mucho más estable que la de Presley. Tenías un trabajo, una casa y una familia. La madre de Presley acababa de morir. Cheyenne, su única hermana, estaba pensando casarse. Y tú no querías mantener con ella la misma relación que ella quería mantener contigo. Cuando se fue de aquí, no tenía nada, ni siquiera una manera de ganarse la vida.

Aaron se frotó las sienes. Dylan acababa de describir una imagen dramática. Pero Aaron se había preguntado por Presley y por lo que había pasado en aquel momento de su vida muchas veces. Se había atormentado pensando en cómo la había tratado, había deseado que volviera para poder ser más amable con ella. Pero, de alguna manera, Presley había sido capaz de superar todo aquello. Y de superar también lo que sentía por él. Últimamente, ni siquiera quería relacionarse con él. ¿Qué opciones le quedaban después de haberse enterado de lo de Wyatt?

–¿Entonces qué tengo que hacer?

Dylan tardó un momento en contestar.

–Wyatt es un gran niño, Aaron. Yo me lo pensaría mucho antes de renunciar a él.

–Si no renuncio a él, Presley y yo tendremos que encontrar la manera de compartirlo. Y no creo que le haga mucha gracia.

–Ahora tiene miedo, pero encontraréis la manera de manejar la situación de una manera justa.

Aaron se movió incómodo en su asiento.

–Yo pensaba que querías que me alejara de ella.

Dylan se pasó la mano por la barbilla, frotando su incipiente barba.

–Eso era antes.

–Hace solo unos días, sentías una gran lealtad hacia ella.

–Y continúo siendo leal a ella. Es mi cuñada. Pero tú eres mi hermano. Supongo que esa es la razón por la que Cheyenne no me lo dijo.

–¿Entonces eres consciente de que ella lo ha sabido durante todo este tiempo? ¿Y no estás enfadado con ella?

–No. Me alegro de que no me haya puesto en la situación de tener que elegir. Supongo que sabía que te lo diría.

Aaron sonrió. Por supuesto, Dylan se lo habría dicho. Él siempre había velado por su interés.

–Admito que fue duro ayudarme a salir adelante. Y que todavía chocamos de vez en cuando. A veces, no sé ni de dónde me sale tanta rabia. Pero…

Quería decirle a su hermano que apreciaba todo lo que había hecho por él, que le quería. Jamás había sido capaz de expresarlo abiertamente. Y había habido muchas veces en las que ni siquiera se lo había demostrado. Y, sin embargo, Dylan había estado allí durante todo aquel tiempo, dispuesto a interponerse entre él y cualquier amenaza.

–¿Pero qué? –preguntó Dylan.

De alguna manera, las palabras parecían haberse quedado atascadas en la garganta de Aaron. No podía hablar sin derrumbarse, y, por supuesto, no estaba dispuesto a quebrarse. Tragó saliva, intentando dominar sus sentimientos antes de que los pusieran a ambos en una situación embarazosa. Pero en cuanto Dylan se dio cuenta de lo que estaba pasando, salió en su rescate.

–Tranquilo, lo sé –le dijo, y le dio un apretón en el hombro antes de salir.

–Volveré a casa andando.

Las lágrimas llegaron de todas formas, pero, por lo menos, estaba solo.

Cheyenne se movió nerviosa al oír que la puerta se abría y se cerraba. Dylan había vuelto, ¿pero estaría enfadado? Ella jamás le había ocultado nada, salvo la paternidad de Wyatt y, durante las últimas semanas, los planes de inseminación, así que no tenía la menor idea de cómo reaccionaría. Esperaba que no pensara que le había mentido por algún motivo extraño. O que no estaba enamorada de él.

–Lo siento, Dylan –le dijo en cuanto fue a buscarle al pasillo–. Lo siento mucho. Me enfadé contigo por no haberme dicho lo de la mujer de tu padre y ahora de pronto descubres que yo te he ocultado algo mucho más importante. Pero no sabía qué otra cosa hacer.

Dylan parecía más pensativo que enfadado, pero Cheyenne no le tocó. No estaba segura de cómo la recibiría. Sabiendo lo protector que era hacia sus hermanos, aquella podía ser su primera discusión seria. Había sido desleal, y para los hermanos Amos, la lealtad era más importante que el amor.

–¿Estás enfadado conmigo?

–No.

–¿Decepcionado? –preguntó con un gesto de dolor, porque para ella, sería incluso peor.

Dylan siempre la había hecho sentirse bien consigo misma, la aceptaba y la amaba tal y como era e hiciera lo que hiciera. Pero lo que había hecho podía hacer que perdiera algo muy preciado para Cheyenne.

–¿Crees que te traicioné al guardarle el secreto a Presley? –preguntó–. Yo te lo habría dicho, pero ella me suplicó que no lo hiciera. Y... yo no podía arriesgarme a que se echara todo a perder si Aaron lo descubría. No podía imaginarme cómo reaccionaría. Tú sabes cómo ha sido la vida de Presley. Y no solo eso, sino que la creí cuando me dijo que Aaron no querría al bebé. Tenía sentido teniendo en cuenta cómo estaba Aaron hace dos años, pero...

–¿Pero?

Cheyenne juntó las manos.

–A medida que iba pasando el tiempo e iba siendo consciente de que Aaron controlaba plenamente su vida, me resultaba más difícil mantener la boca cerrada. Así que he hecho algo que no está bien, pero tenía razones para ello. Lo he hecho por el bien de Presley. Espero que me creas. Es terrible sentirse tan desgarrada. He estado a punto de decírtelo millones de veces.

Siguió hablando sin parar, pero cuando terminó, Dylan estaba sonriendo.

–Shh –la tranquilizó y la atrajo hacia él–. No pasa nada.

Llena de alivio, Cheyenne le abrazó.

–¿De verdad, Dylan? ¿Lo comprendes? Porque tenía mucho miedo de cómo podrías reaccionar si te enterabas.

–¿Cómo vas a tener miedo de mí? –susurró Dylan contra su pelo.

–No de ti, sino de lo que podrías sentir hacia mí.

Dylan la apartó para mirarla a los ojos.

–Nada podría hacer que dejara de quererte.

–Pero sé lo que sientes por Aaron y por tus hermanos.

–Y esa es exactamente la razón por la que has hecho lo que debías. No me gustaría haberme visto en tu lugar, sabiendo la verdad y no pudiendo decírtela. Me has ahorrado el tener que estar en esa difícil posición, el tener que decidir si traiciono a uno o a otro.

Cheyenne apoyó la cabeza en su hombro y respiró aquella fragancia tan familiar y tranquilizadora.

–Así ha sido. No podía ser sincera con los dos, y me ha resultado muy difícil, porque yo también quiero mucho a Aaron.

Dylan le acarició delicadamente la espalda.

–Lo sé.

Cuando por fin podía pensar más allá de cómo podría haber afectado aquel secreto a su matrimonio, los pensamientos de Cheyenne giraron de nuevo hacia Aaron y las consecuencias que su reacción podría tener para su hermana y su sobrino.

–¿Cómo se ha tomado Aaron la noticia?

–Como cabría esperar, se siente engañado. Le llevará algún tiempo asimilar la situación.

–¿Pero tienes idea de si quiere formar parte o no de la vida de Wyatt?

–Todavía no.

–Si renuncia a sus derechos, Presley no le reclamará nunca nada.

–Creo que eso ella ya se lo ha dejado claro.

–¿Y?

–Ha sido un duro golpe.

Cheyenne le condujo al cuarto de estar para que pudieran sentarse.

–¿Qué significa eso?

–Ha herido sus sentimientos, Cheyenne. El hecho de que no haya querido casarse con Presley no significa que no le importe. La quiere, pero de una manera diferente. Y el que Presley rechace su participación en la vida de su hijo le duele. Parecía muy afectado.

–Lo siento. Soy consciente de que a pesar de toda su bravuconería, Aaron es un hombre muy sensible.

–Y particularmente sensible con esta cuestión porque, a todos los efectos, perdimos a nuestros padres siendo muy jóvenes. Él jamás abandonaría a un hijo suyo.

Un escalofrío recorrió la espalda de Cheyenne.

–Si no es capaz de querer a Presley, a lo mejor es preferible que el niño sea solo para ella.

–No estoy del todo convencido.

–¿No entiendes lo difícil que sería para Presley tener que ver regularmente a Aaron? Todavía está enamorada de él.

–Y lo siento mucho por ella, pero, en este momento, de quien tenemos que preocuparnos es de Wyatt. Si tiene un padre que está dispuesto a formar parte de su vida, se merece el poder disfrutarlo.

–En otras palabras, los adultos tendrán que arreglárselas como puedan.

–Exactamente.

–¿Y tú crees que Aaron querrá formar parte de la vida de su hijo?

–No conozco a mi hermano tan bien como pienso si de verdad está dispuesto a renunciar a su hijo.

–Tú le conoces bien –Cheyenne dejó escapar un largo suspiro–. ¡Pobre Presley! Espero que mi hermana sea capaz de enfrentarse a ello.

–Haré todo lo que pueda para ofrecerle a Presley el apoyo que necesita. A lo mejor, al final, esto resulta siendo lo mejor para todos.

Presley sonrió a pesar de su preocupación.

–No me puedo creer que me haya casado con un hombre tan sabio.

Dylan se inclinó para darle un beso en los labios.

–En algún momento tenía que llegar tu suerte.

Dylan estaba bromeando, pero ella hablaba en serio cuando respondió:

—Estaría dispuesta a pasar diez infancias como la mía si al final pudiera alcanzar la felicidad que he alcanzado contigo.

Dylan posó la mano en el vientre de su esposa.

—Ahora solo nos esperan cosas buenas.

Una renovada dosis de culpabilidad echó aquel momento a perder. Dylan se había tomado la noticia sobre la paternidad de Wyatt con mucha calma. Había comprendido el dilema al que ella se había enfrentado como solo él podía comprenderlo. Debería haber tenido más fe en él.

¿Y debería revelar el resto de sus mentiras? ¿Decirle que había ido al médico para que analizaran su semen? Podría explicarle que ya había investigado sobre las posibilidades de la inseminación artificial, ofrecérselo como una alternativa. Pero Presley le había dicho que no sabía si Aaron seguía dispuesto a ayudarla. No podría culparle si había cambiado de opinión.

A lo mejor Grady, Rod o Mack estarían dispuestos a ayudar si Dylan lo supiera y estuviera de acuerdo con ello...

Si se lo decía, tendría que admitir también que en realidad no estaba embarazada, pero ya no tenía más ganas de secretos.

—¿Dylan?

Acababa de llegarle al teléfono un mensaje de Grady y estaba leyéndolo.

—¿Qué pasa?

—¿Cancelaste la cita que tenías con el médico?

—Por supuesto, ¿por qué iba a mantenerla si ya estamos embarazados?

Cheyenne cerró los ojos.

—Yo solo... me lo preguntaba.

¿Cómo podía decirle lo que le tenía que decir? No era capaz de pensar en las palabras adecuadas.

Decidió lanzarse abiertamente, pero en cuanto terminó con el teléfono, Dylan la estrechó contra él.

–No sabes lo contento que estoy con el bebé –le dijo–. Es posible que nos esperen unos días muy difíciles con Aaron y con Presley, pero nosotros estamos disfrutando de un momento muy especial. Y cuando pienso en que hay un hijo mío creciendo dentro de ti, no hay nada que pueda afectarme.

Las palabras que Cheyenne estaba a punto de decir, la explicación sobre cómo, si él no podía ser padre biológico, podrían intentar otras opciones, quedaron atrapadas en su garganta. Intentó hablar de todas formas. Si pensaba decírselo, aquel era el momento. Una vez llevaran a cabo el procedimiento, en el improbable caso de que Aaron todavía estuviera dispuesto a participar, pasarían a un punto de no retorno.

Pero entonces él dijo.

–A lo mejor hemos sufrido unas infancias terribles, pero hemos conseguido salir adelante. Nos tenemos el uno al otro y pronto tendremos un hijo.

Después de aquello, Cheyenne no podía destrozar su felicidad.

–El futuro será todo lo que tú quieras que sea.

–¿Entonces qué piensa hacer Aaron? –Presley había llamado ya dos veces a Cheyenne, pero hasta la tercera llamada, su hermana no contestó.

–No lo sabemos, Presley, no se lo ha dicho a Dylan. Solo está intentando asimilarlo, ¿no es cierto, Dylan?

Presley se agarró con fuerza las piernas que tenía apoyadas contra el pecho mientras oía a Dylan murmurando algo de fondo. Después de dejar a Wyatt en la cama, se había sentado en el sofá y era incapaz de moverse. No había comido ni cenado, pero no tenía hambre. Necesitaba dormir, más que comer, aunque solo podría hacerlo si era capaz de relajarse. Y como no se atrevía a llamar a Aaron, pretendía que Cheyenne y Dylan la ayudaran a tranquilizarse.

–Déjame hablar con Dylan –le pidió a Cheyenne.

–Un segundo.

El teléfono cambió de manos y su cuñado se puso al otro lado del teléfono.

–No me extraña que ese niño sea tan guapo –bromeó Dylan–, tiene mi sangre.

Presley agradeció que no estuviera enfadado con ella. Cheyenne ya se lo había dicho, pero sentía que le debía una disculpa.

–Espero que no me odies, Dylan. Tendría que habértelo dicho, pero tenía miedo de que se lo contaras a Aaron.

–Es mi hermano.

–¿Entonces entiendes por qué pensé que lo mejor era mantenerlo en secreto?

–No sé si estoy de acuerdo en que sea lo mejor, pero tú no estabas en tu mejor momento emocional, y por eso lo entiendo.

–Pero estás diciendo que no lo apruebas.

–Siendo hombre, y viendo las cosas desde la perspectiva de un hombre, me temo que no puedo aprobarlo.

Presley se apretó las rodillas con más fuerza.

–¿Pero me puedes perdonar?

–Por supuesto.

–¿Está muy afectado? –le preguntó, pensando inmediatamente en Aaron–. Lo que quiero decir es... ¿será razonable, verdad?

–¿Me estás preguntando que si renunciará a su hijo? Porque lo dudo, y yo tampoco voy a animarle a que lo haga.

–Hace dos años, él no habría querido tener un hijo.

–Las cosas cambian. La gente cambia. Tanto tú como él lo habéis demostrado.

–Pero creo que deberíamos ser coherentes con lo que

ambos queríamos cuando tomé esa decisión. Y Aaron me decía muy a menudo que él no quería tener hijos.

–¿Y qué me dices de Wyatt? –replicó Dylan.

–¿Qué pasa con Wyatt? Yo me estoy ocupando de él. Y algún día le encontraré un buen padre.

–Wyatt ya tiene un padre, si permites que Aaron juegue ese papel en su vida.

Presley sintió que sus esperanzas se derrumbaban.

–Aaron no puede formar parte de mi vida. ¿Cómo voy a poder superar lo que siento por él? ¿Cómo voy a continuar con mi vida si él va a estar ahí, recordándomelo constantemente? ¿Y cómo puede beneficiar una situación así a Wyatt?

–Hay gente que se enfrenta continuamente a ese tipo de situaciones.

En ese caso, había gente más inteligente y más fuerte que ella. A lo mejor los genes estaban volviendo a interponerse en su camino una vez más.

–No se puede esperar gran cosa de una hija de Anita –dijo con amargura.

–No tienes por qué ser como tu madre si no quieres –replicó Dylan–. Tú tienes un pleno control sobre tu vida. Mira todo lo que has sido capaz de hacer en estos veinticuatro meses. Imagínate lo que serás capaz de hacer a medida que vaya pasando el tiempo.

Pero renunciar a Aaron había sido más difícil que renunciar a las drogas.

–¡Hemos vuelto a acostarnos desde que he vuelto! –estalló–. No había estado con nadie desde que estuve en Arizona. Pero cuando volví a Whiskey Creek, no fui capaz de aguantar ni una semana.

Dylan no respondió inmediatamente.

–¿Dylan?

Después de soltar una maldición, Dylan dijo:

–Jamás había visto a nadie tan dependiente de otra persona. Y no puedo evitar enfadarme con él.

–Él no pretende hacerme daño. Es solo que... no sé. Es como si sexualmente fuéramos adictos el uno al otro.

–En ese caso, Aaron tendrá que intentar reprimirse.

–Los dos tenemos que hacerlo. Yo he intentado mantenerme alejada de él, pero mi terco corazón no me lo permite.

–Sí, «terco» es la palabra indicada –respondió–. ¿Cheyenne sabe algo de lo vuestro?

–No.

–Bien. No se lo diré.

Presley oyó a Cheyenne quejándose de fondo.

–Será mi venganza –bromeó Dylan.

Presley no tenía ninguna gana de reír.

–Me gustaría que me dijeras cómo puedo superarlo.

–Lo único que tienes que hacer es tomar una decisión, hermanita. Tienes que exigir que cualquier hombre que esté contigo te entregue todo su corazón. Y si no lo hace, es que no se merece estar contigo.

–No creo que tenga tanta confianza en mí misma –admitió.

–El que está hablando ahora es tu pasado –replicó Dylan–. No le hagas caso. Ya te ha mentido antes. Tú te mereces a cualquier hombre.

Su hermana volvió a ponerse al teléfono.

–¿Qué le has dicho? –preguntó.

Se oyó un poco de alboroto, como si se estuvieran peleando por agarrar el teléfono. Pero Presley no les estaba prestando demasiada atención.

«Toma una decisión...».

De alguna manera, había permitido que todas sus dudas e inseguridades volvieran a apoderarse de ella. Había ocurrido de manera tan sutil y a tal velocidad que ni siquiera lo había notado.

–Tienes razón –dijo.

–¿Quién tiene razón? –preguntó Cheyenne.

—Dylan.
—¿Sobre qué?
Presley se levantó.
—Tengo posibilidad de elegir.
—No lo comprendo.
—Puedo elegir lo que estoy dispuesta a aceptar y lo que no.
A continuación, se oyó la voz de Dylan.
—Ahora lo has entendido —dijo.

Capítulo 20

–Después de haber estado esperando ansiosamente durante casi veinticuatro horas, el teléfono de Presley sonó a las siete cuarenta de la tarde siguiente y el identificador de llamadas mostró el número de Aaron. Presley no sabía cuándo iba a tener noticias suyas, pero había asumido que se pondría en contacto con ella en algún momento. Necesitaría un día o dos para asimilar el hecho de que era padre. Y, aparentemente, estaba ya dispuesto a hablar de la situación.

Ella prefería no abordar una cuestión tan delicada estando en el trabajo. En menos de diez minutos, tendría un cliente que esperaba recibir un largo masaje de una hora, así que no disponía de mucho tiempo. No sería muy profesional recibir a un cliente con los ojos rojos e hinchados. Y eso sería lo que pasaría si comenzaba a llorar durante la conversación con Aaron. Pero estaba tan ansiosa por conocer su destino y tenía tanto miedo de que cualquier error incrementara la hostilidad de Aaron que no pudo evitar contestar.

–¿Diga?

Al notar la cualidad quebradiza de su propia voz, se preguntó si Aaron estaría tan asustado como ella. Pero Aaron no dijo nada al respecto. De hecho, ni siquiera respondió.

–¿Diga? ¿Aaron?

–Sí, estoy aquí –contestó por fin en un tono duro y rotundo.

Presley se frotó los brazos. La voz de Aaron le había puesto de pronto la carne de gallina.

–¿Por qué no contestabas? ¿No me oías?

–Te oía perfectamente. Pero no estaba seguro de que quisiera mantener esta conversación.

–¿Todavía estás enfadado?

–¿No tengo derecho a estarlo?

–Claro que sí, pero... Hice lo que pensé que era lo mejor. Lo que pensaba que tú querías.

–Decidiste lo que tenías que hacer con nuestro hijo sin ni siquiera preguntármelo.

–En cuanto lo hubieras sabido, no habría habido vuelta atrás. ¡Te ahorré el tener que decidir! ¡Dejé que continuaras viviendo tu vida sin molestarte!

–¡Eso son tonterías! –le espetó–. No mantuviste lo de Wyatt en secreto por mi bien. Lo hiciste por ti.

Presley miró nerviosa hacia la puerta. No tenía tiempo, no podía permitir que aquella discusión estallara.

–Mira, lo siento, pero Wyatt ahora ya está aquí. Solo quiero que me digas lo que quieres hacer.

–¿Crees que puedo superar esto tan fácilmente? A lo mejor me resultaría más fácil si de verdad lo sintieras, pero no lo sientes. Lo único que lamentas es que lo haya averiguado. En realidad, no pensabas decírmelo.

¿Qué podía decir? En realidad, ya se lo esperaba. Algunos incluso dirían que se lo merecía. Pero estaba en una situación desesperada cuando se había enterado del embarazo, con su madre agonizando, ella misma dominada por su adicción y con la confianza por los suelos. Después de haber decidido tener a su hijo, le había parecido que solo había una manera de sobrevivir, y era marcharse definitivamente y comenzar de nuevo. Dudaba de que hubiera sido capaz de recuperarse si hubiera seguido en contacto con Aaron, aunque solo fuera para que él la ayudara con Wyatt. Era una tentación insuperable para ella.

—Probablemente no —le dijo.

—¡Y después te has acostado conmigo sabiendo que teníamos un hijo! —exclamó Aaron, dejando claro que aquello solo empeoraba las cosas—. Podría haberte vuelto a dejar embarazada.

—¿Te sorprende que de una relación sexual pueda salir un embarazo? Lo estás diciendo como si debiera eximirte de toda responsabilidad. «Ya tengo un hijo contigo, así que será mejor que te vayas». En primer lugar, ni siquiera recuerdo haberte invitado a mi casa. Todo ese encuentro fue un accidente, un desliz.

—Tú lo deseabas tanto como yo.

—Nos dejamos llevar por el deseo y por lo que sentíamos el uno por el otro en otro tiempo. Pero eso pertenece al pasado y no tiene nada que ver con esto.

—¿Y cómo puedo estar seguro? A lo mejor me mentiste cuando te hiciste la prueba del embarazo. No me dejaste entrar en ese maldito baño.

—¡Ya basta! Hablas como si estuviera intentando tener hijos tuyos. Lo de Wyatt fue un accidente, Aaron. Fue igual que lo del preservativo que se nos rompió hace poco. Me quedé embarazada a pesar de estar utilizando un método de control, y, desde luego, no he estado llamando a tu puerta pidiendo un nuevo embarazo desde entonces. ¿Tú crees que me ha resultado fácil tener un hijo sola? Sabes perfectamente cómo empecé, lo poco que tenía para sobrevivir.

—¡Tú tienes la culpa! —casi gritó Aaron—. No hubiera sido tan duro si hubiera podido ayudarte.

Presley bajó la voz.

—Tú me habrías dicho que abortara.

Aaron no lo negó.

—Y, a lo mejor, no era eso lo que yo quería oír —continuó ella–. A lo mejor, decidí que, puesto que era bastante probable que yo fuera la única que quería tener ese niño, debía responsabilizarme de él.

–¡Eso es lo que me da rabia! ¿Cómo sabes lo que habría hecho yo? No me diste la oportunidad de decidir por mí mismo.

–¿Y me equivoco al pensar que habría sido esa tu reacción? ¿Te habrías emocionado? ¿Me habrías dicho que estabas dispuesto a convertirte en padre?

–Probablemente, no te habría dicho que estaba emocionado, pero no estaba menos dispuesto que tú, y tú has conseguido controlar la situación. No te habría obligado a abortar, así que deja de hablar como si no hubiera tenido tus sentimientos en cuenta.

–¡Querías que saliera definitivamente de tu vida! La noche que murió mi madre, me dijiste que volviera a casa y me cerraste la puerta en las narices a pesar de que yo estaba llorando. ¿Crees que iba a decirte que estaba embarazada después de eso? ¡Pues claro que no! Habrías pensado que estaba intentando atraparte, o que quería obligarte a formar parte de mi vida. Así que decidí no convertirme en una deuda, en una obligación. ¿Es que no lo comprendes?

–Lo que entiendo es que, como sabías que no te quería, decidiste dejarme sin mi hijo.

Aquellas palabras la golpearon como un puñetazo. Ella siempre había intuido que los sentimientos de Aaron no eran recíprocos, pero jamás lo había explicitado con tanta franqueza. Aturdida por el hecho de que aquel reconocimiento todavía pudiera hacerle tanto daño, abrió la boca para refutar la acusación. Aquello no tenía nada que ver con la razón por la que había decidido marcharse y criar sola a su hijo.

Pero no habló. Acababa de pedirle a Aaron que fuera sincero. A lo mejor ella debería hacer lo mismo. Quizá no fuera aquella la razón por la que se había ido, ¿pero qué había ocurrido desde entonces? ¿Qué podía decir de su regreso a Whiskey Creek? Desde que tenía a Wyatt y le quería con tanta fuerza, no quería ser la única a la que Aaron no fuera capaz de amar. Y tampoco quería competir con alguien como Aaron, una persona tan carismática, por el amor de su hijo.

–No fue así como comenzó todo –respondió en voz baja–. Pero supongo que esa es la razón por la que continué manteniendo el secreto.

El hecho de que hubiera dejado de protestar tan repentinamente y hubiera reconocido que podía tener razón pareció quitar fuego al enfado de Aaron.

–Espera, lo siento –se disculpó–. No pretendía ser tan brusco.

Presley vio a su cliente aparcando en la acera y comprendió que tendría que encontrar la fortaleza mental necesaria para llevar acabo su trabajo. Y no iba a conseguirlo si continuaba hablando con Aaron.

–Claro que lo pretendías. Pero ahora tengo que colgar. Si quieres tener derecho de visita, lo tendrás. Cuando quieras quedarte con Wyatt algún fin de semana, ponme un mensaje. De momento, preferiría que nos comunicáramos de esa forma.

Aaron tiró el teléfono en el sofá, se reclinó contra los cojines del respaldo y cerró los ojos. No estaba seguro de lo que acababa de hacer, pero sabía que no era bueno. Se sentía enfermo por dentro, como si le hubieran entregado algo hermoso y lo hubiera aplastado contra el suelo. Presley siempre había tenido problemas de autoestima. Y, cuando por fin había conseguido empezar a quererse, él no pretendía hundirla haciendo parecer absurdo que pudiera quererla. A lo largo de la vida de Presley, ya había habido suficiente gente dispuesta a destrozarla. Él se había enorgullecido de ser diferente, de ser capaz de reconocer a la mujer que realmente era. Aquella era la razón por la que la había abordado en el Sexy Sadie's; y así era como había llegado a comprender que eran muchas las cosas dignas de admirar en ella. Le gustaba que fuera tan poco pretenciosa, lo mucho que agradecía cualquier gesto de amabilidad, lo flexible que era y lo fácil de complacer. Y también disfrutaba de su sentido del humor y su inteligencia. Entonces, ¿por qué había sido tan cortante con ella?

Porque estaba enfadado y frustrado y se había dejado llevar por el genio. Una vez más.

–¡Mierda!

–¿Qué te pasa?

Aaron abrió los ojos y vio que Grady había entrado.

–Nada.

–¿Es por lo que hablamos ayer? ¿Por lo de Wyatt?

Aaron le había acorralado a primera hora de la mañana en el taller para preguntarle si los rumores sobre Wyatt eran ciertos. Él todavía no lo había admitido. Después, había tenido noticias del resto de sus hermanos, que estaban sorprendidos, pero también emocionados. Dylan era el único que no le había dado demasiada importancia a su recién descubierta paternidad. Comprendía que necesitaba espacio para asimilar aquella bomba.

–Sí.

–¿Y no te deja verle?

No era eso. Presley le había ofrecido derechos de visita. Y le había pedido que le pusiera un mensaje de texto si quería ver a Wyatt. Pero aquello era tan irritante como todo lo demás. Presley acababa de dar otro paso de gigante para alejarse de él.

–Ya veremos. Voy a preguntarle que si puedo quedármelo mañana.

–¿Y crees que estará de acuerdo?

–¿Por qué no iba a estarlo? Mañana no trabajo. Y ella le

ha tenido durante dieciocho meses, así que supongo que debería tener la oportunidad de conocerle.

Grady se frotó las manos con entusiasmo.

–¡Eso significa que nosotros también vamos a conocerle! Estoy deseándolo. Dylan dice que es encantador.

–¿No le conoces?

–No, todavía no.

–Pues, definitivamente, es un encanto.

Su hermano dijo algo más, pero Aaron no le oyó y tampoco se detuvo para averiguar lo que era. Agarró las llaves del coche que había dejado en el mostrador y corrió a la camioneta con intención de dirigirse a casa de Presley. ¡Al diablo con los mensajes de texto! Vivían en el mismo pueblo.

No le abrieron la puerta cuando llamó, así que decidió probar en el estudio.

Presley estaba en medio de un masaje cuando entró. Había un papel en la puerta que decía que estaba dando un masaje y un reloj de papel debajo, indicando el momento en el que estaría disponible. *Las nueve*, leyó.

Miró el reloj. Tendría que esperar cuarenta y cinco minutos, pero no estaba dispuesto a marcharse. No quería perder aquella oportunidad. Era muy probable que después del trabajo, Presley fuera a buscar a Cheyenne que, seguramente, se habría quedado con Wyatt. Y una vez estuviera Presley en casa de su hermana, tendría que esperar todavía más para poder hablar en privado con ella. Así que se sentó en la zona de recepción hasta que oyó que la puerta se abría. Después, se levantó.

En cuanto Presley lo vio, se tensó. Parecía que había estado llorando y eso le hizo sentirse incluso peor.

–Tengo un cliente –susurró.

Lo decía como si tuviera miedo de que fuera a montarle una escena antes de que se quedaran a solas.

Esperando aliviar su ansiedad, Aaron asintió y se sentó

de nuevo. Y no pasó mucho tiempo antes de que Joe DeMarco, propietario de la gasolinera Gas-N-Go junto a su padre, apareciera. Aunque Aaron no le conocía mucho, se habían visto en numerosas ocasiones por el pueblo.

Joe le saludó antes de pagar a Presley. Después, le dio las gracias por el masaje y salió.

En cuanto se fue, Aaron intentó acercarse a ella otra vez.

–Lo siento –comenzó a decir–. No pretendía ser tan estúpido por teléfono.

Aaron intentó acercarla a él, tranquilizarla para poder aliviar el daño causado, pero ella se apartó bruscamente, como si lo que pretendiera fuera darle un puñetazo.

–No pasa nada –le dijo–. Como ya te dije, es probable que hubiera algo de verdad en lo que me dijiste. Nunca he sabido exactamente qué me hace hacer lo que hago. En cualquier caso, ya no puedo cambiar el pasado. Así que voy a concentrarme en construir el futuro.

–Y estás haciéndolo muy bien. Te admiro por todos los cambios que has hecho en tu vida.

Presley no pareció tomarse aquel cumplido como si fuera sincero. Por lo menos, no le dio las gracias. A lo mejor, pensaba que estaba intentando ser amable para compensar la brusquedad de su última conversación.

–Me queda un largo camino por recorrer, pero, por lo menos, ya he empezado. Hay que ir haciendo las cosas poco a poco, ¿verdad?

–Eso es lo que todo el mundo intenta.

–Bueno, volvamos de nuevo a Wyatt –le dijo Presley–. Haremos una prueba de paternidad. No me gustaría seguir adelante con esto sin pruebas, como supongo que te pasa a ti también. Pero después tendrás que tomar una decisión, así que, supongo que podrías ir pensando en ello. Al igual que la mayoría de los padres en esta situación, puedes elegir entre pagar la pensión del niño y visitarle de vez en cuando o renunciar a tus derechos como padre y no volver a saber nada de nosotros nunca más.

Aaron sintió que volvía a enfadarse.

–¿Todavía vas a seguir con eso?

–Sería una opción atractiva. Por supuesto, no puedo garantizarte que Wyatt no vaya a intentar ponerse en contacto contigo cuando sea mayor. Pero puedo dar algunos pasos para que eso sea improbable.

Aaron ya sabía que no tenía ningún interés en desaparecer de escena. Sin embargo, tenía curiosidad por lo que acababa de decir.

–¿Y esos pasos supondrían...?

–Tener cuidado con no revelar tu nombre ni ningún otro detalle sobre ti.

–¡Dios mío! –musitó.

Presley alzó la barbilla.

–Lo único que estoy diciendo es que depende de ti. Nunca he intentado forzarte a nada y tampoco voy a hacerlo ahora.

–Pero está muy claro lo que prefieres.

–Estoy intentando mirar hacia delante, intentando imaginar cómo sería el futuro cuando los dos seamos los padres de Wyatt. Si es que llegamos a serlo... –añadió.

A Aaron no le gustó lo que Presley acababa de decirle. Tampoco le gustaba que se mostrara tan distante. Su respuesta le había asustado. Le estaba demostrando que ya no tenía ningún poder sobre ella. Y Presley tenía a su hijo.

–Sé que has sido muy generosa con tu amor y tu amabilidad desde el principio, Presley. Tú siempre has sido así. También sé que no te quedaste embarazada a propósito. Me duele que hayas tenido que pasar tú sola por todo esto. Es posible que yo haya reaccionado movido por el sentimiento de culpabilidad, más que por ninguna otra cosa. Jamás debería haber dejado que nuestra relación acabara como acabó –suspiró–. Todo el mundo parece pensar que te estaba utilizando. Jamás fue esa mi intención, pero... a lo mejor lo estaba haciendo y me justificaba diciendo que te estaba dando lo que tú querías.

Presley rio sin alegría.

–Me estabas dando lo que yo quería. Sobre eso no hay ninguna duda.

Y, aun así, Presley ya no parecía tener ningún interés en él. De alguna manera, Aaron había dado por sentado que siempre que quisiera tenerla, la tendría.

–Hubo muchas cosas buenas en nuestra relación que, supongo, he dejado pasar.

–Es comprensible, al fin y al cabo, siempre te puse las cosas muy fáciles.

Presley era capaz de enfrentarse a la cruda verdad sin pestañear. Otro rasgo que Aaron admiraba de ella.

–Pero no debería haber sido tan indiferente durante aquellas últimas semanas –confesó–. Básicamente, decidí ignorar todo lo que estaba pasando con tu madre. Y después, cuando me enteré de que estabas embarazada, debería haberme cuestionado a mí mismo más de lo que lo hice. Si no hubiéramos tenido tanto cuidado siempre, supongo que lo habría hecho.

Presley unió las manos detrás de la espalda.

–Supongo que sabes, o, probablemente, te lo habrás imaginado a partir de lo poco que hayas oído a Dylan y Cheyenne sobre lo mal que lo pasé, que tuve algunos problemas con otros hombres después de marcharme, aunque en ningún momento hayas sabido los detalles –le exculpó, e, inmediatamente, esbozó una mueca, como si quisiera escapar de los recuerdos que acababa de evocar–. La diferencia fue únicamente de un mes, y supongo que no estabas tachando los días durante mi embarazo en un calendario.

–Los dos hemos cometido errores. Pero me gustaría que olvidáramos el pasado e intentáramos concentrarnos ahora en lo que es mejor para Wyatt. ¿Crees que podrás hacerlo?

Presley consiguió esbozar una sonrisa.

–Claro que sí. Entonces, ¿quieres que me entere de cómo pueden hacerte una prueba de paternidad?

–Ya lo averiguaré. Pero, aun así, estoy convencido de que Wyatt es hijo mío y quiero formar parte de su vida. Por muy tentadora que hayas intentado hacer sonar la posibilidad de que me quite de en medio, jamás le dejaría.

Por un instante, Presley se quedó como si acabara de pegarle un tiro. Después, pareció recuperarse, pero Aaron era consciente de que le estaba costando mantener el control.

–De acuerdo.

Y le molestaba que quisiera sacarlo de su vida para siempre. Él estaba intentando rectificar y hacer las cosas bien, y ella se comportaba como si acabaran de confirmarse sus peores temores.

–¿Para ti es una desilusión?

–Estoy segura de que podremos encontrar la manera de hacer las cosas de manera justa para los dos.

Eran palabras medidas y educadas, no tenían nada que ver con la mujer impulsiva y apasionada que Aaron había conocido, una mujer con los sentimientos siempre a flor de piel. Odiaba aquella transformación. Pero estaba decidido a no provocar ninguna discusión cuando por fin parecían estar llegando a una solución amistosa.

–Genial –dijo con un asentimiento de cabeza–. ¿Y crees que podríamos empezar dejando que me lleve a Wyatt durante unas horas? Mañana no trabajo y... me gustaría tener la oportunidad de que nos conozcamos un poco mejor.

Presley evitó su mirada.

–Sí, supongo que estaría bien.

–Si te preocupa dejarle conmigo, podríais venir los dos.

Esperaba que dijera que sí. Sabía que, de esa manera, sería mucho más divertido. Seguramente, se relajaría en cuanto comenzaran a pasar tiempo juntos y él podría recuperar de nuevo a su amiga.

Pero el timbre de la puerta sonó antes de que Presley pudiera contestar. Ambos se volvieron y vieron entrar a Riley.

Riley reparó inmediatamente en los ojos hinchados de Presley y corrió a su lado.

–¿Estás bien?

A Aaron volvieron a entrarle ganas de darle un puñetazo. Riley se estaba comportando como si él fuera una especie de matón, como si Presley necesitara su protección.

–Sí, estoy estupendamente –respondió–. Estamos... estamos intentando concretar algunos detalles. ¿Podrías esperarme en el coche? Solo tardaré un momento. Después te lo contaré todo.

–¿Estás segura? –preguntó Riley.

Y Aaron apenas pudo dominar las ganas de demostrarle lo poco que necesitaban su presencia.

Presley asintió.

–Sí, estoy segura.

Tras dirigirle una última mirada a Aaron, Riley salió.

Aaron dio un paso hacia Presley y bajó la voz.

–No puedes ir en serio con ese tipo.

–Déjalo, Aaron –respondió ella–. Creo que deberíamos decidir en este mismo instante que ninguno de los dos se entrometerá en la vida sentimental del otro.

–¿Vida sentimental? ¡No te estarás acostando con Riley!

–Aaron...

Aaron alzó la mano.

–Lo siento, tienes razón. Eso está fuera de lugar.

–Gracias.

–Entonces, ¿qué hacemos mañana?

–Puedes venir a buscar a Wyatt a las diez. Pero antes de que te lo lleves a ninguna parte, tendré que enseñarte a cambiarle los pañales.

–¿No vas a venir con nosotros?

–No.
Aaron frunció el ceño.
–¿Por qué no?
–Riley va a llevarme de picnic.
Aaron respiró por la nariz y dejó salir el aire por la boca.
–Muy bien. En ese caso, nos veremos mañana.
–Adiós.
Definitivamente, había llegado el momento de marcharse. Pero la situación era tan surrealista que no era capaz de mover los pies. Presley siempre había estado completamente entregada a él. Y cuando de pronto descubría que era la madre de su hijo y que iban a tener que seguir tratándose el uno al otro durante dos décadas por lo menos, estaba decidida a evitar que él le gustara siquiera.
–¿Adónde vas con Riley esta noche? –le preguntó.
–A cenar.
¿Y después, qué?
Sabía que era mejor no preguntarlo.

Capítulo 21

–¿Así que es verdad? –preguntó Riley–. Wyatt es hijo de Aaron.

Presley se obligó a tragar la ensalada que tenía en la boca. No tenía hambre. Había perdido el apetito desde que Aaron se había enfrentado a ella en el estudio. Pero Riley le había pedido a Cheyenne que se quedara una hora más con Wyatt para poder llevar a Presley a cenar y Cheyenne se había ofrecido encantada.

–Sí.

A juzgar por el rictus de su boca, a Riley no le hizo ninguna gracia la noticia. Y Presley comprendía por qué. Aaron continuaría formando parte de su vida y de la vida de cualquier hombre con el que se relacionara, sobre todo si el hombre en cuestión se convertía en una presencia permanente.

–¿Por qué no se lo dijiste cuando supiste que estabas embarazada? –le preguntó–. ¿No le creías capaz de ser un buen padre?

–Fui yo la que decidió tener el bebé y pensé que debería asumir la responsabilidad de criarle.

Se metió otro pedazo de lechuga en la boca. Habían estado manteniendo una conversación intrascendente hasta que les habían llevado la comida, evitando cuidadosamente el tema de Aaron, pero, al parecer, la parte más agradable de la conversación había terminado. Y Presley lo lamentaba. Después de la angustia y la preocupación que había experimentado desde que Aaron se había enterado de que era el padre de Wyatt, necesitaba relajarse. Pero iba a ser imposible. Se había corrido el rumor y todos los que la conocían tendrían una opinión al respecto, además de muchas preguntas.

Riley había pedido una hamburguesa con patatas fritas. Se limpió la boca con la servilleta.

–Hacen falta dos para engendrar un hijo, Presley.

Todo el mundo le decía lo mismo. Pero nadie comprendía los matices de su relación. La gratitud que le debía a Aaron por haberle ofrecido su amistad. Por haberse convertido en alguien tan valioso para ella que se había aferrado a él durante los años de soledad. Por la atención que le había prestado, por la diversión. Incluso por haber satisfecho sus necesidades sexuales de una forma tan experta y satisfactoria.

–Es difícil de explicar, pero lo del embarazo fue más culpa mía que suya.

Aquella lamentable explicación provocó otra mueca.

–Lo dices como si hubieras intentado quedarte embarazada.

–Puedes estar seguro de que no lo intenté –respondió con pesar–. No estaba en condiciones de criar un hijo y me aterraba fracasar como madre –al igual que había fracasado Anita–. Lo que quiero decir es que... sabía que Aaron no estaba enamorado de mí y, aun así, continuaba viéndole y acostándome con él. Supongo que podría decirse que me merecía lo que me pasó.

–Son muchas las personas que tienen relaciones asimétricas. Pero eso no libera a la parte más desinteresada de toda responsabilidad.

Presley no creía que ninguna de las relaciones a las que Riley se refería hubiera sido tan asimétrica como la suya.

–¿Eso fue lo que te pasó con la madre de Jacob?

Aquel tema debía de ser tan incómodo para Riley como lo era para Presley el de Aaron. Pero Riley no se mostró reacio a hablar sobre ello. A lo mejor ya esperaba que, en algún momento, Presley le preguntara por su propio pasado.

–Al principio, no. Phoenix era... diferente. Tenía un lado oscuro, algo que no había visto en ninguna de las chicas con las que había salido hasta entonces. Mis amigos pensaban que era una locura que me sintiera atraído por ella. No la entendían. Pero a mí me parecía una mujer misteriosa, intrigante.

De pronto, el hecho de que Riley, que siempre había sido una persona tan convencional, pudiera estar interesado en salir con alguien con un pasado difícil, no le parecía tan anormal.

–¿Como yo?

–A veces me recuerdas a ella. Un poco.

Presley añadió más aderezo a la ensalada.

–¿Cuánto tiempo estuvisteis juntos?

–Unos tres meses.

–No es mucho tiempo.

–No. Y, aun así, la relación avanzó a gran velocidad, teniendo en cuenta que los dos éramos vírgenes cuando empezamos a salir.

Presley, que estaba a punto de beber un sorbo de agua en aquel momento, dejó el vaso en la mesa.

–¿Dejaste embarazada a la primera mujer con la que te acostaste? ¿Cómo se puede tener tan mala suerte?

Riley, que en aquel momento estaba masticando, se limitó a dirigirle una sonrisa irónica.

–¡Erais demasiado jóvenes! –exclamó Presley.

–Jóvenes y estúpidos –añadió Aaron cuando pudo hablar.

–¿Y fue la noticia del embarazo la que se interpuso entre vosotros? ¿Pensaste que tener un hijo podría suponer demasiada presión para vuestra relación?

–No fue exactamente eso. Yo no supe que ella estaba embarazada hasta después del... del incidente.

El incidente. Se refería a que Phoenix había arrollado a la siguiente novia de Riley con el coche de su madre. Pero Presley comprendía que no quisiera nombrarlo. La muerte de Lori Mansfield había sido trágica, terrible. Todavía quedaba en el pueblo el triste eco de lo ocurrido. La familia de Lori no estaba dispuesta a permitir que nadie lo olvidara. Cada año celebraban una vigilia con velas el día del aniversario de su muerte, y cada vez que Phoenix era candidata a salir en libertad condicional, reunían a toda la gente que podían antes de que la libertad se hiciera efectiva para luchar en contra de su liberación. Presley había leído artículos sobre el caso en la *Gold Country Gazette*, un periódico que había seguido religiosamente desde que se había ido del pueblo. Aparte de Cheyenne, aquel periódico era su único vínculo con su hogar.

–¿Entonces por qué rompiste con ella?

–Era una relación demasiado intensa para un adolescente de diecisiete años. Necesitaba estar con ella las veinticuatro horas del día. Mis notas y mis marcas deportivas estaban comenzando a verse afectadas y mis padres estaban aterrados. No querían que me casara en cuanto saliera del instituto, así que me dijeron que no podía tener una novia formal, que necesitaba salir con otras chicas.

Presley abrió los ojos como platos.

–¿Y les hiciste caso?

Riley se encogió de hombros.

–Sabía que tenían razón, que no podía continuar encerrado en una relación que no podría hacernos felices a no ser que fuéramos capaces de poner alguna distancia entre nosotros. Nos conocimos en el momento equivocado.

–Y supongo que tus padres no querían que te casaras con ella. Cheyenne y yo no somos las únicas que proceden de una familia pobre y desestructurada.

–Puede que sea injusto, pero es cierto –admitió Riley–. Intentaban decirme que no pretendían juzgarla. Y continúan diciéndolo. Según ellos, solo eran «realistas». Pero estoy convencido de que la situación y la familia de Phoenix jugaron un papel importante. No sé si te acuerdas de ella, pero su madre era casi tan terrible como la tuya.

–Sí, me acuerdo.

En cierto modo, Lizzie Fuller era peor que Anita. Si bien Anita había sido una mujer egoísta y negligente, y a menudo traspasaba las fronteras de la ley, sobre todo en lo referente a las drogas y la prostitución, la madre de Phoenix era una enferma mental y maltrataba físicamente a su hija. Sinceramente, Presley no podía decir que hubiera tenido una infancia más difícil que la suya.

–Los servicios sociales siempre estaban apareciendo por su casa –musitó Riley.

Por lo que Presley podía recordar, los Fuller vivían en una caravana aparcada en una zona llena de suciedad a varios kilómetros del pueblo.

–¿Dónde está ahora su madre? –le preguntó a Riley.

–En el mismo lugar.

–¿Y sus hijos?

–¿Quién sabe? Por lo que yo sé, ya no viven aquí y nunca vienen a visitarla.

–He oído hablar de ellos, pero creo que nunca llegué a conocerlos.

–Porque Cheyenne y tú vinisteis aquí cuando ellos se fueron. Los tres se fueron de casa en cuanto cumplieron dieciséis años. Uno de ellos incluso llegó a emanciparse a esa edad. Los otros dos, se fugaron. Y ahora Lizzie vive sola y, básicamente, encerrada.

Presley bebió otro sorbo de agua.

–Eso explica por qué no la he visto por el pueblo.

–No se mueve con facilidad. Pesa más de ciento cincuenta kilos.

–Lo siento por Phoenix.

Presley no estaba segura de si debía expresar aquellos sentimientos. Sabía que no era políticamente correcto decir que compadecía a una asesina. Pero era cierto. Su propio pasado la movía a la compasión. Ella también se había equivocado muchas veces. No había nada que justificara el arrebatar una vida, pero un corazón roto, los celos, el miedo y las obsesiones eran emociones muy intensas que podían conducir a tomar decisiones pésimas. Al girar el volante de un coche en la dirección equivocada a los diecisiete años, Phoenix se había llevado por delante dos vidas, porque tampoco ella había vuelto a ser nunca la misma ni había tenido las mismas perspectivas de futuro.

Afortunadamente, Riley no se sintió ofendido.

–En cierto modo, yo también –le dijo–. La chica a la que yo conocía jamás le habría hecho ningún daño a nadie. Era una chica dura, una mujer con mucha fuerza, y eso formaba parte de su atractivo. Pero no era mala.

Presley comió un poco más de ensalada y apartó el plato. Aquello era mucho más interesante que hablar de sus problemas. Y también le permitía acceder a una parte de Riley que no había conocido hasta entonces.

–¿Por qué lo hizo? ¿Qué pudo pasar por su mente antes de hacer una cosa así?

–Tenía diecisiete años, estaba embarazada y no se atrevía a decírselo a nadie. Yo era el primer chico del que se había enamorado, y el primer chico que se había enamorado de ella. Y la dejé... de un día para otro –apretó los dientes y fijó la mirada en el plato–. Supongo que podría decirse que era el peor escenario posible.

–Es desgarrador.

Riley se metió una patata frita en la boca.

–Lo que me parece increíble es que ahora mismo, Jacob tiene prácticamente los mismos años que teníamos nosotros cuando todo esto ocurrió. Yo era demasiado joven. O, por lo menos, eso es lo que intento decirme. Pero, aun así, podría haber manejado mejor la situación. No hay un solo día en el que no desee haberlo hecho.

−Lo dices como si, en parte, te sintieras responsable.

−Así lo siento. Y no creo que haya manera de escapar a eso. No dejo de preguntarme si, en el caso de que yo hubiera sido más sensato, más amable, y hubiera estado dispuesto a conservar mi amistad con Phoenix, Lori seguiría viva.

−A posteriori, siempre sabemos lo que deberíamos haber hecho.

−Pronto saldrá de prisión.

−Pero los padres de Lori...

−No pueden mantenerla eternamente encarcelada. Fue un asesinato en segundo grado, no fue hecho con premeditación. Y, aunque intentaron enjuiciarla como a una adulta, solo tenía diecisiete años. Perdió la oportunidad de criar a su hijo, casi dieciséis años de vida y los amigos que tenía aquí.

Presley le miró con atención.

−No estoy segura de si estás diciendo que se merece una segunda oportunidad o que no.

−Phoenix ya ha pagado un precio muy alto por lo que hizo. Lo único que espero es que no vuelva aquí.

−¿Y adónde podría ir?

−Ese es el problema. Que no tiene ningún otro lugar al que ir.

A pesar de saber que no le convenían, Presley probó una de las patatas.

−¿Has tenido alguna noticia de ella durante todo este tiempo?

−Le envía a Jacob cartas y el poco dinero que consigue trabajando a diez céntimos la hora o lo que quiera que le paguen en la lavandería.

−¿Y no necesitará ella ese dinero cuando salga?

−Estoy seguro de que le vendría bien. Pero quiere poder darle algo a su hijo.

–¿Y Jacob contesta a sus cartas?

Riley no contestó; se quedó mirando el café con expresión pensativa.

–¿Riley?

–Nunca le he entregado sus cartas y el dinero que le manda, lo he ido ahorrando para cuando vaya a la universidad, aunque no puedo decir que sea mucho.

–¿Y por qué?

–No me atrevo a alimentar una relación entre ellos –parecía atormentado por aquella decisión, pero, al mismo tiempo, comprometido con ella–. Siendo Lizzie tal como es y teniendo en cuenta todo lo que ha tenido que pasar ella misma, Phoenix no puede ser una persona normal.

Pero Presley tampoco era «normal». ¿Acaso no se daba cuenta?

–Jacob tendrá que enfrentarse en algún momento a ella, Riley. Tú mismo has dicho que los padres de Lori no pueden mantenerla eternamente en prisión.

–Ella cree que saldrá este verano.

–Pero aunque la suelten, también es posible que no quiera volver a un pueblo en el que la odian, ni vivir con su madre, cuando estaría mucho mejor sin ella, ¿no crees?

–Como ya te he dicho, no tiene ningún otro lugar al que ir. E insiste en que lo único que quiere es conocer a Jacob.

–¿Tiene algún interés en volver a verte a ti?

–No.

–¿Cómo puedes estar seguro? A veces, las obsesiones se agudizan en vez de desaparecer. Y supongo que, estando en prisión, uno no tiene muchas cosas en las que pensar.

–Nunca ha dicho nada que me lleve a creer que todavía siente algo por mí. Las cartas están dirigidas exclusivamente a Jacob.

–Supongo que te pone nervioso pensar en el día en el que saldrá liberada.

Riley suspiró.

—Sí, admito que estoy preocupado.

Llegó en aquel momento la camarera para llevarse los platos. Presley pidió un café y Riley tarta de plátano y otra copa.

—Supongo que todos tenemos problemas —comentó Presley con una risa.

Riley se reclinó en la silla y estiró las piernas.

—¿Y qué piensas hacer tú con Aaron?

Después de que Riley hubiera confiado en ella, a Presley le resultaba más cómodo hablar de su propia situación.

—¿Qué puedo hacer? Es el padre biológico de Wyatt. Tiene derechos.

—Y también obligaciones.

—Estoy segura de que, en el aspecto económico, será justo, si es a eso a lo que te refieres. Aaron siempre ha sido muy generoso con el dinero.

Riley pareció estudiarla con atención.

—En ese caso, a lo mejor es una suerte que se haya descubierto la verdad.

—Sí, la verdad es que saber que cuento con ayuda económica me tranquiliza —contestó—. ¿Pero ver a Aaron continuamente?—. Es una pena que no todo consista en eso.

—¿Tienes miedo de que te complique las cosas en otro sentido?

—En realidad, no estoy particularmente preocupada por Aaron —él podía ser muy terco, pero no podía hablar mal de él, y menos delante de Riley. Le parecía desleal—. Cuando se case, tendré que tratar también con otra mujer, una mujer a la que ni siquiera conozco. ¿Y qué pasará si los dos deciden que no estoy haciendo las cosas tal y como debería? ¿O si creen que Wyatt estaría mejor viviendo con ellos? —alisó la servilleta que tenía en el regazo—. En ese caso, podrían complicarse las cosas, sobre todo teniendo en cuenta que Aaron probablemente tendrá una situación económica mejor que la mía. Así que no sé. Eso es lo que me asusta, el no poder controlar la situación, los posibles conflictos...

−Las cosas podrían volverse a tu favor en el caso de que fueras tú la que se casara. Quizá seas tú la que tiene al final un mayor apoyo y una mejor situación económica.

Presley asintió y dejó pasar el tema. Ya le depararía el futuro lo que fuera: no quería más problemas. Pero aunque no encontrara un marido, dudaba de que alguna vez quisiera enfrentarse a Aaron.

Lo único que esperaba era que él no la obligara a ponerse en esa situación.

Sabiendo que Presley estaba fuera con Riley, a Aaron le estaba costando una eternidad quedarse dormido. Así que no le hizo ninguna gracia recibir una llamada de Cheyenne.

−Ya son más de las doce −gruñó cuando oyó su voz.

Sabía que era tan tarde porque había estado mirando la hora cada poco tiempo, intentando resistir las ganas de conducir hasta casa de Presley.

−Lo siento. He tenido que esperar a que Dylan se quedara dormido para poder levantarme. ¿Puedes quedar conmigo en el cementerio?

−¿En el cementerio? ¿No te parece un poco macabro a estas horas de la noche? ¿Qué te pasa?

−Solo quería hablar contigo.

Normalmente, Aaron evitaba el cementerio. Su madre estaba enterrada allí y él prefería no revisitar el pasado.

−¿Sobre la inseminación?

−Y sobre algunas otras cosas, ¿puedes venir?

Aaron tomó aire y se frotó la cara, intentando despejarse.

−Muy bien, estaré allí dentro de quince minutos.

Colgó sin despedirse y Aaron dio media vuelta en la cama para levantarse y vestirse.

Para cuando agarró las llaves de la camioneta, ya casi se sentía de nuevo humano. Solo esperaba que Cheyenne no tuviera más sorpresas para él. Con haber aceptado convertirse en el padre de su hijo para después enterarse de que ya era el padre del hijo de Presley ya había tenido suficientes emociones.

Salió de casa, deseando sentir el frescor de la brisa. Pero el viento soplaba con fuerza y llovía. Frunció el ceño mirando hacia el cielo mientras ponía la camioneta en marcha. Lo inestable del viento y las nubes oscuras que cubrían la luna harían más escalofriante la visita al cementerio. ¡Menudo lugar para quedar!

Sin embargo, estaba cerca de casa de Cheyenne y allí encontrarían la privacidad que buscaban.

Cheyenne ya estaba esperándole cuando llegó. La vio sentada en un banco, bajo un viejo roble situado no muy lejos del lugar en el que Anita estaba enterrada. Aaron se preguntó qué sentiría por ella después de todo lo pasado. Cheyenne apenas hablaba de ella.

Cuando, en una ocasión le había preguntado, le había contestado que era un tema complicado y Dylan le había dirigido una mirada que sugería que era mejor no presionar.

–¿No te da miedo estar sentada aquí sola? –le preguntó cuando se acercó–. A muchas personas les aterraría venir a estas horas.

–A mí me da tranquilidad –respondió, encogiéndose de hombros.

Aaron se sintió entonces ligeramente avergonzado por el hecho de que a él no le gustara.

–Anita me ató en una ocasión a este árbol como castigo por llegar tarde a casa –le explicó Cheyenne–. Me hizo pasar aquí toda la noche, hasta que los padres de Eve me rescataron a la mañana siguiente. Al principio, estaba muerta de miedo, pero aquellas horas me obligaron a reconciliarme con este lugar, a darme cuenta de que aquí no hay nada que pueda hacerme daño.

Cuando estuvo a su lado, Aaron se dio cuenta de que estaba más cerca de la tumba de la pequeña Mary que de la de Anita. Aquella niña de seis años había vivido siglos atrás en la casa de estilo victoriano que estaba junto al cementerio, la misma que se había convertido en el hostal de Eve Harmon en el que trabajaban tanto Eve como Cheyenne. Mary fue asesinada en el sótano de aquella casa en 1800, no mucho después de que se fundara Whiskey Creek. No se había descubierto nunca al asesino y se decía que, desde entonces, podía verse allí el fantasma de la niña.

–Jamás dejarán de sorprenderme las historias que me cuentan sobre la mujer que os crio a Presley y a ti.

Cheyenne se bajó las mangas de la sudadera cuando un golpe de viento le revolvió el pelo.

–Supongo que no te parece una madre muy normal.

–No –respondió, y se sentó a su lado–. Dime, ¿por qué estamos aquí?

Cheyenne le miró a la cara, pero desvió rápidamente la mirada.

–En primer lugar, quería pedirte disculpas. Ayer por la noche, cuando viniste a hablar con Dylan, no tuve oportunidad de hacerlo.

–¿Por haberle guardado el secreto a Presley?

–Entiendes por qué lo hice, ¿verdad? –preguntó Cheyenne en tono implorante.

Aaron se inclinó hacia delante y apoyó las manos en las rodillas, evitando mirar hacia la tumba de su madre.

–Más o menos.

–Me sentí fatal desde el primer momento, Aaron. Pero Wyatt era lo único que tenía mi hermana, lo único que la mantenía alejada de las drogas y la ayudaba a continuar en la dirección correcta. Supongo que te acuerdas de cómo se fue de aquí hace dos años.

–Claro que me acuerdo.

–¿Le has preguntado dónde estuvo durante aquellos días en los que... no podíamos encontrarla?

–¿No estuvo en Arizona?

–Sí, pero cuando por fin me llamó, estaba en una clínica abortiva. Me ahorraré toda esa parte. Y también todo lo relativo al tipo que la había llevado hasta allí y que pensaba llevársela a casa después. Deberías haber visto lo que le hizo, los cortes, los moratones...

Aaron ni siquiera quería pensar en ello.

–Decidir tener ese hijo fue lo que la motivó para cambiar su vida –continuó Cheyenne–. Eso es fácil de decir, por supuesto. Pero si yo no hubiera ido a esa clínica, si no hubiera visto lo cerca que había estado de perder a mi hermana para siempre, jamás habría estado de acuerdo con ocultar tu paternidad. Sé que no puedo esperar que me creas, pero es la verdad, Aaron. Ni siquiera se lo conté a Dylan, y tú sabes lo mucho que le quiero.

Aaron dejó que las manos colgaran entre sus piernas.

–No hacía falta que me hicieras venir en medio de la noche para decirme eso. Y siento que Presley lo haya pasado tan mal. Incluso admito que, en parte, me siento culpable.

–Ella no te culpa.

–Lo sé.

Presley siempre estaba dispuesta a perdonar. Y jamás le había culpado de nada. Nunca había esperado nada de él. Sencillamente, le había amado.

Cheyenne buscó en el bolso y sacó una fotografía de Wyatt.

–Te he traído esto. Presley probablemente te dará alguna y, a partir de ahora, podrás hacerle tú mismo fotografías, pero he pensado que te gustaría tener una mientras estás intentando tomar una decisión.

Aaron, al que todavía le costaba creer que fuera el padre de Wyatt, fijó la mirada en aquel pequeño con aspecto de querubín. Cuando al final la desvió, alzó la cabeza y miró a Cheyenne a los ojos.

–No comprendo por qué me das esto ahora si lo que querías era que renunciara a él.

Cheyenne le pasó los brazos por los hombros y apoyó la cabeza en su hombro.

–Estoy segura de que le vendría muy bien tener un padre. Y también de que tú podrías serlo.

Aaron sintió una oleada de esperanza, pero no pudo dejar de recordar lo que Presley había dejado tan claro.

–No creo que tu hermana quiera animarme a ello. Tengo la impresión de que está esperando que renuncie a Wyatt.

–Es posible, pero espero que sea porque está minusvalorando su capacidad para adaptarse a la nueva situación. Es lo único que me atrevo a esperar en este momento.

Aaron no pudo evitar sonreír.

–Gracias.

Se levantó dispuesto a marcharse, pero Cheyenne todavía no había terminado.

–También quería decirte que... que no tienes que preocuparte por lo de la inseminación artificial. Ahora mismo, estás pasando por demasiadas cosas como para tener que tomar una decisión sobre algo tan... trascendente. Has sido muy bueno al haberte mostrado dispuesto a hacerlo, pero... después de todo esto, no me sentiría bien.

Así que por eso le había llamado en medio de la noche. Todo lo demás podía habérselo dicho delante de Dylan.

–Si no seguimos adelante con todo el proceso, Dylan va a sufrir una gran decepción cuando descubra que no estás embarazada.

–Y no sabes cuánto lo siento. Desde luego, lo último que yo quería era llegar a esto –sacudió la cabeza–. Este momento está siendo terrible. No es solo lo de Wyatt, aunque con eso ya tendríamos suficiente. Sé que estás preocupado por la próxima liberación de tu padre y por el hecho de que haya vuelto a casarse y, sobre todo, por lo que eso puede significar para vuestras vidas. Ahora mismo están ocurriendo demasiadas cosas.

Aaron la invitó a levantarse.

—Cheyenne, no he cambiado de opinión.

Cheyenne le miró con expresión dubitativa.

—No puedes estar hablando en serio.

—Sí, sí puedo. Vamos a hacerlo.

Cheyenne arqueó las cejas.

—¿A pesar de todo lo que ha pasado?

El recuerdo de Dylan apretándole el hombro antes de abandonar la camioneta la noche anterior convenció a Aaron de que no podía negarse. Le debía demasiadas cosas a su hermano.

—Es lo menos que puedo hacer por él.

Capítulo 22

Riley no había intentado besarla. Le había acompañado a buscar a Wyatt y les había llevado a los dos a su casa. Después, como Wyatt se había quedado dormido, le había metido en casa sin levantarlo de la silla. Pero Riley no había pedido quedarse. Le había dado un abrazo y le había deseado que durmiera bien.

Desde que se había ido, Presley había estado dando vueltas por la casa. Estaba tensa, nerviosa, aunque no tuviera ningún motivo en particular para ello. De otra manera, no habría estado despierta cuando recibió un mensaje de Aaron a las dos y media de la madrugada.

–*¿Estás bien?*

¿Y a él qué le importaba? Presley suspiró y tecleó:

–*Sí.*

–*¿Qué tal te ha ido?*, fue la respuesta de Aaron.

–*Bien, Riley es un buen hombre.*

–*Así que continúas pensándolo.*

Era lo que siempre le decía, probablemente para ocultar el hecho de que no sentía la más mínima atracción física hacia él.

No contestó, pero eso no impidió que Aaron volviera a escribir.

–*Quiero verte.*

—Es demasiado tarde para hablar de nada esta noche, Aaron.
—No quiero hablar.

Presley cerró los ojos y apoyó la cabeza contra la pared. Sabía que no debería haber contestado al primer mensaje. ¿Por qué lo había hecho?

Porque quería estar con él. Lo deseaba terriblemente. Ansiaba su contacto. Pero no iba a sucumbir a aquella debilidad otra vez. Era más importante respetarse a sí misma y no perder el escaso poder que tenía en aquella relación.

—Te veré cuando pases a recoger a Wyatt, escribió, y colgó el teléfono.

Presley estaba recién duchada cuando Aaron apareció en su casa a las diez de la mañana siguiente. Aaron lo supo por su fragancia. Le encantaba aquel olor, que le recordaba todas las veces que había posado la nariz contra su pelo mientras hacía el amor con ella.

—Estás muy guapa —le dijo.

Jamás había intentado ganarse a nadie, pero en aquel momento, lo estaba intentando. No podía esperar que Presley anulara su cita con Riley y se fuera con él. Pero, aun así, estaba deseando recuperar la camaradería de la que en otra época habían disfrutado.

Y también estaba algo más que un poco nervioso al pensar que iba a tener que quedarse solo con aquel niño durante un período de tiempo tan largo. Su breve experiencia durante el día que había descubierto su paternidad no había ido demasiado bien. Jamás había visto, ni olido, nada peor que lo que había dentro del pañal que había tenido que cambiar.

Le bastaba recordarlo para sentir náuseas.

Presley no le agradeció el cumplido. Se alisó el vestido de algodón blanco y, una vez más, Aaron tuvo la impresión de que cualquier cosa halagadora que dijera sería descartada con la asunción de que, en realidad, no estaba siendo sincero.

Había enseñado a Presley a no esperar gran cosa de él, y ella lo había aprendido bien. Pero estaba realmente atractiva, muy ligeramente maquillada, como a él le gustaba, y mostrando gran parte de aquella piel morena. Sin embargo, también parecía cansada. Tenía oscuras ojeras bajo los ojos y se retorcía las manos con evidente nerviosismo cada vez que le tenía cerca.

–Te he preparado todo lo que puedes necesitar –le dijo Presley, y le entregó una bolsa que había dejado junto a la puerta–. Tienes la comida, algunas cosas para picar, una muda, pañales, toallitas, una pomada para evitar que se irrite con el pañal y un biberón de leche.

–Entendido –vio los juguetes que había en el suelo, pero no al niño–. ¿Dónde está Wyatt?

–En la trona. Ahora le traeré para enseñarte cómo se cambia el pañal.

–No hace falta ser ingeniero para cambiar un pañal –respondió Aaron mientras la seguía a la cocina.

Presley se volvió y le dirigió una mirada interrogante.

–¿Ah, no? Pues nadie lo diría, teniendo en cuenta cómo se lo pusiste la última vez.

–La culpa no fue mía. Tuvo un escape. Y después no quería que le cambiara. No paró de llorar y retorcerse y yo no sabía cuánta fuerza podía hacer para sujetarle. No quería hacerle daño.

–Algo que te agradezco –musitó Presley.

–Sabes que nunca le haría daño, ¿verdad?

Presley asintió.

–Sí, lo sé.

Aquel reconocimiento le hizo sentirse ligeramente mejor, pero su forma de tratarle dejaba mucho que desear.

–En cualquier caso, no fue la mejor forma de empezar –dijo–. Había caca por todas partes. Encima de la mesa, encima de mí, y encima del otro pañal que tuve que quitarle.

Cuando Presley soltó una carcajada, Aaron sonrió, esperando llegar al corazón de la mujer que tan bien conocía. Pero del rostro de Presley desapareció toda calidez en el instante en el que la miró a los ojos. Se volvió.

—En cualquier caso, ahora vamos a cambiarle para que pueda sentir que he cumplido con mis deberes de madre.

Mientras la seguía por el pasillo para llegar al dormitorio de Wyatt, Aaron miró hacia el de Presley. No estaba seguro de lo que esperaba encontrar. Recordó la noche que había dormido allí y se preguntó qué sentiría al ser de nuevo bien recibido en aquella cama, especialmente en un momento en el que se encontraba frente a una seria encrucijada. Acababa de decidir que se mudaría a Reno cuando había explotado todo aquello. ¿Debería cambiar de planes? ¿Debería quedarse en Whiskey Creek para criar a su hijo? ¿O ir a verle cuando pudiera conseguir a alguien que le sustituyera en el taller?

Quería disfrutar de aquella familia, y deseaba a Presley. Pero, al mirar su dormitorio, temió reconocer alguna señal de que Riley ya había ocupado su lugar en la cama.

—Cuando le cambies, puedes distraerle con alguno de sus juguetes —le recomendó Presley.

También Aaron necesitaba a alguien que le distrajera.

Mientras Presley le hacía una rápida demostración, él permaneció tras ella, resistiendo a duras penas las ganas de deslizar las manos por su cintura y alzarlas después hacia sus senos.

—¿Has visto qué fácil es?

—Apenas estaba mojado.

Presley elevó los ojos al cielo.

—Con la práctica, lo harás perfectamente.

—¿Y cuándo tengo que darle de comer? ¿A las doce? ¿O acaba de desayunar?

—Se ha despertado a las siete y ha desayunado a las siete y media.

No le extrañaba entonces que estuviera cansada. No había dormido mucho.

–Cuando he llegado, estaba en la trona.
–Comiendo un tentempié. Puedes darle de comer a la una y media. Pero cuando tenga hambre, ya se encargará él de que te des cuenta.
–Entendido.
Permanecieron en la habitación de Wyatt, mirándose a los ojos durante varios segundos. Después, Presley le dio un beso en la mejilla a su hijo y se lo tendió a Aaron con evidente desgana.
–Le he puesto sus dos juguetes favoritos. Y si tienes algún problema, llámame. No vaciles. No pensaré nada malo sobre ti si quieres devolvérmelo dentro de una hora.
–Vamos, Presley, no soy tan débil.
–Es precisamente contra ese tipo de ideas contra el que quiero prevenirte. No intentes quedártelo más tiempo para demostrarme nada.
–No lo haré. Pero tampoco quiero interrumpirte el picnic.
Presley le miró con los ojos entrecerrados.
–Pues con ese tono, parece que te encantaría hacerlo.
–Odio la idea de que estés con Riley –admitió–. No entiendo por qué no quieres quedar conmigo.
–Ya hemos hablado de esto.
–Me estás tratando como si fuera el malo de la película y dándole a Riley una ventaja injusta.
Pensó que Presley iba a protestar, pero no lo hizo.
–Riley nunca me ha rechazado, con él no tengo nada que temer.
–¿Así que estás siendo una cobarde?
–Para ti es fácil decirlo. ¡No es tu corazón el que está en juego!
–Esta vez tendré más cuidado con él.
Estaba siendo absolutamente sincero, pero Presley no parecía tomarse más en serio sus promesas que sus cumplidos.

—¡Es inútil! Yo no tengo lo que necesitas para enamorarte de mí y yo no quiero que salgas conmigo solo porque existe Wyatt o porque somos compatibles en la cama. No hace falta enredarlo todo justo ahora que estamos encontrando la manera de aclararlo.

—Voy a estar aquí durante muy poco tiempo –o lo estaría, si se atenía a su plan–. ¡Lo único que te estoy pidiendo son seis semanas! No creo que tu situación pueda empeorar en tan poco tiempo.

Presley le fulminó con la mirada, pero Aaron estaba seguro de que no estaba realmente enfadada. Tuvo la impresión de que estaba mostrando su faceta más dura con la esperanza de que dejara de presionar antes de que ella cediera.

—¡Vamos! –le suplicó, agarrándola de la mano–. ¿Por qué no me das otra oportunidad?

Por un instante, estuvo convencido de que iba a aceptar. Pero Presley cuadró los hombros, alzó la barbilla y se negó tajantemente.

—No, pero gracias por hacer el esfuerzo.

Cuando Aaron soltó una maldición, Presley pareció un poco sorprendida.

—¿Qué te pasa? –le preguntó.

—¿Te estás divirtiendo haciendo cambiar las tornas?

—¡Ojalá! –y salió con paso firme a buscar la bolsa de los pañales.

Unos minutos después, y por primera vez en su vida, Aaron se descubrió sentado en la camioneta con un niño en el asiento de atrás.

—¡Vaya! Así que te ha dejado traerle a casa –dijo Mack.

Aaron llevaba a Wyatt, todavía sentado en la sillita del coche, en una mano, y la bolsa de los pañales en la otra.

—Exacto.

Mack le observó mientras dejaba ambas cosas en el suelo y soltaba a Wyatt, que comenzó a gritar emocionado en cuanto vio a los perros.

–¡Guau! –gritó, y los señaló mientras Aaron le levantaba en brazos.

Mack comenzó a reír.

–¡Mira qué cara! Es guapísimo.

–Sí, es todo alegría y diversión hasta que tienes que cambiarle el pañal –gruñó Aaron.

–Sí, pero eso te toca a ti, hermano.

–¿Qué clase de tío piensas ser?

Mack no contestó. Wyatt estaba retorciéndose para que le dejara en el suelo, algo que sorprendió a Aaron. Pensaba que tendría miedo de Shady y de Kikosan, un labrador de color chocolate y un golden retriever, ambos mucho más grandes que el niño.

–Déjale –le pidió Mack–. Vamos a ver lo que hace.

Aaron dejó al niño en el suelo y ambos empezaron a reírse mientras Wyatt zapateaba y gritaba entusiasmado porque los perros le lamían la cara.

Mack puso los brazos en jarras.

–Me parece increíble que no les tenga miedo.

Aaron le dirigió una mirada de suficiencia.

–Un hijo mío jamás puede tener miedo de un perro que está moviendo la cola –replicó.

Pero, en realidad, también a él le había sorprendido.

–Estoy seguro de que ha estado con muchos perros.

–Desde luego, sabe lo que son.

Ambos observaron a Wyatt, que comenzaba a tirar de la cola a los perros. Y volvieron a reír cuando el niño cayó al suelo sobre su pañal en el momento en el que los perros se dieron la vuelta para ver lo que estaba pasando.

–¡Guau! –repitió Wyatt, señalando a los animales.

–No les tiene ningún miedo –dijo Aaron maravillado.

–Es alucinante –Mack se agachó a su lado–. ¡Eh, hombrecito! –intentó levantarle en brazos, pero Wyatt no estaba dispuesto a permitirlo.

En aquel momento, los únicos que le importaban eran sus nuevos amigos de cuatro patas. Así que Mack renunció y dejaron que siguiera jugando durante casi una hora mientras ellos veían al mismo tiempo un partido de rugby. Al cabo de un rato, entraron Grady y Rod.

–¡Anda, mira quién está aquí –exclamó Grady al ver a Wyatt.

A esas alturas, Wyatt ya estaba dispuesto a fijarse en algo que no fueran Shady y Kikosan, que estaban cansados de ser maltratados y se alejaban cada vez que Wyatt intentaba acercarse a ellos.

–¡Es genial! –Rod se sentó a su lado–. Tienes un hijo, no me lo puedo creer.

–Yo tampoco –respondió Aaron.

–¿Y qué hace?

–¿Cómo que qué hace?

–Supongo que no puede jugar al béisbol. Y no parece muy interesado tampoco en el partido. Así que, ¿qué se puede hacer con un niño de esta edad?

Era una buena pregunta. Aaron también se lo había estado preguntando. No parecían tener muchas opciones.

–A mí no me lo preguntes. Yo soy nuevo en esto.

–Le gusta jugar con los perros –terció Mack.

–Y lleva pañal –Aaron esperaba no tener que soportar otra experiencia como la anterior–. Pero todo mejorará con el tiempo.

–¿No sería genial que se convirtiera en un jugador de béisbol profesional? –preguntó Grady.

–¡Eh, tendríamos entradas gratis! –a Mack le encantó la idea.

–A lo mejor no es un chico deportista –intervino Rod.

Aaron le miró con el ceño fruncido.

–¡Claro que será un chico deportista!

—Lo que quiero decir es que podría ser más intelectual. Por ejemplo, un neurocirujano.

Las posibilidades que se desplegaban ante ellos eran emocionantes. Aaron estaba seguro de que Wyatt disfrutaría de una infancia mejor que la que Presley y él habían soportado. Se aseguraría de ello y agradeció que Presley hubiera puesto tanto empeño en distanciarse del pasado.

—Vas a ser un deportista y muy inteligente, ¿verdad, Wyatt? —sonrió a sus hermanos—. Y, por supuesto, muy guapo.

Cuando Aaron pronunció su nombre, Wyatt caminó torpemente hacia él y dejó que le sentara en su regazo. Aaron sospechaba que Rod, Mack y Grady, que estaban pendientes de cómo interactuaban, se estaban preguntando si Wyatt lo consentiría. Pero el niño parecía completamente satisfecho, como si realmente quisiera que Aaron le tuviera en brazos.

Después, pasó algo extraordinario, algo que Aaron pensaba que tardaría mucho más tiempo en experimentar. La visión, el contacto con aquel niño, o alguna cualidad mágica, alguna química especial entre padre e hijo conjuró un sentimiento desconocido y enternecedor. Fue algo tan repentino que pilló a Aaron completamente desprevenido.

—Uf —musitó mientras fijaba la mirada en Wyatt y el niño le miraba sin pestañear.

Grady, que estaba sentado en una butaca a su izquierda, preguntó:

—¿Uf qué?

Aaron no era consciente de que había hablado en voz alta. Miró hacia sus hermanos, pero desvió de nuevo la mirada hacia Wyatt.

—Ha sido muy fácil.

—No tenemos la menor idea de a qué te refieres —se quejó Mack.

Por supuesto que no. Y Aaron no fue capaz de encontrar las palabras que necesitaba para explicarlo. O quizá fue que no quería admitir cómo, en el fondo, había tenido miedo de no ser capaz de querer a su hijo. Miedo de que, al no haber formado parte de su vida desde el primer momento, le hubiera sido arrebatado lo que otros padres sentían de una manera completamente natural.

Pero supo en aquel momento que sus miedos eran infundados. Conocía a su hijo desde hacía solamente unos días y el contacto con él desde entonces había sido mínimo. Pero aquel hombrecito ya había conseguido robarle un pedazo de corazón.

Presley estaba intentando disfrutar del picnic con Riley. Las laderas de Sierra Nevada estaban maravillosas en aquella época del año, de modo que, por lo menos, debería haber sido capaz de disfrutar del paisaje. Pero estaba muy preocupada pensando en Aaron y en Wyatt. No era capaz de imaginarse lo que estaban haciendo. Nunca había visto a Aaron con un niño. Tampoco le había oído hablar nunca de niños, salvo para decir que no los quería. Y después estaba el incidente del pañal, que había remarcado su falta de experiencia.

Miró disimuladamente la hora en el teléfono. Creyó que Riley no se había dado cuenta, pues estaba ocupado colocando las cosas en la cesta de picnic. Pero cuando Presley alzó la mirada, vio que la estaba mirando con el ceño fruncido.

–¿Estás preocupada?

«Preocupada» no era la palabra, por lo menos, no exactamente. A lo mejor arrepentida, puesto que no estaba donde realmente le apetecía estar. Aunque su cerebro insistía en que había tomado la decisión correcta al rechazar a Aaron, su corazón y su cuerpo no estaban tan seguros. Se sentía como si hubiera perdido una maravillosa oportunidad de estar con las dos personas a las que más quería.

–Aaron nunca ha tratado con niños.

–Pero confías en que sea bueno con él.

–¡Por supuesto! Jamás le haría ningún daño a Wyatt de manera intencionada. Es solo que, me lo imagino como un pez fuera del agua.

–¿Quieres llamar para comprobarlo?

Presley estuvo a punto de decir que no, pero después, cedió. ¿Por qué no intentar tranquilizarse?

–Aquí no tenemos muy buena cobertura –comentó.

–Estamos a punto de volver. Espera a que lleguemos al pueblo.

No hablaron mucho durante el camino. ¿Habría comprendido ya Riley, de una vez por todas, que su relación jamás entrañaría nada más de lo que habían compartido hasta entonces? A lo mejor era capaz de analizar la situación de manera práctica: se había sentido atraído por ella, había investigado su potencial y había eliminado la posibilidad de una relación sentimental. Ya podía seguir buscando.

–Siento haber estado tan callada –se disculpó Presley.

Riley ajustó el volumen de la radio.

–Con todo lo que ha pasado hoy, es comprensible.

–Aaron me ha dicho que quiere verme.

–¿Cuándo?

–Quiero decir que me ha pedido que salga con él.

Riley arqueó las cejas.

–¿Y estás pensándotelo?

–Solo estará aquí seis semanas más.

–¿Y después?

–Y después se irá y no tendré que verle tan a menudo. A lo mejor entonces puedo superarlo.

Riley se frotó la barbilla.

–Seguirás teniendo contacto con él. Ahora que sabe que es el padre de Wyatt, seguirás teniendo relación con él, por lo menos hasta que Wyatt cumpla dieciocho años.

–Pero no le tendré aquí, tan cerca.

–¿Y eso supondrá alguna diferencia?

Presley se encogió de hombros.

–Está desesperado porque estoy saliendo contigo.

–En ese caso, deberías desconfiar de su interés. Si todo es por pura competitividad, no durará mucho. No dejes que te engañe.

–Gracias por el consejo.

A Riley no le pasó desapercibido su sarcasmo.

–¿Qué te pasa?

–¿Tan imposible te resulta pensar que pueda quererme?

–Tienes que enfrentarte a la verdad, si no lo haces, nunca lo superarás.

No era lo que Presley quería oír en aquel momento, pero Riley tenía razón. Su hermana le habría dicho lo mismo y aquella era precisamente la razón por la que Presley no había querido abordar el tema. Y, tratándose de Cheyenne, no podía atribuir ese tipo de reflexión a un problema de competitividad entre hombres. Cheyenne adoraba a Aaron y, aun así, le había advertido que se mantuviera a distancia.

–Tienes razón –le dijo.

Si tropezaba dos veces con la misma piedra, ella sería la única culpable.

Capítulo 23

En cuanto llegaron al pueblo, Presley intentó ponerse en contacto con Aaron. No había podido localizarle y estaba preocupada. Sobre todo desde que había llegado a casa y no había sido capaz de hacer nada que la distrajera. Así que fue una suerte que Aaron le devolviera la llamada al rato.

–¿Por qué no contestabas? –le preguntó Presley.

–No he oído el teléfono. ¿Qué pasa?

–Quería saber cómo estabais.

–Todo va bien.

¿Bien? ¿Y eso era todo?

–¿Piensas traer a Wyatt pronto a casa?

–Pues no muy pronto. ¿No puedo quedarme con él durante un par de horas más?

–Creo que esto se está alargando demasiado para una primera visita. ¿Qué estáis haciendo?

–Comprar.

–No es fácil ir de compras con un bebé. ¿No preferirías que estuviera yo con él?

–Está dormido en la sillita que le acabo de comprar.

–¿Y por qué le has comprado una sillita si puede utilizar la mía?

–Esta es mucho más bonita –respondió Aaron–. Es una versión de un Cadillac. Te encantará.

—Pero las sillitas son muy caras.

Ella había comprado una de segunda mano. Y también eran de segunda mano el resto de los muebles de Wyatt y la mayor parte de su ropa.

—No ha sido para tanto. ¿Qué dices entonces? ¿Puedo quedarme con él un poco más? Le llevaré a casa dentro de una hora de todas formas. Me gustaría pasar por algún otro sitio mientras estemos aquí.

—¿Dónde es aquí?

—En Sacramento.

—¿Te has llevado a mi hijo a Sacramento?

—También es hijo mío, ¿no te acuerdas?

—¿Eso significa que ya te has hecho la prueba de ADN?

—He tomado las muestras y las he enviado al laboratorio, pero no tendremos los resultados hasta dentro de unas semanas.

—¿Por eso habéis ido a Sacramento?

—No, en Whiskey Creek no hay ningún Toys «R» Us.

Presley esperaba que Aaron acabara desbordado y desesperado por devolverle a Wyatt, pero no lo parecía en absoluto.

—Muy bien. Pues seguid allí hasta que terminéis con lo que quiera que estéis haciendo.

—A lo mejor puedes echarte un rato ahora que Wyatt no está en casa. Pareces cansada.

Estaba cansada. No había dormido lo suficiente. Combinar el trabajo con la maternidad y la obsesión por el hombre equivocado no era fácil. Si no la mantenía despierta una cosa, lo hacía la otra.

—Mmm. Es tentador. Pero tengo que hacer unas cuantas cosas en el estudio. Debería pasarme por allí ahora que tengo oportunidad.

—Duerme –insistió Aaron–. Te sentirás mejor si descansas. Wyatt está conmigo y le estoy cuidando bien.

—¡Nos estamos divirtiendo mucho! –gritó alguien de fondo.

Presley había dado por sentado que Aaron estaba solo.

—¿Quién ha dicho eso?

—Grady ha venido con nosotros.

—¿Y qué estáis comprando exactamente? Además de la sillita que habéis comprado ya.

—Más cosas para el niño, ¿qué otra cosa íbamos a estar comprando?

—Pero no tienes que comprar todo por duplicado. ¡Y ni siquiera sabes lo que tengo en casa!

—Ya he visto lo que tienes.

La insinuación sexual fue inconfundible. Estaba coqueteando con ella, y aquello también la pilló de sorpresa. Además, le indicó a Presley que estaba disfrutando con la situación y que no se sentía presionado ni estaba enfadado con ella.

—No me puedo creer que hayas dicho eso delante de Grady.

—Tú y yo tenemos un hijo, Presley. Estoy seguro de que mi hermano sabe que nos hemos acostado.

—¡Y pensará que continuamos haciéndolo!

En cuanto lo dijo, pensó que Aaron iba a recordarle que no había pasado mucho tiempo desde la última vez que lo habían hecho. Pero Aaron no dijo nada. Cuando volvió a hablar, fue para preguntar:

—¿Qué tal ha ido el picnic?

No había sido particularmente divertido. Había pasado la mayor parte del tiempo pensando en lo mucho que deseaba estar con él y con Wyatt.

—Ha sido muy divertido —mintió.

Aaron bajó la voz de una manera que le indujo a pensar que se había girado para que Grady no pudiera oírle.

—¿Cómo de divertido?

—Eso no es asunto tuyo —contestó, pero no pudo evitar sentir cierta satisfacción al ver que no le gustaba que estuviera con otro hombre.

—¿Ya se ha ido?

Parecía reacio a pronunciar el nombre de Riley.
—Sí.
—Muy bien. Ahora duerme un poco. Te veré dentro de unas horas.

Presley estaba ya tumbándose en la cama. Tenía la sensación de que había pasado una eternidad desde la última vez que había dispuesto de una tarde para sí misma, sin tener nada que la presionara, como el miedo a que Wyatt la despertara demasiado pronto, o el saber que tenía que ir a buscarle a casa de Cheyenne, o que tenía citado a un cliente para un masaje o que tenía por delante una clase de yoga. Hacía una agradable tarde de primavera, estaba sola y tenía la seguridad de que Wyatt estaba a salvo. De momento, todo iba a bien. Y se negaba a pensar en el futuro.

—Sí, eso es lo que voy a hacer —le dijo a Aaron.

Después, debió de quedarse inmediatamente dormida, porque no recordaba haberse despedido siquiera. Lo siguiente que supo fue que habían pasado tres horas y veinte minutos y alguien estaba llamando a la puerta.

—¡Eh, te has echado una buena siesta! —dijo Aaron cuando por fin abrió.

Mientras se esforzaba en recobrar sus facultades, Presley se tapó la boca para bostezar. Con el sol tras él, era difícil distinguir algo más que la silueta de Aaron, pero podía decir que llevaba a Wyatt, todavía sentado en la sillita del coche, en una mano y en la otra la bolsa de los pañales. Y no pudo evitar desear que a ella le resultara igual de fácil llevar a Wyatt y todas sus cosas.

—No pretendía dormir durante tanto tiempo —se inclinó para liberar a su hijo en cuanto Aaron la dejó en el suelo—. Pero tengo que admitir que me ha encantado.

—A lo mejor no es tan malo dejar que forme parte de la vida de Wyatt, ¿verdad?

Presley estaba deseando besar a Wyatt, pero tenía la cara muy pegajosa.

—¡Mamá! —exclamó, aplaudiendo hasta que le rodeó el cuello con los brazos.

—No, si siempre eres tan bueno como hoy —le dijo Presley a Aaron.

Aaron frunció el ceño de manera exagerada.

—¿Cuándo no he sido bueno contigo?

—Has tenido tus momentos.

—Ya me disculpé por haber sido tan miserable la noche que murió tu madre. Sabes que me siento muy mal.

—No estoy hablando de eso. En cualquier caso, el pasado, pasado está. Es el futuro lo que me preocupa. ¿Cómo serás después, cuando te cases y tengas una mujer a la que complacer?

—¿Eso es lo que te preocupa?

Presley palmeó la espalda de su hijo, que continuaba abrazándola.

—Por supuesto que sí. Eso es lo que más me asusta.

Aaron dejó la bolsa de los pañales encima de la sillita del bebé.

—Entonces, no es en mí en quien no confías.

—No, mientras estés solo, claro que confío en ti.

—Presley, jamás le he dicho a una mujer que la amaba. ¿Cómo estás tan segura de que lo haré alguna vez?

Presley tuvo la sensación de que no lo estaba diciendo a la ligera. Estaba buscando la confirmación por parte de alguien que le conocía bien. Pero Aaron no tenía nada que temer. Era un hombre que atraía a las mujeres y, antes o después, encontraría a alguien.

—Con la suerte que tengo, te enamorarás de una mujer que no pueda tener hijos y que se volverá loca con Wyatt.

Aaron la agarró del brazo.

—Jamás apartaría a Wyatt de tu lado.

—¿Eso es una promesa? —preguntó Presley, estudiando su rostro.

Aaron fijó la mirada en sus labios.

—Sí.

Presley sintió de pronto el corazón en la garganta. Aaron estaba demasiado cerca, y también los recuerdos de las noches que habían pasado juntos. Retrocedió.

—Espero que no —consiguió decir—. Este niño lo significa todo para mí.

Aunque ya no la estaba tocando, Aaron estaba suficientemente cerca de ella como para acariciarle a Wyatt la rodilla.

—Y puedo entender por qué.

—¡Papá! —exclamó Wyatt, señalando a su padre.

Presley parpadeó sorprendida.

—¿Ha dicho lo que creo que ha dicho?

Le encantó el orgullo que reflejó el rostro de Aaron. El hecho de que pareciera tan feliz la hacía feliz también a ella. Tanto si estaba con ella como si no, por lo menos estaba haciendo las cosas bien. Y le gustaba verlo, y poder creer en ello. Ambos habían recorrido un largo camino para llegar hasta allí.

—Se lo hemos enseñado Grady y yo.

—¿Cómo?

Aaron curvó los labios con una adorable sonrisa.

—Le dábamos una pastilla de chocolate cada vez que lo decía bien.

Presley le miró boquiabierta.

—¿Le habéis dado azúcar?

Aaron alzó la mano para tranquilizarla.

—Solo un poco. Sabíamos que no deberíamos, pero... —volvió a aparecer aquella sonrisa traviesa—. ¡Dios mío, era muy difícil parar! No sabes cuánto le gustaban.

De vez en cuando, ella también se sentía presa de la alegría que le causaban a Wyatt algunos caprichos, de modo que no podía enfadarse con Aaron. No le costaba nada imaginar el placer que había sentido al oír que Wyatt le llamaba «papá» por primera vez.

–No pasa nada. Come azúcar de vez en cuando, como cuando empieza a alborotar y necesito que esté tranquilo en el coche. Pero si los dos le damos demasiados caprichos, no le irá nada bien.

–Yo creo que todo va a salir bien. Has hecho un gran trabajo con él, Presley. Es un niño feliz y muy equilibrado. Grady, Mack y yo no nos podíamos creer lo poco miedoso que es.

Presley no esperaba aquel cumplido.

Aaron pasó la mano de la rodilla de Aaron a la barbilla de Presley y bajó la cabeza. Iba a besarla. Presley sabía lo que iba a pasar y, aun así, no tuvo suficiente fuerza de voluntad como para detenerle.

Cuando sus labios se encontraron, la descarga eléctrica fue tal que se quedó sin respiración. Sintió en él la misma tensión, pero Aaron no fue más allá de un mero roce de labios. Después, posó la frente en la suya.

–Sal conmigo –musitó–. No presionaré para que nos acostemos, te lo prometo. Si volvemos a hacer el amor o no, dependerá de ti. Lo único que quiero es que salgamos a divertirnos.

–Aaron... –intentó retroceder, pero Aaron la agarró del brazo.

–No digas que no –le pidió–. Déjame formar parte de tu vida hasta que me vaya. Son solo seis semanas.

Pero si perdía todo el terreno que había ganado, ¿sería capaz de recuperarlo cuando él se fuera?

Como vio que Presley continuaba vacilando, Aaron añadió:

–Piensa en lo mucho que podríamos divertirnos con Wyatt.

–¿Y Riley?

Verdaderamente, Riley no era ningún motivo para negarse. Le apreciaba como amigo, nada más, y él lo comprendía. Pero Aaron no, y Presley estaba desesperada por encontrar algo, o alguien, que pudiera interponerse entre ellos.

Aaron esbozó una mueca.

–También puedes salir con él si quieres. Ya te lo he dicho en otras ocasiones. Lo único que quiero es que dejes de estar a la defensiva cada vez que aparezco.

Wyatt comenzó a retorcerse para que le bajaran. Presley se agachó para dejarle en el suelo jugando con sus juguetes y tuvo así algunos segundos para pensar. Pero aquel tiempo extra no supuso para ella ninguna diferencia. Sabía que estaba siendo derrotada.

–Muy bien. Supongo que podemos salir a cenar un par de veces antes de que te vayas.

Al ver que había conseguido su objetivo, la expresión de Aaron se iluminó.

–¿Tienes hambre? Si quieres, puedo llevarte ahora mismo a cenar. Wyatt puede venir con nosotros.

Presley se pasó la mano por el pelo.

–No, acabo de despertarme, estoy hecha un desastre.

–A mí me parece que estás genial.

Sí, claro. Presley elevó los ojos al cielo, preguntándose si podría mejorar rápidamente su aspecto.

–Nunca me crees cuando te digo lo guapa que estás –se quejó Aaron.

Porque no podía creerle. Aaron había buscado su amistad por compasión. Apenas había sido capaz de soportar su cariño. Y no se había comportado como si la hubiera echado mucho de menos. Si de verdad la considerara guapa, a esas alturas, ella ya lo sabría. Además, sus andanzas durante sus primeros treinta años de vida la habían hecho sentirse cualquier cosa menos guapa. Cheyenne sí que era una mujer bellísima. Presley siempre se había sentido eclipsada a su lado.

–Dame un minuto para peinarme.

–¿No vas a comentar nada sobre lo que te he dicho?

Presley le dejó esperando en el cuarto de estar mientras corría hacia el pasillo.

–Tú vigila a Wyatt, ¿de acuerdo?

Cuando regresó del dormitorio, encontró a Aaron cargando una caja muy pesada. Y había otras cajas por todo el salón.

–¿Qué es todo eso?

–Mobiliario infantil.

–¿Has comprado una cuna?

–He pensado que podría llevarme la cuna vieja a mi casa y tú quedarte con esta –giró la caja más grande para que viera la fotografía–. También le he comprado una cama para cuando se le quede pequeña la cuna.

–Sí, ya veo.

Presley fue mirando de caja en caja. Además de los muebles, que incluían una cajonera y una mesa que podía cambiar de tamaño, había un columpio, un soporte de bateo y...

–¿Eso es una cama elástica?

Aaron hundió los pulgares en los bolsillos.

–Sí, es muy divertido, ¿no te parece?

–Pero... Wyatt todavía no tiene edad suficiente para usarla. Hace solo cuatro meses que aprendió a andar.

–Tiene una red a su alrededor para protegerle. Y ya crecerá.

Presley miró por la ventana el diminuto patio de la casa en la que vivía.

–No creo que tenga sitio para algo así.

–En ese caso, la dejaré en mi casa. Con dos hectáreas de terreno, hay espacio más que de sobra. Y puedo dejarla en el establo.

Presley abrió otra bolsa que contenía más equipos deportivos. Todo completamente nuevo, lo mejor que el dinero podía comprar.

–¿Cuánto te has gastado? –le preguntó estupefacta.

Aquello sí que había sido una compra compulsiva. ¡Todo aquello debía de haberle costado más de lo que pagaba ella por un mes de alquiler!

–No lo sé –Aaron se encogió de hombros–. No lo he sumado.

Lo que significaba que no tenía que preocuparse por lo que gastaba.

Como Presley no parecía particularmente contenta, Aaron le dirigió una mirada interrogante.

–¿Qué pasa?

Aaron le podía proporcionar a su hijo muchas más cosas que ella. ¿Cómo iba a poder competir con él cuando Wyatt creciera?

–Nada –contestó, y forzó una sonrisa–. Vamos.

–¿Estás enfadada? –preguntó Aaron.

Presley jugueteaba con la lechuga de la ensalada mientras estaban sentados en el Just Like Mom's.

–No, ¿por qué?

Aaron apartó algunos de los condimentos, intentando dejar más espacio en la mesa.

–Estás muy callada. Pensaba que te pondrías muy contenta al ver todas las cosas que he comprado.

–Sí, has comprado cosas muy bonitas.

Aaron se inclinó sobre la mesa y posó un dedo en la barbilla de Presley para obligarla a mirarle.

–Puedes quedarte todo lo que quieras. ¿Crees que lo he comprado solo para presumir? Pensé que te haría feliz.

Presley sabía que estaba intentando animarla, pero el que le comprara a Wyatt todas las cosas que ella no podía permitirse no ayudaba. Sentía celos de todo lo que podía ofrecerle a su hijo. Aaron y Wyatt ya estaban completamente enamorados el uno del otro. Ella esperaba que, a la larga, terminara ocurriendo, nadie podía resistirse ni a Aaron ni a Wyatt. Pero también esperaba poder seguir siendo el centro del universo de su hijo durante algo más de tiempo... ¡Wyatt y su padre solo habían estado juntos una tarde!

—Ya tengo suficientes muebles y juguetes —replicó—. No necesito nada.

Aaron detuvo el tenedor que había estado a punto de llevarse a la boca.

—Estás de broma, ¿verdad? Lo que he comprado es mucho mejor que lo que tienes.

—Sí, estoy segura.

—¡Papá!

Wyatt estaba intentando llamar la atención de su padre. Pero su forma de disfrutar con aquella palabra recién aprendida y lo que aquella palabra significaba hicieron que Presley se sintiera todavía peor.

Cuando Aaron miró al niño, Wyatt abrió la boca, esperando otra cucharada de sopa de tomate.

Aaron obedeció y utilizó después su propia servilleta para limpiarle al niño la barbilla, como si hubiera estado dando de comer a Wyatt desde que este podía comer sólido.

—No me puedo creer que le guste esa sopa —musitó Presley.

Aaron soltó una carcajada cuando Wyatt comenzó a golpear la bandeja.

—Le encanta.

—Sí, ya lo veo.

Mientras observaba a Aaron dándole de comer a su hijo, Presley se sintió como si Wyatt ya estuviera abandonándola. Y aquello no era nada comparado con lo que había sentido unos minutos antes, cuando habían entrado andando en el restaurante y Wyatt se había apoyado en Aaron para que le levantara en brazos, Aquello sí que la había pillado completamente por sorpresa, y había alimentado sus peores temores. Una vez más, estaba siendo empujada al frío. A la oscuridad.

Dejó el tenedor en el plato.

—Casi no has tocado la ensalada —señaló Aaron.

Presley empujó el plato hacia él. Siempre se terminaba lo que ella dejaba. De hecho, Presley solía reservar parte de su comida para él, porque sabía lo mucho que le gustaba comer.

—No tengo hambre.

—¿Quieres que te dé un masaje? —se ofreció Aaron—. Ya sé que eres una profesional, pero eso significa que, probablemente, tú nunca los recibes. Si quieres, puedo darte un masaje esta noche, mientras vemos una película.

—Tengo una clase mañana a primera hora. Me gustaría volver pronto a casa.

Aaron la miró como si no fuera capaz de entender lo que le pasaba. Pero justo en ese momento, llegó la camarera con la cuenta.

La semana de trabajo pasó con una lentitud agonizante para Aaron. A lo mejor, porque no quería estar en el taller. Y tampoco tenía ganas de organizar el traspaso a Reno y hacer todo lo necesario para abrir el nuevo negocio. Por fin había encontrado un solar que le gustaba y estaba negociando el alquiler, pero él prefería pasar el tiempo con Wyatt. En cuanto salía por la noche, corría a casa a ducharse, conducía hasta casa de Presley y allí se quedaba, cuidando a Wyatt mientras ella estaba en el trabajo o jugando con él cuando ella estaba en casa.

Wyatt se había familiarizado con él. Por lo menos, lo suficiente como para que saliera corriendo a su encuentro en cuanto oía su voz. Aquello era particularmente gratificante. Pero Presley estaba tomando el rumbo contrario. Cada vez se mostraba más distante. A veces, la descubría mirándole en el pasillo mientras él corría con Wyatt a su espalda o le tiraba al aire, pero cuando la invitaba a unirse a ellos, le decía que tenía que limpiar la cocina o el baño o pagar alguna cuenta.

Una noche, estando allí Aaron, apareció Riley. Aaron iba a quedarse cuidando a Wyatt mientras Presley y Riley salían. Eso fue un jueves. Aaron pensaba que estaba llevando muy bien la situación hasta que Wyatt se durmió. Las tres horas siguientes las pasó cruzando una y otra vez el cuarto de estar, preguntándose cuándo volvería Presley. Entre semana, no había muchos sitios a los que ir en Whiskey Creek, aparte del Sexy Sadie's, que estuvieran abiertos después de las once.

Cuando por fin oyó voces en la puerta, corrió rápidamente a abrir. No quería que Riley besara a Presley en la puerta de su casa. Ni en ningún otro lugar, por cierto. Pero en el último momento, se arrepintió y regresó al sofá.

–¿Qué tal te ha ido? –preguntó cuando Presley entró, afortunadamente, sola.

–Bien. Siento haber llegado tan tarde. Sé que tienes que levantarte pronto.

–No me importa ayudar.

–Te lo agradezco.

Evidentemente, esperaba que se fuera, pero Aaron estaba cansado de aquella tensión. Había hecho todo lo posible para recuperar su amistad. Incluso le había pedido que salieran juntos el viernes o el sábado, pero ella se había negado, arguyendo que, probablemente, tendría que trabajar los dos días hasta tarde. Después, Aaron le había recordado que se suponía que tenían que hacer el proceso de inseminación aquel fin de semana, siempre y cuando los pronósticos de Cheyenne fueran acertados. Y Presley había dicho que estaría disponible, lo que le hacía pensar que solo eran excusas.

–Seguro que le ha gustado ese vestido.

Presley bajó la mirada hacia el vestido como si no pudiera acordarse de lo que se había puesto.

—¡Ah! Lo tengo desde hace tiempo. Me costó cuatro dólares en una tienda de segunda mano.

—Pues te queda muy bien.

—Gracias —metió las llaves en el bolso.

—Lo digo en serio —insistió Aaron.

Presley siempre había tenido un cuerpo bonito, pero había regresado a Whiskey Creek con una silueta capaz de parar el tráfico. Aunque ella no parecía notarlo ni confiar en la atención extra que suscitaba.

—Te lo agradezco —respondió. Pero aquellas palabras estaban tan faltas de convicción como sus primeras «gracias»—. ¿Qué tal ha estado Wyatt esta noche?

—Ha venido también Grady un rato. Le hemos enseñado a decir «tío».

Wyatt era un tema del que deberían ser capaces de hablar. Aquel niño había supuesto una incorporación increíble a su vida, le había dado una motivación que hasta entonces le faltaba. Pero en vez de acercarle a Presley, cualquier mención al niño, a lo mucho que se divertían o a las cosas que le había enseñado, parecía distanciarla todavía más.

—Me encanta que de pronto haya tantos hombres en su vida —dijo Presley.

Aaron se levantó.

—¿De verdad?

Sin mirar a Aaron, Presley dejó el bolso sobre la mesita del café.

—Por supuesto.

—Pues no tengo la impresión de que lo sientas así.

Presley le había pedido que se llevara a su casa prácticamente todo lo que había comprado.

—¿A qué te refieres? —le preguntó—. Te he dejado ver a Wyatt todos los días. Y no he puesto ninguna restricción al tiempo que pasas con él. Ninguna.

—Y yo te lo agradezco, pero... sé que te pasa algo.
—No. Soy consciente de que te quedan... ¿cuánto? ¿Cinco semanas? Estoy intentando que pases con el niño todo el tiempo que puedas.
—¡No estoy hablando de Wyatt, maldita sea!
Presley abrió los ojos como platos.
—¿Entonces de qué te quejas? ¿Acaso te debo algo más?
Sin estar muy seguro de cómo iba a poder explicar su frustración, Aaron avanzó hacia ella.
—No me debes nada. Y no quiero que me debas nada. Es solo que, a veces, me miras como si... como si todavía me desearas. Pero en el instante en el que intento responder, haces todo lo posible para evitarme.
—Eso no es verdad.
—Es absolutamente cierto. Cuando salimos la otra noche, no me dejaste acercarme ni a un metro.
Presley desvió la mirada hacia la butaca. Pero, para sentarse allí, tenía que pasar por delante de Aaron.
—No quiero que nadie se lleve una idea equivocada.
—¿Una idea equivocada sobre qué?
—¡No quiero que piensen que estamos saliendo juntos!
—¡Pues yo pensaba que estábamos saliendo!
—Pero no de esa forma.
—Quieres decir que no nos estamos acostando. Pero ese fue nuestro acuerdo. Te estoy dando lo que pensaba que querías, algo formal y respetable.
—¿Formal? —se burló Presley—. Tú jamás has tenido una cita formal.
—Siempre hay una primera vez para todo.
—¿Y por qué esa primera vez tiene que ser conmigo?
—A lo mejor no quieres reconocerlo, pero... todavía hay muchos sentimientos entre nosotros.
Presley retrocedió cuando Aaron se acercó a ella.
—Aaron, por tu parte, nunca ha habido ningún tipo de sentimiento hacia mí.

—¿Cómo lo sabes?

—Confía en mí, lo sé.

—¿Entonces por qué me vuelvo loco cuando sales con Riley?

Presley se quedó boquiabierta. Evidentemente, estaba sorprendida por la furia que reflejaba su voz. Pero no fue capaz de moverse.

—No sé qué quieres de mí —le dijo.

—Sí, si lo sabes.

Había prometido que no la tocaría a no ser que ella se lo pidiera, pero la echaba de menos, la echaba de menos más que nunca desde que la veía todos los días.

Deslizó las manos por su cintura y la alzó para besarla en la boca. Esperaba que le empujara, pero en el momento en el que sus bocas se fundieron, Presley emitió un sonido de sumisión y el cuerpo de Aaron reaccionó al instante.

—¿Lo ves, Presley? Déjame acariciarte —susurró—. Me muero por acariciarte.

Aaron no estaba seguro de que fuera a creerle. Presley parecía sospechar de todo lo que hacía o decía, pero cuando se desabrochó la camisa y se la quitó, supo que Presley iba a darle lo que él quería, y eso significaba que también él conseguiría lo que tanto deseaba.

Capítulo 24

Aaron se iría al cabo de cinco semanas, de modo que tenía que aprovechar aquella oportunidad. Aquello fue lo único que Presley pudo permitirse pensar... hasta que Aaron la arrastró al pasillo y la llevó al dormitorio. Quería que sus cuerpos se fundieran con la rapidez y la fuerza de su primer encuentro tras el regreso al pueblo, cuando se habían dejado arrastrar por un tsunami de deseo. Pero Aaron insistía en hacer las cosas con calma, como si quisiera tomarse su tiempo para hacer las cosas bien.

Y fue entonces cuando comenzó Presley a pensar en lo que estaba ocurriendo. Siempre y cuando consiguiera lo que quería, ¿por qué tenía que tomarse Aaron tantas molestias? Antes nunca lo había hecho. Siempre había sido un buen amante, siempre se había asegurado de que quedara tan satisfecha como él, pero eso lo hacía con todas las mujeres con las que se acostaba.

Aquella noche, se estaba tomando aquel encuentro con tal seriedad que Presley podría haberse llevado una idea equivocada. Podría hacerla creer que significaba mucho más de lo que realmente significaba, y aquello la asustaba. Era una ilusión. Tenía que evitar, fuera como fuera, las falsas esperanzas de las que había conseguido escapar durante aquellos dos años, y no sabía cómo iba a poder hacerlo con todos los sentimientos que fluían dentro de ella.

Debería detenerlo. Sintió el peligro y, por un momento, fue capaz de recuperar la cordura. Pero había esperado aquello durante mucho tiempo. Y no quería jugar con Aaron, excitándole para después rechazarle en el último momento. Siempre se había entregado por completo. Aaron sabía que podía fiarse de ella. De modo que intentó distanciarse mentalmente. Aquello no podía significar nada para ella. No podía engancharse a cada suspiro, a cada caricia, a cada beso.

«Son solo sensaciones físicas. Placer compartido. Pero no hay nada detrás».

Sin embargo, Aaron advirtió su distanciamiento y la obligó a mirarle a los ojos.

–¿Qué te pasa? ¿En qué estás pensando?

Presley no se lo iba a contar, no lo podía confesar. Revelar aquel conflicto de sentimientos solo serviría para hacerla mucho más vulnerable. Así que le dirigió una sonrisa traviesa, urgiéndole a besarla, y se aseguró de que Aaron no pudiera pensar en nada que no fuera su lengua moviéndose por las partes más sensibles de su cuerpo.

Pero a pesar de todo, Aaron intentó detenerla en el último momento. La sostuvo por la cabeza y, jadeando, le dijo que quería terminar dentro de ella. Presley contestó diciendo que sería peligroso, que estarían arriesgándose a un nuevo embarazo a pesar del preservativo, y le llevó hasta el límite.

Después de aquello, no tuvo ya ningún reparo en enviarlo a su casa. Aaron no podía quejarse de que le hubiera engañado. Le había dado lo que había ido a buscar. Así que se levantó y le devolvió su ropa.

–Gracias por cuidar a Wyatt esta noche.

Aaron no hizo ningún movimiento para recuperar las prendas.

—¿Ya está? —preguntó—. ¿Y tú?

—No te preocupes por mí. Estoy bien.

—No lo digo como si tuviera que cumplir con un deber. Pero no me gusta dejarte insatisfecha.

—Ya te he dicho que estoy bien. Es solo que... no estoy de humor, eso es todo.

—Hace unos segundos, sí estabas de humor.

—Estoy cansada.

Aaron parecía desconcertado.

—¡Pero tú no tendrías que hacer nada!

—Tú también estás cansado. Y mañana tienes que trabajar.

Aun así, Aaron no se movió.

—¿Has decidido quedarte con Riley?

Normalmente, cuando Aaron hablaba de Riley, Presley detectaba celos, e incluso una ligera arrogancia, en su voz. Era la naturaleza competitiva de Aaron. Pero cuando formuló aquella pregunta, se mostró como un niño herido. ¿Era miedo o quizá sorpresa lo que se escondía detrás de sus palabras? ¿O se estaría dejando llevar, una vez más, por la imaginación?

Probablemente, lo único que pretendía Aaron era evitar que más adelante pudiera acusarle de ser un pésimo amante.

—No me he acostado con Riley.

—No es eso lo que he preguntado.

—Y no sé a quién preferiría tener en mi cama. Ahora mismo no mantengo ese tipo de relación con nadie.

Aaron agarró su ropa, pero volvió a tirarla al suelo.

—Ven aquí. Si estás cansada, lo único que haremos será dormir.

Presley no quería que se quedara. Tendría que pasar el resto de la noche en guardia si le tenía a su lado. Pero Aaron la arrastró hacia la cama y, aunque ella se volvió para dormir de espaldas a él, la abrazó por la espalda.

–¡No puedes quedarte toda la noche! Riley podría ver tu camioneta cuando venga a trabajar mañana por la mañana –le advirtió ella, luchando contra las ganas de acurrucarse contra él.

–Relájate.

Estaba deslizando ya las manos por su vientre. Presley le detuvo antes de que pudiera alcanzar su objetivo, pero cuando se despertó a la mañana siguiente, Aaron le estaba sujetando las dos manos por encima de la cabeza y obrando tal magia con su boca y sus propias manos que Presley se descubrió jadeando su nombre y suplicándole que hicieran el amor.

–Pensaba que no tenías ningún interés en ese tipo de relación.

Presley le miró indefensa, pero se negó a hablar. Siempre había estado interesada en él, ¿pero por qué darle el placer de admitirlo?

–Vamos, dime lo que quieres –intentó persuadirla Aaron.

Presley negó con la cabeza, apretando los labios. Aaron frunció el ceño.

–Últimamente, no estás jugando muy limpio.

–Te he dejado meterte en mi cama –aunque lo decía como si estuviera intentando controlarse, tenía la voz ronca por el deseo–. Y lo que te hice anoche estuvo bastante bien.

–Eso no lo puedo negar. Pero yo nunca he sido de los que se conforman con menos de lo que quieren. Así que, veamos lo que podemos hacer para que te muestres un poco más... flexible –bajó la cabeza y la llevó hasta el borde del orgasmo. Justo entonces se detuvo y le sonrió–. Te lo vuelvo a preguntar, ¿qué quieres?

Presley estaba temblando de anticipación. La había excitado de tal manera que le resultó imposible negarse.

–Te deseo –admitió.

Aaron arqueó las cejas.

–No tienes por qué decirlo a regañadientes.

Presley tragó saliva, pero no añadió nada más. Aunque fuera pequeña aquella rebelión, para ella era importante. Pero supo que Aaron no iba a conformarse con eso cuando se lamió los dedos y comenzó a deslizarlos por el pezón.

–¿Cuánto me deseas? –le susurró al oído.

Presley le fulminó con la mirada.

–Deja de torturarme.

–Estoy más que dispuesto a darte todo lo que quieras. En cuanto me digas cuánto me deseas.

–Ya lo sabes.

Aaron se colocó sobre ella, pero no continuó acariciándola.

–¿Más que a Riley?

Presley cerró los ojos.

–Sí.

–Por fin lo admites –hizo el ademán de ponerse el preservativo, pero se detuvo para mirarla fijamente.

Presley creyó ver algo distinto en su expresión, algo que iba más allá del sentimiento de posesión que había reconocido otras veces en su mirada. Pero no podía confiar en nada de lo que ocurría al calor de la pasión, cuando los sentimientos se exageraban y distorsionaban. Lo sabía por experiencia propia. Estaba demasiado excitada como para analizar los sentimientos de Aaron y él no le dio mucho tiempo antes de hundirse por fin en ella.

–Ya está –susurró Presley.

Aaron sonrió de oreja a oreja. Después, la llevó hasta el orgasmo una y otra vez.

Con cada oleada de placer, la satisfacción aumentaba en el rostro de Aaron, pero no estaba controlando la situación hasta el punto que intentaba fingir. Tenía todos los músculos en tensión, como si cada vez le estuviera costando más controlarse antes de alcanzar su propio clímax.

–Otra vez –le dijo a Presley con la voz desgarrada.

A partir de aquel momento, el encuentro creció en intensidad. Estaban en medio de una guerra silenciosa, en la que el placer era el arma más poderosa, un arma que ambos blandían con pericia y precisión. Presley estaba batallando para conservar su corazón y él combatía para demostrarle la facilidad con la que podía hacerlo suyo. Cada nervio de Presley parecía estar cuidadosamente sintonizado con las caricias de Aaron, con su voz y su fragancia.

–Te has vuelto muy cabezota –musitó Aaron cuando se detuvo durante el tiempo suficiente como para decirle que estaba preciosa, que era perfecta.

Pero ella se limitó a mirarle con el ceño fruncido. No estaba siendo cabezota, había aprendido del pasado. No permitiría que la dominara. De ningún modo. No la controlaría como lo había hecho en el pasado. Y como Aaron pudo sentir su resistencia, continuó intentando vencer su escepticismo y provocar su sumisión.

Nada salvo aquella lucha salvaje parecía importar... hasta que oyeron la voz de Cheyenne en el cuarto de estar.

–¿Presley?

Aaron dio media vuelta en la cama y se agachó para recoger su ropa. Presley se levantó de un salto y se vistió a toda velocidad. Pero no le resultó fácil vestirse con la piel tan sensible y empapada en sudor. Con voz débil y temblorosa, gritó:

–Espera un momento, Cheyenne. Ahora mismo voy.

–¿Qué te pasa? –le preguntó su hermana.

–Eh, llego tarde.

–¿Pero estás bien? ¿Y está bien Wyatt?

–Sí, estoy bien, y Wyatt todavía está dormido.

–¡Mamá! –gritó Wyatt desde la cuna–. ¡Mamá!

–O lo estaba –se corrigió Presley.

–¿Todavía no se ha levantado? –preguntó Cheyenne–. ¿No se suponía que tenías que ir pronto al estudio? Deberías haber llegado a mi casa hace media hora.

Presley se llevó un dedo a la boca para pedirle a Aaron que no dijera nada. Evidentemente, su hermana no había visto la camioneta. En caso contrario, lo habría mencionado.

–Me he dormido.

–Si no te das prisa, vas a llegar tarde a clase. Tienes media hora. Yo me encargaré de preparar a Wyatt y de darle de desayunar. Con eso supongo que te las arreglarás.

–De acuerdo, gracias.

Presley podía oír a su hermana hablando con Wyatt mientras le levantaba.

–Quédate en mi baño hasta que se hayan ido, ¿de acuerdo? –le susurró a Aaron–. Después cierra con llave y vete.

–¿Por qué tengo que esconderme? Los dos somos adultos y estamos solteros. E incluso tenemos un hijo en común, ¡por el amor de Dios! ¿Por qué no puedo salir tranquilamente a saludar?

–¡Porque no quiero que sepa lo estúpida que soy!

No pretendía ofenderle. Aquel comentario solo era una prolongación de su diálogo interno, de la forma en la que se estaba regañando a sí misma por haber vuelto a acostarse con él. Pero cuando Aaron la miró como si acabara de abofetearle, comprendió cómo se lo había tomado.

–Lo siento. No pretendía que sonara de esa forma.

Aaron se pasó la mano por el pelo.

–Sí, claro que lo pretendías –dijo, y salió.

Dio tal portazo que la casa tembló y un segundo después, Cheyenne asomó la cabeza en la habitación.

–¿Era quién yo creo que era?

Presley dejó escapar un suspiro y se dejó caer en la cama.

–Sí.

Riley apareció en la clase de yoga del viernes por la mañana. A Presley le pareció un gesto tan amable, teniendo en cuenta lo mucho que se había resistido a probarlo, que aceptó tomar un café con él cuando la clase terminara. Al parecer, Riley estaba entre trabajo y trabajo y la siguiente cita no era hasta las doce, así que los dos tenían tiempo. Además, para ir a su clase, Riley se había perdido su encuentro semanal con sus amigos en la cafetería Black Gold.

En vez de dejar a su hermana cuidando a Wyatt, Presley la llamó para invitarla a ella también. Al igual que Riley, Presley se había perdido el café con sus amigos al quedarse con Wyatt.

La vieron llegar empujando la sillita de su sobrino.

—¿No os parece que hace un día maravilloso? —preguntó mientras se reunía con ellos en una de las mesas de fuera.

Presley le acercó el capuccino que había pedido para ella. Después, desabrochó el cinturón de su hijo y se sentó a Wyatt en el regazo. Hasta ese momento, no se había fijado en el tiempo. No se sentía particularmente animada desde que Aaron se había marchado. Había querido llamarle, disculparse, pero no había tenido oportunidad. Primero, porque tenía prisa por llegar al estudio. Después había tenido que dar la clase. Y en aquel momento estaba con Riley. Miró hacia la calle, buscando la camioneta de Aaron entre los coches que por allí circulaban. Dudaba de que llegara a verla. Probablemente, Aaron estaba en el trabajo. Pero le buscaba con la mirada siempre que salía por Whiskey Creek. Era una costumbre que había adquirido cuando se había enamorado de él.

—¿Has tenido muchos alumnos esta mañana? —Cheyenne dejó la cartera y las llaves encima de la mesa antes de sentarse.

—No ha estado mal —Presley le sonrió a Riley—. Hoy ha venido el primer hombre.

Cheyenne le miró impresionada.

—Caramba, Riley, ¿violando los preceptos de género en el País del Oro?

–¿No lo has adivinado por mi vestimenta?

–He visto los pantalones cortos, pero he pensado que estabas jugando al baloncesto o al tenis.

–No –infló el pecho–. Estaba haciendo la figura del loto y... ¿qué otra postura? ¿La lechuza?

–No, la cigüeña –le corrigió Presley.

–Espero que le hayas hecho alguna fotografía –dijo Cheyenne–. Es posible que pueda chantajearle con eso algún día.

Presley habría disfrutado de la conversación si no hubiera estado tan preocupada por la precipitada marcha de Aaron. Pero recordaba constantemente aquellos últimos segundos y la expresión de su rostro.

–La próxima vez lo haré –musitó, y le dio un pedazo de biscote a Wyatt.

Riley buscó entre los sobre de azúcar, buscando uno de sacarina. Como no lo encontró, entró en la cafetería.

–Estoy preocupada por Riley –dijo Cheyenne.

La sombra de la sombrilla que protegía las mesas dividía su rostro en dos partes, una luminosa y otra oscura.

Presley se reclinó hacia atrás.

–¿Por qué?

–Le gustas de verdad. Y después de lo que he visto esta mañana...

–Él ya sabe que todavía estoy enamorada de Aaron.

–¿Pero sabe que sigues acostándote con él?

¿Necesitaba decírselo? Riley y ella apenas habían intercambiado algún que otro casto beso, pero jamás habían ido más allá. No estaba segura de que su relación hubiera llegado a un nivel en el que tuviera que darle aquella clase de explicaciones. Y tampoco estaba segura de que quisiera llegar nunca a ese nivel.

–Riley y yo solo somos amigos.

–Riley no habría ido a clase de yoga si no estuviera intentando impresionarte.

Presley se encogió de hombros.
—¿Se lo sugeriste tú?
—No.
—Sé que le estabas aconsejando.
—Ya no. Dejé de hacerlo cuando Aaron se enteró de lo de Wyatt.
—De todas formas, Aaron se irá dentro de dos semanas.
—¿Y crees que entonces dejarás de estar enamorada?
—No me quedará más remedio, ¿no?
Cheyenne no parecía muy convencida.
—Si tenemos en cuenta cómo ha salido esta mañana, ¿crees que te sentirás cómoda viéndole otra vez esta noche?
—¿Por qué voy a tener que volver a verle esta noche? —preguntó Presley, moviéndose nerviosa en su asiento.
Cheyenne soltó un sonido que reflejaba su impaciencia y bajó la voz.
—Por la inseminación artificial, ¿por qué va a ser?
—¿Es esta noche?
—Ya te dije que probablemente sería este fin de semana.
—Pero no me lo habías confirmado.
—Porque he estado esperando a que Aaron me pusiera un mensaje de texto confirmando que todavía estaba de acuerdo.
—¿Cuánto tiempo has tenido que esperar?
—Un par de horas —era evidente que Cheyenne estaba preocupada.
—¿Y no podemos retrasarlo? —preguntó Presley.
Su hermana le dirigió una mirada de incredulidad.
—¿Estás de broma? Dylan ya cree que estoy embarazada. Y estoy ovulando, he hecho una prueba para comprobarlo. Tenemos que actuar cuanto antes.
Riley estaba regresando, así que Presley se inclinó sobre la sillita, como si estuviera buscando algo.
—Me pondré en contacto con él.
Cheyenne no tuvo tiempo de contestar.

–Al final, he cedido a la tentación y me he comprado una ración de tarta de café –anunció Riley–. Ya sé que no comes muchos dulces –añadió, mirando a Presley–, pero esto tienes que probarlo.

Presley consiguió esbozar una sonrisa, aceptó el tenedor que le ofrecía y probó un pedazo. Riley tenía razón, no tenía el menor interés en comer dulce, y tampoco en la conversación que siguió. Pero se mantuvo firme, sonrió y participó en ella hasta que se separaron. Después, canceló su siguiente masaje y se dirigió hacia Amos Auto Body. En realidad, no le apetecía presentarse por sorpresa en el taller. Sabía que llamaría la atención de todos los hermanos. Pero temía que Aaron se sintiera justificado para no participar en el gran acontecimiento que iba a tener lugar aquella noche si no lo hacía.

Cuando Dylan llamó a Aaron a través de la megafonía del taller, Aaron giró la cabeza para mirar a Mack, que estaba ayudándole a arreglar el elevador hidráulico de una de las plataformas.

–Si quiere hablar conmigo, ¿por qué no mueve el trasero y viene hasta aquí?

Mack se secó la grasa de las manos y estiró la espalda.

–¿Y a mí qué me cuentas?

Aaron frunció el ceño, mirando las piezas esparcidas por el cemento. Aquel no era un buen momento para tomarse un descanso.

–¿No te importa quedarte solo?

–Pues claro que me importa –replicó Mack–. A ti se te da mejor arreglar estas cosas que a mí. Pero te esperaré. De todas formas, necesito beber algo.

Caminaron juntos hacia la parte delantera del taller y en cuanto cruzaron la puerta, Mack giró hacia la máquina expendedora y Aaron se quedó clavado en medio de la entrada, mirando fijamente a Presley, que llevaba un sencillo vestido de algodón blanco que realzaba el color oscuro de su piel.

¿Desde cuándo estaba tan condenadamente guapa?

Estaba sentada en una de las sillas de plástico colocadas a lo largo de la ventana, pero en cuanto le vio, se levantó.

–Hola.

Era casi imposible apartar la mirada de su cuerpo. Últimamente, tenía un efecto en Aaron que este no acertaba a explicar, y el vestido aquel empeoraba todavía más la situación.

Para evitar tentaciones, desvió la mirada, pensando que a lo mejor Cheyenne la había llevado hasta allí, o que le habría prestado el coche. El taller estaba a más de dos kilómetros del estudio. Pero no vio nada que sugiriera que había llegado en coche hasta allí.

–¿Cómo has venido? –le preguntó.

–Andando.

Aaron se fijó entonces en las sandalias y las uñas pintadas en el mismo tono del lápiz de labios. ¿Rosa? Presley se había vuelto muy recatada, pero su tatuaje le recordó que no era tan convencional como parecía. Y era aquella combinación entre su dramática infancia, su pasado salvaje y lo que había conseguido hacer de sí misma a partir de ellos lo que le resultaba tan atractivo.

–Es un buen paseo.

–Hace un día muy bonito. No me ha importado.

Presley nunca había sido una persona propensa a las quejas. Aquella era otra de las cosas que le gustaban de ella, siempre estaba dispuesta a encontrar el lado positivo de cualquier situación. Por supuesto, el pasado le había dejado algunas cicatrices, pero también la había convertido en una mujer que disfrutaba con las cosas más sencillas de la vida.

Aaron sintió la mirada de Dylan, que los observaba desde detrás del mostrador mientras trabajaba con el ordenador.

–¿Qué pasa?

¿Había ido hasta allí para desquiciarle, al igual que había hecho la noche anterior y todas y cada una de las veces que habían estado juntos desde su regreso? Ni siquiera cuando hacía el amor con ella era capaz de alcanzarla. Jamás se había sentido tan inseguro con una mujer. Presley solía ser una mujer consistente, predecible, siempre estaba esperando sus atenciones. Pero en aquel momento... parecía decidida a no caer de nuevo en la misma trampa y le negaba lo que en otro tiempo le había entregado tan libremente.

Aaron no era capaz de ser feliz cuando estaba con ella, y no lo era porque...

No estaba seguro exactamente. Lo único que sabía era que ya no sentía la misma ambivalencia hacia ella que dos años atrás. Seguramente, se sorprendería al descubrir que Wyatt no era el único motivo por el que iba a su casa cada noche. Siempre estaba deseando verla. Pero Presley no le creería si se lo dijera. Jamás le creería si le dijera que la quería. Ni siquiera creía que la encontraba atractiva.

En aquel momento de su vida, habría preferido no sentir nada de aquello. Él quería olvidar el pasado. Y no lo conseguiría si Presley no se lo permitía. De modo que iba a limitarse a ser el padre de Wyatt y dejaría a Presley en paz. Al fin y al cabo, eso era lo que ella quería, ¿no?

–¿Podemos hablar? –le preguntó Presley.

–¿Sobre...?

Presley se aclaró la garganta y miró disimuladamente a Dylan.

–Sobre Wyatt, ¿sobre qué otra cosa iba a ser?

Aaron tuvo la sensación de que aquello no tenía nada que ver con su hijo, pero ella no era la única que necesitaba más privacidad. Con un asentimiento de cabeza, sostuvo la puerta, salieron y comenzaron a caminar alrededor del edificio.

—Siento lo que he dicho esta mañana.

Se mordió el labio mientras alzaba la mirada hacia él y la frustración que Aaron había estado sintiendo desde que Presley había regresado al pueblo volvió a emerger otra vez. Tan pronto estaba pensando que nada había cambiado entre ellos como tenía la sensación de que había cambiado todo.

—No pretendía ofenderte —añadió al ver que no respondía—. Y no era consciente de que lo que te estaba diciendo podía molestarte.

—Porque supones que tengo un corazón de piedra.

—No de piedra —frunció el ceño, arrugando su frente lisa, mientras buscaba las palabras adecuadas—. Sé que puedes ser bueno y sensible, y tú siempre...

—Cuido a las personas abandonadas —la interrumpió—. Sí, eso ya me lo has dicho antes.

—No parece que te lo tomes como el cumplido que pretende ser.

—No quiero que me alabes por proteger a los débiles. Por lo que a mí concierne, eso es algo que se debería esperar de cualquier persona. En cualquier caso, ya no puedes seguir considerándote a ti misma un animal abandonado. Has sido capaz de remontar tu vida y estás haciendo un gran trabajo. ¿Así que por qué crees que estoy interesado en ti?

—Porque eres el padre de Wyatt. ¿Por qué otra cosa iba a ser? Sé que quieres estar con él durante todo el tiempo que puedas antes de irte.

—¿Y no sabes qué papel juegas tú en eso?

Presley desvió la mirada.

—Estoy segura de que quieres que apoye tu relación con Wyatt.

—¿Y por eso quiero acostarme contigo?

Presley cambió incómoda de postura.

–Si puedes disfrutar de las dos cosas por el mismo precio, ¿por qué no hacerlo?

–¡Mierda! –Aaron sacudió la cabeza.

Si después de aquellas semanas, Presley continuaba pensando que le estaba utilizando, no tenía manera de convencerla. La había hecho sufrir en el pasado y, aunque no había sido algo intencionado, la experiencia había sido suficientemente traumática como para que ella no pudiera superarla. A lo mejor había sido un estúpido al intentarlo siquiera, pero sabía que había algo especial en su relación, algo que jamás había sentido con ninguna otra mujer.

–Tú también has estado disfrutando conmigo desde que has vuelto.

–¡Ya lo sé! –replicó.

Habían pasado juntos tres o cuatro noches durante los últimos dos meses, pero no eran tantas como a Aaron le habría gustado. Presley intentaba guardar las distancias cada vez que conseguía acercarse a ella. Para que llegara a ceder, necesitaba emplear una enorme cantidad de esfuerzo. Por lo menos, eso era lo que había pasado la noche anterior. Y después, en cuanto se habían levantado de la cama, había vuelto a convertirse en la persona que era en aquel momento. Por mucho que se hubieran divertido juntos, y por dispuesto que estuviera Aaron a ver hasta dónde les llevaban sus sentimientos, ella siempre le apartaba y volvía a levantar un muro entre ellos.

–Solo han sido unas cuantas noches Y en todas ellas has terminado despreciándome.

–¿Preferirías que me arrastrara a tus pies? ¿Antes era eso lo que te gustaba de mí?

–No estamos hablando del pasado. Estamos hablando del presente.

–Da lo mismo –hizo un gesto para interrumpir la conversación y Aaron se alegró.

Aunque había culpado a Presley de su frustración, no

estaba seguro de que fuera justo. Él no era capaz de identificar exactamente qué era lo que quería o lo que necesitaba. Solo sabía que era más de lo que Presley le estaba dando. Y quizá se lo mereciera por haber sido tan terco en el pasado.

—Preferiría que no habláramos de nosotros —le dijo Presley—. No puedo, no tengo tiempo.

—¿Por qué?

—Tengo que dar un masaje a las cuatro, así que debería ir yéndome. Ya he cancelado uno para venir hasta aquí. No quiero perder otra cita.

—¿Has cancelado…? Un momento, ¿por qué has tenido que cancelar un masaje?

—Para asegurarme de que lo que te he dicho esta mañana no va a impedir que aparezcas esta noche.

¿De qué demonios estaba hablando? Aaron la miró intrigado.

—¿Aparecer dónde?

—En mi casa.

—No recuerdo que me hayas invitado. Esta mañana parecías muy ocupada intentando echarme.

Presley miró a su alrededor y bajó la voz.

—Tienes una cita con Cheyenne.

—Yo no lo llamaría cita —replicó él con una mueca—. Estamos hablando de mi cuñada.

—Ya sabes lo que quiero decir.

—¿Entonces está ovulando?

—Sí. Te ha estado enviando mensajes, pero no has contestado.

Aaron metió las manos en los bolsillos.

—Tenía tanta prisa esta mañana que me he dejado el teléfono en casa.

Presley se recogió un mechón de pelo detrás de la oreja.

—¿Eso significa que sigues adelante con todo?

Si al menos no tuviera que… Pero no podía permitir que Dylan se enfrentara con una desilusión como aquella.

—¿A qué hora?
—Tarde, después de que Dylan se duerma, para que mi hermana pueda salir de casa sin que se dé cuenta. Nos enviará un mensaje a los dos. Dylan a veces se queda viendo la televisión hasta después de las doce.
—De acuerdo.
—¿La vas a apoyar?
—Ya le dije que estaba dispuesto, ¿no?
Presley tomó aire. Había estado muy nerviosa, pensando que podría haberle fastidiado el embarazo a su hermana.
—De acuerdo. Bien. Y muchas gracias.
—Pero con una condición.
Al advertir aquel cambio de voz, Presley dio media vuelta y entrelazó las manos delante de ella. Creía adivinar lo que iba a implicar aquella condición por la forma en la que la estaba mirando.
—¿Cuál es?
—Te costará un beso.
—¿Por qué?
—Porque por fin tengo algo de lo que aprovecharme.
—Ya basta —sabía que Aaron no le haría pagar ningún precio a pesar de lo que estaba diciendo—. Solo quieres besarme porque sabes que no quiero hacerlo.
Aaron soltó una carcajada.
—¿Desde cuándo? —preguntó—. Porque a pesar de lo que dices, tu cuerpo está diciendo algo muy diferente.
Presley se cruzó de brazos, adoptando una postura más defensiva.
—Muy bien. Pero que sea rápido.
Aaron también se cruzó de brazos y se apoyó contra la pared.
—Tendrás que besarme tú.
—¿A qué vienen estos juegos?
—No es ningún juego.
Con aspecto irritado, Presley se acercó, apoyó las manos

en sus hombros y se puso de puntillas para poder darle un beso. Al principio, Aaron pensó que aquel iba a ser el peor beso que habían compartido. Pero cuando deslizó los brazos a su alrededor, Presley se derritió contra él como siempre lo hacía. Después, entreabrió los labios, permitiéndole, exactamente, lo que quería, una forma de despedirse de ella con la que pudiera mostrarle realmente cómo se sentía.

Aunque no esperaba poder convencerla con un beso.

Por lo menos no fue ella la que se apartó. Cuando Aaron interrumpió el beso, ella alzó la cabeza y pareció realmente un poco aturdida.

–Has ganado –dijo Aaron, brindándole su mejor sonrisa.

Presley se le quedó mirando fijamente.

–¿Qué quieres decir?

–Iré a tu casa y le daré a Cheyenne lo que quiere. Y, a partir de entonces, te dejaré en paz.

–¿Qué?

–Es eso lo que quieres, ¿no?

–Pero... ¿y Wyatt?

–Estableceremos un horario para que pueda ir a verle.

En vez de ofrecerse para llevarla en coche al estudio, como habría hecho en condiciones normales, volvió de nuevo al interior del taller. Esperaba que Presley no le dejara escapar tan fácilmente. Quería que luchara por su relación de la misma forma que había luchado él. Pero si ella no estaba dispuesta a olvidar y a intentarlo de nuevo, a confiar en que era capaz de quererla, no podía hacer nada.

Capítulo 25

Presley había estado ansiosa durante todo el día. Se decía a sí misma que su inquietud no tenía nada que ver con su encuentro con Aaron en el taller. No le importaba que quisiera distanciarse de ella. Al fin y al cabo, eso era lo que ella había querido desde el primer momento, ¿no? Si Aaron dejaba de estar presente cada vez que daba media vuelta, tentándola, a lo mejor conseguía superar lo que sentía por él.

Si estaba nerviosa era por la inseminación y por el papel que iba a jugar en ella. Afortunadamente, Wyatt ya se había dormido, de modo que no tenía que preocuparse por él. Y tenía el equipo que Cheyenne había comprado por Internet. Todos sus componentes estaban alineados sobre un pedazo de papel parafinado sobre la cómoda de su dormitorio, despejada precisamente con esa intención. Había sacado la jeringuilla y el catéter de inseminación de sus envoltorios y los había unido. También había leído todas las instrucciones. Tenía que insertar un espéculo en la vagina de Cheyenne y ensancharlo, localizar el cuello del útero con ayuda de una linterna y utilizar el catéter para depositar el esperma de Aaron en la abertura.

El procedimiento parecía sencillo, si no fuera porque Presley tenía miedo de no reconocer el cuello del útero cuando lo viera.

Y no solo eso, ¿qué pasaría si la mano le temblaba de tal manera que no era capaz de depositar el semen donde debía? ¿O si no era capaz de depositarlo tan lentamente como decían las instrucciones, para que así pudiera estancarse correctamente?

–¿Estás bien? –le preguntó Cheyenne mientras se sentaban las dos en el cuarto de estar y se miraban la una a la otra, esperando la llegada de Aaron.

–Yo sí, ¿y tú?

Su hermana asintió, pero ambas miraban constantemente el reloj de pared, y se levantaron de un salto cuando por fin Aaron llamó a la puerta.

–Ya está aquí –susurró Presley.

Cheyenne se cerró con fuerza la bata que Presley le había prestado.

–¿Quieres que abra yo?

–En realidad, creo que sería mejor que no te viera. A lo mejor es preferible que esperes en el dormitorio –contestó Presley.

No tuvo que decírselo dos veces. Mientras Cheyenne corría hacia el pasillo, Presley tomó aire y abrió la puerta.

–Hola.

Aaron inclinó la cabeza, pero no contestó. Aunque Presley no había encendido la luz del porche por miedo a que pudieran verle entrar, podía decir, por la posición de su mandíbula y su tensión, que estaba tan nervioso como ellas.

–¿Quieres beber algo... antes? –le preguntó en cuanto entró.

–No.

No llevaba nada. Presley había imaginado que se presentaría con un *Playboy* o con alguna otra revista que pudiera ayudarle a excitarle.

–¿Entonces estás preparado?

–Tan preparado como siempre.

Presley le tendió el recipiente esterilizado que se suponía debía utilizar.

Aaron lo aceptó sin decir una sola palabra más y se metió en el cuarto de baño.

Presley esperaba que tardara unos diez minutos. Cuando pasaron los diez minutos, comenzó a preguntarse si estaría teniendo problemas. Al cabo de veinte minutos, se escabulló en el dormitorio para esperar con Cheyenne, que la miró con evidente preocupación. Si Dylan se despertaba en medio de la noche, todo se descubriría, y los tres lo sabían.

–¿Crees que estará teniendo algún problema? –susurró Cheyenne.

No podía ser de otra manera, o a esas alturas, ya habría salido. Pero Presley no quería añadir más presión a la que todos estaban sintiendo.

–Estoy segura de que está bien.

–A lo mejor está demasiado nervioso, o...

–Su cuerpo funciona perfectamente, no pasará nada.

–Esto tiene tanta relación con la mente como con el cuerpo. Y si es la cabeza la que no le deja, podríamos tener problemas.

Presley lo comprendía. Y esa era precisamente la razón por la que también ella estaba nerviosa.

–No ha traído ninguna revista –le confesó.

–¿Por qué no?

–¿Cómo voy a saberlo?

–¿Deberíamos conseguirle alguna?

Era una idea.

–Supongo que podría ofrecerme a ir a comprarla, pero me llevará mucho tiempo encontrar a estas horas un sitio que esté abierto y en el que pase desapercibida –dijo Presley. Aun así, estaba a punto de ir a intentarlo cuando oyó que la puerta del baño se abría–. Ya está.

Corrió al encuentro de Aaron y estuvo a punto de preguntarle qué tal le había ido. Pero su expresión no reflejaba muy buen humor. Aaron se limitó a entregarle el recipiente y se marchó sin siquiera acercarse a ver a Wyatt.

Presley quería salir tras él, necesitaba tranquilizarle. Había sido muy generoso al brindarles a Cheyenne y a Dylan la posibilidad de tener un hijo. Presley no quería que lo pasara mal por algo así. Pero Cheyenne estaba esperándola en el dormitorio, nerviosa por estar pasando tanto tiempo fuera de casa.

Además, Presley imaginó que sería más fácil que su hermana concibiera un hijo si utilizaban el semen de Aaron cuanto antes.

Intentando olvidarse de Aaron y del torbellino de sentimientos que siempre evocaba su presencia, llevó el semen al dormitorio.

Los ojos de Cheyenne volaron hacia el recipiente y después hacia Presley.

–¿Está bien? He oído cerrarse la puerta.

–Ya se ha ido.

Cheyenne suspiró.

–Probablemente sea lo mejor. Estoy segura de que no quiere formar parte de nada de lo que viene ahora.

También a Presley le producía cierta repugnancia aquella operación. Estaba utilizando el semen del hombre del que estaba enamorada para inseminar a su hermana. Para empezar, aquello ya era suficientemente complicado. Pero lo estaba haciendo por la mejor de las razones. Y estaba intentando ver las cosas con cierta perspectiva. Aquel era un procedimiento médico, no era nada más trascendente de lo que se hacía en las clínicas de reproducción asistida de todo el país. Lo único que pasaba era que le resultaba extraño que aquello estuviera ocurriendo en su propia casa, y que ella estuviera haciendo el papel de enfermera o de médica.

–¿Ya está todo listo? –preguntó.

Cheyenne la miró atormentada.

—Todo esto resulta muy violento, ¿verdad?
—Definitivamente. Me recuerda al día que tuve que enseñarte a ponerte un tampón, cuando teníamos catorce años —contestó Presley.
—Gracias por recordármelo.
—Somos hermanas. Nos toca hacer ese tipo de cosas.
—Me gustaría que estuvieran los papeles cambiados.
—¡Y yo me alegro de que no lo estén! —Presley introdujo el semen en la jeringuilla—. Vamos a ello.

Cheyenne cerró los ojos un instante como si estuviera pidiendo valor para pasar por aquel trago. Después, se quitó la bata, se tumbó en la cama y se colocó varios cojines bajo las caderas, como recomendaban en las instrucciones.

Aaron no escribió ningún mensaje ni llamó para preguntar cómo había ido todo. Presley no supo nada de él durante varios días. Cheyenne le dijo que le había escrito un mensaje para darle las gracias, pero no había recibido respuesta. Ni siquiera se acercó a ver a Wyatt aquella semana. Presley estaba empezando a preguntarse si iba a ignorarlos a los dos hasta que se fuera a Reno. Pero el fin de semana siguiente, se despertó temprano y le descubrió en el jardín, arreglando la cerca.

—¿Qué estás haciendo? —le preguntó desde el marco de la puerta, mirando con los ojos entrecerrados la fuente del ruido que la había despertado.

Aaron miró por encima del hombro, pero no dijo nada.
—¿Aaron? —le urgió ella.
—¿Qué te parece que estoy haciendo? —le preguntó.
—Parece que estás arreglando la cerca.
—Llevabas tiempo deseando hacerlo, ¿verdad?
Pero ella no le había pedido que lo hiciera. De hecho, ni siquiera había vuelto a mencionarlo desde la noche que le había visto en la firma de libros de Ted Dixon dos meses

atrás. La cerca era una de las cosas de las que pensaba ocuparse cuando tuviera dinero para contratar a Riley o a alguien que pudiera ayudarla. No lo había hecho ella misma porque sabía que no sería capaz de desenterrar el enorme soporte de cemento que sujetaba el poste roto.

—No esperaba que lo hicieras. No es responsabilidad tuya.

Aaron continuó sin mirarla. Estaba demasiado ocupado con la pala, que hacía un sonido terrible al rozar el cemento cada vez que la hundía en el suelo.

—Eres la madre de mi hijo, ¿no? Y Wyatt también vive aquí.

Presley se cerró la bata con fuerza. Le bastaba ver a Aaron, incluso cuando estaba sudado y acalorado, para desear acariciarle.

—Pensaba que te habías olvidado de Wyatt.

—No me he olvidado de ninguno de vosotros.

¿Cómo se suponía que tenía que tomarse eso? Tal y como lo decía, sonaba como si lo considerara algo malo.

—¿Entonces puedo contar con esto como parte de la pensión alimenticia del niño? —preguntó vacilante.

Aaron no había acordado pasarle una cantidad fija al mes. Se había gastado mucho dinero en muebles y juguetes que le había entregado después a ella. Y cuando había estado yendo regularmente a su casa, compraba comida y pañales. Así que Presley no le había pedido nada. Siempre y cuando continuara mostrándose tan considerado y generoso, no sentía que tuviera que establecer una cantidad en concreto. Nunca había querido ser una carga para él, nunca había querido que su relación quedara reducida a una cifra.

—Ayer llegó la prueba de paternidad —le dijo Aaron.

—¿Y?

—Dio positivo, por supuesto. Y te he traído un cheque.

Presley apretó las manos en los bolsillos de la bata.

—No quiero tu dinero.

–¿Ahora tampoco te parece suficientemente bueno mi dinero?

–Puedes ver a Wyatt siempre que quieras. No era así como imaginaba que serían las cosas cuando regresé.

–Lo sé. Ni siquiera pensabas hablarme de él. Querías que desapareciera por completo de su vida. Pero no lo vas a conseguir. Tengo derecho a ver a mi hijo.

–Ya te dije que jamás te lo impediré. No tienes por qué arreglar la cerca ni nada parecido.

–¡Mierda! –Aaron tiró la pala al suelo–. No tengo nada que decir sobre Wyatt. Ya sé que me dejarás verle.

–¿Entonces por qué estás tan enfadado?

–¿Qué tengo que hacer para poder verte a ti?

–No me pidas eso, Aaron –le pidió Presley.

Pero aquella respuesta no le disuadió. Cruzó el jardín con tras largas zancadas.

–Todavía me quieres –escrutó su rostro como si estuviera buscando en él alguna señal de aquel amor–. Lo sé.

Presley no pudo negarlo, y menos cuando los ojos se le llenaron de lágrimas.

–¡Deja de apartarme de tu vida! –susurró Aaron.

–¿Por qué me haces esto? –preguntó Presley–. ¿Por qué crees que esta vez va a ser diferente?

–Todavía me queda un mes en el pueblo. Dame una oportunidad, Presley. Solo te pido ese tiempo. Si no podemos conseguir la relación que tú quieres, si no soy capaz de darte lo que esperas, como pareces pensar, me iré y superaremos la ruptura lo mejor que podamos.

–Y acordaremos un régimen de visitas para Wyatt –ni siquiera se atrevía a imaginar cuánto dificultaría aquella relación todo lo demás.

–Por supuesto. La gente lo hace continuamente cuando se divorcia.

–Pero nosotros ya estamos, bueno, ya sabes…

–No sabemos nada –la interrumpió–. A lo mejor no soy

capaz de decir que te quiero. A lo mejor nunca seré capaz de decirlo. Pero sí puedo decirte una cosa: durante estos días, no he sido capaz de pensar en nada que no fuerais tú o Wyatt.

¿Sería eso suficiente? ¿O estaría siendo tentada a cometer otro doloroso error?

Desde luego, Aaron tenía el peso del pasado contra él. Probablemente, Presley y Dylan le dirían lo mismo. Pero su corazón le suplicaba que cediera a pesar del riesgo. ¿Y si existía alguna posibilidad, por remota que fuera, de que pudieran llegar a formar una familia?

Era demasiado bueno para ser verdad. No podía contar con ello. Pero Aaron la besó, y aquella fue su perdición. No le importó el sudor, ni la tierra pegada a su piel, ni siquiera que estuvieran en el jardín, donde cualquiera podía verlos. Quiso devolverle el beso, estrecharse todo lo posible contra él. A pesar de todos sus esfuerzos por escapar al dominio que Aaron ejercía sobre ella, nada había cambiado.

—También te pintaré el porche –le prometió Aaron–. Y si quieres joyas, te compraré joyas.

Premios de consolación, pensó Presley. Regalos para reemplazar un compromiso que no podía ofrecerle. Pero se estaba esforzando tanto en hacer tentadora su oferta que se rindió igualmente. Sintió incluso la tentación de decirle que ella sería capaz de amar por los dos. Tenía aquellas palabras en la punta de la lengua, pero las reprimió. ¿Qué demonios le pasaba? No podía ser tan estúpida. Le había dado un mes. Pero no podía permitirse dar alas a sus esperanzas, y, desde luego, no quería asfixiar a Aaron profesándole su amor.

—Muy bien –dijo, y entró en casa para ir a buscar a Wyatt, que estaba despierto y llamándola.

Cuando Cheyenne sintió las manos de su marido sobre ella, luchó para abandonar los últimos vestigios del sueño.

Si no lo hacía, Dylan se levantaría y se marcharía a trabajar. Normalmente, salía muy temprano.

–Hola –susurró Dylan cuando Cheyenne abrió los ojos.

–¿Qué haces? –le preguntó, pero era evidente.

Le había levantado el camisón y estaba besándole el vientre. Anticipaba la llegaba del bebé, disfrutaba sabiendo que estaba embarazada, y ella rezaba para estarlo. Había pasado una semana desde que habían realizado el proceso de inseminación artificial, pero todavía no sabía si había funcionado. Había estado dando tiempo a su cuerpo para producir la hormona que esperaba mostrara su presencia en la siguiente prueba de embarazo.

–Me gustaría que el bebé creciera más rápido –se lamentó Dylan.

–Tardará semanas en notarse.

–Estoy deseando sentir cómo se mueve dentro de ti.

–Si ya tienes miedo de hacer el amor, ¿no crees que después será peor? –bromeó Cheyenne.

–No seré capaz de resistir la tentación durante tanto tiempo –la besó y deslizó la mano entre sus piernas.

Cheyenne cerró los ojos.

–Me gustaría quedarme contigo en la cama todo el día –le dijo Cheyenne–. Dime que puedes tomarte el día libre.

Dylan le dio un beso en el cuello.

–Lo siento, nena.

–Pero tú eres el jefe...

–Me encantaría quedarme en casa, pero Aaron me ha pedido el día libre y no podemos irnos los dos.

–¿Y le has dicho que sí? –infundió a su voz un deje de desilusión.

–No podía decirle que no. Esta semana ha trabajado el doble que los demás. Le dejaba en el taller cuando me iba por las noches y le encontraba allí por la mañana. Casi me pregunto si habrá pasado por su casa en algún momento de esta semana.

–¿Y por qué está trabajando tanto?
–Me dijo que quería dejarlo todo terminado antes de irse a Reno.
–Qué generoso por su parte.
–Pero no creo que sea esa la razón.
–¿Qué otra razón podría haber?

Dylan no contestó directamente. Estaba demasiado distraído por lo que estaba haciendo a los senos de Cheyenne.

–¿Dylan?
–Creo que hay algo que le inquieta.

Cheyenne sintió una punzada de culpabilidad y se preguntó si sería la inseminación artificial. Aaron no había respondido a su mensaje de agradecimiento. Y tampoco había llamado para ver si la inseminación había funcionado. No había tenido ninguna noticia de él, y Presley decía lo mismo.

–¿Y qué puede ser?
–¿Quién sabe? Podría ser el hecho de que mi padre esté a punto de salir de prisión. O el que se haya casado con una mujer con la que ha pasado tan poco tiempo, que es una garantía casi segura de que va a complicarnos la vida. Y también podría ser lo de Reno. A todos nos entristece que se vaya.

Cheyenne apartó la cara para que no siguiera besándola. Quería concentrarse en la conversación.

–¿También a ti?
–A mí probablemente más que a ninguno. Aaron puede ser una persona difícil. Ya sabes lo terco que es cuando se propone algo. Puede ser de lo más frustrante. Pero también es un hombre con un talento inigualable, y ahora que ha dejado de salir, es una persona en la que se puede confiar plenamente.

En secreto, Cheyenne se alegraba de que Aaron fuera a dejar el pueblo. Tener un hijo suyo sería mucho más fácil si no estaba allí. Así no tendría que cruzarse con él cada vez que llevara al niño al taller para que viera a su padre. Pero se sintió muy egoísta por pensar de aquella manera. No sería justo para Aaron. Esperaba que, por lo menos, fuera feliz en Reno.

–¿No te ha dicho lo que pensaba hacer hoy?

–No –la miró extrañado–. ¿Debería habérselo preguntado?

–Solo era por curiosidad –tiró de Dylan hacia ella y puso fin a la conversación.

Para empezar, porque no era en hablar en lo que estaba pensando en aquel momento. Y tenía la sensación de que, definitivamente, estaba en disposición de disfrutar con Dylan. Quizá aquellos minutos con su marido le dieran buena suerte, porque pensaba utilizar una de las dos pruebas que había comprado y escondido en su cajón en cuanto Dylan se fuera al trabajo.

Aaron jamás había disfrutado de un día mejor, por lo menos, que él pudiera recordar. En cuanto Presley regresó después de la clase de yoga y de los dos masajes que tenía apalabrados, pasó el resto del día con ella y con Wyatt. No hicieron nada que pudiera considerarse particularmente divertido. Aaron se quedó en casa arreglando algunas cosas mientras ella cocinaba y cuidaba de su hijo, pero ayudarla le hizo sentirse útil. Le gustaba lo agradecida que estaba y disfrutaba especialmente de lo contento que estaba Wyatt de verle. Cada vez que volvían a encontrarse el uno con el otro, Wyatt reaccionaba como si acabara de aparecer en la casa aunque Aaron solo hubiera salido diez minutos.

Como Aaron consideraba que aquel día estaba siendo un éxito mucho mayor de lo que se había atrevido a esperar, no podía estar enfadado consigo mismo por haberse acercado a Presley cuando se había prometido solo una semana antes que no lo haría. Aaron no estaba obligado a suplicarle a nadie, pero, por lo menos, su insistencia había funcionado. Presley había dejado de apartarse cuando la tocaba. Y por lo que él estaba viendo, había dejado de cerrarle su corazón. Al final, se había acurrucado confortablemente en el sofá contra él, estrechando su cuerpo contra el suyo como hacía años atrás, y la sensación había sido tan agradable como esperaba. Habían hecho el amor dos veces, una en la ducha y otra cuando Wyatt se estaba echando la siesta. Aunque Aaron era el que tomaba la iniciativa y ella nunca le buscaba, el hecho de que todavía se mostrara algo reservada era una mínima objeción. Apenas acababan de resolver sus diferencias. Quizá, con el tiempo, se entregara de nuevo completamente a él.

–¿Es así como comes últimamente?

Presley había hecho un revuelto de verduras para comer y le estaba dando a Wyatt las más blandas.

–¿No te gusta?

En menos de una hora, él ya volvería a tener hambre.

–No está mal, como guarnición.

–Podría ofrecerte algo de carne, pero no tengo –contestó Presley con una risa.

–Podemos ir después al Just Like Mom's. Pero me sorprende que te hayas convertido en una persona tan obsesionada con la salud. ¿Ahora eres vegetariana?

Jamás lo había comentado, pero todo lo que habían comido aquel día: nueces, yogurt, bayas, pan integral y un sándwich de pepino, ciertamente, lo sugería.

–No del todo. Pero no suelo comer carnes rojas, y tampoco alimentos procesados, por cierto.

–En ese caso, tendré que sacarte a disfrutar de un buen filete antes de que me hagas seguir a mí la misma dieta.

Una llamada a la puerta los interrumpió y Presley miró hacia la calle con aprensión.

–Esa va a ser Cheyenne.

–¿La estabas esperando?

–Me ha enviado hoy varios mensajes diciendo que tenía noticias.

–¿Y no te ha dicho qué clase de noticias?

–No le he dado oportunidad. Como no has preguntado cómo han ido las cosas después de haber donado tan amablemente lo que donaste hace una semana, he pensado que preferías olvidarlo... para siempre. Pensaba contestar cuando pudiera centrarme en ella.

Parte de la alegría que Aaron estaba sintiendo se desvaneció. Había participado en el proceso de inseminación, pero no estaba seguro de lo que sentía al respecto.

–¿Todavía no sabe si ha funcionado?

–Supongo que a estas alturas ya lo sabe. Si no, no sé qué otra noticia puede querer darme.

Apartó un pedazo de calabacín.

–¿Por qué ha esperado tanto tiempo para hacerse la prueba de embarazo? Yo había dado por sentado que había salido bien, que me llamaría si volvía a necesitarme.

–No se puede comprobar inmediatamente –comenzó a cruzar la habitación–. Es probable que todavía sea un poco pronto para que los resultados sean del todo fiables, pero sé que se hace muy difícil esperar. Necesita quedarse embarazada antes de que Dylan pueda darse cuenta de que no lo está.

Aaron permaneció sentado a la mesa, preparándose por si la que llamaba era Cheyenne. No estaba seguro de qué respuesta sería la peor. Si el saber que había ayudado a engendrar un hijo sin el conocimiento de Dylan, un secreto con el que tendría que convivir durante el resto de su vida, o que le dijeran que no había sido concebido y tenían que intentarlo otra vez.

Pero no era Cheyenne. Aaron podría haberse considerado afortunado si no hubiera sido porque la visita que recibió Presley ocupaba un lugar todavía más alto de la lista de personas a las que prefería no ver.

–Riley –saludó Presley incómoda–. No te esperaba.

Los ojos de Riley volaron hacia Aaron y hacia Wyatt, que estaba sentado en la trona. Aaron sabía que daba la sensación de que los había interrumpido en medio de una comida familiar.

–Siento interrumpir, pero cuando he visto la camioneta de Aaron, he imaginado que estaba aquí, viendo a Wyatt, y he pensado que a lo mejor estaba dispuesto a quedarse con él para qué tú puedas salir conmigo.

Aaron ya se había quedado cuidando a Wyatt para que ellos salieran en una ocasión, pero no le había gustado la experiencia. Había pasado la noche imaginando toda clase de cosas que le hacían desear darle a Riley un buen puñetazo. Pero no estaba convencido de que Riley creyera de verdad que iba a estar dispuesto a hacer lo mismo otra vez. Probablemente había pasado por allí, había visto la camioneta y había decidido llamar para ver lo que estaba pasando. Así que como Presley no parecía saber qué responder, Aaron se levantó y caminó hacia él.

–La verdad es que Presley y yo teníamos planes para esta noche.

–¿De verdad? –preguntó Riley, pero tenía toda su atención puesta en Presley.

Aaron contestó a pesar de que no era a él al que le habían preguntado.

–Planes que durarán hasta que me vaya del pueblo dentro de un mes.

Presley abrió la boca como si tuviera algo que añadir. A lo mejor iba a decir que no habían acordado una relación en exclusiva y que él mismo le había dicho que podía salir con otros hombres. Pero en aquel momento, Aaron se sentía mucho más posesivo y mucho menos generoso. En cualquier caso, no pudo oír lo que Presley pensaba decir. Porque fue Riley el primero en hablar.

–¿Eso es verdad? ¿Estás saliendo otra vez con él?

Incluso Aaron fue capaz de percibir el tono acusatorio de la pregunta, como si Presley estuviera cometiendo el error más estúpido del mundo. Le enfureció que Riley actuara con aquella prepotencia cuando Presley estaba intentando ser educada y él mostrarse mínimamente respetuoso.

–Sí, pero... pero no estamos comprometidos.

–Por supuesto que no –replicó Riley con una risa amarga.

Presley le miró parpadeando.

–¿Perdón?

–Podría habérmelo imaginado. Aaron no es de ese tipo de hombres.

–No tienes ni idea del tipo de persona que soy –le espetó Aaron.

Pero Riley parecía francamente descontento con el curso que habían tomado los acontecimientos y parecía incapaz de controlar sus emociones.

–¿Te estás acostando con él?

En ese momento, Aaron ya no fue capaz de reprimirse

–Lo que hagamos o dejemos de hacer no es asunto tuyo.

Riley volvió a ignorarle.

–¿Sí o no?

Como Presley no contestó, Riley rio sin alegría.

–Aaron jamás será lo que tú quieres que sea. Pensaba que por fin lo habías descubierto.

Aaron sintió que sus manos se cerraban en puños. No quería que le venciera la rabia. Todavía estaba avergonzado de su actitud el día de la inauguración. Pero Riley parecía estar a punto de iniciar una pelea.

–Siento que estés tan afectado –Presley le empujó suavemente para que se apartara–. No creo que tuviéramos una relación en exclusiva, ni expectativas de que pudiéramos llegar a tenerla.

–Expectativas –repitió Riley–. Sí, supongo que ese es el problema. He esperado demasiado.

Presley extendió las manos.

—¿Cómo podía habértelo dejado más claro? —preguntó, pero Riley ya se había marchado.

Los celos a menudo sacaban lo peor de la gente. Y desde que Presley había regresado al pueblo, Aaron también los había sufrido. Aun así, le sorprendió que Riley estuviera tan enfadado. Y lamentó que Presley se hubiera llevado la peor parte de aquel enfrentamiento. Si hubiera podido, Aaron la habría protegido de una situación como aquella. Presley había demostrado una fe ciega al volver a confiar en él y lo último que necesitaba era que Riley, o cualquier otro, alimentara sus dudas.

—No dejes que esto te afecte —la tranquilizó, abrazándola—. ¿Cómo puede decir qué es lo mejor para ti? Apenas nos conoce.

—A lo mejor nos conoce mejor de lo que pensamos —respondió ella.

Presley volvió a cambiar de postura, cada vez más preocupada, pero Aaron la hizo volverse y le enmarcó el rostro entre las manos.

—Yo no puedo prometerte la luna —le dijo—. Pero él tampoco.

No tuvo oportunidad de saber cuál iba a ser la respuesta de Presley. En aquel momento, llegaron Cheyenne y Dylan. Aaron oyó el motor de la camioneta y a los pocos segundos, los vio cruzar la puerta.

Capítulo 26

Aaron, sentado al lado de Presley, se sintió incómodo por un buen número de razones. Después de lo que había pasado con Riley, estaba muy sensible a la posible reacción de la gente cuando supiera que Presley y él estaban juntos. Cheyenne y Dylan se mostrarían escépticos, desde luego, sobre todo sabiendo que iba a abandonar muy pronto el pueblo. Pensarían que solo iba a quedarse allí durante el tiempo suficiente como para interferir en los progresos que estaba haciendo Presley. Así que prefería que no saliera el tema. No iba a permitir que arremetieran de nuevo contra ella, y eso significaba que, posiblemente, terminarían discutiendo.

Como si aquellas preocupaciones no tensaran ya suficientemente la relación, había muchas posibilidades de que Cheyenne hubiera concebido un hijo suyo, y Aaron sabía que a su hermano no le haría ninguna gracia descubrir la verdad. Poco importaría que él solo hubiera intentado ayudar. Aquello no podría utilizarlo en su defensa. El miedo a que se descubriera aquel secreto permanecería para siempre y podría afectar a su relación con Dylan, por no hablar de lo que podría pasar con Cheyenne e incluso con Presley.

Aaron sentía que Cheyenne estaba tan nerviosa como él. Probablemente temía despertar las sospechas de Dylan, o que lo hiciera él si tenía oportunidad. De modo que no se dirigía a él directamente, y tampoco le miró en ningún momento a los ojos. Presley y ella intercambiaban miradas significativas, pero él no tenía ni idea de lo que significaban. ¿Estaba embarazada o no?

En el caso de que no lo estuviera, él continuaría colaborando mientras pudiera.

–¿Entonces estás dispuesto? –preguntó Dylan.

Cheyenne y él se habían pasado por allí para saber si Aaron podía hacerse cargo del taller mientras ellos estaban en Hawái. Al parecer, habían recibido aquella mañana un folleto de propaganda de una agencia de viajes y, en un impulso, habían decidido tomarse unas vacaciones.

–Será mucho más difícil que nos vayamos cuando nazca el bebé –añadió Dylan–. Además, para entonces, tú estarás en Reno, con lo cual, vamos a estar faltos de mano de obra.

Sus hermanos tendrían que contratar a alguien para sustituirle, pero no había nadie que tuviera tanta experiencia como él en Whiskey Creek. Aquello significaba que estarían en una posición más débil de la que tenían en aquel momento, por lo menos hasta que pudieran preparar a alguien.

–Por supuesto, contad conmigo sin ningún problema.

Aaron estaba más que dispuesto a asumir las responsabilidades de su hermano durante diez días. Dylan se merecía un descanso. Pero aquel viaje lo hacían para celebrar el embarazo, una celebración que podía terminar muy mal si Cheyenne no estaba embarazada.

–¿Y podréis arreglároslas para cuidar a Wyatt? –le preguntó Cheyenne a Presley–. No me gusta irme del pueblo sabiendo que no vas a poder contar conmigo. Pero como te ha dicho Dylan, es posible que no tengamos otra oportunidad.

–Estaré bien.

–¿Cómo te vas a organizar?

–Intentaré cambiar algunas citas y poner las siguientes

durante las tardes y los fines de semana, cuando Alexa no esté en el instituto.

Aaron le había dado dinero suficiente para pagar el alquiler, así que eso podría ayudar.

–Y Eve me ha dicho que puedes dejar a Wyatt en el hostal cuando tengas que dar las clases de yoga –le dijo Cheyenne.

–Un gesto muy amable por su parte.

–Solo estaremos fuera diez días –insistió Dylan.

Presley sonrió.

–Estoy segura de que nos las arreglaremos perfectamente.

Estuvieron hablando durante otra media hora, sobre todo de Wyatt y de los planes que tenían para su habitación. Presley hizo una mejor labor a la hora de entretenerlos que Aaron. Él se centró en jugar con Wyatt mientras esperaba a que se fueran. Pero Presley pareció incluso más aliviada que él cuando por fin se marcharon.

–¿Está o no está embarazada? –preguntó Aaron en cuanto oyó el motor de la camioneta.

Presley se apoyó en el brazo de la butaca naranja.

–Está embarazada. Me lo ha susurrado al oído cuando me ha abrazado para decirme adiós y tú estabas hablando con Dylan.

Al ver el entusiasmo de Cheyenne cuando habían estado hablando de la habitación del niño, ya se lo había imaginado.

Después de que Aaron se fuera y tras acostar a Wyatt, Presley intentó llamar a Riley. No contestó al teléfono y aquello la entristeció porque Riley le caía muy bien, pero incluso en el caso de que decidiera que ya no quería ser su amigo, la situación no cambiaba. Ella pretendía disculparse por si su actitud le había confundido, a pesar de la conversación que habían tenido sobre Aaron. También estaba deseando explicarle que, tanto si era un error como si no permitir que Aaron volviera a su vida, tenía derecho, e incluso quizá la obligación, de intentar arreglar las cosas con el padre de su hijo.

Probablemente, Riley insistiría en que Aaron iba a decepcionarla otra vez y, seguramente, tenía razón. Aaron no había sido capaz de darle lo que quería cuando habían estado juntos años atrás. Pero en aquella nueva etapa, las cosas estaban siendo muy diferentes. Suficientemente distintas como para demostrarle lo que la vida podía llegar a ser. Y si renunciaba demasiado pronto, sería ella la que estaría alejándose de aquella posibilidad. ¿Por qué iba a rendirse tan fácilmente? Nadie ganaba un partido de boxeo escondiéndose detrás de los guantes. Ella había bajado la guardia, estaba dispuesta a recibir el golpe, porque el intentar mantenerse fuera del cuadrilátero no había funcionado. Dos años atrás se había marchado. Había sido la mejor solución. En aquel entonces, tenía que luchar por lo más básico: su salud, su supervivencia y su futuro. ¿Pero en ese momento?

Estaba de vuelta en donde había empezado. Tenía que haber una razón. Tenía que encontrar en Whiskey Creek algo más que un corazón roto.

De modo que a lo mejor ya era hora de dejar de dudar, tiempo de olvidarse de los miedos. Y si Aaron y ella terminaban juntos, sería la mujer más feliz del mundo.

¿Y si no? Intentaría salir de la situación de la mejor manera. No recurriría a las drogas bajo ningún concepto. Por fin tenía el pleno control sobre su vida y eso le daba muchas opciones.

Cuando estaba en la cama, intentando dormir, Aaron recibió un mensaje de Cheyenne en el que volvía a darle las gracias, pero no fue capaz de responder. Borró el mensaje.

Quería fingir que no había tenido nada que ver con aquella concepción, que Cheyenne se había quedado embarazada de la manera que Dylan pensaba. Fuera como fuera, Dylan iba a adorar a ese niño, así que todo saldría bien.

En aquel momento, estaba más preocupado por su relación con Presley. La visita de Riley la había asustado. Lo sabía porque se había mostrado más reservada después de que Dylan y Cheyenne se fueran y no había discutido con él cuando había dicho que iba a pasar la noche en su casa. Eran tantas las cosas que habían cambiado en un solo día que necesitaba tiempo para pensar. Aaron no tenía intención de herirla, pero todo el mundo estaba tan condenadamente convencido de que terminaría haciéndolo que estaba comenzando a dudarlo él mismo.

A lo mejor estaba siendo muy egoísta al derrumbar sus defensas e intentar despertar su interés. ¿Estaría mejor Presley con otro hombre? ¿Alguien como Riley, que se consideraba a sí mismo un gran hombre de familia?

Aaron no podía estar seguro. Necesitaba un período de prueba, ¿acaso era demasiado pedir?

Sonó el teléfono. Al ver que era Presley, estuvo a punto de no contestar. Tenía miedo de lo que le pudiera decir. Cuando estaba en su casa, había tenido la impresión de que ya estaba cambiando de opinión.

Pero, por si acaso la llamada tenía que ver con Wyatt, temiendo que pudiera estar enfermo o algo parecido, descolgó el teléfono.

–¿Diga?

–¿Te he despertado? –preguntó Presley.

Aaron intentó prepararse para lo que llegara a continuación.

–No.

–Es tarde, y mañana tienes mucho trabajo.

Aaron se presionó el puente de la nariz con el pulgar y el índice, preguntándose a dónde querría llegar, y se sorprendió a sí mismo intentando atajar cualquier posible tema diciendo la verdad.

—Me cuesta dormir sin ti.

—Puedes volver aquí.

Sorprendido, Aaron dejó caer la mano.

—Ya has oído a Riley. Soy un mujeriego y terminaré rompiéndote el corazón.

Se produjo un ligero silencio.

—A lo mejor me está subestimando.

—¿A ti? ¿Y por qué?

—A lo mejor esta vez soy yo la que te lo rompe a ti.

Aaron soltó una carcajada mientras ella colgaba el teléfono. Después, se vistió y corrió hacia su casa. No estaba preocupado. Cuando se metió en la cama, supo que Presley ya no estaba tan insegura como antes, y le gustó.

Los días que siguieron fueron un paraíso para Presley. Mayo fue un mes lleno de días largos y soleados, sin demasiado frío ni demasiado calor. Cheyenne estaba entusiasmada con su embarazo, el negocio de Presley iba creciendo y también Wyatt, y casi todo el tiempo que tenía libre, lo pasaba con Aaron. El único elemento negativo era Riley, que se había tomado tan mal su rechazo que apenas le dirigía la palabra. Aun así, Presley no permitió que aquello la molestara. Y, en cualquier caso, tampoco tenía tiempo para Riley.

Decidida a disfrutar de lo que Aaron le ofrecía, se negaba a obsesionarse con lo que él sentía o dejaba de sentir. Nunca sacaba el tema de su relación, ni le pedía a Aaron que hablara de sus sentimientos. Además de ir al trabajo y salir con Cheyenne a hacer compras para el futuro bebé, jugaba con Wyatt y hacía el amor con Aaron, y se divertían como podía hacerlo cualquier otra familia: salían a comer al Just Like Mom's, iban a pasear, organizaban comidas campestres y visitaron la mina Kennedy. Incluso llegaron a visitar las cuevas de Moaning, que no estaban lejos, aunque no pudieron hacer espeleología porque estaban con Wyatt.

Todo era maravilloso, hasta que Aaron la llevó por primera vez a Reno para que viera el lugar en el que iba a montar la franquicia de Auto Body Amos. Era un solar situado en una esquina que había sido en otro tiempo un pequeño concesionario de coches y tenía un gran potencial. Pero Presley sintió el hormigueo de la preocupación porque Aaron no mencionó en ningún momento el papel que Wyatt y ella jugarían en su vida una vez se trasladara allí.

Aun así, no dijo nada. Se había prometido a sí misma que no le presionaría y no iba a hacerlo. Cuando Aaron estuviera preparado para asumir un compromiso, lo haría.

–Has cambiado, lo sabes, ¿verdad? –le dijo mientras regresaban a casa.

Habían bajado las ventanillas de la camioneta a petición de Presley. Podían haber conectado el aire acondicionado, pero le gustaba sentir el viento en la cara.

–Te has convertido en una persona muy responsable. Y tienes mucha más confianza en tus propias capacidades.

–¿Y tú no has cambiado también? –preguntó ella.

Aaron se encogió de hombros.

–A lo mejor. Pero tú eres más flexible que yo. Me encanta lo divertida que eres y lo fácil que resulta estar contigo.

Presley sonrió mientras Aaron le tomaba la mano. Aquello era lo más cerca que había estado Aaron de cualquier tipo de declaración amorosa. Presley estaba encantada de que estuviera teniendo pensamientos tan positivos. Pero a la semana siguiente, le costó más tomarse las cosas con calma, porque fue entonces cuando Aaron encontró la casa que también había estado buscando.

Presley estaba sentada en la terraza de la cafetería Black

Gold, revolviendo el azúcar en el té. Wyatt estaba sentado a su lado en la sillita y Cheyenne al otro lado de la mesa. Presley sabía que su hermana y sus amigos se reunían todos los viernes en aquel café, pero aquel día no era viernes. Era miércoles, el día anterior a que Cheyenne y Dylan viajarían a Hawái, y estaban ellas dos solas.

–Vi a Aaron en el Nature's Way con Wyatt –dijo Cheyenne–. Está loco con el niño –le dio un pellizco cariñoso a Wyatt–. Da gusto verlos juntos.

Wyatt adoraba a su padre, al igual que su padre le adoraba a él. A veces, eso hacía que Presley se pusiera nerviosa, quizá incluso un poco celosa, sobre todo cuando volvían las dudas y las inseguridades del pasado. Pero ella hacía todo lo que estaba en su mano para dejar aquellas preocupaciones en el fondo de su mente. Se enfrentaría a lo que quiera que ocurriera, y lo haría con clase. Aquel era el objetivo.

–Es un buen padre. Está mucho más interesado en Wyatt de lo que esperaba.

–Sí, y pasa mucho tiempo con el niño.

Presley le ofreció a Wyatt otro sorbo de leche.

–Creo que está intentando pasar con él todo el tiempo posible porque sabe que le resultará mucho más difícil cuando se vaya a Reno.

La sombra de la marcha de Aaron iba alargándose a medida que iban pasando los días. También en aquel momento le provocó una punzada de ansiedad, pero fue capaz de reprimirla.

–¿Qué pasará entonces? –preguntó Cheyenne, bebiendo su zumo de naranja.

Presley añadió otro sobre de azúcar al té para no tener que levantar la mirada. Se había liberado de sus miedos, había logrado dejar de pensar cada segundo en lo que podía ocurrir al siguiente. Había decidido que la única manera de vivir su relación con Aaron era disfrutando del momento. Se habían divertido mucho, pero Aaron no había pronunciado nunca las dos palabras que ella tanto ansiaba oír, y tampoco le había pedido que se casara con él. Y estando tan próxima su marcha, estaba empezando a perder la esperanza.

«Ya lo habías visto venir», se decía, «y, por lo menos, has pasado la mayor parte del mes de mayo con él, que es mucho más de lo que habías tenido hasta ahora. Por lo menos has sido suficientemente valiente como para correr el riesgo».

–Tendrá que venir a Whiskey Creek a vernos, supongo –dijo, bajando los ojos para no revelar sus verdaderos sentimientos.

–¿No ha mencionado la posibilidad de que os trasladéis con él a Reno?

Intentando convertirse en la viva imagen del equilibrio y la seguridad, Presley se reclinó en la silla, cruzó las piernas y bebió un sorbo de té.

–¿Por qué iba a proponerme algo así? Yo tengo el negocio aquí.

Pero podía haberle pedido que lo trasladara. Ella lo habría hecho por él, si no inmediatamente, sí con el tiempo, cuando hubiera podido hacer los arreglos pertinentes.

–Pero ahora sois una pareja, ¿no? Quiero decir... por lo que Dylan y yo sabemos, prácticamente estáis viviendo juntos. Grady dice que Aaron apenas se pasa por casa. Ni siquiera se acuerda de la última vez que Aaron hizo allí la colada.

Aaron cada vez parecía tener menos interés en quedarse en casa con sus hermanos. Pero eso no convertía su convivencia en algo oficial. Él continuaba haciendo todos los arreglos necesarios para montar la franquicia y, más recientemente, había alquilado también una casa.

–Como ya te he dicho, intenta pasar todo el tiempo que puede con Wyatt.

Cheyenne limpió la mesa con una servilleta.

—¿Quieres decir que no se está acostando contigo?

—Digamos que yo podría estar disfrutando de los beneficios que eso conlleva.

—Presley, espero que...

Presley alzó la mano. No iba a permitir que la empatía de su hermana la hiciera flaquear.

—No. Me parece bien que Aaron continúe su vida sin mí. Yo ya no soy tan frágil como antes.

Cheyenne no parecía muy convencida.

—¿Y qué piensas hacer?

—Continuaré levantando mi negocio como estoy haciendo ahora. Y, algún día, a lo mejor aparece otro hombre.

Le resultaba difícil imaginarlo, pero era lo que se suponía que debía decir cuando uno intentaba poner al mal tiempo buena cara. Había sido ella la que había tomado aquella decisión. Su hermana y su cuñado no tenían por qué sufrir las consecuencias que de ella se derivaran. Ya habían hecho suficiente por ella.

Presley y Cheyenne permanecieron en silencio durante algunos segundos, hasta que la segunda dijo:

—¿Ha mencionado algo sobre el bebé?

—¿El bebé? —¿no acababan de estar hablando de Wyatt?

—Me refiero al mío —le aclaró Cheyenne—. Le he estado enviando mensajes, pero solo contestó a uno de ellos.

—¿Y qué te decía?

—Que se alegra de que esté contenta y me desea suerte. Eso era todo. Tengo la sensación de que ni siquiera le apetece hablar conmigo.

—No es eso. Quiere distanciarse del embarazo. En realidad, es mejor que no esté esperando ningún reconocimiento por su contribución, ¿no crees?

—Supongo que sí, pero me siento mal. No quiero que este embarazo me cueste a mi cuñado. No me metí en esto pensando que tendría que enfrentarme a esa clase de sacrificio.

—Aaron solo necesita poner cierta distancia, como ya te

he dicho. Se siente culpable por mantenerlo en secreto, pero, al mismo tiempo, es consciente de que es lo mejor para todo el mundo.

–Claro que es lo mejor. Por lo menos, para Dylan. Está encantado.

Presley esperaba que lo estuviera, porque ya era demasiado tarde para dar marcha atrás.

–¿Has sabido algo de Riley?

–Sí, le veo de vez en cuando. El viernes pasado vino a tomar café con todo el grupo, ¿por qué?

–Le he llamado varias veces, pero no contesta –le explicó Presley.

Cheyenne terminó su bebida y tiró el vaso en la papelera más próxima.

–Tenía grandes esperanzas en vuestra relación.

–No entiendo por qué.

Su hermana le dio una palmadita en el brazo.

–No digas eso.

–No estoy minusvalorándome. No había ninguna química entre nosotros.

–Por tu parte, quizá. Pero tú ya estabas enamorada, así que no la habrías sentido aunque hubiera tenido las proporciones de un terremoto.

–Ni siquiera está viniendo a darse los masajes –le dijo–. Creo que debería devolverle el dinero. Le envié un mensaje diciéndoselo, pero tampoco contestó. Supongo que tendré que llamarle otra vez.

–No te molestes en devolverle el dinero. Quiero a mucho a Riley, pero es él el que tiene que decidir si quiera darse el masaje o no. Tú no has hecho nada malo –le dio a Wyatt otra de sus galletas ecológicas–. Supongo que volverá a pedir hora dentro de unos meses, cuando Aaron se haya ido y piense que has tenido tiempo de olvidarle.

Si de verdad pudiera olvidar a Aaron, a aquellas alturas ya lo habría hecho.

–A lo mejor tienes razón.

El sonido de un claxon atrajo su atención. Presley desvió la mirada y vio a Aaron aparcando la camioneta.

–Hablando del rey de Roma –musitó Cheyenne–. Sabía que íbamos a estar aquí, se lo he dicho yo. Espero que no te importe.

–Por supuesto que no. A lo mejor por fin me dice algo.

Presley apartó una silla de la mesa más cercana para que Aaron pudiera sentarse con ellas.

–No has contestado cuando te he escrito para ver si querías que te pidiera algo –dijo Presley cuando Aaron se acercó a ellas.

–Estaba conduciendo, pero no te preocupes –se interrumpió para levantar en brazos a Wyatt, que reía de felicidad mientras entraba con su padre en el establecimiento.

Cuando la puerta se cerró tras ellos, Cheyenne le guiñó el ojo a Presley.

–Tiene muy buen aspecto.

Presley sonrió.

–Siempre tiene muy buen aspecto.

Aaron llegó con un café con hielo y se inclinó para besar a Presley antes de sentarse.

–¿Tú qué estás tomando? –le preguntó mientras se colocaba a Wyatt en el regazo.

–Lo de siempre.

–¿Un té? Debería habérmelo imaginado –le sonrió a Cheyenne–. Esta chica ya no come nada que pueda ser malo para la salud.

Cheyenne apartó su bolso para dejarle más espacio.

–Lo sé. Resulta difícil llevarla a comer al Just Like Mom's, ¿verdad?

–Hablando del Just Like Mom's, iréis esta noche, ¿verdad? –preguntó Aaron.

–¿A conocer a tu madrastra? –susurró Cheyenne–. Por supuesto, me muero de curiosidad.

–Me alegro de que te haga ilusión, porque a mí no me hace ninguna –replicó Aaron.

Cheyenne le pasó el azúcar.

–Será menos violento estando en grupo.

Aaron desgarró uno de los sobres.

–Sí, esa era la idea.

Por lo que Aaron le había contado, Anya Sharp llevaba semanas intentando cenar con los hermanos Amos y al final, a estos se les habían acabado las excusas.

–Haré una excepción con la dieta –dijo Presley–, aunque últimamente has estado llevándome demasiado a menudo a ese restaurante.

–¿Estás nervioso? –le preguntó Cheyenne a Aaron.

–Nervioso no, pero tengo cierta aprensión. ¿Quién sabe cómo será esa mujer?

Cheyenne saludó a alguien que la llamó desde el otro lado de la calle.

–A lo mejor es agradable. ¿Habéis hablado con ella por teléfono? Dylan me ha dicho que eres tú el que lo está organizando todo.

–Desde que Dylan le dio mi número de teléfono, ha estado llamándome a mí. Agradéceselo de mi parte.

Presley soltó una carcajada ante su sarcasmo.

–Ya no sabía cómo seguir dándole largas y pensó que tú tendrías más suerte –le disculpó Cheyenne.

–Pues, al parecer, soy más blando de lo que me gusta creer. O he cedido porque ha conseguido agotar mi paciencia. Esa mujer es incapaz de aceptar un no por respuesta. Tenía miedo de que terminara presentándose en nuestra casa.

–¿Tan agresiva es?

–Absolutamente. Está deseando conocernos, pero no entiendo a qué viene tanta prisa. ¿Por qué no espera hasta que hayan sacado a mi padre de la cárcel?

–Estoy de acuerdo –intervino Presley. Ya habían hablado de ello con anterioridad.

–Todos somos adultos –añadió Aaron–. No necesitamos una madre.

–A lo mejor se siente sola. Al fin y al cabo, está casada con un preso.

Presley sabía por experiencia propia que a Aaron no le gustaba hablar de su madrastra, así que cambió de tema. Aquella misma noche tendrían oportunidad de descubrir lo que Anya estaba buscando. Las conjeturas no iban a llevarlos a ninguna parte.

–¿Cómo te ha ido esta mañana? –le preguntó a Aaron–. ¿Has firmado ya el contrato de esa casa tan bonita que encontraste en Reno?

Aaron le había pedido que fuera con él, pero Presley tenía clase de yoga y tres masajes pendientes.

–Sí. También he pagado la fianza y el primer mes de alquiler.

–¡Qué bien! –contestó Presley, consiguiendo esbozar una sonrisa.

Cheyenne les miró a los dos alternativamente.

–¿Así que ya has alquilado algo?

–Sí, no es una casa especialmente lujosa –contestó–, pero es acogedora –le dio un codazo a Presley, buscando su confirmación–, ¿no te parece?

–Sí, a mí me encanta.

Cheyenne movió su silla para poder continuar a la sombra de la sombrilla.

–¿Cuándo piensas mudarte?

–Empiezo a pagar el alquiler el uno de junio.

–¿Tan pronto? Solo te queda una semana.

–Ese ha sido siempre mi objetivo, una vez decidí hacer esto.

Cheyenne frunció el ceño.

–Pero el cumpleaños de Presley es a finales del mes que viene y quiero organizarle una gran fiesta. Vendrás para ese día, ¿verdad?

Presley intervino antes de que pudiera hacerlo él.

–Si tiene tiempo. Seguro que estará muy ocupado poniendo el taller en funcionamiento.

–¿Si tengo tiempo? –repitió Aaron.

–Seguro que vas a estar muy ocupado –Presley miró el teléfono–. Tengo que irme si no quiero llegar tarde al próximo masaje. Cheyenne, no te importa quedarte con Wyatt, ¿verdad?

–Puede quedarse conmigo –se ofreció Aaron–. Tengo que hacer algunas llamadas, pero puedo hacerlas desde casa.

–Genial, después nos vemos.

Aaron le había dado un beso antes de sentarse, pero ella tenía mucho cuidado de no hacer ningún tipo de demanda afectiva, sobre todo cuando estaban en público. Así que, en vez de darle un beso a Aaron, abrazó al bebé y se despidió diciendo adiós con la mano.

Capítulo 27

Cheyenne esperó a que su hermana se fuera.
—Lo está haciendo muy bien.
Aaron le tendió a Wyatt mientras plegaba la sillita. Tenía un asiento para Wyatt en la camioneta, que era algo que Cheyenne jamás habría imaginado que llegaría a ver. La hacía sonreír cada vez que veía la sillita asomarse por la ventanilla.
—¿Te refieres a lo que está haciendo aquí, en Whiskey Creek?
—Me refiero a su vida en general.
Cuando Aaron entrecerró los ojos, Cheyenne comprendió que era consciente de que aquel era el anuncio de una conversación seria.
—Te estás poniendo muy filosófica.
—Simplemente, me alegro de que sea feliz —respondió ella, intentando dar marcha atrás.
—¿Y eso es todo? Dime la verdad —le pidió Aaron—. Estás pensando en algo más.
No estaba dispuesto a permitir que se marchara sin confesar lo que estaba pensando.
Cheyenne le miró entonces con el ceño fruncido.
—Aaron, lo único que necesito es saber que la quieres. Porque la quieres, ¿verdad?

—Ya te lo he dicho otras veces.

—¿Y aun así piensas irte a Reno y dejarla aquí?

La expresión de Aaron mostró una muy poco sutil advertencia.

—Déjalo. En eso no te metas.

Cheyenne no se atrevió a seguir presionando. Por lo menos estaba siendo un buen padre. En aquel sentido, no podía culparle de nada. Y también trataba muy bien a Presley. Era su falta de compromiso en aquella relación lo que la preocupaba. Sabía lo difícil que tenía que estar siendo para Presley.

Con un suspiro de frustración ante su dureza, le preguntó:

—¿Por lo menos podemos hablar del bebé?

Aaron volvió a taladrarla con la mirada.

—¿De qué bebé?

—Del mío —se llevó la mano al vientre—. Del que tú me has dado.

—No quiero volver a hablar nunca más de ese tema —le advirtió—. Por lo que a mí concierne, aquella noche y lo que allí pasó no han existido.

—Muy bien. Maravilloso. En ese caso, ya solo queda un problema.

Aaron esbozó una mueca, pero preguntó de todas formas:

—¿Cuál es?

—No quiero que me cueste mi relación contigo. Me importas, Aaron, porque eres mi cuñado. Y a Dylan le importas mucho más. Cuando tomé la decisión de pedirte ayuda, no te estaba cambiando conscientemente por lo que podías darme.

Afortunadamente, Aaron no dijo que aquella era una posibilidad en la que Cheyenne no había pensado en ningún momento. Podía haberla acusado de ello, haberle recordado lo desesperada que estaba. Pero comprendió que ella solo pretendía que todo volviera a la normalidad.

–No tiene por qué costarte nada, Cheyenne. Olvídalo, ¿de acuerdo?

–No puedo olvidarlo. Llevas días tratándome como si fuera una completa desconocida y eso me hace pensar que cometí un error al meterte en esto. No podemos ignorarnos indefinidamente, Aaron, ni siquiera podríamos aunque yo estuviera de acuerdo en hacerlo. Continuaremos viéndonos en reuniones familiares como la de esta noche, en la que vamos a conocer a la nueva señora Amos. Preferiría que no tuviéramos que sentirnos violentos en ese tipo de situaciones.

Después de mirar a su alrededor para asegurarse de que la costa estaba despejada, Aaron bajó la voz.

–Te trato de esa forma porque no quiero reconocer lo que ha pasado. No quiero que me des las gracias. No quiero tu gratitud. No quiero que cambie nada entre nosotros por culpa de ese secreto. La idea de que lo que hicimos pueda llegar a unirnos más no me gusta, ¿no lo entiendes? Lo único que tienes que hacer es ser feliz y hacer feliz a mi hermano y a vuestro hijo. Solo de esa manera podré sentirme cómodo en esta situación.

–Entonces, lo siento.

Cheyenne comprendió que aquella no era la respuesta que Aaron esperaba.

–¿Qué? ¿Por qué?

–Porque te estoy muy agradecida, jamás podré llegar a expresar cuánto. Y no volveré a mencionarlo nunca más ni delante de ti ni delante de nadie. ¿Pero cómo voy a olvidar que has sido tú el que ha hecho posible que Dylan y yo seamos padres?

A pesar de que tenía a Wyatt en brazos y Aaron llevaba la silla, se levantó para darle un abrazo.

–Y aprecio tu gratitud –farfulló Aaron mientras ella se apartaba–, pero no hace falta que digas nada más. No quiero más sonrisas de agradecimiento ni miradas con las que pareces estar preguntándome que si estamos bien, ¿de acuerdo?

Cheyenne se echó a reír.

–Entendido.

–¿Me lo prometes?

–Sí.

–Gracias a Dios –caminó a grandes zancadas hacia la camioneta y colocó la sillita de Wyatt en la parte de atrás.

–Solo una cosa más –añadió Cheyenne mientras le seguía.

Aaron se volvió hacia ella.

–Casi me da miedo preguntar qué es –dijo secamente.

–Si vuelves a hacerle daño a mi hermana, haré que te arrepientas de haber nacido –asintió en silencio como si aquel fuera el final, y Aaron pareció relajarse por fin.

–Me alegro de que hayamos vuelto a un terreno familiar –respondió mientras agarraba a su hijo en brazos.

Anya Sharp-Amos no era en absoluto como Aaron la había imaginado. Él pensaba que tenía que ser una mujer bien entrada en la madurez y poco atractiva para casarse con un hombre encarcelado. Pero no era ninguna de las dos cosas.

Debía de tener unos treinta y cinco años, tenía una excelente figura y hacía todo lo posible por presumir de ella, algo que no resultaba difícil cuando se llevaban unos pantalones cortos que apenas tapaban el trasero. Si a los pantalones se les sumaba el chaleco de cuero y las botas, parecía una auténtica motera. Los tatuajes en los brazos y las piernas y el hecho de que apestara a tabaco, completaban el estereotipo. Pero Aaron comprendió de pronto por qué su padre se había casado con una mujer a la que ni siquiera conocía. Después de haber pasado veinte años encerrado, la promesa de las visitas conyugales de una mujer como aquella podrían haberle tentado a hacer cualquier cosa. Pero para cualquier hombre normal, lo único que tenía que hacer Anya para arruinar todo su atractivo era abrir la boca. Era demasiado agresiva para el gusto de Aaron. Él mismo había podido experimentar hasta qué punto cuando no le había permitido postergar la cena.

–¡Mira cuántos hombres guapos! –Anya se levantó al ver entrar a los hermanos y después se acercó a una adolescente que aparentemente iba con ella, invitándola a mostrar algún entusiasmo.

Quienquiera que fuera aquella chica no parecía muy contenta al verse en aquella reunión. Elevó los ojos al cielo como si estuviera harta de su madre y les dirigió una mirada taciturna.

–Esta es mi hija, Natasha –anunció Anya.

Aaron ya se había imaginado al ver los ojos verdes y almendrados de la adolescente que había algún parentesco. Pero Anya no había mencionado en ningún momento a una niña cuando habían hablado por teléfono, de modo que aquel anuncio fue una sorpresa total.

–Como podéis ver, tiene algunos problemas de actitud –continuó Anya–. Necesita que sus hermanos mayores la enderecen y la vigilen. Porque es experta en buscarse problemas –añadió con una risa ronca de fumadora.

Habían quedado en el asador de Sutter Creek. Aaron había llamado a Anya en el último momento para cambiar de restaurante. Anya había protestado, decía que quería ver exactamente el lugar en el que vivían. Pero Aaron no tenía ganas de celebrar aquel encuentro en Just Like Mom's, donde todo el pueblo estaría observándoles. En aquel momento, se alegró de haber insistido en reunirse allí, donde podían mantener un cierto grado de anonimato. Aquella prometía ser una interesante, y terrorífica, comida, y estaba convencido de que Natasha lo sabía mejor que él.

–Tú debes de ser Dylan –gritó Anya, fijándose inmediatamente en él–. Te he reconocido por la fotografía que me enseñó tu padre.

Aaron quiso preguntarle a qué fotografía se refería. Desde luego, ellos no le habían enviado ninguna fotografía reciente. Pero no tenía ni idea de lo que podían haber hecho Grady, Rod o Mack. Ellos tenían una relación mucho más cercana con J.T.

Dylan asintió y tuvo que soportar un abrazo entusiasta de Anya antes de conseguir librarse de ella y presentar a Cheyenne, que miraba fijamente a su suegra con estupefacta incredulidad.

–¡Dios mío, eres maravillosa! –Anya agarró después a Cheyenne–. ¡Mira qué guapa!

Su elevado tono de voz llamó la atención de otros clientes, pero ella no lo notó. O, a lo mejor, no le importó. Cheyenne no tuvo oportunidad de responder antes de que Anya se volviera hacia Aaron.

–¿Y tú? Dime cómo te llamas. No, espera. ¿Eres Aaron? Eres Aaron, ¿verdad?

–Sí, soy Aaron.

Aaron advirtió que Natasha se había sentado. Apoyaba la barbilla en la mano y parecía encerrada en sí misma, como si estuviera deseando hundirse en el olvido.

–Así que tú eres el hermano con el que llevo dos semanas hablando –dijo Anya–. He oído decir que eres un poco problemático. Tu padre me ha contado anécdotas muy divertidas sobre ti, como que una vez saltaste del tejado de tu casa porque creías que podías volar y estuviste a punto de romperte la espalda.

Aaron se alegró de tener a Wyatt en brazos. Así evitó que Anya se aplastara contra él como había hecho con Dylan. Anya agobió un poco a Aaron y después examinó a Presley con la mirada.

–Veo que te has emparejado con esta criatura tan espectacular. ¿Tú eres?

—Presley Christensen —contestó.

—Llevas el nombre del Rey. ¡Dios mío, qué suerte! ¡Y eres preciosa! —le dio tal codazo a su hija que a Natasha se le escapó la barbilla de la mano—. Bueno, Natasha, si te habías fijado en Aaron, mala suerte.

—¡Mamá!

La expresión de disgusto de Natasha mostraba que comprendía completamente lo inadecuado de la conducta de su madre.

—¿Cuántos años tienes? —le preguntó Presley, centrándose en la adolescente.

Natasha se cruzó de brazos y se reclinó en la silla.

—Dieciséis. Y también tengo dieciséis años menos que mi madre —sonrió con dulzura—, por si acaso te lo estás preguntando.

Aaron se lo había preguntado. Le había calculado unos treinta y cinco años. ¿De verdad tenía un año menos que él?

La situación era cada vez más extraña. En ninguna de las cartas que habían recibido de su padre, y en ninguna de las conversaciones telefónicas que había mantenido con Anya, se mencionaba a una hija, y, menos aún, a una hija que todavía estaba en el instituto.

Al menos, esperaba que estuviera escolarizada. Porque Natasha parecía dispuesta a mandar a todo el mundo a paseo, un sentimiento que podía identificar con su propia rabia de todos aquellos años, pero que no conducía a nada bueno. Así que a lo mejor había abandonado los estudios. Desde luego, si no hubiera sido por Dylan, él lo habría hecho.

Aaron presentó rápidamente a Rod, a Grady y a Mack para que Anya no tuviera oportunidad de obsequiarles con anécdotas de cada uno de ellos Después, tomaron asiento, pidieron la comida y comieron. La conversación fue muy forzada; ninguno de los hermanos tenía gran cosa que decir. Pero Anya no paraba de hablar de lo mucho que había cambiado su padre y de que estaba tan joven como ellos. Hasta que Dylan no pagó la cuenta, sin que hubiera por parte de Anya ninguna intención de hacerse cargo de su parte, esta no planteó el verdadero motivo por el que tenía tantas ganas de conocerles. Al parecer, había sido desalojada de la casa en la que vivía en Los Banos, no tenía medios para pagar otro alquiler y esperaba que la ayudaran a encontrar una casa en Whiskey Creek para así poder mudarse antes de que volviera J.T.

Aaron estuvo a punto de estallar en carcajadas cuando salió aquello a la luz. Por fin comprendía el sentido de todas aquellas llamadas y cumplidos.

Afortunadamente, Dylan se encargó de responder. Si Aaron hubiera tenido que hablar en aquel momento, le habría dicho a Anya que era exactamente lo que había temido que fuera: un parásito.

–¿Cuánto necesitas? –le preguntó Dylan.

–Solo unos dos mil dólares –contestó–. Vuestro padre me dijo que os lo pagará en cuanto pueda. Se preocupa mucho por vosotros.

–¿Mi padre dijo que nos lo devolvería él? –preguntó Dylan.

Aaron sabía lo que estaba pensando su hermano. J.T. no tenía dónde caerse muerto.

–Últimamente, hemos pasado una racha de mala suerte –se justificó Anya–. Pero, en cuanto nos mudemos, encontraré trabajo y todo irá bien.

¿Y si no encontraba trabajo? ¿Qué sucedería? ¿Pretendería que siguieran haciéndose cargo de ella? Aaron sospechaba que aquella era su intención.

–Lo siento, pero me temo que no podemos ayudarte –contestó Dylan.

Pero Anya no iba a renunciar tan fácilmente. Les había reunido allí por una buena razón y no pensaba volver a casa con las manos vacías.

—Mirad, si fuera solo por mí, no os lo pediría —insistió—. Pero tengo que pensar en Natasha. La pobre chica necesita una casa en la que vivir. Lo que quiero decir es que... si no podéis prestarnos dinero, a lo mejor podríamos ir a vivir con vosotros. J.T. dice que en vuestra casa hay sitio de sobra. De hecho, comentó que ahora que te has ido, a lo mejor podríamos quedarnos con tu dormitorio —añadió, mirando a Dylan.

Natasha había permanecido en silencio a lo largo de toda la comida. Solo había pedido una ensalada que apenas había probado y, por su forma de ruborizarse cuando su madre les había suplicado, Aaron tuvo la impresión de que sabía de antemano lo que iba a pasar y odiaba cada palabra. No se había mostrado nada amistosa y, sin embargo, era la única a la que Aaron compadecía. Le recordaba a él mismo, o a Presley y a Cheyenne, cuando eran más jóvenes y estaban a merced de una madre irresponsable.

—Me temo que no funcionaría —intervino Aaron para apoyar a Dylan—. Pero mi padre hará todo lo que pueda por ti cuando salga de prisión, estoy seguro.

—Para entonces, será demasiado tarde —gritó Anya, agarrando a Cheyenne—. ¿No puedes convencerles? Sé que esta no es la mejor manera de presentarse, pero ahora somos familia.

Cheyenne parecía sorprendida por el hecho de que Anya la hubiera elegido como intercesora, y a Dylan no le sentó nada bien que hubiera agarrado a su esposa.

—Siento que te parezca que no tenemos corazón, pero apenas te conocemos. Es mi padre el que tiene que hacerse cargo de vuestras necesidades.

Aaron rechinó los dientes. Serían unos estúpidos si se dejaran utilizar por aquella mujer. ¿Pero qué sería de aquella chica? Habían llegado con recelo a aquella cita, temiendo que Anya quisiera conseguir algo, pero no esperaban que la situación se complicara con la aparición de una persona inocente.

–J.T. saldrá de la cárcel en menos de tres meses –continuó Anya–. No estaríamos allí durante mucho tiempo. ¿Y qué son tres meses si a cambio puedes evitar que dos personas se queden sin casa?

Natasha parecía tan descorazonada que Aaron estuvo a punto de proponer que se quedara ella. Dylan estaba luchando contra esos mismos sentimientos; Aaron podía verlo en el rostro de su hermano. Pero, al final, fue Grady el que habló.

–¿Y si nos quedamos con Natasha? ¿Tú no tienes ninguna amiga con la que puedas irte a vivir hasta que salga mi padre?

Anya se revolvió, evidentemente ofendida porque habían intentado excluirla.

–¡No puedo dejar a una hija adolescente en una casa llena de hombres sin que esté yo allí para protegerla!

–No sería una casa llena de hombres –señaló Aaron–. Sería una casa llena de hermanos que estarían a su lado para enderezarla y protegerla, ¿recuerdas?

Anya apretó los labios ante su sarcasmo, pero fue Natasha la que respondió.

–No necesito a nadie. Sé cuidarme yo sola –arrojó la servilleta sobre la mesa, se levantó y salió del restaurante.

Anya no la siguió.

–No le hagáis caso. No tenemos ningún otro lugar al que ir –les suplicó–. Si estáis dispuestos a quedaros con Natasha, podéis dejarme vivir allí también, ¿no? ¿Por qué queréis separarla de su madre?

Aaron estaba dispuesto a apostar que no había nada que Natasha deseara más que separarse de Anya. También estaba convencido de que Natasha no podía arreglárselas sola de ninguna manera, que no tenía ninguna otra opción. De lo contrario, no habría acompañado a su madre.

Cuando Presley le apretó la mano, imaginó que ella pensaba lo mismo.

–A lo mejor podrían quedarse las dos solo unos meses –propuso Ros–. Siempre y cuando compartan una habitación, como ella ha dicho.

–Sí, podríamos hacer eso –saltó Anya inmediatamente–. Sería perfecto. Y pensad lo bueno que sería para vosotros tener una mujer cerca. Esperad a ver cómo cocino. Y hay otras muchas cosas que también se me dan bien.

No explicó cuáles y Aaron temió preguntar.

–Grady, Rod… –comenzó a decir Dylan, pero no pudo decir nada más.

Aunque debieron notar el tono de advertencia, Grady suspiró y se encogió de hombros.

–Todo el mundo necesita un respiro de vez en cuando, Dylan –le dijo–. Y esto supondría un gran descanso en la vida de papá. También a él le daría un respiro, puesto que, estando en la cárcel, no puede ayudarlas. Pero solo puedo hablar por mí mismo. Rod ya ha dicho lo que piensa. ¿Y tú, Mack?

Todos los ojos se volvieron hacia él. Mack vaciló. Era raro que no se pusiera de parte de Dylan. Pero, al final, asintió. ¿Qué otra cosa podía hacer? Él era el que estaba más emocionado, pensando en la vuelta de su padre. Pero había muchas probabilidades de que T.J. antepusiera los intereses de aquella mujer a los de sus hijos y Mack terminara sin nada, como siempre.

Aaron miró a Presley. Sabía que a Anya le había sorprendido no haber sido capaz de conseguir un recibimiento más cálido, pero no iba a permitir que lo que ellos pensaran o sintieran se interpusiera en su camino.

–Ya veréis que no es difícil vivir con nosotras –les aseguró, y, rápidamente, lo organizó todo para irse a vivir a su casa al día siguiente.

–Mierda –musitó Aaron, todavía impactado, mientras iban dirigiéndose hacia la salida después de que Anya se marchara–. Sabía que esto no iba a salir bien, pero no creo que pudiera haber salido peor.

Presley llevaba en brazos a Wyatt, pero se lo colocó a un lado y le pasó el otro brazo por los hombros a Aaron.

–Di la verdad. Natasha te da tanta pena como a todos nosotros.

–Por supuesto –admitió–. Anya tenía un arma secreta. Nos ha desarmado por completo, tal y como pretendía.

Se detuvieron a la sombra del voladizo y observaron como se alejaban madre e hija en un coche destartalado.

–Creo que vamos a terminar teniendo problemas –dijo Grady.

Desde luego. Pero Aaron no iba a permitir que su padre volviera a arruinarle la vida. Si alguna vez había tenido dudas sobre su marcha a Reno, desde luego, desaparecieron en aquel momento.

Capítulo 28

Presley apenas vio a Aaron durante la siguiente semana. Dylan y Cheyenne estaban en Hawái, de modo que Aaron se encargaba de poner al día su propia carga de trabajo después de cerrar. Llamaba cuando se tomaba algún descanso y dormía con ella, pues se negaba a volver a su casa, donde podría encontrarse con Anya o Natasha, pero se iba antes de que Presley se levantara. Presley le echaba de menos, pero sabía que la soledad de aquellos días era solo un ejemplo de lo que la esperaba cuando Aaron ya no viviera en el pueblo.

En cuanto Dylan y Cheyenne regresaron, Aaron comenzó a hacer la mudanza. Presley le acompañaba cuando su horario se lo permitía para ayudarle a limpiar y a vaciar cajas. Él no le había pedido ayuda, pero parecía disfrutar pasando el mayor tiempo posible con ella y con Wyatt. Presley pensaba que la ayudaría a tranquilizarse el hecho de saber que Aaron estaría cómodo y satisfecho en su casa nueva.

Él hablaba como si pensara ir a Whiskey Creek a menudo, como si su mudanza no supusiera ningún cambio para ellos. Pero Presley no le creía. Un trayecto de tres horas era un obstáculo importante. En cuanto estuviera ocupado, y estaría extremadamente ocupado, iría quedándose en Reno durante períodos cada vez más largos. Y ella no tenía coche, de manera que no podría ir a verle.

Suponía que era lo mejor. De aquel modo, Aaron tendría que decidir la frecuencia de sus encuentros. Estaba cansada de quererle más de lo que él la quería y odiaba tener la sensación de que aquello nunca iba a cambiar. Si Aaron quería estar con ella y con Wyatt, ya sabía dónde encontrarlos. En primer lugar, no tenía por qué mudarse a Reno. Sus hermanos estarían encantados de que se quedara. Era él el que había decidido abrir una franquicia. Por supuesto, no le hacía ninguna gracia que Anya y Natasha hubieran irrumpido de aquella manera en sus vidas, pero sus hermanos lo aguantaban. Unas semanas atrás, podría haber elegido quedarse en Whiskey Creek, pero había firmado el contrato de los dos alquileres solo unos días después de que hubieran empezado a verse prácticamente cada día. La primera noche que habían pasado en su casa había sido tres semanas antes del cumpleaños de Presley.

–¿Qué quieres que te regale? –le preguntó Aaron.

Estaban abrazados y habían estado hablando de la fiesta que Cheyenne estaba organizándole a Presley. Había sido así como había surgido el tema.

Aquella pregunta fue una decepción para Presley. Habría preferido que eligiera algo por sorpresa. Pero a lo mejor estaba siendo demasiado susceptible. Aaron tenía muchas cosas tanto en la cabeza como en su agenda y aquella situación iba a ir a más.

–No necesito nada en particular –respondió–. A lo mejor unas colchonetas de yoga para poder prestárselas a los alumnos que no traen las suyas.

–Eso es demasiado práctico.

–Aun así, seguiría siendo un buen regalo. Quiero sacar adelante el estudio –además, normalmente solo recibía regalos prácticos, así que estaba acostumbrada a ellos.

—Lo que necesitas es un coche.

—No, en Whiskey Creek, no —dijo—. Y prefiero no tener que pagar las cuotas.

—¿Entonces cómo vas a poder ir a verme?

—No iré. Serás tú el que tenga que venir a verme.

Porque aunque Aaron hiciera nuevos amigos o comenzara a salir con otras mujeres, tendría que seguir viendo a Wyatt, ¿no? Eso le daba cierta seguridad, pero también le impedía construir una vida en la que él no estuviera incluido.

Aaron le besó el hombro desnudo.

—No te preocupes. Vendré a veros a menudo.

—¿Y vas a venir a mi fiesta?

—Por supuesto —respondió—. ¿Qué fue lo que le dijiste a Cheyenne, por cierto? Ah, sí, que iría si tengo tiempo. ¿Qué clase de tipo piensas que soy? No me perdería tu fiesta de cumpleaños por nada del mundo.

—Tendrás mucho trabajo para entonces. Eso es lo único que pienso.

—Mi trabajo no es más importante que tú.

Presley no lo discutió, pero si eso fuera verdad, no se habría ido a vivir a Reno, o le habría pedido que se fuera a vivir con ella.

Tal y como temía, Presley no vio mucho a Aaron durante los días previos al veintiséis de junio. Él llamaba a diario, pero el viaje hasta Whiskey Creek era demasiado largo como para hacerlo a diario. Ella no podía ir a Reno porque, además de no tener coche, tenía que dar las clases de yoga a primera hora de la mañana y dar los masajes. Aaron no podía moverse porque estaba pagando el alquiler del nuevo taller y necesitaba que terminaran cuanto antes las reparaciones para poder abrirlo.

A medida que iban pasando los días, ella iba echándole

cada vez más de menos, pero se negaba a hundirse en aquel sentimiento, ni a expresarlo ante su hermana que, evidentemente, estaba preocupada por el daño que podía hacerle el que Aaron se hubiera marchado con tanta facilidad.

–Aaron me aseguró que vendría para tu cumpleaños –le dijo Cheyenne una tarde en la que estaban preparando las invitaciones.

–No está pudiendo venir tanto como pensaba –contestó Presley–. Pero espero que pueda venir ese día.

–Seguro que vendrá.

Presley odiaba incluso que se hubiera marchado. Hasta Wyatt parecía triste. Cuando llamaba, Aaron siempre pedía hablar con su hijo si estaba levantado, pero no era lo mismo. Sabía, además, que Riley creía que todo había terminado entre ellos, porque había ido a recibir uno de los masajes que le debía y había flirteado como si aquel desagradable encuentro en su casa nunca hubiera tenido lugar.

Para cuando llegó el día del cumpleaños, Presley echaba tanto de menos a Aaron que no le importaban ni la tarta ni los regalos, ni tan siquiera los amigos que podrían acudir a la fiesta. Solo quería verle. Así que se gastó una buena cantidad de dinero en un vestido nuevo, un vestido nuevo de verdad, no de segunda mano, se pintó las uñas de las manos y de los pies y se perfumó con la fragancia favorita de Aaron, esperando el momento en el que le viera entrar por la puerta. Se había esforzado tanto en arreglarse que cuando Aaron le escribió un mensaje de texto, diciéndole que llegaría tarde, no pudo evitar sentir una gran decepción.

Aunque sonrió, habló y fingió estar disfrutando durante la fiesta, era plenamente consciente de que Cheyenne y Dylan estaban tan enfadados como ella con Aaron. A medida que los minutos fueron transformándose en horas, comenzó a preguntarse si realmente tendría intención de aparecer.

–¡Ya es hora de que Presley abra los regalos! –anunció Cheyenne.

Habían retrasado el momento todo lo posible. Cheyenne no podía seguir postergándolo sin echar a perder la fiesta. La gente estaba empezando a marcharse. Así que Presley se sentó y dejó que Wyatt, sentado a su lado, jugara con el papel de regalo mientras ella iba abriendo cada paquete.

Cheyenne y Dylan le regalaron un cuadro de las montañas que rodeaban Whiskey Creek. Presley se había fijado en él al verlo en una galería del pueblo. Grady, Rod y Mack le regalaron un vale regalo de Amazon de una considerable cantidad de dinero. Ted Dixon y Sophia, su prometida, un libro electrónico. De Anya y Natasha recibió un certificado hecho a mano en el que le ofrecían cuidar gratuitamente a Wyatt.

Por supuesto, Presley jamás dejaría a Wyatt con Anya. No confiaba en la nueva madrastra de Aaron. Pero Natasha le gustaba.

Además de aquellos regalos, recibió otros de sus clientes, como entradas de cine, una planta de interior y una bonita gargantilla.

Consiguió reprimir las lágrimas que acechaban bajo la superficie durante el tiempo suficiente como para dar las gracias a todo el mundo. Después, apenas podía esperar para escapar de su propia fiesta para no tener que seguir fingiendo, pero Cheyenne le informó de que quedaba otro regalo.

Dylan lo sacó de uno de los dormitorios y le dijo:

–Este es el regalo de Aaron.

¿Aaron le había dejado un regalo? ¿Cómo era posible, si ni siquiera había llegado?

No preguntó. Había demasiada gente mirando y lamentando su situación. Notaba su compasión y les oía susurrar: «*¿Aaron ya no está con ella?... ¿Por qué no ha venido a la* *fiesta? Se suponía que iba a venir... Cheyenne dijo que vendría... ¿Acaso han roto?».*

Tres semanas atrás, todo el pueblo la había visto con el padre de su hijo, y más feliz de lo que lo había sido jamás en su vida. Y tres semanas después, Aaron ni siquiera había aparecido en su fiesta de cumpleaños.

Presley no quería abrir el regalo de Aaron delante de nadie, y menos de Cheyenne y Dylan, que eran los más conscientes de su decepción. Pero Cheyenne y Dylan se lo llevaron y si se hubiera negado a abrirlo, su dolor habría sido mucho más evidente.

Así que tragó saliva y se dijo a sí misma que solo tenía que aguantar un poco más.

–¡Qué grande! –comentó.

–No te hagas muchas ilusiones –susurró Cheyenne.

Lo desenvolvieron y encontró cuarenta colchonetas de yoga. Aaron había comprado el regalo que ella misma había sugerido, pero por lo menos se había molestado en comprar una buena cantidad.

–Es genial –dijo–. Yo... las necesitaba –miró a Catherine, una de sus alumnas de yoga, que estaba sentada jugando con Wyatt–. Nos va a venir muy bien tener tantas colchonetas, ¿verdad?

Catherine asintió, pero incluso su sonrisa pareció forzada.

Presley se levantó entonces.

–Muchísimas gracias por haber venido –le dijo a todo el mundo–. Y por los regalos tan maravillosos que he recibido. Este ha sido el mejor cumpleaños de mi vida.

Era una mentira evidente, pero todo el mundo la abrazó y le deseó un feliz cumpleaños por última vez antes de irse a sus casas.

–¿Estás bien? –preguntó Cheyenne cuando empezaron a recoger.

–Claro que estoy bien –contestó, e intentó animarse diciéndose que pronto estaría en la cama.

Cheyenne la agarró del brazo cuando se dirigía hacia la cocina para llevar unos platos.

–Puedes irte ya si quieres. Wyatt ya debería estar acostado.

–Puede aguantar unos minutos más. No quiero dejarte la casa en este estado –contestó.

Pero deseó haber aceptado el ofrecimiento de su hermana cuando oyó a Dylan, hablando enfadado con Mack.

–¿Dónde demonios está? ¿Cree que con hacerme comprar unas colchonetas de yoga ha cumplido?

Mack vio a Presley cerca de ellos y se aclaró la garganta, lo que hizo volverse a Dylan.

–¡Mierda! Lo siento, Presley –se disculpó cuando se dio cuenta de que les había oído.

Presley tenía los ojos llenos de lágrimas, pero parpadeó para reprimirlas.

–No te preocupes. Y te agradezco que hayas comprado las colchonetas. Nos vendrán... muy bien.

–Debería habértelas comprado él mismo, pero no tuvo tiempo. Me dijo que hoy tenía un día terrible. Y, por cierto, ahora mismo está viniendo hacia aquí. Es lo último que sé de él. Llamó hace un rato.

–El viaje es muy largo –había estado repitiéndose eso mismo durante todo la noche, pero no acababa de pronunciar la frase cuando le vibró el teléfono.

Era un mensaje de texto de Aaron.

–*Por fin estoy aquí, nena. Lo siento mucho. Solo necesito una ducha rápida y enseguida estaré allí.*

–*No te preocupes*, escribió ella. *Todo el mundo se ha ido.*

–*¿Entonces vienes hacia aquí?*

–*Sí.*

–*Muy bien. Nos vemos en tu casa.*

Presley soltó el aire que había estado conteniendo mientras fijaba la mirada en el mensaje. ¿Qué le iba a decir cuando le viera? No estaba segura de que pudiera fingir que no le había dolido que la hubiera abandonado el día de su cumpleaños.

—Creo que ya ha llegado —le dijo a Dylan cuando le vio mirándola con el ceño fruncido.

—Genial, ¿y dónde está? —musitó él—. Porque tengo ganas de darle una buena patada.

—No te enfades con él. Ya me lo había advertido.

Dylan le dio un abrazo.

—Si mi hermano tuviera cerebro, sabría apreciar lo que vales.

—Nadie puede obligarse a enamorarse. Creo que es la letra de una canción, ¿no? O era algo parecido —se rio sin alegría—. Y creo que nadie puede oponerse a tanta sabiduría.

Dylan no pudo decir nada más. De hecho, no había nada más que decir.

—Nos quedaremos con Wyatt mientras tú hablas con él —le propuso Cheyenne.

Presley aceptó porque Wyatt estaba tan excitado que no sabía cuánto podría tardar en dormirle. Y tenía que decirle a Aaron que ya no tenía ninguna obligación hacia ella, que no tenía por qué regresar a Whiskey Creek, por lo menos, para verla. Le habían dado una oportunidad a su relación, pero, era evidente que Aaron no la quería mucho. Ni siquiera había puesto una excusa por haberse perdido la fiesta de cumpleaños. Aquello era lo que más le dolía. Si por lo menos le hubiera dado una buena razón para habérsela perdido, quizá le habría perdonado. Pero hasta Dylan estaba enfadado con su hermano.

Hacía calor en la calle. Era uno de aquellos raros días en los que la noche no daba tregua al calor del verano. Pero la casa de Presley estaba cerca, de modo que no tendría que estar fuera durante mucho tiempo.

Apenas había doblado la esquina cuando se detuvo

bruscamente. Había dado por sentado que Aaron estaría dentro, dándose una ducha, como le había dicho en el mensaje. Tenía la llave de su casa. Pero estaba esperándola, apoyado contra el lateral de un enorme camión de mudanzas. Su camioneta iba en la parte de atrás, colgada de una grúa.

¿Qué era todo aquello?

Presley estaba tan sorprendida que se olvidó de su enfado y corrió hacia allí.

–¿Qué ha pasado?

Aaron se secó una gota de sudor de la sien.

–Lo siento. Te daría un abrazo, pero estoy asqueroso.

–Porque...

Aaron señaló el camión que tenía tras él.

–¿A ti qué te parece? Me estoy mudando.

–Pero... No lo comprendo. Acabas de alquilar una casa y un taller en Reno. ¡Hace solo tres semanas que te marchaste!

–Y también acabo de darme cuenta de que fue un error, Presley –se apartó de la camioneta, dio un paso hacia ella y apoyó las manos en sus hombros–. Estas últimas tres semanas me han demostrado que no puedo vivir sin ti.

Presley apenas podía creer lo que estaba oyendo.

–¿Qué quieres decir? ¿Piensas volver?

Aaron curvó los labios con una irónica sonrisa.

–Ya he vuelto. Todo lo que quiero está aquí.

En aquel camión. Los pensamientos de Presley corrían a toda velocidad.

–Pero ya has pagado el alquiler del negocio y la casa –repitió–. Te has comprometido para todo un año. Si ahora te vas, perderás miles de dólares.

Aaron esbozó una mueca y se rascó la cabeza.

–Sí, no es el movimiento más inteligente que he hecho en mi vida. Haré todo lo que pueda para no perderlos. A lo mejor contrato a alguien para que dirija el taller y a algunos mecánicos. Si eso no funciona, me tendré bien merecida la pérdida por haber tardado tanto en darme cuenta. No sé por qué, pero pensé que podríamos seguir como hasta ahora, que podría huir de mi pasado y empezar de nuevo sin necesidad de perderte. Incluso llegué a pensar que estarías dispuesta a mudarte tú también en algún momento –sonrió con pesar–. Pero después me di cuenta de que no te imaginaba dejando todo lo que tienes aquí. Y eso significaba que era a mí a quien le tocaba hacer el sacrificio.

–Pero... ¡Es una decisión muy cara!

–Te lo mereces. Estas tres semanas han sido las más tristes de mi vida, Presley. Iba a trabajar, volvía a casa, y sin Wyatt y sin ti, nada parecía tener sentido.

Presley estaba tan impactada que ni siquiera podía hablar. Permanecía allí, mirando con la boca abierta a Aaron y al camión que tenía tras él.

–Dime que te alegras de que haya vuelto a casa –le pidió Aaron–. Porque ha sido un día muy duro y muy largo, y lo único que me ha mantenido en pie ha sido saber que iba a llegar este momento.

Presley por fin recuperó el habla.

–¡Claro que me alegro! Pero... yo podría haberte ayudado. No tenías por qué haberlo hecho todo tú solo.

–Creí que iba a ser más rápido –le explicó–. Quería darte la sorpresa en la fiesta, pero –se pasó la mano por la cara–, ha sido más fácil pensarlo que hacerlo.

–¿Y qué piensas hacer con el taller?

–Si al final decido no contratar a nadie para que lo dirija en mi lugar, lo subarrendaré. Eso es lo único que puedo hacer.

–¿Y a tus hermanos les parecerá bien?

–Las pérdidas las asumiré yo. Al fin y al cabo, he sido el que ha corrido el riesgo. Lo único que puedo hacer ahora es alegrarme de haber negociado un buen precio y el derecho a arrendar el local. Así resultará más fácil alquilarlo.

—Pero... acabo de ver a tus hermanos. Y, a no ser que sean los mejores actores del mundo, ellos no saben que has cambiado de opinión.

—Nadie lo sabe. Tenía miedo de estropear la sorpresa si todo el mundo empezaba a sonreír y a susurrar cuando te viera.

Las lágrimas que Presley había estado conteniendo durante la mayor parte del día comenzaron a correr por sus mejillas, pero, en aquella ocasión, fueron lágrimas de alegría.

—¿Así que es verdad que vuelves? ¿Y para siempre?

Aaron se inclinó para besarla.

—Exacto. Y no volveré a dejarte nunca más.

Cuando Presley le rodeó el cuello con los brazos, Aaron volvió a advertirla de lo sucio que estaba, pero a ella no le importó. Le habría abrazado aunque hubiera estado cubierto de barro. Jamás había sido tan feliz. «No volveré a dejarte nunca más», había dicho Aaron. Y él no era un hombre que prometiera nada a la ligera.

—Me he enfadado mucho al no verte en la fiesta —susurró Presley.

—Lo siento mucho, nena. Si hubiera sabido que iba a ser tan complicado, no se me habría ocurrido darte la sorpresa. Pero una vez había decidido volver, ya no podía dejar mis cosas allí. Quería empaquetarlo todo y salir de allí lo antes posible.

—No pasa nada. Ahora mismo, lo único que me importa es saber que te tengo aquí, entre mis brazos. ¿Pero estarás bien con Anya y con Natasha... y con tu padre cuando vuelva?

—Tendré que estarlo. ¿Te han gustado las colchonetas que te compré?

Presley asintió. Podría haberle regalado un cubo de agua y no le habría importado tras saber que iba a tenerle a su lado para siempre.

–Me alegro. Y espero que esto te guste todavía más.

Se apartó lo suficiente como para sacar del bolsillo una cajita envuelta en papel de regalo. Cuando alzó la mirada para mirarle a los ojos, vio una media sonrisa en el rostro de Aaron.

–Esta es otra de las razones por las que he llegado tarde. Lo tenía todo perfectamente planeado, y esto formaba parte del plan.

A Presley le latía violentamente el corazón mientras aceptada el regalo. Se decía a sí misma que no debía emocionarse, que aquello no podía ser una sortija. Pero, desde luego, tenía la sensación de que lo era.

Tomó aire intentando tranquilizarse, intentando prepararse por si era una gargantilla o unos pendientes.

–¿No piensas abrirlo?

A Presley volvieron a llenársele los ojos de lágrimas. No quería llorar, pero se sentía intensamente esperanzada, vulnerable y enamorada. Rezó para que Aaron no se diera cuenta de que le temblaban las manos mientras rompía el papel y abría la cajita de terciopelo.

Se le paralizó la respiración en la garganta. Era un diamante, sí. Un enorme solitario, más grande que cualquiera que hubiera soñado con llegar a tener.

–¿Te gusta?

–¡Es precioso! Es la sortija más bonita que he visto en mi vida. Tiene que haberte costado una fortuna. Pero con todo lo que te has gastado en la mudanza y lo que vas a tener que pagar hasta que encuentres a alguien que pueda hacerse cargo del taller, me temo que deberías devolverla.

Presley le oyó reír.

–De ningún modo. Por una vez en tu vida, te mereces ser lo más importante. Quería que la sortija te pareciera la mejor que habías visto en tu vida. Por eso me costó tanto decidirme. Para un hombre no es fácil. Había cientos de sortijas entre las que elegir –se quejó, como si el proceso hubiera sido terrible.

Presley se echó a reír.

–Pues has elegido muy bien. Me encanta.

–¿Te casarás conmigo, Presley?

La atravesó una oleada de pura emoción. Había pasado de unas colchonetas de yoga a una sortija de compromiso completada con una propuesta de matrimonio. Mientras estaba lamentándose en la fiesta, pensaba que aquella era una de las peores noches de su vida. En aquel momento, supo que era la mejor.

–¿Estás seguro de que quieres casarte conmigo?

Sabía que no era la pregunta que se esperaba que le hiciera una prometida a su novio. Pero Aaron había sido un hombre reacio a los compromisos.

Aaron curvó los labios en una confiada sonrisa.

–¿Te lo habría pedido si no quisiera?

Presley volvió a reír a través de las lágrimas que escapaban de sus ojos.

–No.

–Pues ahí lo tienes. Quería estar seguro de que lo estaba haciendo por los motivos adecuados, no por un sentimiento de culpabilidad o por obligación, sino porque estamos bien juntos. He tenido que arruinarme para darme cuenta, pero... aquí estoy ahora. Y con el tiempo, nos recuperaremos.

«Nos recuperaremos». Sonaba bien.

Presley bajó la mirada mientras Aaron le deslizaba el anillo en el dedo.

–¡Vaya! ¡Mira cómo queda! Es tan grande que me da miedo que me atraquen.

–A nadie se le ocurrirá hacerte ningún daño, o tendrá que vérselas conmigo –respondió Aaron. Después, le enmarcó el rostro con las manos y le secó las lágrimas con los pulgares–. ¿Presley?

Por un momento, fue como si la niña sucia y abando-

nada que tenía que buscar comida en los contenedores para sobrevivir estuviera contemplando a la adulta en la que se había convertido a punto de entrar en un cuento de hadas.
—¿Qué?
Aaron la besó con ternura.
—Te quiero.

ÚLTIMOS TÍTULOS PUBLICADOS EN HQN

Encadenado a ti de Delilah Marvelle

Una mujer a la que amar de Brenda Novak

La distancia entre nosotros de Megan Hart

Cuando nos conocimos de Susan Mallery

Sin ataduras de Susan Andersen

Sígueme de Victoria Dahl

Siete noches juntos de Anna Campbell

La caricia del viento de Sherryl Woods

Di que sí de Olga Salar

Vuelve a quererme de Brenda Novak

Juego secreto de Julia London

Una chica de asfalto de Carla Crespo

Antes de besarnos de Susan Mallery

Magia en la nieve de Sarah Morgan

El susurro de las olas de Sherryl Woods

La doncella de las flores de Arlette Geneve

www.ingramcontent.com/pod-product-compliance
Lightning Source LLC
LaVergne TN
LVHW030333070526
838199LV00067B/6268